논술 대비

중학생이 보는

Oscar wilde Oscar wilde

도리언 그레이의 초상

오스카 와일드 지음 | 이정일 옮김

성낙수(한국교원대 교수) · 임현옥(부여여고 교사) · 이승후(경주 감포중 교사) 엮음

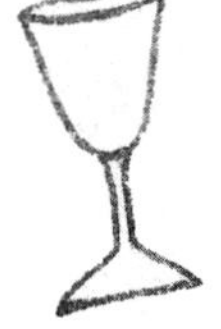

좋은 책 좋은 독자를 만드는—

㈜신원문화사

더 이상 언급할 필요도 없지만 요즘은 독서의 중요성이 더욱 강
조되는 시대입니다. 첨단과학으로 이루어진 대중매체 덕분에 눈
으로 읽는 것보다는 말초신경을 자극하는 동영상 쪽으로 관심이
모아지는 데 대한 우려 때문일 것입니다. 꿈과 희망을 가지고 자
라나는 학생들에게는 올바른 사고력과 분별력을 키워 주어야 합
니다. 그런 점에서 다른 사람들의 생각과 철학, 인생관과 세계관
이 들어 있는 명작들을 많이 읽는 것이야말로 바람직한 학습 효
과를 거둘 수 있는 지름길이라 생각합니다.

명작은 오랜 세월에 걸쳐 많은 사람들이 읽고 크게 감동을 받은
인정된 작품들로서, 청소년들의 삶에 지침이 되어 주고 인생관에
변화를 주게 될 것입니다.

이번에 중학생들에게 꼭 읽히고 싶은 명작들을 선정하여, 작품
을 바르게 감상하고 독후감을 쓰는 데 도움을 주고자 이 시리즈
를 기획하게 되었습니다. 작품들은 동서고금에 걸쳐 객관적으로
인정받은, 훌륭한 대상만을 선정하였습니다. 그리고 책의 구성을
다음과 같이 하여, 읽고 쓰는 데 도움이 되도록 하였습니다.

하나, 삶에 대한 지혜와 용기를 주고 중학생이라면 꼭 읽어야

할 명작만을 골랐습니다.

둘, 명작을 읽고 난 후의 솔직한 느낌을 논리적·체계적으로 쓸 수 있도록 중학생들의 독후감 작성에 따르는 부담을 덜어 주도록 구성하였습니다.

셋, 작품 알고 들어가기, 내용 훑어보기, 작품 분석하기, 등장인물 알기를 통해 작품을 분석하는 힘을 기를 수 있도록 하였습니다.

넷, 작가 들여다보기, 시대와 연관짓기, 작품 토론하기 등을 통해 작가의 일생을 알고 시대의 흐름을 파악하여 상상력과 창의력을 키워 주도록 하였습니다.

다섯, 독후감 예시하기와 독후감 제대로 쓰기에서는 책을 읽는 방법과 독후감 모범 답안 실례를 제시함으로써 문장력을 길러주는 한편 독후감 쓰기의 충실한 길라잡이가 되도록 했습니다.

아무쪼록 이 책들이 중학생들의 학습 능력 향상에 큰 도움이 되길 빌어 마지 않습니다.

엮은이 성 낙 수

차 례

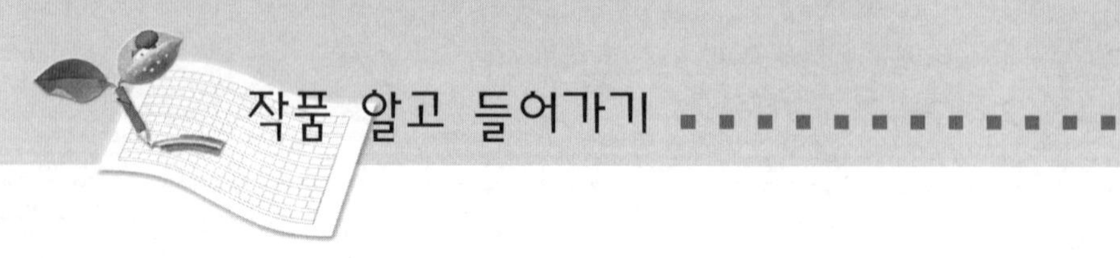

　이 소설에서 와일드는 세기말 문학의 특징인 예술 지상주의를 소설화하고 있다고 한다. 작가의 분신이라고 생각되는 헨리 워튼 경은 소위 신향락주의를 제창하고 있다. 그리고 그것을 실천하는 사람은 절세의 미모를 갖춘 도리언 그레이라고 볼 수 있다.

　이 소설에 대해서 당시 사회의 격렬한 비난이 일어났다고 한다. 예술 지상주의자는 이 소설의 퇴폐적 관능 생활에 대하여 비판하고, 청교도는 이 소설의 비도덕적 생활에 대하여 공격했다. 교양 있는 독자들은 도리언 그레이와 그의 초상화를 그린 바질 홀워드와의 사이에서 나타나는 동성애적인 관계와, 헨리 워튼 경의 이른바 유미주의적 경구와 역설에 대하여 민감하게 반응했던 것이다. 그러나 아무리 이 소설 속에 그런 문제가 있다 하더라도 이 소설 자체가 완벽한 예술 작품일 때는 이 소설의 존재 이유가 성립한다는 것이 물론 와일드의 생각이었다.

　　이 소설에는 와일드의 세계관·예술론·생활관이 투영되었다고 할 수 있다. 그리고 그는 자기의 존재가 세기말 문학과의 상징적 관계에 있음을 자각하고 있었으며, 프랑스의 '데카당'과 서로 통하고 있었다고 한다. 도리언 그레이는 헨리 워튼 경이 권한 프랑스 소설에 매혹되고 있는데, 이 소설은 실제로 프랑스의 작가 위이스망의 《거꾸로(1884)》라는 소설의 영국판이라고도 한다. 그러므로 《거꾸로》의 주인공 데제셍뜨는 도리언 그레이의 선배가 된다고도 할 수 있다. '데카당'의 모체와 같은 위이스망의 《거꾸로》가 와일드에게 영향을 미쳤다는 것은 작은 문제인데, 그 이유는 《도리언 그레이의 초상》이 유미주의의 총결산서로서 독자적인 소설의 가치를 지녔기 때문이다.

도리언 그레이의 초상

1

화실은 진한 장미꽃 향기로 가득했고, 정원의 나무들 사이로 살랑거리는 여름 바람이 지나가자 열려 있던 문을 통해 짙은 라일락 향기, 아니 그보다 부드러운 가시나무 분홍 꽃의 향기가 흘러 들어왔다.

헨리 워튼 경은 팔걸이가 페르시아산 안장주머니처럼 생긴, 기다란 융단 소파에 드러누워 습관대로 줄담배를 피우면서, 꿀처럼 달고 꿀처럼 노란 금련화를 보고 있었다. 바람에 살랑거리는 줄기나 그 위에 핀 꽃은 불꽃처럼 아름다웠고, 줄기는 그 아름다움의 무게를 겨우 인내하고 있는 것만 같았다. 간혹 새들이 스쳐지나가며 화실의 커다란 창 앞의 인도산 비단 커튼에 기묘한 그림자를 만들 때마다 커튼은 한순간 일본 회화처럼 보였고, 헨리 경은 퍼렇게 보일 정도로 창백한 얼굴을 가진 도쿄의 화가들을 떠올렸다. 일본 화가들은 근본적으로 고정된 예술 매체를 통해 재빠른 움직임을 전하려고 했다. 화실의 고요함은, 날개를 펼친 벌들이 깎지 않은 잔디 위를 날아가며 내는 화가 난 듯한 소리나, 금박을 뿌려놓은 듯한 인동덩굴 가지들을 빙빙 돌며 내는 단조로운 소리로 인해 더욱더 고요하게 느껴졌다. 런던 시내의 소음이 멀리서 울리는 낮은 오르간 소리처럼 희미하게 들려왔다.

방 가운데에 있는 이젤 위에는 놀랄 만큼 아름다운 젊은 남자가 그려진 초상화가 놓여 있었고, 그 앞에는 그것을 그린 화가이자 수년 전 갑자기 사라짐으로써 장안의 화제가 되고 수많은 추측들을 불러일으켰던 바질 홀워드가 앉아 있었다.

화가는 아름답고 고상한 인물을 그대로 재현해 낸 자신의 그림을 바라보며 입가에 즐거운 미소를 지었고, 그 미소는 얼굴 전체로 번지는 듯했다. 그러다가 갑자기 몸을 떨며 긴장하더니 눈을 감고 손가락으로 눈꺼풀을 덮었다. 마치 깨어나고 싶지 않은 꿈을 머릿속에 가두고 싶은 듯했다.

"자네가 그린 것 중에서 최고야, 바질."

헨리 경이 나른하게 말했다.

"내년에 그로스브너에 출품해. 왕립 미술관은 너무 크고 통속적이야. 그림을 보러갈 때마다 사람이 너무 많아서 그림을 제대로 볼 수 없거나, 아니면 그림이 너무 많아서 사람을 볼 수 없었어. 어느 쪽이든지 간에 끔찍한 일이지. 자네 작품을 출품할 곳은 그로스브너뿐이야."[1]

"그 어디에도 보내지 않을 생각이야."

화가는 옥스퍼드에 다닐 때 친구들의 비웃음을 샀던 이상한 방

도리언 그레이의 초상

식으로 고개를 젖히며 말했다.

"그래, 그 어디에도 보내지 않을 거야."

헨리 경은 눈썹을 치켜세우면서, 푸른 담배 연기의 소용돌이 사이로 놀랍다는 듯한 표정을 지으며 그를 바라보았다.

"보내지 않을 거라고? 도대체 그게 무슨 소리야? 뭣 때문에? 화가들이란 정말 이상해! 무명일 땐 명성을 얻기 위해 애쓰지. 그러나 한번 명성을 얻으면 간신히 얻게 된 유명세를 어떻게든 벗어나려고 애쓰지. 하지만 그건 실없는 짓이야. 세상에서 구설수에 오르내리는 것보다 더 나쁜 것은 구설수에 오르내리지 않는 것이니까. 이 초상화 정도라면 자네는 영국의 그 어떤 젊은 화가보다 더 인정을 받을 거야. 그리고 노인들은 자네를 부러워할 거야. 그들도 감정을 느낄 수 있다면 말이야."

"자네가 비웃을 줄 알았어."

바질이 말했다.

"하지만 나는 이걸 전시할 수 없어. 그러기엔 나 자신이 너무 많이 들어가 있어."

헨리 경은 소파 위에서 몸을 쭉 펴더니 웃음을 터뜨렸다.

"그래, 그럴 줄 알았어. 하지만 나는 진심으로 하는 말이야."

"자네 자신이 너무나 많이 들어가 있다고! 맹세코 나는 자네가

1) 그 당시 왕립 미술원에서 주최하던 전시회는 규모가 컸고 기성 화단이 주도하였다. 와일드는 1877년에 개장한 그로스브너 화랑에 주목했고, 그곳에서 개최된 전시회 관람기를 쓰기도 하였다.

12

그렇게 대단한 허영심을 갖고 있는 줄 몰랐어. 자네의 그 투박하고 뻣뻣한 얼굴, 석탄처럼 시커먼 머리카락과, 이 젊은 아도니스, 상아와 장미로 만들어진 이 젊은이와의 공통점을 도저히 못 찾겠어. 이봐, 친애하는 바질, 이 젊은이가 나르키소스라면 자네는……. 아, 물론 자네에게는 이성이 있지. 하지만 진정한 아름다움은 이성이 시작되는 곳에서 끝나는 거야. 이성이란 일종의 과장이거든. 그래서 그 어떤 얼굴이든 이성이 나타나는 순간 조화의 아름다움이 없어져 버리고 만다고. 생각하기 시작하려는 순간, 사람은 코만 남거나, 이마만 남거나, 아니면 끔찍한 뭔가로 변해 버려. 학식을 요구하는 직종에서 성공한 사람들을 생각해 보라고. 어쩌면 그렇게 지독하게 추할 수 있을까! 아, 물론 교회는 예외지. 하지만 사람들은 교회에서 생각이란 걸 하지 않아. 주교는 18살 때 배운 걸 80살이 되어서도 그대로 말하지. 그래서 주교의 얼굴은 항상 천진무구한 거야. 그런데 내가 알지 못하는 이 젊은 친구, 자네가 아직 이름을 가르쳐 주지 않은 이 친구, 나를 매혹시키는 이 친구는 절대로 생각하지 않아. 나는 확신해. 그는 뇌가 없고 아름답기만 한 존재, 꽃이 없는 겨울에 꽃 대신 우리 옆에 있고, 여름엔 우리의 이성을 식혀 주기 위해 우리 옆에 있어야 할 존재 같아. 착각하지 마, 바질. 자네는 이 아름다운 젊은이와 하나도 닮지 않았어."

"해리, 오해하지 마."

화가가 대답했다.

도리언 그레이의 초상

"물론 나는 저 젊은이를 전혀 닮지 않았어. 그건 나도 잘 알아. 아니, 나는 저 젊은이처럼 아름다워지고 싶지 않아. 못 믿겠어? 난 진심이야. 특출난 외모나 특출난 이성엔 어두운 운명이 깃들어 있어. 몰락한 왕들을 질질 끌고 다닌 것도 그 운명이겠지. 주위 사람들보다 뛰어나서 좋을 것은 없어. 이 세상에서 제일 좋은 것을 차지하는 사람들은 못생기고 멍청한 사람들이야. 이들은 마음 내키는 대로 편안하게 앉아서 연극을 보듯 인생을 살 수 있어. 승리를 모른다는 것은 적어도 패배가 무엇인지를 깨닫는 고통은 겪지 않는다는 거지. 조용하고 태평하며 불안하지 않는 삶. 우리 모두가 원하지만 그렇게 살 수 없는 삶을 그들은 아무 어려움 없이 영위해. 그들은 남을 파멸시키지도 않고 남에게 파멸당하지도 않아. 해리, 자네에겐 지위와 재산이 있고 나에겐 두뇌(자네가 이성이라고 부른 것을 내가 갖고 있다면)와 예술이 있어. 내 예술의 가치를 논하는 것은 중요하지 않아. 그리고 도리언 그레이에게는 빼어난 용모가 있지. 우리 세 사람은 신들이 우리에게 준 것 때문에 고통 받을 거야. 그것도 가혹하게."

"도리언 그레이? 그게 이 젊은이 이름이야?"

헨리 경이 자리에서 일어나 바질 홀워드 쪽으로 가며 물었다.

"그래, 그게 그의 이름이야. 자네에게 말할 생각은 아니었는데."

"말하면 안 될 이유라도 있나?"

"아, 설명하기 힘들군. 나는 아주 좋아하는 사람의 이름을 아무에게도 말하지 않아. 이름을 말하면 그 사람의 일부를 내주는 것 같거든. 나는 비밀을 사랑하게 되었어. 비밀만이 오늘날의 삶을 신비롭고 경탄할 만한 것으로 만들어 주는 것 같아. 보잘것없는 것도 비밀에 둘러싸여 있으면 아름다워지지. 지금 내가 여길 떠나야 한다면 그 누구에게도 내가 가는 곳을 말하지 않을 거야. 그러면 나의 즐거움이 모두 사라질 테니까. 바보 같은 취향이라고 할 수도 있겠지. 하지만 비밀은 우리 삶을 위대한 로맨스로 만들어 주곤 해. 내가 바보 같은 소리를 하고 있다고 생각해?"

"전혀."

헨리 경이 대답했다.

"전혀 아냐, 바질. 내가 결혼했다는 사실을 기억하지 못하나 보군. 결혼의 매력 중 하나는, 배우자들이 서로에게 기만적인 삶을 살 수밖에 없다는 거야. 나는 아내가 어디 있는지 모르고, 아내는 내가 뭘 하는지 몰라. 우리는 함께 있을 때면(가끔 함께 있을 때도 있긴 해. 외식을 하거나, 공작의 집에 갈 때) 매우 심각한 표정으로 매우 시시한 이야기를 하지. 아내는 이런 일에 아주 능숙해. 나보다 더 능숙하지. 아내는 데이트 일정을 헷갈려 하는 적이 없지만, 나는 항상 헷갈려 하니까. 하지만 내가 누군가를 만난다는 걸 알아도 아내는 결코 뭐라고 하지 않아. 때로는 아내가 그러기를 바랄 때도 있어. 하지만 아내는 그런 나를 비웃지."

"해리, 자네가 결혼 생활을 이야기하는 방식이 싫어."

바질 홀워드가 정원으로 난 문을 향해 걸어가며 말했다.

"나는 자네가 사실은 아주 좋은 남편일 거라고 믿어. 다만 자네

15

는 자신의 덕목을 부끄러워할 뿐이야. 자네는 특별해. 결코 도덕적인 말을 하지 않지만, 결코 잘못된 행동을 하지도 않지. 자네의 냉소주의는 단지 제스처일 뿐이야.”

“제스처를 취하지 않는 척하는 것도 제스처일 뿐이야. 내가 알기론 그게 가장 짜증나는 제스처인데.”

헨리 경은 웃었고, 두 사람은 정원으로 나가 월계수 아래 그늘에 놓인 대나무 의자에 편한 자세로 앉았다. 광택이 나는 나뭇잎 위에서 미끄러지듯 햇빛이 빛났다. 풀밭의 하얀 데이지 꽃은 가냘프게 떨고 있었다.

잠깐 동안의 침묵이 흐른 후 헨리 경이 회중시계를 꺼냈다.

“가 봐야 할 것 같아, 바질.”

그는 나직하게 말했다.

“가기 전에 내 질문에 대한 대답을 듣고 싶어.”

“뭘 말하는 거야?”

화가가 땅에서 시선을 떼지 않은 채 말했다.

“알잖아.”

“전혀 모르겠어.”

“글쎄, 그럼 다시 말해야겠군. 왜 도리언 그레이의 초상을 전시회에 출품하지 않겠다는 건지 말해 줘. 진짜 이유를 알고 싶어.”

“이미 말했잖아.”

“아니, 그건 진짜 이유가 아니었어. 자네는 그림 속에 자네 자신이 너무 많이 들어가 있기 때문에 전시할 수 없다고 했어. 어린

아이 같은 말이지."

　바질 홀워드가 헨리 경의 얼굴을 똑바로 바라보며 말했다.

　"해리, 화가가 감정을 가지고 그린 초상화는 화가의 것이지, 그 자리에 앉아 있던 사람의 것이 아니야. 앉아 있던 사람은 단지 사건이나 우연일 뿐이야. 화가가 보여 주려는 사람은 그 사람이 아니야. 색을 입힌 캔버스 위에서 화가가 자기 자신을 드러내 보여 주는 거지. 내가 그 그림을 전시하지 않으려는 이유는 내 영혼의 비밀이 그 안에 있다는 두려움 때문이야."

　헨리 경은 웃었다.

　"그 비밀이 뭔데?"

　"말해 주지."

　그러나 그렇게 말하는 홀워드는 난처한 듯했다.

　"정말 궁금해, 바질."

　헨리 경은 홀워드 쪽을 보며 말했다.

　"아, 별것 아니야."

　화가가 대답했다.

　"그리고 자네는 이해하지 못할 거야. 아예 믿지도 않을 거야."

　헨리 경은 미소를 짓더니 몸을 숙여 풀밭에서 분홍빛 데이지를 뽑아 찬찬히 살폈다.

　"그럴까? 이해할 수 있을 거라고 확신하는데."

　그는 자그마한 황금색 원반 주위에 하얀색 털이 달린 꽃을 뚫어지도록 바라보면서 대답했다.

"그리고 그게 믿음의 문제라면, 난 뭐든 믿을 수 있어. 믿기 힘들 정도로 기이한 것이라면 더더욱 그렇지."

바람이 불어와 나무에서 꽃이 떨어졌고, 별처럼 무리를 이룬 꽃송이가 무겁게 달려 있는 라일락이 미풍 속에서 흔들거렸다. 베짱이가 담 근처에서 울음소리를 냈고, 가냘프고 긴 잠자리가 갈색 날개를 펴고 푸른 실이 풀어지듯 공기 속을 날아갔다. 헨리 경은 바질 홀워드의 심장 소리까지 들을 수 있을 것 같았고, 앞으로 무슨 말이 이어질까 하고 생각했다.

"간단히 이야기할게."

얼마 후에 화가가 말했다.

"2개월 전 나는 브랜든 부인의 연회에 갔어. 자네도 알다시피 가난한 화가들은 내키지 않아도 이따금 사교계에 모습을 드러내야 하니까. 대중들에게 우리가 야만인이 아니란 사실을 각인시키기 위해서 말이야. 자네가 예전에 말했던 것처럼, 연회복을 입고 흰 타이를 매면 그 누구든, 심지어 주식 중개인이라도 교양 있다는 말을 들을 수 있잖아. 여하튼 연회장에서 10분쯤 화려하게 치장한 미망인들, 지루한 이야기만 하는 학자들과 이야기를 나누고 있다가 문득 누군가가 나를 쳐다보고 있다는 느낌을 받았어. 나는 반쯤 몸을 돌렸고, 그때 처음 도리언 그레이를 보았지. 서로의 눈이 마주쳤을 때 나는 얼굴에서 핏기가 가시는 것 같았어. 묘한 공포감이 나를 사로잡았지. 존재 자체만으로도 너무나 매혹적이어서, 내가 승낙하기만 한다면 나의 본성, 나의 영혼, 나의 예술

을 다 빼앗아 갈 사람과 대면하고 있다는 것을 알았어. 나는 남이
내 삶에 영향을 미치는 것을 좋아하지 않아. 해리, 내 천성이 독
립적이라는 건 잘 알 거야. 나는 모든 것을 스스로 결정했고 모든
행동은 나의 의지였어. 언제나 그랬지. 도리언 그레이를 만나기
전까지는. 그러다…… 하지만 어떻게 설명해야 할지 모르겠어.
뭔가가 내가 끔찍한 곤경에 처해 있다고 속삭이는 것 같았어. 운
명이 나를 위해 최고의 즐거움과 최고의 슬픔 모두를 준비했다는
기묘한 느낌이 들었어. 나는 점점 공포를 느꼈고, 그 방에서 나가
려고 했어. 내가 그런 건 양심 때문이 아냐. 일종의 비겁함이었
지. 도망치려고 했으니 자랑할 만한 행동을 한 건 아냐."

"양심과 비겁함은 똑같은 거야, 바질. 양심을 이야기하는 것은
고집이 센 사람들뿐이야. 그뿐이라고."

"해리, 나는 그 말을 믿지 않아. 그리고 자네도 그 말을 믿을 것
같지는 않아. 어쩌면 자존심 때문이었을지도 모르지. 나는 자존
심이 센 편이니까. 여하튼 그 동기가 무엇이든 나는 문 앞까지 갔
어. 그런데 그곳에서 브랜든 부인과 맞닥뜨렸지. '벌써 도망칠 생
각은 아니시죠. 홀워드 씨?' 그녀는 아주 큰소리로 말했어. 자네
도 그녀의 날카로운 목소리를 알지?"

"알지. 그 여자는 공작새 같아. 아름답지 않다는 것만 빼면."

헨리 경은 가늘고 섬세한 손가락으로 데이지 꽃잎을 하나씩 뜯
으며 말했다.

"나는 그 여자로부터 벗어날 수 없었어. 그녀는 나를 왕족들과,

스타 훈장과 가터 훈장을 단 사람들에게 인사시켰고, 머리를 거대하게 말아 올리고 코가 앵무새 부리처럼 생긴 노부인들에게도 인사시켰어. 마치 나를 절친한 친구인 양 소개하더군. 나는 예전에 딱 한 번 그 여자를 본 적이 있었을 뿐인데, 그 여자는 나를 똑똑히 기억하고 있었어. 마침 그때 내 작품 몇 점이 성공을 거둬서 값싼 신문들이 내 이름을 거론하긴 했지. 그게 불멸에 대한 19세기식 기준이잖아. 그러다 갑자기 그 존재 자체만으로도 나를 뒤흔든 젊은이와 마주하고 있다는 걸 알았어. 우리는 거의 몸이 닿을 정도로 가까운 곳에 있었어. 우리의 눈이 다시 마주쳤지. 나는 무모하게도, 브랜든 부인에게 나를 그에게 소개시켜 줄 것을 부탁했어. 어쩌면 그리 무모한 행동은 아니었을지 몰라. 우리의 만남은 필연적인 것이었을 테니까. 그녀가 소개해 주지 않았더라도 우리는 이야기를 나눴을 거야. 나는 그렇게 믿어. 나중에 도리언도 그런 말을 하더군. 우리가 서로 알게 될 운명이라는 것을 도리언도 느꼈던 거지.”

“그런데 브랜든 부인은 그 놀라운 젊은이에 대해 뭐라고 하던가?”

헨리 경이 물었다.

“그녀는 자신의 연회에 참석하는 모든 사람들을 재빨리 ‘요약’하잖아. 그녀가 나를 공격적이고 얼굴이 붉은 노신사에게 데리고 간 적이 있어. 훈장과 휘장을 주렁주렁 달고 있는 신사였지. 그러더니 그녀는 날카로운 목소리로 내 귀에다가 그 신사의 은밀한 사생활에 대해 지껄이더군. 방 안에 있는 사람들이 다 그 여자의 말을 들었을 거야. 황당한 일이었지. 나는 그냥 도망쳤다네. 나는 알고 싶은 사람이 있다면 스스로 알아내는 것을 좋아해. 그런데 브랜든 부인은 마치 경매인처럼 자신의 손님들을 취급하지. 너무 사소한 것들까지 다 설명해서 물건에 대한 흥미를 잃어버리게 하거나, 우리가 알고 싶어 하는 건 쏙 빼고 쓸데없는 이야기만 늘어놓지."

"불쌍한 브랜든 부인! 너무 심한 말이잖아, 해리!"

홀워드가 기운 없는 목소리로 말했다.

"친구, 그 여자는 '살롱'을 만들고 싶어 했지만 '식당'을 여는 데 그쳤을 뿐이야.[2] 내가 어떻게 그녀를 존경할 수 있겠어? 하지만 내게 말해 줘. 그 여자가 도리언 그레이에 대해 무슨 말을 했나?"

"대충 이랬어. '참 잘생겼네…… 나랑 엄마랑 정말 절친한 사이였는데. 무슨 일을 한다고 했더라…… 하는 일이 아무것도 없다고 그랬나…… 아, 맞다, 피아노를 친다고 했지…… 바이올린이었던가요, 그레이 씨?' 우리는 둘 다 웃음을 터뜨렸고 한순간에 친구가 됐지."

"웃음은 우정을 시작하기엔 좋은 방법이지. 절교의 방법으로도

---

2) 청년 시인 존 그레이와 우정을 나누었던 라팔로비치에 대해 와일드는, "런던에 살롱(salon)을 만들려고 왔지만 주점(saloon)만 세웠을 뿐."이라고 평가했다.

좋고 말이야."

헨리 경은 또 다른 데이지를 꺾으면서 말했다.

홀워드는 고개를 저었다.

"자네는 우정이 뭔지 몰라. 해리."

그는 나직하게 말을 이었다.

"아니, 적이 된다는 게 뭔지도 모르지. 자네는 모든 사람을 좋아해. 다른 말로 표현하자면 자네는 모든 사람에게 관심이 없어."

"그건 부당한 비판이야!"

헨리 경은 모자를 뒤로 젖히며 여름의 청록빛 하늘에 떠 있는, 하얀 명주 실타래 같은 구름을 올려다보면서 말했다.

"그래, 끔찍하도록 부당한 말이야. 나는 꼼꼼히 따지면서 사람들을 만난다고. 외모가 아름다운 사람은 친구로 삼고, 성격이 좋은 사람은 그냥 알고 지내고, 두뇌가 뛰어난 사람들은 적으로 만들어. 적을 선택할 땐 아무리 조심해도 부족하지. 나의 적들 중에 멍청이는 한 사람도 없어. 나의 적들은 다들 이성의 힘을 가졌고, 따라서 나를 존중한다네. 이것이 내 허영의 증거인가? 어느 정도는 허영인 것 같군."

"그건 분명 허영이야, 해리. 그렇지만 방금 자네가 한 말에 따르면 자네에게 나는 그냥 알고 지내는 사람일 뿐이겠군."

"말도 안 되는 소리. 바질, 자네는 그 이상이야."

"친구보다도 훨씬 밑일 테고. 그렇다면 형제 같은 건가?"

"오, 형제! 나는 형제에겐 눈곱만큼도 관심이 없어. 내 형은 영원히 죽지 않을 거고, 동생들은 아무 일도 하지 않으려는 것 같아."

"해리!"

홀워드가 인상을 쓰면서 말을 막았다.

"이봐, 심각한 얘긴 아냐. 아무튼 나는 가족들을 싫어할 수밖에 없어. 아마도 나와 똑같은 잘못을 저지르는 인간들을 두고 볼 수 없어서가 아닐까 해. 나는 영국의 민주주의가 상류층의 악덕에 분노하는 것에 동조하고 있어. 하층민들은 술주정, 무지, 부도덕이 자기들만의 것이어야 한다고 생각하는데 귀족이 그런 행동을 하면 자신들의 영역을 침범당했다고 느껴. 서더크[3]에 이혼 법정이 들어섰을 때 그들의 분노는 놀라울 만한 것이었지만, 그래도 난 영국 프롤레타리아 중 올바로 살고 있는 사람은 10퍼센트도 되지 않을 거라고 봐."

"해리, 나는 자네의 그런 말을 믿지 않아. 그리고 자네도 자신의 말을 믿지 않을 거라는 걸 알아."

헨리 경은 끝이 뾰족한 갈색 턱수염을 만지더니 흑단 지팡이로 검은 에나멜 구두 끝을 톡톡 쳤다.

"바질, 자네는 진정한 영국인이야! 자네는 지금 두 번째로 그런 말을 했어. 진정한 영국인은 어떤 생각에 대해 그것이 맞느냐, 틀

3) 영국 템스 강의 남안에 위치하였으며, 중심지에서 쫓겨난 향락 문화가 형성된 곳으로 사우스워크라고도 한다.

리느냐를 생각하지 않아. 그 생각을 믿느냐, 믿지 못하느냐만 중요할 뿐이지. 하지만 어떤 생각의 가치는 말하는 사람이 그것을 얼마나 믿느냐와는 관계가 없어. 오히려 말하는 사람이 그 생각을 믿지 않을수록 그 생각이 이성적인 것이 될 가능성이 크지. 왜냐하면 그 생각엔 말하는 이의 필요와 욕망, 편견이 들어 있지 않을 테니까. 하지만 나는 자네와 정치나 사회학, 형이상학을 논하고 싶지는 않아. 나는 원칙보다는 사람을 좋아하고, 원칙이 없는 사람을 그 무엇보다 좋아하니까. 도리언 그레이에 대해 더 이야기해 줘. 그를 얼마나 자주 만나나?"

"매일 봐. 매일 보지 않으면 난 불행할 거야. 나는 그가 필요해."

"뜻밖이군! 나는 자네가 예술 말고는 아무것에도 관심이 없는 줄 알았어."

"지금의 나에겐 그가 예술이야."

화가는 착 가라앉은 목소리로 말했다.

"해리, 나는 그런 생각을 해. 세계사에서 가치가 있는 시대는 단 두 번뿐인데, 첫 번째는 새로운 예술 매체가 나타날 때이고, 두 번째는 예술을 위한 새로운 개성이 나타날 때라고 말이야. 내게는 도리언 그레이의 얼굴이, 베네치아 사람들에게 유화의 발명이 가져온 의미, 후기 그리스 조각에서 안티노우스[4]의 얼굴이 가져온 의미가 될 거야. 나는 그의 얼굴을 보고 그리고 색깔만 칠하는 게 아냐. 물론 그 모든 것을 하긴 했지. 하지만 그는 나에게 모델이나 소재 이상의 의미를 갖고 있어. 내가 그린 그의 그림에 만족하지 못한다거나 그의 아름다움을 절대로 예술로 표현할 수 없다고 말하지는 않겠어. 예술이 표현하지 못할 것은 없고, 내 작품, 그러니까 도리언 그레이를 만나고 난 후 내 작품이 뛰어난 작품이라는 것을, 내 인생에서 가장 뛰어난 작품이라는 것을 아니까. 자네가 이해할 수 있을지는 모르지만, 그의 성격이 내게 완전히 새로운 예술 방식, 완전히 새로운 화풍을 가져다주었어. 나는 사물을 다르게 보게 되었고 다르게 생각하게 되었어. 전에는 미처 알지 못했던 방식으로 삶을 재현할 수 있게 되었지. '생각의 나날들 중에서 형식의 꿈을 꾸네'란 말을 누가 했지? 기억이 안 나는군. 도리언 그레이는 나에게 그런 사람이야. 이 젊은이, 내 눈엔 이제 막 소년의 티를 벗은 젊은이…… 실제 나이는 스물이 넘었지만 말이야, 그를 보기만 해도, 그의 존재를 보는 것만으로도…… 아! 자네는 이해할 수 있겠어? 무의식 속에서 그의 존재는 나에게 새로운 화풍을 알려 주지. 낭만주의의 열정뿐 아니라 그리스 시대의 영혼의 완성을 모두 담은 화풍. 영혼과 육체의 조화란 얼마나 심오한가! 우리는 광기 속에서 그 두 가지를 분리시켰고 저속한 리얼리즘을 양산했으며 공허한 이상을 만들었네. 해리! 도리언 그레이가 나에게 어떤 의미를 갖는지 자네가 알 수 있다면! 내가 그렸던 풍경화를 기억하나? 애그뉴[5]가 어마어마한 액

---

4) 로마황제 하드리아누스의 총애를 받았던 미소년 시종. 하드리아누스는 나일 강에서 의문의 익사를 한 그를 위해 화려한 추모비를 세워주었다.

수를 제시했지만, 내가 팔지 않았던 작품 말이야. 그건 나의 최고
작품 중 하나였어. 왜 그런지 아나? 내가 그걸 그릴 때 도리언 그
레이가 내 옆에 앉아 있었기 때문이야. 그에게서 나에게로 어떤
미묘한 힘이 흘러나왔고, 나는 난생처음 평범한 숲의 모습에서
항상 찾고자 했던 것, 그러나 항상 놓쳤던 것을 보았어."

"바질, 정말 뜻밖이야! 나도 도리언 그레이를 봐야겠어."

홀워드는 일어서서 정원을 왔다 갔다 했다. 얼마 후 그가 다시
헨리 경 쪽으로 왔다.

"해리, 도리언 그레이는 나한테 예술의 모티프일 뿐이야. 자네
는 아마 그에게서 아무것도 보지 못할 거야. 나는 그에게서 모든
것을 보지만. 그는 내 작품 속에 재현되지 않아. 거기에는 그의
어떤 이미지조차도 없어. 말했듯이, 그는 새로운 방식에 대한 일
종의 암시야. 나는 선의 윤곽과 색의 아름다움과 미묘함 속에서
그를 발견할 뿐이야. 그게 전부야."

"그렇다면 왜 그의 초상화를 전시하지 않겠다는 건가?"

헨리 경이 물었다.

"왜냐하면, 그럴 생각은 아니었지만 그 초상화 속에 그를 향한
예술적 숭배를 담았기 때문이야. 물론 도리언 그레이에게는 그
사실을 말하지 않았어. 그는 아무것도 모르고 있어. 앞으로도 모
를 거야. 하지만 사람들은 어떤 추측을 할 수도 있어. 그들의 그

5) 올드 본드 가에서 그림을 팔던 사람 이름

26

저속하고 뭔가를 탐색하는 듯한 눈앞에 내 영혼을 드러내고 싶지
는 않아. 나의 심장은 절대로 그들의 현미경 위에 놓이지 않을 거
야. 그 초상화 속에는 내가 너무나 많이 들어가 있어, 해리. 나 자
신이 너무 많이 들어가 있다고!"

"시인들도 자네만큼 철저하지는 않을 거야. 그들은 열정이란
게 출판에서 얼마나 쓸모 있는지 아니까. 요즘은 실연만으로도
수많은 판을 찍을 수 있잖아."

"그래서 난 시인이 싫어."

홀워드가 소리쳤다.

"예술가는 아름다운 것을 창조하지만, 자신의 삶이 작품 속에
포함돼서는 안 돼. 우리는 예술을 마치 자서전처럼 여기는 시대
에 살고 있어. 우리는 아름다움에 대한 추상적인 감각을 잃어버
렸어. 나는 그 감각이 무엇인지를 세계에 보여 줄 거야. 그렇기 때
문에 세계는 내가 그린 도리언 그레이의 초상화를 보지 못할 거야."

"난 자네가 틀렸다고 생각해, 바질. 하지만 자네와 논쟁할 생각
은 없어. 논쟁을 하는 사람은 지적으로 길을 잃은 거야. 이야기해
봐, 도리언 그레이는 자네를 아주 좋아하나?"

화가는 잠깐 생각하다가 다시 입을 열었다.

"그도 나를 좋아해. 그가 나를 좋아한다는 걸 알고 있어. 물론
나는 그에게 아부에 가까운, 듣기 좋은 말을 하지. 나는 그런 말
을 한다는 것만으로도 참혹해질 만한 말을 그에게 하면서 이상한
즐거움을 느껴. 그는 여전히 매력적이고 우리는 화실에 앉아 모

든 것들을 이야기해. 하지만 간혹 그는 지각이 없고 나를 고통스럽게 만드는 데서 진정한 즐거움을 느끼는 것 같아. 그러면 해리, 나는 내 영혼을 외투 주머니에 넣은 꽃 한 송이처럼 대하는 사람, 자신의 허영을 돋보이게 할 조각처럼 대하는 사람, 여름날의 단 하루를 위한 장식처럼 대하는 사람에게 내준 것 같은 느낌이 들어.”

“바질, 여름날들은 더디게 지나가.”

헨리 경은 중얼거렸다.

“어쩌면 자네가 먼저 그를 지겹게 느끼게 될지도 몰라. 슬픈 일이지만, 천재성이 미모보다 더 오래간다는 건 사실이야. 우리가 그토록 열심히 교육을 받았던 것도 이것으로 설명될 수 있지. 우리는 존재하기 위한 거친 전쟁에서 오랫동안 살아남을 수 있는 뭔가를 원해. 그래서 우리는 자기 지위를 지키겠다는 바보 같은 희망 때문에 우리의 정신을 쓸모없는 것과 사실로 채우는 거야. 현대의 이상은 박식한 사람이지만, 사실 박식한 사람의 정신은 끔찍한 것이지. 그것은 마치 쓸데없는 것을 파는 가게와 같아. 그 안에는 괴물과 먼지밖에 없는데도 모든 것이 공인된 가치보다 높은 가격을 형성하고 있지. 어쨌든 나는 자네가 먼저 떨어져 나갈 거라고 생각해. 어느 날 자네는 그를 보면서 그가 그림에서 나온 것처럼 여기거나, 아니면 그의 얼굴빛이 싫어지거나 할 거야. 자네는 진심으로 그를 비난할 거고, 그가 자네에게 나쁜 짓을 했다고 생각할 거야. 그리고 그가 자네를 방문하면, 자네는 냉정하고 무관심한 모습을 보이겠지. 그건 아주 슬픈 일이야. 왜냐하면 그로 인해 자네가 바뀔 테니까 말이야. 자네가 나에게 말한 것은 대단한 사랑이야. 어쩌면 예술에 대한 사랑이라고 부를 수 있겠지. 그 어떤 사랑이든 사랑에 빠졌을 때 가장 나쁜 것은, 사랑에 빠진 사람을 사랑스럽지 않게 만든다는 거지."

"해리, 그렇게 말하지 마. 내가 살아 있는 한, 도리언 그레이는 나를 지배할 거야. 내가 느끼는 것을 자네는 느낄 수 없어. 자네는 자주 바뀌니까."

"오, 바질, 그것이 바로 내가 정확히 그걸 느낄 수 있는 이유야. 헌신적인 사람들은 사랑의 사소한 면만 알게 마련이야. 헌신적이지 않은 사람늘이야말로 사랑의 비극을 알 수 있지."

헨리 경은 우아한 은제 케이스에서 담배를 꺼내 불을 붙이더니 의식적이고 흡족한 표정을 지으며 담배를 피우기 시작했다. 마치 전 세계를 한 문장으로 정의 내린 것처럼 말이다. 참새가 광택이 나는 녹색 담쟁이 잎을 스치며 나는 소리가 들렸고, 잔디 위에 드리워진 푸른색 구름 그림자가 제비 떼처럼 무리를 지으며 지나갔다. 정원은 그 얼마나 즐거운가! 다른 사람들의 감정이란 얼마나 흥미로운가! 그는 감정이 생각보다 더 흥미로웠다. 자신의 영혼과 친구들의 열정, 이것이 인생의 재미였다. 그는 즐거워하며, 바질 홀워드의 집에 그렇게 오래 있느라 참석하지 못하게 된 지루한 오찬 모임을 떠올렸다. 숙모님 댁에 갔더라면 굿보디 경을 만났을 것이고, 두 사람은 빈곤층의 기아를 해결하고 하숙집의 환경을 개선할 필요가 있다는 이야기를 나누었을 것이다. 두 사람다 이런저런 미덕의 중요성에 대해 장황하게 이야기했을 것이다. 그들 스스로 실천할 필요는 없는 미덕에 대해서 말이다. 부자는 근검절약의 중요성을 말했을 것이고, 게으름뱅이는 노동의 존엄성에 관해 연설을 했을 것이다. 그 모든 것에서 도망칠 수 있었던 건 참으로 멋진 일이었다! 숙모님을 생각하자 문득 어떤 생각이 떠올랐다. 그는 홀워드를 향해 몸을 돌리며 말했다.

"친구, 방금 생각이 났어."

"무슨 생각?"

"도리언 그레이라는 이름을 어디서 들었는지를."

"어디서 들었는데?"

홀워드는 살짝 얼굴을 찡그리며 물었다.

"그렇게 화가 난 표정은 하지 마, 바질. 애거서 숙모님 댁이었어. 숙모님은 아주 멋진 젊은이를 알게 됐는데, 그가 이스트엔드에서 숙모를 도와줄 거라고 했어. 이름이 도리언 그레이라고 말이야. 숙모님은 그가 잘생긴 젊은이라고 얘기한 적이 없었어. 여자들은 잘생긴 게 어떤 건지 전혀 몰라. 최소한 정숙한 여자들은 그래. 숙모님은 그가 대단히 진지하고 성품이 좋은 젊은이라고 했어. 내가 그 말을 듣자마자 머릿속에 떠올린 이미지는 안경을 끼고, 머리카락은 축 처지고, 주근깨투성이에, 거대한 발로 쿵쿵 소리를 내며 걸어다니는 자였어. 그 이름을 들었을 때 그게 자네 친구의 이름이라는 걸 알았다면 좋았을 텐데."

"자네가 몰랐다는 게 천만다행이야, 해리."

“왜?”

“나는 자네가 그를 만나지 않기를 바라고 있어.”

“내가 그를 만나지 않았으면 한다고?”

“그래.”

“도리언 그레이 씨가 오셨습니다.”

집사가 정원 안으로 오며 말했다.

“나를 소개시켜 줘야만 하겠군.”

헨리 경은 웃으며 말했다.

화가는 햇빛 때문에 눈을 껌벅이며 서 있는 하인 쪽으로 몸을 놀렸다.

“그레이 씨에게 기다려 달라고 하게, 파커. 몇 분 뒤에 가겠네.”

집사는 고개 숙여 인사하고 산책로로 올라갔다.

그때 그는 헨리 경을 보았다.

“도리언 그레이는 내게 소중한 친구야. 그는 성품이 좋고 아름다운 사람이지. 자네 숙모님이 했던 말은 사실이야. 그를 건드리지 마. 그에게 영향을 끼치려고도 하지 마. 자네가 끼치는 영향은 나쁜 것이 될 거야. 세상은 넓고 멋진 사람들도 많아. 내 예술에 매력이 있다면, 그 매력을 주는 사람을 내게서 빼앗아 가지 말아 줘. 예술가로서 나의 삶은 그에게 달려 있어. 제발, 해리, 나는 자네를 믿어.”

그는 아주 느리게 말했다. 그리고 그의 말은 마치 그의 의지에 반하여 쥐어짜져 나온 것처럼 들렸다.

도리언 그레이의 초상

“말도 안 되는 소리야!”

헨리 경은 방긋 웃으며 말했고, 홀워드의 팔을 잡고는 그를 집 안으로 끌고 들어가다시피 했다.

2

화실로 들어간 그들은 도리언 그레이를 보았다. 그는 문 쪽을 등지고 피아노 앞에 앉아 슈만의 〈숲속의 정경〉 악보를 보고 있었다.

“바질, 이 악보를 빌려 줘요.”

그가 외쳤다.

“꼭 연주해 보고 싶어요. 너무나 매력적이에요.”

“오늘 자네가 얼마나 잘하느냐에 달려 있어, 도리언.”

“아, 이젠 앉아 있는 게 지겨워요. 나를 그린 초상화도 원하지 않아요.”

젊은이는 피아노 연주용 둥근 의자에 앉은 채 고집센 아이처럼 몸을 휙 돌리며 대답했다. 그는 헨리 경을 보자마자 얼굴을 붉혔고 곧바로 자리에서 일어섰다.

“미안해요, 바질. 손님이 와 계신 줄은 몰랐어요.”

“헨리 워튼 경이라네, 도리언. 옥스퍼드 시절부터 알고 지낸 친구야. 방금 헨리에게 자네를 최고의 모델이라고 칭찬하고 있었는데, 자네가 모든 것을 다 망쳐 버렸군.”

"바질, 자네 말을 믿어. 그레이 씨, 만나서 반갑소."

헨리 경이 도리언 쪽으로 다가가 손을 내밀면서 말했다.

"숙모님으로부터 몇 번 이야기를 들었소. 숙모님이 좋아하는 사람 중 하나일 테니, 희생할 일이 많겠군."

"전 요즘 애거서 부인의 요주의 명단에 올라가 있습니다."

도리언은 고통스러워 보이면서도 우스꽝스러운 표정을 지으며 말했다.

"저번 주 화요일에 화이트채플에 있는 클럽에 같이 가겠다고 했다가, 그만 깜박 잊어버리고 말았어요. 이중주로 3곡 정도를 연주할 예정이었죠. 부인께서 뭐라고 하실지 모르겠어요. 두려워서 부인을 찾아뵙지도 못하고 있습니다."

"아, 숙모님과의 화해라면 내게 맡기게. 숙모님의 애정은 변함이 없을 테니까. 클럽에 가지 않은 건 별거 아닐 테니까. 숙모님 혼자 연주했어도 다른 사람들은 그걸 이중주라고 여겼을 거네. 숙모님은 피아노 앞에만 앉으면 이중주 이상의 소음을 만들거든."

"부인께 그런 끔찍한 말씀을 하시다니요. 그리고 저한테도 그리 듣기 좋은 말씀은 아닌 것 같군요."

도리언은 소리 내어 웃으면서 대꾸했다.

헨리 경은 그를 바라보았다. 그는 놀랄 만큼 잘생긴 젊은이였다. 섬세하면서도 윤곽이 뚜렷한 진홍빛 입술, 내면을 꾸밈없이 보여 주는 푸른 눈, 곱슬거리는 금발 머리, 그의 얼굴은 처음 본 사람도 그를 신뢰할 수밖에 없게 만드는 뭔가가 있었다. 청춘의 솔직함과 열정, 순수함이 있었다. 그는 세상의 모든 더러움에 물들지 않았다는 인상을 주었다. 바질 홀워드가 그를 숭배하는 것도 놀라운 일은 아니었다.

"그렇게 잘생긴 얼굴로 봉사 활동을 한다니, 그레이. 봉사 활동과는 전혀 어울리지 않을 정도로 잘생겼군."

이렇게 말한 뒤 헨리 경은 긴 소파에 앉더니 담뱃갑을 열었다.

화가는 물감을 섞고 붓을 준비하느라 분주했다. 그는 걱정하는 듯한 표정이었고, 헨리 경의 말을 듣자 잠시 망설인 후 말했다.

"헨리, 나는 오늘 이 그림을 끝내려고 해. 그만 가줬으면 좋겠다고 하면 무례하다고 할 건가?"

헨리 경은 미소를 짓고 도리언 그레이 쪽을 보았다.

"내가 가길 바라나, 그레이?"

"오, 가지 마세요, 헨리 경. 바질이 지금 기분이 좋지 않아서 저런 거예요. 저는 심기가 거북할 때의 바질을 견딜 수 없어요. 더구나 내가 봉사 활동을 하면 안 되는 이유를 듣고 싶습니다."

"그레이, 내가 그 이야길 해야 할지 모르겠군. 진지하게 이야기할 수밖에 없어서 지루할 테니까. 하지만 피하진 않겠네. 가지 말라고 하니 말이야. 내가 여기 있는 걸 싫어하는 건 아니겠지, 바질? 그림을 그릴 때 모델과 이야기를 하는 사람이 있으면 좋다고 말하곤 했잖아."

홀워드는 입술을 깨물었다.

"도리언이 원한다면 당연히 있어야지. 도리언의 변덕은 만인의 법이니까 말이야. 자기 자신만 빼고."

헨리 경은 모자와 장갑을 집어 들었다.

"내가 가주기를 바라는군, 바질. 그런데 이만 가 봐야겠네. 오를레앙에서 만나기로 한 사람이 있어. 나중에 다시 만나지, 그레이. 언제 오후쯤에 커즌 가를 지나갈 일이 있으면 우리 집을 들러 주게. 오후 5시에는 거의 집에 있으니까. 오기 전에 쪽지를 보내게. 내가 집에 없을 때 오면 안 되니까."

"바질!"

도리언 그레이가 재빨리 말했다.

"헨리 워튼 경이 가면 나도 가겠어요. 당신은 그림을 그리는 동안 한마디도 하지 않는데, 즐거운 표정을 지으며 묵묵히 단 위에 서 있는 것은 너무 지루하다고요. 헨리 경에게 있어 달라고 부탁해 주세요. 헨리 경이 있었으면 합니다."

"가지 마, 해리. 도리언의 부탁을 들어줘. 나도 부탁할게."

홀워드는 자신의 그림을 바라보면서 말했다.

"도리언 말이 맞아. 나는 그림을 그리는 동안 한마디도 하지 않고, 다른 사람의 말도 듣지 않아. 불쌍한 나의 모델들에겐 지겨운 일일 거야. 자네가 있어 주었으면 해."

"하지만 오를레앙에서 만나기로 한 사람은?"

화가는 웃음을 터뜨렸다.

"그 문제를 해결하는 건 어렵지 않잖아. 해리, 다시 자리에 앉아. 자, 그리고 도리언, 단 위로 올라가게. 너무 크게 움직이지 말

고, 헨리 경의 말에도 신경 쓰지 말게. 그는 친구들에게 나쁜 영향만 끼치는 친구야. 나만 빼고 말이야."

도리언 그레이는 그리스의 젊은 순교자처럼 단 위로 올라섰다. 그리고 헨리 경을 향해 입술을 삐죽거리면서 바질에 대한 불만을 나타냈다. 그는 헨리 경에게 매력을 느꼈다. 바질과는 판이하게 다른 사람이었다. 그들은 대조적이었다. 그리고 헨리 경의 목소리는 매우 아름다웠다. 잠시 후 그는 헨리 경에게 말했다.

"친구들에게 나쁜 영향만 끼친다는 게 사실인가요, 헨리 경? 바질의 말대로 나쁜 영향만을 끼치나요?"

"영향이란 건 모두 다 나쁜 영향이지. 좋은 영향이란 것은 없어. 모든 영향은 다 부도덕한 거니까. 과학적인 측면에서 볼 때 부도덕하다는 거지."

"왜요?"

"왜냐하면 어떤 사람에게 영향을 준다는 건 그에게 영혼을 준다는 것이니까. 영향을 받은 사람은 자신의 본성에서 우러나온 생각을 더 이상 하지 않고 자신만의 열정을 불태우지도 않아. 그의 미덕은 진정한 미덕이 되지 않아. 그의 죄는, 만약 죄라는 게 존재한다면 그저 빌려 온 것일 뿐이야. 그는 다른 사람이 연주하는 음악의 메아리가 되고, 다른 사람을 위해 쓰여진 희곡 속의 배우가 되거든. 인생의 목적은 자신을 향상시키는 데 있어. 자신의 본성을 완벽하게 실현하는 것, 이것이 인생을 살아가는 이유인 거야. 요즘 사람들은 자기 자신을 두려워해. 가장 위대한 의무를 잊고 있어. 자신의 자아에 대한 빚을 말하는 걸세. 물론 그들은 동정심을 갖고 있어. 굶주린 자에게 먹을 것을 주고 헐벗은 자에게 입을 것을 줘. 하지만 굶주리고 헐벗은 것은 그들의 영혼이야. 인류는 용기라는 것을 잃어버렸어. 아니면 애당초 인류는 용기라는 것을 가진 적조차 없는지도 모르지. 사회가 주는 공포는 도덕의 기초이고, 신이 주는 공포는 종교의 비밀이지. 이 두 가지가 인류를 다스리고 있어. 하지만 그럼에도……."

"도리언, 고개를 오른쪽 조금만 돌려, 착한 아이처럼."

화가는 그림을 그리는 데 열중하면서, 그리고 그 젊은이의 얼굴에 한 번도 보지 못한 표정이 떠올랐다는 사실을 깨달으면서 말했다.

"그럼에도."

헨리 경은 이튼 때부터 그의 특징이 된 우아한 손동작을 하면서 낮고 운율적인 목소리로 말을 계속했다.

"한 사람이 자신의 인생을 완벽하게 산다면, 자신의 감정에 형식을 주고 자신의 생각에 표현을 주며 자신의 꿈에 현실성을 준다면……, 나는 이 세계가 새로운 즐거움으로 가득 차고 중세의 폐단이 모두 없어질 것이며 고대 그리스의 이상으로 돌아갈 수 있을 거라고 믿는다네. 어쩌면 그리스의 이상보다 더 아름답고 풍요로울지도 모르지. 그러나 가장 용감한 사람도 자기 자신을 두려워하고 있어. 그래서 사지가 잘려나간 짐승이 비극적인 생존의 형태로 우리의 삶을 망치고 있어. 우리는 스스로 그것을 밀어 냈기 때문에 벌을 받고 있는 거야. 우리가 뿌리 뽑으려 했던 욕구는 끈질기게 살아남아 우리의 정신 속에서 활개를 친다네. 한 번 지은 육체의 죄는 사라지지. 행동은 정화이기 때문이야. 남는 것은 쾌락에 대한 기억과 추억이라는 사치뿐이지. 유혹을 없애는 방법은 유혹에 지는 것뿐이야. 만약 저항한다면 우리의 영혼은 스스로 금지한 것을 욕망하다 병이 들 거고, 스스로 불법이라고 규정한 것을 욕망하다 병이 들 거야. 사람들은 인류의 머릿속에서 세계사의 위대한 사건들이 일어났다고들 해. 사람들은 세계사의 엄청난 범죄가 일어난 것도 인류의 머릿속이라고 해. 그레이, 빨간 장미처럼 젊고 흰 장미처럼 어린 자네도 두려운 열정과 생각, 그걸 떠올리는 것만으로도 부끄러움에 얼굴을 붉히는 꿈을 꾸었을 거야……."

"그만해요!"

도리언 그레이가 중얼거리듯 말했다.

"그만! 당신 때문에 혼란스러워요. 무슨 말을 해야 좋을지 모르겠어요. 분명 답이 있을 텐데 그걸 못 찾겠어요. 말하지 마세요. 생각을 해봐야겠어요. 아니, 오히려 생각을 하지 말아야 될까요."

그는 눈에 광채를 띠고 미동도 하지 않으면서 입을 벌린 채 10분쯤 서 있었다. 그는 마음속에서 전혀 새로운 영향력이 꿈틀대고 있는 것을 미약하게나마 느낄 수 있었다. 그는 그러한 영향력이 자기 자신에게서 나온 것이라 여겼다. 바질의 친구가 한 말, 무의식중에 내뱉은 말, 그리고 그 안에 의도적인 역설이 담긴 말이 한 번도 건드려진 적이 없는, 마음속 비밀의 현을 건드렸다. 그리고 이제는 이상한 울림과 어울려 떨고 있었다.

그를 그처럼 동요시킬 수 있는 것은 음악이었다. 음악은 그를 상념에 빠뜨리곤 했다. 그러나 음악은 언어처럼 분명하지 않았다. 음악은 우리의 마음속에 새로운 세계가 아니라 다른 차원의 혼란을 만든다. 언어! 단지 언어일 뿐인 것들! 그런데도 그것은 얼마나 강력한가! 얼마나 명확하고 생생하고 잔혹한가! 우리는 언어로부터 도망갈 수 없다. 그리고 언어는 언제나 마술을 그 안에 품고 있다! 언어는 형태가 없는 것에 형태를 부여하고, 비올이나 류트의 아름다운 선율 같은 것이 그 안에 흐르는 듯하다. 언어일 뿐인 것들! 하지만 언어만큼 실질적인 것이 있을까?

그렇다. 그가 어렸을 때는 이해할 수 없는 것들이 있었다. 이제는 그것들을 이해했다. 인생은 갑자기 불꽃 같은 강렬한 색으로 바뀌었다. 그는 불 속을 걸었던 것 같았다. 왜 전에는 그걸 알지 못했을까?

헨리 경은 묘한 웃음을 지으며 그를 바라보았다. 그는 침묵을 지켜야 할 심리적 순간을 아는 사람이었다. 그는 강렬한 호기심을 느꼈다. 자신의 말이 가져온 난데없는 표정에 놀랐고, 그가 16살 때 미처 알지 못했던 많은 것을 알게 해 준 책을 떠올리면서 도리언 그레이가 그때의 자신과 흡사한 경험을 하고 있는 게 아닐까 하고 생각했다. 그는 그저 공중을 향해 화살을 날렸을 뿐이다. 그 화살이 과녁을 맞힌 걸까? 얼마나 매력적인 젊은이인가!

도리언 그레이의 초상

홀워드는 뛰어나고 대담한 손놀림으로 재빨리 그림을 그렸다. 그의 섬세하고 세련된 필치는 그의 힘에서 나오는 것이었다. 그는 화실 안의 정적을 알아차리지 못 하고 있었다.

"바질, 서 있는 게 지겨워요."

도리언 그레이가 갑자기 소리쳤다.

"정원에 나가 앉아 있어야겠어요. 여기 있자니 숨이 막혀요."

"친구, 미안하네. 나는 그림을 그릴 때 다른 것을 생각하지 못해. 하지만 자네가 이처럼 제대로 자세를 취한 적은 없었네. 정말 미동도 하지 않고 있었어. 그래서 나는 내가 원하던 것을 포착할 수 있었네. 반쯤 벌어진 입, 반짝이는 두 눈. 해리가 자네에게 무슨 말을 했는지는 모르지만, 어쨌든 자네의 표정은 아주 멋졌네. 아마도 자네를 칭찬했겠지. 해리의 말은 절대로 믿으면 안 되네."

"저를 칭찬하지 않았어요. 그게 제가 그분의 말씀을 한마디도 믿지 않는 이유죠."

"자네도 내 말을 다 믿는다는 걸 알잖아."

헨리 경은 꿈을 꾸는 듯한 나른한 눈으로 도리언을 보면서 말했다.

"자네와 같이 정원으로 가겠네. 여긴 너무 덥군. 바질, 얼음이 들어간 음료를 주겠나. 딸기도 넣어서."

"물론이지, 해리. 벨을 울리면 파커가 올 거야. 내가 파커에게 음료를 준비하라고 하겠네. 나는 배경 작업을 더 해야 하니까 조금 있다가 자네들에게로 가겠네. 도리언을 너무 오래 붙잡지 말

게. 오늘은 정말 작업이 잘되는 날이야. 이 작품은 나의 걸작이
될 거야. 지금 이 상태로도 걸작이지만.”

　헨리 경은 정원으로 나갔다. 도리언 그레이는 차가운 라일락 잎
속에 얼굴을 묻고 마치 포도주인 것처럼 꽃향기를 들이마시고 있
었다. 헨리 경은 도리언의 어깨에 손을 얹었다.

　“그게 옳아.”

　그는 중얼거렸다.

　“영혼은 관능으로 치유될 수 있어. 관능은 영혼으로 치유될 수
있는 것처럼.”

　젊은이는 깜짝 놀라더니 뒤로 물러났다. 그는 머리에 아무것도
쓰지 않았고, 라일락 잎이 그의 금빛 곱슬머리를 헝클어뜨렸다.
갑자기 잠에서 깨어난 사람처럼 그의 눈엔 공포가 담겨 있었다.
그의 섬세한 코가 움찔했고 그의 진홍빛 입술은 떨렸다.

　“그렇고말고.”

　헨리 경은 계속 말했다.

　“그것이 인생의 위대한 비밀 중 하나야. 영혼을 관능으로 치유
하고 관능을 영혼으로 치유하는 것 말이야. 자네는 경이로운 존
재야. 자네는 알기를 원하는 것만큼은 알지 못해도, 안다고 생각
하는 것 이상을 알고 있네.”

　도리언 그레이는 얼굴을 찌푸리고 고개를 돌렸다. 그는 자기 옆
에 서 있는, 키가 크고 세련된 남자에게 호감을 느꼈다. 그 사람
의 낭만적인 올리브색 얼굴과 피곤한 듯한 표정이 흥미를 느끼게

했다. 그 사람의 나직하고 음울한 목소리는 매혹적이었다. 심지어는 그 사람의 부드럽고 하얀 손도 매력적이었다. 그 사람이 말을 할 때마다 그 손은 선율처럼 움직였고, 자신의 언어를 갖고 있는 것처럼 보였다. 하지만 도리언은 그 사람이 두려웠고, 수치스러웠다. 왜 다른 사람이 먼저 자신의 실체를 보게 되었는가? 바질 홀워드를 안 지 여러 달이 되었지만, 바질과의 우정은 그의 내면을 바꾸지 못했다. 그런데 난데없이 그의 삶에 누군가가 등장해 인생의 수수께끼를 보여 주고 있다. 그렇지만 두려워할 이유가 무엇인가? 그는 어린 소년도 아니고, 소녀도 아니다. 두려워한다는 것은 우스꽝스러운 일이다.

"그늘로 가서 앉지."

헨리 경이 말했다.

"파커가 마실 것을 가져왔어. 더구나 이 햇빛 아래에서 조금만 더 있다간 자네 얼굴이 타겠어. 그러면 바질은 다시는 자네의 초상화를 그리지 않을 거야. 자네는 햇볕에 타면 안 돼. 자네에겐 어울리지 않아."

"그게 중요한가요?"

도리언 그레이는 웃더니 정원 끝에 있는 의자에 앉으며 말했다.

"자네에겐 아주 중요하지, 그레이."

"왜죠?"

"자네는 그 누구보다 아름다운 청춘을 갖고 있고, 삶의 유일한 가치는 청춘이기 때문이야."

"저는 그렇게 여기지 않습니다, 헨리 경."

"그럴 거야. 지금은 그럴 거야. 나중에 자네가 늙어 얼굴에 주름이 가득할 때, 생각이 자네 이마에 낙인 같은 줄을 남길 때, 열정이 자네 입술 위에 화상을 입힐 때가 되면 알게 될 거야. 그리고 자네는 그걸 끔찍하게 여기게 될 거야. 지금 자네는 그 어디에서든 사람들을 매혹시키네. 하지만 영원히 그럴 수 있을까? 자네의 얼굴은 너무나 아름답네, 그레이. 인상 쓰지 말게. 자네의 얼굴은 정말 아름다워. 그리고 아름다움은 천재성의 일종이네. 아니, 천재성보다 뛰어나다고 할 수 있지. 왜냐하면 아름다움은 설명할 필요가 없으니까. 아름다움은 세계의 위대한 사실 중 하나야. 햇빛처럼, 혹은 봄날처럼, 혹은 우리가 달이라 지칭하는 저 은빛 표면이 암흑의 수면 위에 만드는 그림자처럼. 아름다움은 의문의 대상이 될 수 없어. 아름다움은 신성한 통치권을 갖고 있지. 아름다움만으로도 왕자가 될 수 있어. 자네 웃고 있나? 아! 아름다움을 잃고 나면 자네는 웃지 못할 거야……. 사람들은 아름다움이 표면적인 거라고들 하네. 그럴지도 몰라. 하지만 적어도 아름다움은 '생각'보다 표면적이지는 않아. 내가 보기엔 아름다움이야말로 가장 경이로운 거야. 외모를 보고 사람을 판단하지 않는 건 얄팍한 사람들뿐일세. 세계의 수수께끼는 보이지 않는 것이 아니라 보이는 것에 있지……. 그래, 그레이, 신들은 자네에게 친절을 베풀었네. 하지만 신은 한번 주었던 것을 다시 빼앗아 가 버려. 자네가 진정으로 완벽하게 살아갈 날은 몇 년밖에 남지

않았어. 자네의 청춘이 사라지면 그 아름다움도 사라질 거야. 자네는 문득 이제는 승리란 것이 남아 있지 않으며, 과거에 대한 회한 때문에 패배보다 더욱 참혹하게 느껴지는 보잘것없는 승리에 만족해야 한다는 걸 알게 될 거야. 매달 자네는 끔찍한 뭔가에 더욱더 가까이 가겠지. 시간은 자네를 질투하고, 자네의 백합, 자네의 장미와 전투를 벌이겠지. 자네의 얼굴빛은 누렇게 변할 테고 뺨은 쑥 들어가고 눈은 광채를 잃겠지. 자네는 끔찍한 고통을 느끼게 될 거야……. 아! 청춘을 가졌을 때 청춘을 즐겨야 하네. 자네의 황금 같은 나날을 허비하지 말게. 고루한 사람들의 이야기를 듣거나, 승산 없는 실패를 만회하려고 애쓰거나, 자네의 삶을 무식하고 속된 사람들에게 주거나 하는 식으로 허비하지 말게. 그건 오늘날의 병적인 목표, 망상일 뿐이야. 살아야 하네! 자네가 살 수 있는 멋진 삶을 살아야 하네! 그 어떤 것도 놓치지 말게. 자네를 일깨워 줄 새로운 자극을 찾게. 아무것도 두려워하지 말게……. 우리에게 필요한 것은 새로운 형식의 쾌락주의야. 자네는 그 쾌락주의의 시각적 상징이 될 수 있어. 자네는 모든 것을 할 수 있네. 한창때의 자네는 이 세계를 소유하게 될 것이네……. 나는 자네를 보자마자 자네가 자신이 어떤 존재인지를, 자신이 어떤 존재가 될 수 있다는 것을 거의 모른다는 것을 알았네. 자네는 나를 매혹시키는 뭔가를 갖고 있어서, 나는 자네에 대한 뭔가를 말해 주어야 한다고 느꼈네. 나는 자네가 가진 것이 허비된다면 너무나 비극일 거라고 생각했네. 왜냐하면 자네의 청춘은 너무나 짧기 때문이지. 언덕의 꽃은 시들지만 곧 다시 피어나네. 노란 금련화는 내년 6월에도 어김없이 피어날 거야. 한 달 후에 클레마티스는 자색 꽃을 드러낼 것이고, 다음 해에도, 또 다음 해에도 자색 꽃을 드러낼 거야. 하지만 우리는 절대로 청춘으로 되돌아갈 수 없네. 20살 때 느꼈던 기쁨의 고동은 점점 느려질 거야. 팔다리에서 힘이 빠져나가고 감각도 녹슬겠지. 점점 추한 꼭두각시로 전락해 가고, 우리를 떨게 했던 열정과 우리가 쫓을 수 없었던 유혹에 대한 기억만이 남아 있겠지. 청춘! 청춘! 청춘을 빼면 이 세상엔 아무것도 없네!"

도리언 그레이는 눈을 커다랗게 뜬 채 생각에 잠겨 있었다. 그의 손에 있던 라일락 꽃잎이 물방울처럼 바닥 위로 떨어졌다. 라일락 꽃잎 위로 날아온 벌이 잠시 그 위를 맴돌더니 별무리 같은 꽃송이로 기어 올라가기 시작했다. 도리언은 거룩한 의미를 가진 것으로 인해 우리가 두려움을 느끼게 될 때나, 혹은 형용할 수 없는 새로운 감정에 휩싸일 때나, 아니면 우리를 두렵게 하는 어떤 생각이 우리를 정복하려 할 때 흔히 그렇듯이, 자그마한 일에 대한 기이한 관심을 보이며 벌을 바라보았다. 잠시 후 벌은 날아갔다. 도리언은 벌이 티레 메꽃 속으로 기어 들어가는 것을 보았다. 꽃은 몸을 움찔하더니 살짝 이리저리 흔들렸다.

그때 화가가 갑자기 화실 문 앞에 나타나더니 그들에게 들어오라는 손짓을 했다. 두 사람은 서로를 바라보고 미소를 지었다.

"빨리 오게."

화가는 소리쳤다.

"빨리 오라고. 방 안으로 들어오는 빛이 완벽해. 아, 마시던 것
도 갖고 오게."

두 사람은 일어나서 화실 쪽으로 난 길을 향해 천천히 걸어갔
다. 흰색과 초록색이 어우러진 나비 두 마리가 그들 곁으로 날아
갔고, 정원 한켠의 배나무에서 개똥지빠귀가 울기 시작했다.

"나를 만나 기쁜가 보군, 그레이."

헨리 경이 도리언 쪽을 보며 말했다.

"맞습니다, 기쁩니다. 그런데 앞으로도 계속 기쁠까요?"

"계속이라고! 그건 끔찍한 단어야. 나는 그 단어를 들을 때마다
진저리를 쳐. 여자들은 그 단어를 자주 쓰지. 여자들은 사랑을 영
원히 지키려다가 다 망쳐 버리지. 그건 무용한 단어이기도 해. 변
덕과 열정의 다른 점은 변덕이 그나마 더 오래간다는 거야."

도리언 그레이는 화실에 들어서자 헨리 경의 팔에 손을 얹었다.

"그러면 우리의 우정은 변덕이 되어야겠군요."

그는 이렇게 중얼거리면서 자신의 대담함 때문에 얼굴을 붉혔
으며, 단 위로 올라가서 포즈를 취했다.

헨리 경은 의자에 앉아 도리언을 지켜보았다. 이따금 홀워드는
뒤로 물러서서 자신의 그림을 살펴보았고, 그때를 제외하면 방
안에서는 붓이 캔버스 위를 지나가는 소리만이 들렸다. 열린 문
사이로 쏟아져 들어오는 햇빛 속에서 금빛 먼지가 춤을 추었다.
묵직한 장미 향기가 방 안의 사물들을 지배하고 있는 듯했다.

　15분쯤 뒤에 홀워드는 작업을 멈추었고, 도리언 그레이를 한동안 바라본 후 커다란 붓을 물고 얼굴을 찡그리면서 자신의 작품을 한동안 바라보았다.

　"거의 다 됐네."

　그는 허리를 구부려 캔버스의 왼쪽 구석에 자신의 이름을 주홍색으로 썼다.

　헨리 경이 다가가 그림을 살펴보았다. 그 그림은 뛰어난 예술 작품이자, 모델과 그림이 놀랍도록 흡사한 그림이기도 했다.

　"친구, 축하해. 이 시대에 그려진 최고의 초상화 중 하나야. 그레이, 이리 와서 자네의 초상화를 보게."

　젊은이는 꿈에서 깬 듯 깜짝 놀랐다.

　"정말 끝난 거예요?"

　그는 단 위에서 내려오며 물었다.

　"거의 다 끝났어."

　화가가 말했다.

　"오늘은 정말 완벽한 자세를 취해 주었네. 고맙다는 말을 어떻게 해야 할지 모르겠어."

　"그건 다 나의 공로야."

　헨리 경이 끼어들었다.

　"안 그런가, 그레이?"

　도리언은 대답도 하지 않고 내키지 않는 듯 자기 초상화 앞을 지나쳤다가 그림 쪽으로 고개를 돌렸다. 그는 그림을 보자 뒤로 물러섰고 얼굴은 빨갛게 달아올랐다. 그의 눈은 행복함으로 반짝거렸다. 마치 자기 자신의 모습을 처음 본 사람 같았다. 그는 홀워드가 자신에게 무슨 말을 던지고 있다는 것을 인식하면서도 그 말이 무슨 뜻인지는 알지 못하면서 그대로 서 있었다. 자신의 아름다움을 인식하는 것은 마치 어떤 계시를 받는 것과 같았다. 전에는 스스로 아름답다고 느낀 적이 없었다. 바질 홀워드의 찬탄도 다만 우정 때문일 거라고 생각했다. 그는 그의 말을 듣고, 웃고, 잊어버렸다. 그 말은 자신의 본성에 아무런 영향도 끼치지 않았다. 그러던 중 헨리 워튼 경이 나타나 청춘에 대한 찬사와 청춘의 짧음에 대한 무서운 경고를 했다. 그런 말을 듣자 그는 동요했고, 자신의 아름다운 모습의 재현을 보고 있는 지금, 헨리 경이 했던 말의 현실성을 문득 깨달았다. 그렇다. 그의 얼굴이 쭈글쭈글해지는 날이 올 것이고, 눈에서는 광채가 없어지고, 늘씬한 몸이 망가지는 날이 올 것이었다. 진홍빛 입술은 사라질 것이고 금빛 머리카락은 새하얘질 것이다. 그의 영혼을 풍성하게 해 줄 삶은 그의 육체를 망가뜨릴 것이다. 그는 끔찍하고, 흉측하고, 쓸쓸하게 변할 것이다.

그러자 커다란 아픔이 날카로운 비수가 되어 그를 찔렀고, 그의 존재를 이루는 섬세한 섬유 조직들이 파르르 떨렸다. 그의 눈은 자수정 빛으로 깊어졌고 안개 같은 눈물이 고였다. 얼음처럼 차디찬 손이 심장을 조이는 듯한 느낌이었다.

"맘에 안 드나?"

홀워드가 마침내 물었다. 그는 젊은이가 침묵하는 이유를 알지 못한 터라 조금 기분이 상해 있었다.

"물론 그레이는 맘에 들어하지."

헨리 경이 말했다.

"누가 이 작품을 싫어하겠나? 최고의 현대예술 작품 중 하나야. 나는 이 작품을 가질 수만 있다면 자네에게 뭐든지 주겠어. 이 작품을 꼭 갖고 싶거든."

"이건 내 것이 아니야, 해리."

"그럼 누구 건가?"

"당연히 도리언의 것이지."

"그레이는 운도 좋군."

"정말 슬픈 일이에요!"

도리언 그레이가 자신의 초상화에서 눈을 떼지 못한 채로 중얼거렸다.

"정말 슬픈 일이에요! 나는 늙고 추해질 거예요. 하지만 이 그림 속의 주인공은 언제나 청춘이겠죠. 아무리 시간이 많이 흘러도 지금 이 순간, 6월의 오늘 모습 그대로 남아 있을 겁니다……. 정반대가 될 수만 있다면! 영원히 젊은 쪽이 내 쪽이고 늙어 가는 쪽이 이 그림일 수만 있다면! 그럴 수만 있다면 뭐든지 내놓겠어요! 그래요, 그럴 수만 있다면 내가 내놓지 못할 것은 이 세상에 하나도 없어요! 내 영혼이라도 기꺼이 내놓겠어요!"

"그건 바질이 싫어할걸?"

헨리 경이 웃으면서 말했다.

"저 작품에 계속 주름살을 그려 넣어야 할 테니까."

"물론 나는 반대야, 해리."

홀워드가 말했다.

도리언 그레이는 몸을 돌리고 그를 바라보았다.

"물론 당신은 반대할 겁니다. 당신에겐 친구보다 예술이 소중하니까. 나는 당신에게 청동 조각상 정도의 가치밖에 없죠. 아니, 솔직히 말하면 그 정도의 가치도 없을 거예요."

화가는 놀란 얼굴로 그를 보았다. 도리언답지 않은 말이었다. 무슨 일이 있었던 걸까? 도리언은 화가 난 것처럼 보였다. 그의 얼굴은 상기되어 있었고 뺨은 새빨갰다.

"맞아요."

그는 말을 이었다.

"나는 당신에게 헤르메스 조각상이나 파우니[6] 조각상보다 의미가 없는 존재예요. 당신은 한결같이 그 조각상들을 좋아할 거예요. 나는 언제까지 좋아할까요? 내 얼굴에 주름살이 생기기 전까지만 좋아하겠죠. 이제야 나는 아름다움을 잃는다는 것은 모든 것을 잃는다는 의미임을 알게 되었어요. 그걸 내게 가르쳐 준 건 당신의 그림이에요. 헨리 워튼 경의 말이 옳아요. 이 세상에서 가

6) 로마 신화의 숲·들·목축의 신. 그리스 신화에 나오는 반은 사람이고 반은 짐승인 괴물 사티로스에 해당한다.

질 만한 가치가 있는 건 청춘뿐이에요. 나는 내가 늙고 있다는 것을 안 순간 나를 죽여 버리고 말 겁니다."

홀워드는 얼굴빛이 창백해지더니 도리언의 손을 잡았다.

"도리언! 도리언! 그런 말은 하지 말게. 자네 같은 친구는 없었고, 앞으로도 없을 거야. 혹시라도 영혼도 없는 물체를 질투하는 것은 아니겠지. 자네는 이 세상에서 가장 아름다운 사람이야!"

"나는 아름다운 모든 것을 질투합니다. 당신이 그린 내 초상화를 질투해요. 내가 잃어버리게 될 것을 이 그림은 갖고 있어요. 시간은 내게서 빼앗아 간 것을 이 그림에게 줄 거예요. 오, 그것이 정반대가 될 수만 있다면! 변하는 것은 그림이고, 나는 영원히 멈춰 있을 수만 있다면! 왜 이 그림을 그렸지요? 이 그림은 결국 나를 비웃을 거예요. 나를 철저히 비웃을 거라고요!"

그의 눈에서 뜨거운 눈물이 쏟아졌다. 그는 바질로부터 손을 휙 빼더니 소파에 몸을 던지며 기도라도 하듯 쿠션 속에 얼굴을 묻었다.

"자네가 한 짓이군, 해리."

화가가 씁쓸하게 말했다.

헨리 경은 어깨를 으쓱했다.

"이게 도리언 그레이의 진짜 모습이지. 그것뿐이야."

"그렇지 않아."

"그럼 내가 어떻게 했어야 하나?"

"내가 부탁할 때 갔어야 했어."

그가 중얼거렸다.

"자네가 부탁해서 있었잖아."

헨리 경이 대답했다.

"해리, 나는 두 친구와 동시에 싸울 수 없어. 하지만 자네는 도리언과 함께 있을 때 내 작품 중에서 가장 아름다운 작품을 질투하게 만들었네. 나는 이 그림을 없앨 거야. 이 그림은 결국 캔버스와 물감에 불과해. 이 그림 때문에 우리 셋의 삶을 파괴시킬 수는 없어."

도리언 그레이는 금빛 머리를 들어 창백한 얼굴에 눈물이 뒤범벅된 얼굴로, 작업대 쪽으로 가는 홀워드를 보았다. 뭘 하려는 걸까? 홀워드는 여기저기 흩어진 물감들과 붓들을 헤집으면서 뭔가를 찾고 있었다. 그렇다, 그는 기다란 팔레트 나이프, 얇은 강철 날이 달린 칼을 찾고 있었다. 마침내 그가 칼을 찾았다. 그는 캔버스를 찢을 생각이었다.

젊은이는 벌떡 일어나 홀워드를 향해 달려가 그의 손에 들려 있는 나이프를 낚아채어 화실 구석으로 던져 버렸다.

"그러지 마세요, 바질. 그러지 마요! 이건 살인이나 마찬가지라고요!"

"내 작품을 인정해 주니 기쁘군, 도리언."

화가는 놀라움이 가시자 냉정하게 말했다.

"난 자네가 내 작품 따윈 인정해 주지 않을 거라고 생각했어."

"인정이요? 나는 이 작품을 사랑해요, 바질. 이 작품은 나의 분신이라고요. 나는 그걸 알 수 있어요.”

“그렇군. 그렇다면 자네의 분신이 다 마르면 니스를 칠하고 액자에 넣어 집으로 보내겠네. 자네가 자신의 분신과 뭘 하든 상관하지 않겠네.”

그는 방을 가로질러 간 다음 벨을 울려 차를 가져오도록 지시했다.

“차는 마시고 가겠지, 도리언? 그리고 해리 자네도? 아니면 자네는 이 단순한 즐거움을 거부할 텐가?”

“나는 단순한 즐거움을 좋아해.”

헨리 경이 말했다.

“복잡함에서 벗어나 휴식을 취할 수 있는 최후의 안식처야. 하지만 이런 난리법석은 싫네. 무대 위라면 몰라도 말이야. 자네들은 얼마나 어리석은가! 인간을 이성적인 동물이라고 정의한 사람이 도대체 누군지 알 수가 없군. 그건 인간에 대한 정의 중에 가장 어설픈 것이었어. 나는 인간이 이성적인 동물이 아니라는 게 좋아. 하지만 자네들이 그림을 놓고 토닥거리지는 않았으면 좋겠어. 이 그림은 내가 갖는 편이 나을 거야, 바질. 이 순진하고 어린 친구는 진심으로 이 그림을 원하지 않아. 하지만 나는 원하고 있어.”

“내가 아닌 다른 사람에게 이 그림을 준다면, 그게 누구든, 바질, 나는 절대로 당신을 용서하지 않을 거예요!”

도리언 그레이가 말했다.

"그리고 나를 순진하고 어린 친구라고 부르는 걸 받아들이기 힘들군요."

"그림은 자네 거야, 도리언. 그림이 완성되기도 전에 나는 이걸 자네에게 줬으니까."

"그레이, 자네가 약간이라도 순진하게 행동했다는 걸 알잖아. 자네를 어리석다고 평한 것에도 거부하지 않았고."

"오늘 아침에는 진심으로 거부했습니다, 헨리 경."

"하! 오늘 아침이라고! 그렇다면 자네의 인생은 오늘 아침에 시작된 거로군."

문을 두드리는 소리가 들린 후 집사가 들어와 자그마한 일본 탁자 위에 쟁반을 내려놓았다. 잔과 접시 소리와, 조지 왕조풍 주전자에서 김이 새어 나오는 소리가 들렸다. 하인이 둥근 중국 접시 2개를 들고 들어왔다. 도리언 그레이는 탁자 쪽으로 가서 차를 따랐다. 바질과 헨리도 탁자 쪽으로 와서 접시 뚜껑을 열고 안의 내용물을 보았다.

"우리, 오늘밤엔 극장에 갈까."

헨리 경이 말했다.

"볼만한 공연을 하는 데가 있을 거야. 화이트와 저녁을 같이 먹기로 했지만, 오래된 친구니까 몸이 아파서 갈 수 없다고 하면 될 거야. 아니면 다른 약속이 생겨서 못 가게 되었다고 하거나. 이쪽이 더 괜찮은 핑계일 것 같은데. 솔직함이 주는 놀라움이 있으니까."

"정장을 입는 건 너무 지루해."

홀워드가 중얼거렸다.

"더구나 정장을 입으면 얼마나 추해 보이는지."

"그렇긴 하지."

헨리 경이 꿈꾸는 듯한 목소리로 답했다.

"19세기 복식은 정말 끔찍해. 그만큼 진지하고 그만큼 우울한 옷이 또 있을까. 현대의 삶을 색깔 있게 만드는 것은 죄뿐이야."

"도리언이 있는 데서는 그런 말 하지 마, 해리."

"어떤 도리언? 우리를 위해 차를 따르고 있는 도리언? 아니면 그림 속의 도리언?"

"그 어느 쪽이든."

"함께 극장에 가고 싶습니다, 헨리 경."

젊은이가 말했다.

"그럼 그렇게 하지. 그리고 바질, 자네도 함께 가지. 안 갈 텐가?"

"갈 수 없어, 가지 않는 게 좋겠어. 할 일이 많아."

"그렇다면 그레이, 자네와 나 둘만 가야겠군."

"전 좋습니다."

화가는 입술을 깨물며 찻잔을 들고 그림 쪽으로 걸어갔다.

"나는 진짜 도리언과 있어야겠군."

그가 슬픈 목소리로 말했다.

"그게 진짜 도리언인가요?"

초상화의 모델이 화가를 향해 걸어가며 소리쳤다.

"내가 저렇게 생겼어요?"

"그래. 자네는 저렇게 생겼어."

"정말 멋진 일이군요, 바질!"

"생긴 걸로만 보면 자네는 저 그림과 똑같지. 하지만 그림은 절대로 변하지 않아."

홀워드는 한숨을 쉬었다.

"그게 중요하지."

"사람들은 있지도 않은 것, 그 영원히 변하지 않는 것이란 것 때문에 호들갑을 떨지!"

헨리 경이 큰소리로 말했다.

"심지어 사랑이라는 건 온전히 몸의 욕망과 관련된 문제야. 의지와는 상관이 없어. 젊은 남자들은 정숙해지려 하지만 그러지 못하지. 늙은 남자들은 부정을 저지르고 싶어하지만 몸이 따라주지 않아. 우리가 할 수 있는 말은 그게 전부일세."

"도리언, 오늘밤 극장에 가지 말게."

홀워드가 말했다.

"나하고 같이 저녁을 먹어."

"그럴 수 없어요, 바질."

"왜?"

"같이 극장에 가겠다고 헨리 워튼 경에게 약속했으니까요."

"자네가 약속을 지킨다고 해서 헨리가 더 자네를 좋아하진 않

아. 헨리는 약속을 늘 어기는 사람이니까. 나는 자네가 가지 않았으면 좋겠어."

도리언 그레이는 웃더니 고개를 저었다.

"부탁이네."

젊은이는 잠시 주춤하더니, 탁자 앞에 앉아 호기심 어린 미소를 띠고 그들을 바라보고 있는 헨리 경을 쳐다보았다.

"가야 해요, 바질."

그가 대답했다.

"좋아."

홀워드가 말했다. 그는 탁자 쪽으로 가서 찻잔을 쟁반 위에 올려놓았다.

"늦었군. 옷을 갈아입어야 할 테니 어서 떠나게. 잘 가, 해리. 잘 가게, 도리언. 조만간 찾아오게. 내일 와도 되고."

"물론입니다."

"잊지 않겠지?"

"그럼요, 잊지 않을 겁니다."

도리언이 말했다.

"그리고…… 해리!"

"왜 그래, 바질?"

"내가 부탁한 것 잊지 마. 오늘 아침에 정원에서 내가 했던 이야기 말이야."

"기억 안 나는데."

"자네를 믿겠어."

"나도 나를 못 믿는걸."

헨리 경은 웃으면서 말했다.

"자, 그레이, 밖에 내 마차가 있네. 자네 집까지 데려다 주겠네. 잘 있게, 바질. 아주 흥미로운 오후였어."

두 사람이 나간 뒤 문이 닫히자, 화가는 괴로운 표정을 지으며 소파 위에 몸을 던졌다.

3

다음 날 12시 반에 워튼 경은 커즌 가에서 올버니 쪽으로 가서 숙부 퍼머 경을 방문했다. 퍼머 경은 행동은 거칠지만 속마음은 따뜻한 늙은 독신자였다. 외부에서는 그를 이기적인 사람이라고 불렀는데, 왜냐하면 그에게서 특별히 얻는 것이 없었기 때문이다. 그러나 사교계에서는 그를 관대한 사람이라고 여겼는데, 왜냐하면 그가 자기를 즐겁게 하는 이들의 후원자 역할을 했기 때문이다. 그의 아버지는 이사벨이 아직 어리고, 프림[7]은 태어나지 않았을 때 마드리드 주재 스페인 영국 대사였다가 파리 주재 대

7) 후안 프림(1814~1870). 이사벨라 여왕의 압제정치에 대항한 스페인의 장교이자 정치인

사에 임명되지 못한 것에 화가 나 충동적으로 은퇴를 한 사람이
었다. 그의 아버지는 자신의 혈통과 게으른 천성, 외교 문서를 쓸
때의 멋진 문체, 쾌락을 좇는 열정 등으로 볼 때 자신이 파리 주
재 대사가 되어야 한다고 믿었다. 그런 아버지의 비서였던 아들
은 상관인 아버지가 은퇴를 하자 자신도 은퇴를 했다. 이는 그 당
시 어리석은 행동으로 받아들여졌다. 몇 달 후 그는 귀족 작위를
승계하고 나서 결코 아무것도 하지 않는다는 위대한 귀족적 예술
에 매진하기 시작했다. 그는 거대한 저택 2채를 갖고 있었지만 그
보다는 전세 아파트에서 지내는 것을 더 좋아했다. 그것이 덜 귀
찮기 때문이었다. 그리고 식사는 자신이 속해 있는 클럽에서 해
결했다. 그는 중부 지방의 탄광을 관리하는 데 조금 신경을 쓰기
도 했는데, 석탄을 갖고 있으면 신사로서 마음 놓고 벽난로에 나
무를 땔 수 있는 품위를 얻을 수 있다는 것을 이유로 들어 자신이
일하는 것을 합리화시켰다. 정치적인 면에서는 토리당을 지지했
지만, 토리당이 정권을 장악하고 있을 때는 그렇지 않았다. 오히
려 토리당이 급진주의자들의 집단이라며 비난했다. 그에게 괴롭
힘을 당하는 하인은 그를 영웅으로 여겼고, 친지들은 그를 무서
워했다. 그는 영국이란 나라에서만 탄생할 수 있는 인물이었지
만, 그는 항상 영국이 망해 가고 있다고 말했다. 그가 고집하는
원칙은 시대착오적인 것이었지만, 그의 편견 중에는 경청할 만한
것도 많았다.

　헨리 경이 방 안에 들어섰을 때 숙부는 거친 사냥 외투를 입은

채로 잎담배를 피우면서 투덜거리며 〈타임스〉를 읽고 있었다.

"왔니, 해리."

노신사가 말했다.

"이렇게 이른 시간에 나온 이유가 뭘까? 자네 같은 댄디는 오후 2시 전에 일어나는 법이 없고, 오후 5시 전에 집 밖으로 나오는 법도 없지 않은가."

"친지에 대한 순수한 애정 때문이죠, 숙부님. 숙부님의 도움이 필요합니다."

"돈 때문이겠지."

퍼머 경이 비꼬는 표정을 지으며 말했다.

"일단 앉은 다음에 얘기해 봐. 요즘 젊은이들은 돈이면 다 되는 줄 아나 보던데 말이야."

"맞습니다."

헨리 경은 코트의 단추 구멍에 꽂은 장식 꽃을 만지면서 중얼거렸다.

"그리고 나이가 들수록 돈이 다가 아니라는 걸 깨닫게 되죠. 그런데 저는 돈을 원하지 않습니다. 자기 손으로 세금을 내는 사람들만이 돈을 원하지요. 그런데 저는 한 번도 제 손으로 세금을 내 본 적이 없습니다. 젊은 사람의 자본은 신용이고, 신용만 있어도 멋진 삶을 살 수 있어요. 전 다트무어가 소개시켜 준 상인들과 거래를 하는데 그 상인들은 저를 귀찮게 하지 않습니다. 저는 정보를 원합니다. 유용한 정보가 아니라 무용한 정보를 원합니다."

"그래, 영국 청서(靑書)[8]에 있는 거라면 뭐든 말해 주지, 해리. 요즘엔 쓸데없는 것까지 다 적어 둔다고 하던데, 내가 외교부에 있었을 땐 상황이 훨씬 좋았지. 그런데 요즘은 관리를 뽑을 때 시험을 친다고 하더군. 그럼 뭘 바랄 수 있겠나? 시험은 처음부터 끝까지 다 속임수야. 그가 진정한 신사라면 알아야 할 필요가 있는 건 다 알고 있는 거고, 진정한 신사가 아니라면 아는 게 독이 될 뿐이지."

"도리언 그레이는 영국 청서에 나오지 않습니다, 숙부님."

헨리 경이 지친 목소리로 말했다.

"도리언 그레이? 그게 누구야?"

퍼머 경이 두텁고 하얀 눈썹을 일그러뜨리며 물었다.

"그걸 알고 싶어서 왔습니다. 아니, 그가 누군지는 압니다. 작고한 켈소 경의 외손자예요. 어머니의 이름은 데버루고요. 마거릿 데버루. 그의 어머니에 대해 아시는 것이 있으면 말씀해 주세요. 어떤 여자였나요? 누구와 결혼했나요? 숙부님은 동년배 분들을 거의 다 알고 있으니 그 부인도 아실 거라고 생각했습니다. 저는 그레이에게 큰 관심을 갖고 있습니다. 얼마 전에 처음 만난 사이이긴 하지만요."

"켈소의 외손자라고!"

8) 영국 의회나 추밀원의 보고서로 당시 영국 사교계의 인명록이 수록되어 있었다. 표지가 청색으로 되어 있는 데서 그 이름이 유래하였다.

노신사가 헨리 경의 말을 되풀이했다.

"켈소의 외손자라! 물론이지. 나는 켈소의 딸을 아주 잘 알아. 세례를 받을 때도 참석했지. 빼어난 미모의 아가씨로 성장했어. 마거릿 데버루 말이야. 근데 빈털터리인 사나이와 눈이 맞아 도망치는 바람에 모든 남자들이 난리법석을 떨었어. 보잘것없는 놈이었어. 보병대의 하급 장교였을걸. 맞아. 바로 어제 일처럼 기억이 나. 비참하게 생을 마감했지. 결혼한 지 몇 달 되지 않아 스파[9] 결투를 하다 죽었으니 말이야. 안 좋은 소문이 났었어. 켈소가 사위를 괴롭히기 위해 벨기에 출신 악당을 고용했다고 말이지. 그 대가로 돈을 줬고, 그 악당은 비둘기를 꼬챙이에 꿰듯 단숨에 그를 죽여 버렸다고 말이지. 곧 그 사건은 잠잠해졌지만, 켈소는 그 뒤로 한동안은 클럽에서 혼자 식사를 해야 했어. 딸을 다시 데리고 왔는데, 딸은 그 뒤로 아버지에게 한마디도 하지 않았다고 하더군. 아, 그래. 너무 끔찍한 사건이었어. 딸도 죽었거든. 일 년도 못 돼서 죽었지. 그런데 그 딸에게 아들이 있었나 보군? 그 일은 잊고 있었어. 어떤 젊은이인가? 어머니를 닮았다면 매우 잘생겼겠군."

"대단히 잘생겼습니다."

헨리 경이 인정했다.

"인도해 줄 사람을 잘 만나야 할 텐데."

---

9) 벨기에 동부에 위치한 유명한 온천 마을

노신사가 말을 이었다.

"켈소가 옳은 일을 하고 죽었다면 그 젊은이에게 상당한 돈을 물려주었을 거야. 켈소의 딸, 그 젊은이의 어머니도 돈이 있었지. 그녀의 할아버지가 셀비의 부동산을 다 줬으니까. 그녀의 할아버지는 켈소를 싫어했어. 비열한 수컷이라고 생각했거든. 켈소는 정말 그런 사람이었어. 내가 마드리드에 있을 때 한 번 찾아온 적이 있었는데, 세상에, 얼마나 창피하던지. 여왕님이 요금 때문에 늘 마부랑 싸우는 영국 귀족이 누구냐고 물으셨지. 그의 그러한 버릇이 꽤 회자되기도 했어. 한 달 동안 나는 왕실에 모습을 드러낼 수 없었어. 그가 마부들보다 손자를 배려해 주었기를 바라야지."

"모르겠습니다."

헨리 경이 대답했다.

"언젠가는 그럴 거라는 생각이 드는군요. 아직은 나이가 안 되었습니다. 셀비의 저택을 갖고 있다는 건 알아요. 그가 이야기했으니까요. 그런데 어머니가 대단한 미인이었다고요?"

"마거릿 데버루는 내가 아는 한 가장 아름다운 여자였어, 해리. 대체 그런 여자가 왜 그런 행동을 했는지, 도무지 그 이유를 알 수 없었네. 마음만 먹으면 그 누구와도 결혼할 수 있는 여자였는데 말이야. 칼링턴이란 자는 미친 듯이 그녀를 쫓아다녔네. 그런데 그녀는 낭만적인 성격의 소유자였어. 그 집안의 여자들은 모두 다 그랬어. 그 여자들의 남자들은 하나같이 별 볼일 없었지만 여자들은 뛰어났지. 칼링턴은 무릎을 꿇고 빌다시피 했다고 자기

입으로 그러더군. 그녀는 그런 그를 비웃었어. 하지만 당시 런던 여자치고 칼링턴을 좋아하지 않은 여자는 없었는데 말이야. 해리, 어리석은 결혼에 대해 이야기하고 있다 보니 생각이 났는데 말이야, 자네 아버지가 그러는데, 다트무어가 미국 여자와 결혼하고 싶어 한다는데 그 소리는 대체 뭔가? 영국 처녀들로는 그 녀석 성에 차지 않는다는 거야?"

"요즘은 미국 처녀와 결혼하는 게 유행이라는데요, 삼촌."

"나 같으면 다른 어떤 세상 여자들과도 영국 처녀들은 바꾸지 않겠네."

퍼머 경이 주먹으로 탁자를 내리치면서 이렇게 말했다.

"그래도 사람들은 미국 처녀들이 더 좋답니다."

"사람들이 말하는 걸 나도 듣긴 들었네."

"그들은 영국식 오랜 약혼 기간에 지치지만, 날아가는 것도 재빠르게 잡는 빠른 경주에는 익숙합니다. 다트무어가 그런 미국 여자와 결혼에 성공할 수 있기나 할지 모르겠습니다."

"그 여자 부모는 어떤 사람들인가?"

퍼머 경이 불만스레 물었다.

"부모가 모두 생존해 있나?"

헨리 경은 가려고 일어서면서 고개를 저었다.

"영국 처녀들은 자기 과거를 숨기는 데 뛰어나지만 미국 처녀들은 자기 부모를 숨기는 데 아주 뛰어나다고 합니다."

"혹시 돼지고기 가공업자 아닐까?"

"만약 그렇다면, 다트무어를 위해선 좋겠습니다. 미국에서는 정치 다음으로 돈 많이 버는 사업이 제육 가공업이라던데요."

"예쁘긴 한가?"

"미국 여자들 대개가 그렇듯이, 자기가 예쁜 줄 알고 행동하더군요. 그게 그들 매력의 비결이긴 합니다."

"왜들 이 미국 처녀들은 자기 나라에만 살지 못하는 거지? 미국이 여자들을 위한 천국이라고 떠벌리면서 말이야."

"사실이 그렇습니다. 미국 처녀들이 에덴동산의 이브처럼 그 천국을 빠져나오려고 기를 쓰는 것이지요."

헨리 경이 말했다.

"전 이만 가 봐야겠습니다. 좀 더 있다가는 점심 약속에 늦겠어요. 제가 원하던 정보를 주셔서 감사합니다. 오래된 친구들에 대해선 전혀 알고 싶지 않지만, 새로 사귄 친구에 대해선 알고 싶은 게 많거든요."

"점심은 어디서 먹을 건가?"

"애거서 숙모 댁에서요. 그레이와 제가 함께 가겠다고 말해 놓았습니다. 숙모가 관심을 가지기 시작한 젊은이가 그레이거든요."

"이봐, 자네 숙모에게 말하게나. 자선사업 기부금이니 뭐니 해서 날 귀찮게 하는 일이 앞으로는 없었으면 좋겠다고 말이야. 그런 소리가 얼마나 질리게 하는지. 자네 숙모는 내가 그 어리석은 유행을 위해 수표를 써 주는 일 말고는 하는 일이 없는 사람이라고 생각하는 모양일세."

"알겠습니다. 그렇게 전하지요. 그래봤자 숙모에겐 소용없을 것 같군요. 박애 사업가들은 인간애가 부족하거든요. 그게 바로 박애 사업가들의 가장 큰 특징이지요."

퍼모 경은 고개를 끄덕이며 하인을 부르기 위해 종을 울렸다. 헨리 경은 지붕 낮은 아케이드를 지나 벌링턴 가로, 다시 버클리 광장 쪽으로 발걸음을 옮겼다.

도리언 그레이의 부모에 관한 이야기는 비록 간략한 요약이긴 했지만, 헨리 경에게 낯설고, 현대적이라고 할 만한 로맨스가 담겨 있어 마음의 동요를 일으켰다. 모든 것을 걸고 미칠 듯한 열정에 휩싸인 아름다운 여인. 그러나 너무나도 행복했던 몇 주 동안의 사랑과 정열이 끔찍한 범죄로 끝나고 만다. 말로 표현할 수 없는 고통과 번민의 몇 개월이 지난 후 고통 속에서 한 아이가 태어난다. 죽음으로 어머니조차 잃은 아이는, 변덕스럽고 인정머리 없는 노인의 폭압 속에서 외롭게 자라난다. 실로 흥미로운 성장 배경이 아닐 수 없다. 이러한 배경이 도리언 그레이를 실제의 그보다 더 완벽하게 만들었다. 세상에 있는 모든 아름다운 것들의 배경에는 비극적 요소가 있기 마련이었다. 아무리 하찮은 꽃이라도 피어나기 위해서는 온 세상이 산고를 치러야 한다. 전날 밤 함께 한 저녁 식사에서 그는 얼마나 매혹적이었는지. 헨리 경의 맞은편에 앉아 있던 그는 마치 무엇에라도 놀란 듯이 눈을 동그랗게 뜨고 있으면서도, 입술은 무언가 기쁜 듯 살짝 벌어진 채였고, 이 세상의 아름다움에 경이감을 느끼는 듯한 그 얼굴을 붉은 촛

불이 밝게 비춰주고 있었다. 그와 이야기하는 건 정교하게 만들어진 바이올린을 연주하는 기분과 비슷했다. 활의 움직임 하나하나에 그는 반응을 보였다. 다른 이에게 영향력을 행사한다는 것은 매우 매혹적인 그 무엇이 있었다. 다른 어떤 일도 영향력을 행사하는 일과는 비교할 수 없었다. 자신의 영혼을 어떤 우아한 형태로 상대에게 투영한다는 것, 그리고 내 영혼이 상대의 영혼 속에 얼마간 머물도록 하는 것, 그리고 자신의 지적인 견해에 상대가 열정과 젊음을 더해 더욱 아름다운 음악으로 들려주는 것을 듣는 것, 신비한 액체나 향수를 뿌리듯 나의 기질을 자연스럽게 다른 사람에게 옮겨 주는 것은 정말로 기쁜 일이었다. 지금의 천박한 시대처럼 육체적인 쾌락을 추구하고 천박한 목표만을 추구하는 이런 시대에 우리에게 남겨진 가장 만족스러운 기쁨일지도 몰랐다. 그가 바질의 화실에서 이상한 우연으로 도리언을 만난 것은 경이로운 일이었다. 도리언은 경이로운 존재로 변할 수 있는 존재였다. 그는 우아함을 타고났으며, 소년처럼 순백의 순수함을 지니고 있었으며, 고대 그리스의 대리석 조각과 같은 아름다움을 가지고 있었다. 그와 함께라면 무엇이든 할 수 있었다. 그는 타이탄이 될 수도 있었고 장난감이 될 수도 있었다. 그러한 아름다움이 사라질 운명이라는 건 정말로 슬픈 일이 아닌가. 또한 바질은 어떤가. 심리학적으로 본다면 그는 정말 흥미로운 인물이다. 새로운 양식의 예술, 삶을 바라보는 새로운 인생관들을 전혀 의식하지 못하는 사람이 곁에 있었다는 단순한 존재만으로 영감

을 얻어 표현할 수 있다니 기이한 일이다. 어두운 숲속에 살면서 누구의 눈에도 띄지 않게 들판을 거닐던 침묵의 정령이, 겁없이 갑자기 모습을 드러냈다고 표현해야 할까. 숲의 정령을 찾아 헤매던 그의 영혼 속에서 놀라운 통찰력이 눈을 떴기 때문이다. 사물의 단순한 모양이나 형태에 불과하던 것들이 그의 손길을 거치면서 세련되고 의미있는 상징적 가치를 얻게 되면서 그 자체로서 또 다른 완벽한 패턴을 만들고 그 그림자마저도 현실 세계에 생생하게 보였다. 참으로 이 모든 것이 묘하기만 하다. 그는 역사상 있었던 이와 비슷한 사건들을 기억했다. 사고의 예술가로 알려진 플라톤이 이 문제를 처음으로 분석했다. 이러한 문제를 아름다운 대리석 조각으로 만들어낸 건 미켈란젤로일 것이다. 하지만 이 시대에 그러한 것은 기이한 일이 아닐 수 없다. 바질은 자신도 모르게 도리언 그레이에게 영향을 받아 훌륭한 초상화를 그렸듯이, 그 또한 도리언 그레이를 지배할 길을 찾을 것이다. 이미 반쯤은 그렇게 되었지만, 도리언의 놀라운 정령을 그의 것으로 만들 것이다. 사랑과 죽음의 아들인 이 도리언에겐 사람을 매혹시키는 그 무엇인가가 있었다.

갑자기 그는 발걸음을 멈추고 주위의 집들을 둘러보았다. 어느새 그는 숙모의 집을 꽤 지나쳐 오고 있음을 알고 멋쩍은 표정을 지으며 발길을 돌렸다. 숙모 집에 도착해 조금은 컴컴한 복도에 들어서자 집사가 손님들은 점심 식사중이라고 말해 주었다. 그는 옆에 있던 하인에게 모자와 지팡이를 맡기고 식당으로 갔다.

"또 늦었구나. 해리야."

숙모가 고개를 절레절레 저으며 소리쳤다.

그는 핑계거리를 둘러대고는 숙모의 옆에 있는 빈자리에 앉으면서 누구누구 와 있는지 한 바퀴 빙 둘러보았다. 식탁의 가장자리에 앉아 있던 도리언이 그를 보자 수줍은 듯 고개를 숙여 인사를 건넸고, 그의 양쪽 뺨에는 기쁨의 홍조가 살짝 피어올랐다. 헨리 경의 맞은편 자리에는 할리 공작 부인이 앉아 있었다. 주변 사람들 모두가 좋아할 만한 온화한 성격과 기질을 가진 부인이었다. 공작 부인은 일반 다른 여성이라면 현대 역사학자들로부터 '건장하다'고 할 만한 큰 체격을 한 귀족 부인이었다. 공작 부인의 오른편에는 의회의 급진파인 토머스 버든 경이 앉아 있었다. 그는 공적으로는 당 대표를 따랐지만 사석에서는 유명한 요리사들을 쫓아다녔다. 처세를 위해 토리당원들과 함께 식사하고, 자유주의자들과 생각을 같이 하는 인물이었다. 공작 부인의 왼쪽에는 트레들리에서 온 어스킨 씨가 앉아 있었다. 어스킨 씨는 풍부한 매력과 교양을 갖춘 노신사이지만 말을 잘 하지 않는 나쁜 습관을 가진 인물이었다. 그가 언젠가 애거서 부인에게 한 말에 의하면 30이 되기 전에 자신이 할 말을 다해 버렸기 때문이라고 했다는 것이다. 헨리 경의 옆자리에는 숙모와 가장 오래된 친구들 중 한 사람인 밴들러 부인이 앉아 있었는데 그녀는 다른 여자들과 비교하면 성녀라고 할 수 있지만 세련되지 못하고 단정치 못하여 제본이 제대로 안 되어 너덜대는 찬송가 책을 연상시켰다.

헨리 경은 그녀의 맞은편에 포델 경이 앉아 있다는 것을 다행으로 생각했다. 그는 영국 하원에서의 의원 진술서만큼이나 지루한 사람이지만 중년으로서는 상당히 지적이고 평범한 사람이었다. 밴들러 부인은 그런 포델 경과 진지하게 이야기하고 있었는데 이런 진지한 태도는 헨리 자신도 말했듯이, 착하고 좋은 사람들이 빠지기 쉬운, 그리고 절대 빠져나오지 못하는 버릇이었다.

"가엾은 다트무어에 대해 이야기하고 있었어요, 헨리 경."

공작 부인이 큰 목소리로 식탁 맞은편에 있는 그에게 기분 좋게 고갯짓을 하며 말했다.

"그가 이 매력적인 처녀와 정말로 결혼할 거라고 생각하세요?"

"그 아가씨가 먼저 청혼하기로 맘을 먹은 거 같은데요, 공작 부인."

"세상에!"

애거서 부인이 소리쳤다.

"누가 나서서 이 문제를 해결해야겠군요."

"정통한 소식통에 의하면, 그녀의 부친이 미국에서 건조품 가게를 한다더군요."

거만한 표정을 지으며 토머스 버든 경이 말했다.

"제 숙부께서는 돼지고기 가공업을 하는 집안이라던데요, 토머스 경."

"건조품이라! 미국에서 건조품이란 뭔가요?"

공작 부인이 몹시 궁금하다는 듯 커다란 양손을 들며 힘주어 말했다.

"미국 소설 말이죠."

헨리 경이 메추라기 요리를 접시 위에 덜어 놓으면서 말했다.

공작 부인은 어리둥절한 표정이었다.

"저 애 말은 신경 쓰지 마세요."

애거서 부인이 속삭였다.

"무슨 말이든 진심으로 하는 아이가 아니라니까요."

"미국이 발견되었을 때 말이죠."

급진파의 토머스 버든 경이 말문을 열더니 지루한 사실들을 늘어놓기 시작했다. 하나의 화제에 대해 말하면서 다 소진해 버릴 때까지 그 이야기를 늘어놓는 사람들이 그렇듯, 그는 듣는 사람이 진이 빠질 때까지 하는 사람이었다. 공작 부인이 한숨을 쉬고는 그녀의 특권을 발휘해 그의 말을 가로막았다.

"미국이 발견되지 않았다면 얼마나 좋았을까! 정말 이러다간 영국 처녀들이 제 짝을 만날 수나 있을지 모르겠어요. 정말 부당한 일이예요."

"미국은 발견된 적이 없다고 할 수도 있습니다."

어스킨 씨가 말했다.

"나라면 미국은 발견된 게 아니라 냄새 맡아서 알게 된 거라 말하겠소."

"아, 저는 거기서 온 사람들을 봤어요."

공작 부인이 애매모호한 표현으로 말했다.

"솔직히 예쁜 아가씨들이 많더군요. 옷도 잘 입고. 옷을 모두 파리에서 사다 입는대요. 나도 그러면 얼마나 좋을까."

"사람들이 착한 미국인은 죽으면 파리로 간다고 합니다."

토머스 경이 껄껄 웃으며 말했다. 그의 옷장에는 유머의 신이 입다 버린 한물간 헌옷들로 가득차 있었다.

"저런! 그렇다면 악한 미국인은 죽은 후 어디로 가죠?"

공작 부인이 물었다.

"그들은 미국으로 갑니다."

헨리 경이 말했다.

토머스 경이 이마를 찡그리며 애거서 부인에게 말했다.

"부인의 조카는 이 위대한 나라에 대한 편견을 갖고 있군요. 나는 미국의 방방곡곡을 여행했어요. 회사의 관리자들이 마련해 준 차를 타고 다녔습니다. 그들은 아주 신사적인 사람들입니다. 미국에 가 보면 배울 것이 아주 많다고 생각해요."

"하지만 뭔가 배우려면 반드시 시카고에 가 봐야 한단 말이요?"

어스킨 씨가 불평스레 말했다.

"그런 여행은 난 별로 내키지 않는데."

토머스 경이 손을 내저었다.

"어스킨 씨는 책으로 가득찬 서가에서 세계를 보시는군요. 저처럼 현실적인 사람들은 책을 통해 세상사를 알기보다는 직접 두 눈으로 보기를 좋아합니다. 미국인들은 아주 흥미로운 사람들입

니다. 아주 합리적인 사람들이지요. 그런 점들이 그들의 특징적
인 성격이라고 생각해요. 어스킨 씨, 그들은 정말 합리적입니다.
미국인들에게 비합리적이라고 말할 만한 것은 전혀 없다고 생각
합니다.”

“끔찍하군요!”

헨리 경이 말했다.

“난 폭력은 견딜 수 있지만 난폭한 이성은 참을 수 없습니다.
난폭한 이성을 사용하는 건 부당한 짓입니다. 그건 이성보다 아
래에 있는 것을 공격하는 비겁한 일이라고 할까요.”

“무슨 말인지 도무지 이해할 수 없군요.”

토머스 경이 얼굴을 붉히며 말했다.

“나는 이해할 수 있소, 헨리 경.”

어스킨 씨가 미소를 지으며 말했다.

“역설도 나름의 방식으로 성립하긴 합니다만…….”

토머스 경이 끼어들었다.

“그게 역설인가요?”

어스킨 씨가 물었다.

“나는 그렇게 생각하지 않았는데, 어쩌면 그럴지도 모르지요.
역설은 진실이 성립하는 방식과 같소. ‘현실’을 시험하기 위해서
는 팽팽한 외줄 위에 올려놓고 봐야지. ‘진실’이 곡예사가 된 다
음에야 그것의 가치를 판단할 수 있는 거죠.”

“맙소사!”

애거서 부인이 말했다.

"남자들은 항상 이런 논쟁을 한단 말예요! 도대체 당신들이 무슨 말들을 하는 건지 모르겠어요. 아! 해리, 이 참에 말해야겠어. 왜 도리언 그레이 씨가 이스트엔드의 빈민들을 포기하라고 하는 걸까? 그레이 씨가 정말 큰 힘이 되어 줄텐데 말이야. 모두들 그레이 씨의 연주를 무척이나 좋아할 거라구."

"저는 그가 나를 위해서 연주해 주었으면 하거든요."

헨리 경은 웃으면서 말했고, 식탁 가장자리를 바라보자 도리언이 그의 말에 화답하는 듯 밝은 얼굴로 마주보는 것이 보였다.

"하지만 화이트채플의 사람들은 너무나 불쌍해."

애거서 부인이 말했다.

"전 세상의 모든 것에 공감하고 동정을 느낄 수 있지만 고통만은 그럴 수 없답니다."

헨리 경이 어깨를 들썩하며 말했다.

"도저히 고통에는 동정이 가지 않아요. 너무도 추악하고 끔찍하고 사람을 비참하게 만들거든요. 현대인들이 고통에 공감하는 것은 뭔가 병적인 데가 있다고 생각합니다. 사람들은 색채나 아름다움, 인생이 주는 즐거움에 공감해야 한다고 생각합니다. 인생의 고통에 대해서는 말을 아끼는 것이 좋아요."

"그래도 이스트엔드는 아주 중요한 문제라고."

토머스 경이 무겁게 고개를 저으며 말했다.

"그렇겠지요."

헨리 경이 대답했다.

"그건 노예제라는 문제입니다. 우리는 노예를 즐겁게 해 주는 것으로 그 문제를 해결하려고 합니다."

토마스 경은 날카로운 눈빛으로 그를 보았다.

"그럼 당신이 생각하는 변화의 방법은 무엇이란 말이오?"

헨리 경이 웃으며 말했다.

"제가 영국에서 바뀌길 원하는 것은 날씨뿐입니다. 저는 철학적인 생각을 하는 것만으로 아주 만족하고 있어요. 하지만 19세기가 지나친 동정의 소비로 망한다면, 과학을 통해 우리 자신을 바로 잡을 수 있을 거라고 생각합니다. 우리를 혼란스럽게 하는 것이 감정이고, 과학의 장점은 감정적이지 않다는 데 있지요."

"하지만 우리에겐 아주 막중한 책임감이란 게 있잖아요."

밴들러 부인이 수줍어하며 입을 열었다.

"아주 막중한 책임이고말고."

애거서 부인이 끼어들었다.

헨리 경은 어스킨 씨를 바라보았다.

"사람들은 자신을 지나치게 대단한 존재로 여기는 경향이 있어요. 그게 바로 사람들이 지은 원죄입니다. 최초의 인류인 동굴에 살았던 원시인들이 웃는 법을 알았더라면 역사는 아주 달라졌을 겁니다."

"그 말을 들으니 아주 위안이 되는데요."

공작 부인이 작은 목소리로 말했다.

"난 헨리 경 숙모를 만나러 올 때마다 죄책감이 들었거든요. 왜냐하면 전 이스트엔드에 아무런 관심이 없으니 말예요. 하지만 앞으로는 얼굴을 붉히지 않고도 애거서 부인을 제대로 볼 수 있을 것 같아요."

"얼굴을 붉히시는 것이 무척 어울리는걸요, 공작 부인."

헨리 경이 말했다.

"그거야 젊은 아가씨들한테나 그렇지요."

그녀가 대답했다.

"나처럼 늙은 여자가 얼굴을 붉히는 건 불길한 징조라고요. 아, 헨리 경, 어떻게 하면 다시 젊어지는지 가르쳐 주세요."

그는 잠시 생각해 보더니 말했다.

"젊은 시절에 저지른 큰 실수 중에 기억나는 게 있습니까, 공작 부인?"

그는 식탁 맞은편의 그녀를 바라보며 물었다.

"아주 많지요."

그녀가 말했다.

"그렇다면 그 실수들을 다시 저질러 보세요."

그가 심각한 말투로 말했다.

"젊음을 되찾고 싶다면, 젊은 시절의 잘못들을 다시 저지르면 됩니다."

"아주 흥미로운 이론이군요! 실천해 봐야겠어요."

그녀가 소리쳤다.

"아주 위험한 생각입니다!"

토머스 경의 굳어진 입술에서 나온 말이었다. 애거서 부인은 고개를 가로저으면서도 재미있어 하는 표정이 역력했다. 어스킨 씨는 계속해서 듣고만 있었다.

"그렇습니다."

헨리 경은 계속 말했다.

"그것이 인생의 가장 큰 비밀 중 하나지요. 많은 현대인들이 잘못된 상식 때문에 죽어 가고, 사람들이 절대 후회하지 않는 것은 자신의 실수라는 것이고, 그것을 깨달았을 땐 너무 늦은 때이지요."

식탁 주변에 앉아 있던 사람들이 웃었다.

헨리 경은 자신의 관념을 이리저리 유희했고, 그러한 관념과 자신의 고집 센 견해가 뭉뚱그려져 제멋대로가 되었다. 그리고 그것을 허공에 던져 모양을 바꿨다. 그리고 그것을 놓아준 다음 다시 움켜잡았다. 그것이 번뜩이는 상상력으로 아름답게 빛나도록 했고 역설의 날개를 달아 주었다. 말을 계속 이어가면서 인간의 어리석음을 찬미하는 것이 철학적으로 비상했고, 그 철학은 젊어지면서 쾌락이라는 미친 음악에 귀 기울이며, 포도주로 얼룩진 옷과 담쟁이덩굴로 만든 꽃다발을 머리에 얹은 후 술의 신인 바쿠스 신을 섬기는 여사제처럼 인생의 언덕길에서 춤을 추었고, 느릿느릿한 실레노스[10]를 술도 먹지 못한다는 이유로 놀려댔다. 철학 앞에서 사실이란 잔뜩 겁먹은 숲의 동물들처럼 도망쳐 버렸

다. 철학의 하얀 발이 현인 오마르[11]가 앉아 있는 거대한 포도주 압축기를 마구 밟았고, 포도즙 거품이 끓어오르며 자줏빛 방울을 빚어내면서 그녀의 맨다리를 적시며 위까지 솟아올랐다. 또한 기우뚱한 술통 옆으로 새어 나온 붉은 거품을 내며 흘러내렸다. 그야말로 뛰어난 즉흥 공연이었다. 헨리 경은 도리언 그레이가 자신에게 눈길을 떼지 못하고 있다는 것을 깨닫자, 자신의 기지를 더욱 발휘하고 상상력에 화려한 색채를 더하는 듯 했다. 그는 빛나는 재치와 풍부한 상상력, 무책임함을 보여 주었다. 그는 자기의 이야기를 듣는 사람들이 제정신을 잊을 만큼 사람들을 매혹시켰고, 현실을 잊은 청중들은 그가 부는 피리 소리에 웃으면서 따라갔다. 도리언 그레이는 한시도 그로부터 눈을 떼지 않고 주문에 걸린 사람마냥 앉아 있었는데, 그의 입술에는 미소가 멈추질 않았고 점점 더 짙어지는 그의 눈동자 속에서는 경이로움이 더해졌다.

마침내 이 시대의 의상을 입은 '현실'이 하인의 모습으로 안으로 들어와서 공작 부인에게 마차가 기다리고 있다는 말을 전했다. 그녀는 가기 싫지만 하는 수 없다는 투로 양손을 비틀었다.

"어쩔 수 없군요!"

그녀가 외쳤다.

10) 그리스신화에 나오는 주신(酒神)
11) 《루바이야트》의 저자로, 인생의 목적은 술을 마시고 즐거운 시간을 보내는 데 있다고 했다.

"이젠 가 봐야하다니! 클럽으로 남편을 데리러 가야 한답니다. 윌리스 룸스[12]에서 열리는 어떤 모임에 그와 함께 참석해야 하거든요. 남편이 그 모임의 의장이니까 내가 늦게 가면 남편은 불같이 화를 낼 거예요. 전 이 모자를 쓰고 사람들 앞에서 망신당하고 싶지 않답니다. 이 모자는 아주 쉽게 망가지는 물건이라서 말을 조금만 험하게 해도 모양이 망가질 거예요. 지금 서둘러 가야겠어요. 애거서 부인, 안녕히 계세요. 헨리 경, 당신은 정말 재미있는 친구예요. 그리고 무서울 정도로 비도덕적인 분이기도 하고요. 당신의 생각에 뭐라 말을 못하겠군요. 언제 한번 우리 집에 와서 저녁을 함께 하면 어떨까요? 화요일은 어때요? 화요일에 시간이 되나요?"

"부인의 초대라면 만사를 제치고서라도 달려가야죠, 공작 부인."

헨리 경이 고개 숙여 절을 하며 말했다.

"정말 듣기 좋은 거짓말이라는 걸 잘 알아요."

그녀가 말했다.

"그럼 화요일에 꼭 오세요."

그리고 그녀가 방을 나가자, 애거서 부인과 다른 부인들이 그 뒤를 따라 나갔다.

헨리 경이 다시 자리에 앉자 어스킨 씨가 식탁을 빙 돌아서 다가오더니 가까이에 있는 의자에 앉아 헨리 경의 팔에 손을 얹

12) 킹 거리에 위치한 귀족들을 위한 사교장

었다.

"당신 말솜씨는 잘 쓰여진 책도 무색할 정도군. 직접 책을 써 보는 건 어떻겠나?"

"제가 책 읽는 것을 너무 좋아해서 책을 쓸 마음은 없습니다. 어스킨 씨. 물론 소설을 한 편 써 보고 싶긴 합니다. 페르시아산 양탄자처럼 아름답고, 또한 그만큼 비현실적인 소설입니다. 하지만 영국 대중들은 신문기사, 독본, 백과사전 말고는 그 어떤 분야에도 문학을 읽을 만한 사람들이 없어요. 세계 어느 나라 사람들도 영국 사람들만큼 문학이 주는 아름다움을 즐기지 못하는 사람들은 없습니다."

"아, 그 말에 동의해요."

어스킨 씨가 대답했다.

"나도 한때 문학에 입문하려고 마음먹었던 적이 있었지. 하지만 오래전에 포기했소. 그건 그렇고, 오늘 점심 먹으면서 했던 말들이 모두 당신의 진심이라고 믿어도 되겠소?"

"제가 무슨 말을 했는지 전 거의 잊어버렸는데요."

헨리 경이 웃으며 말했다.

"그렇게 좋지 못한 말뿐이었나요?"

"아주 나쁜 이야기들이었소. 사실 당신은 아주 위험한 사람 같소. 만일 저 선량한 공작 부인에게 무슨 일이라도 일어난다면, 제일 큰 책임이 당신에게 있다고 생각할 거요. 하지만 난 당신과 인생에 관해 이야기해 보고 싶소. 내가 태어난 세대는 아주 지루한

세대였지. 언제든지 런던이 지겨워지거든, 트레들리로 와서 내게
쾌락에 대한 당신의 철학을 이야기해 주오. 운 좋게도 나에겐 최
상급 비건디 포도주가 있으니 함께 마시면서 이야기하면 좋을
거요."

"고마우신 제안이군요. 트레들리를 방문한다면 그건 제게도 큰
영광입니다. 주인과 서재 모두 완벽한 곳이지요."

"당신이 오면 그곳은 더욱 완벽해지겠지요."

노신사가 정중하게 대답하고는 예의를 갖추어 인사했다.

"자, 나도 이제 당신의 숙모님께 작별 인사를 해야겠네. 아테나
움[13)]에 볼일이 있어서 말이요. 지금 거기선 잠을 잘 시간이군."

"모든 회원이 말입니까, 어스킨 씨?"

"그래요. 40명의 회원이 40개의 안락의자에 앉아 낮잠을 잔다
오. 우리는 영국 문예진흥원을 위해서 미리 연습하는 거라오."[14)]

헨리 경은 웃으며 자리에서 일어났다.

"저는 이제 공원에 가 봐야 합니다."

그가 문을 나가려 하자 도리언 그레이가 그의 팔에 손을 얹으며
말했다.

"제가 같이 가도 괜찮을까요?"

"자네는 바질 홀워드네 집에 가기로 약속하지 않았나?"

---

13) 유명한 문인·예술가들의 클럽
14) 프랑스 어의 순수성을 보전하기 위해 1629년 설립된 프랑스 문예진흥원
    을 가리키며, 40명의 회원이 있었다.

헨리 경이 대답했다.

"당신과 같이 가고 싶어요. 그렇게 하게 해 주세요. 그리고 항상 내 쪽을 향해 말해 주시겠다고 약속해 주세요. 당신처럼 말을 잘하는 사람은 여태 못 봤거든요."

"아! 오늘은 말을 너무 많이 했네."

헨리 경이 웃으며 말했다.

"이제 그냥 인생을 관찰하고 싶어. 자네가 원한다면 같이 가서, 나와 함께 인생을 관찰하지."

4

한 달 후인 어느 오후, 도리언 그레이는 메이페어에 있는 헨리 경 집의 작은 서재에서 안락한 소파에 몸을 묻고 앉아 있었다. 서재는 제법 아름다웠다. 천장 가까이에까지 올리브빛이 나는 떡갈나무로 벽판을 댔고, 벽 중간에는 젖빛으로 오목하게 들어간 공간이 있었다. 높다란 천장은 양각 세공한 조각 장식들이 있고, 벽돌색 펠트 양탄자 위에 기다란 비단 장식 술이 달린 페르시아산 깔개가 여기저기 보기 좋게 놓여 있었다. 마호가니로 된 작은 탁자 위에 클로디옹[15]이 만든 조각상이 놓여 있고, 그 옆에는 《백편의 이야기》[16] 한 권이 놓여 있었다. 클로비스 이브[17]가 발루아의 마가렛[18]을 위해 만든, 그리고 여왕이 자기 물건들을 장식하기 위해 선택한 데이지 꽃이 금박으로 입혀져 있었다. 벽난로 선반 위에는 커다란 중국 청자와 앵무새 튤립이 꽂힌 꽃병이 있었다. 납으로 된 작은 창살의 창유리를 통해 런던 여름날의 살굿빛 햇빛이 흘러 들어오고 있었다.

헨리 경은 아직 들어오지 않았다. 그는 시간 약속에 늦어야 한다는 원칙을 갖고 있었는데, 그 원칙이란 시간을 철저히 지키는 것은 시간을 도둑맞는 것과 같다는 것이었다. 헨리 경이 아직 오지 않았기 때문에 도리언은 뾰로통한 얼굴이었고, 나른한 손가락으로 헨리 경의 서가에 꽂혀 있던 세밀한 삽화가 실려 있는 『마농 레스코』의 책장을 넘기고 있었다. 루이 14세 때의 물건인 벽시계의 단조롭게 반복하는 똑딱거림이 그의 신경을 자극하고 있었다. 이대로 그냥 가 버릴까 하는 생각도 한두 번 스쳐 지나갔다.

이윽고 그는 방문 밖에서 들려오는 발소리와 문 열리는 소리를 들었다.

"너무 늦었네요, 해리!"

그는 고개도 돌리지 않은 채 지친 목소리로 말했다.

"미안하지만 해리가 아니예요, 그레이 씨."

---

15) 18세기 프랑스의 로코코풍의 대표적인 조각가. 고대 신화나 풍속을 소재로 한 작품이 많으며 대표작으로 《님프와 사티로스》가 있다.
16) 1462년에 출간된 프랑스의 음담집
17) 프랑스 왕실에서 도서의 제본을 담당했던 사람 이름
18) 나바르의 왕인 앙리와 결혼하면서 나바르의 마가렛이라고도 불렸던 여성. 뛰어난 미모와 학식, 방탕한 사생활로 유명했다.

볼멘 목소리가 대답했다.

그는 고개를 얼른 돌렸고 자리에서 일어났다.

"정말 죄송합니다. 저는……."

"남편이 온 줄 아셨던 모양이군요. 저는 그의 아내예요. 제가 먼저 소개할까요. 당신의 사진을 많이 보았기 때문에 당신을 잘 알고 있어요. 남편이 아마 17장쯤 갖고 있을걸요."

"아마 17장은 아닐 텐데요, 헨리 부인?"

"그럼 18장이라고 해 두죠. 그리고 얼마 전 오페라 극장에서 남편과 당신이 함께 있는 걸 봤어요."

그녀는 긴장한 듯한 웃음소리를 내며 물망초 같은 아련한 눈으로 그를 바라보았다. 그녀는 호기심 많은 여자로, 평소 그녀의 옷은 화났을 때 디자인하고 폭풍이 불 때 입는 듯했다. 그녀는 늘 누군가를 사랑했지만, 그녀의 정열에 보답받은 적은 없었다. 하지만 그녀는 환상을 모두 간직하고 있었다. 그녀는 자신을 화려하게 보이기를 원했지만 늘 단정치 못한 차림뿐이었다. 그녀의 이름은 빅토리아였는데 교회 나가는 일에 열을 올리고 있었다.

"〈로엔그린〉 공연에서였습니다, 헨리 부인."

"맞아요. 내가 좋아하는 〈로엔그린〉이었어요. 전 바그너의 음악을 제일 좋아한답니다. 음악이 하도 시끄러워서 다른 사람한테 방해 주지 않으면서 오페라 하는 내내 이야기할 수 있거든요. 정말 좋은 장점이지요. 그렇지 않나요, 그레이 씨?"

조금 전처럼 긴장한 듯한 끊어지는 웃음소리가 그녀의 얇은 입술에서 흘러나왔고, 그녀는 손가락으로 거북이 껍질로 만든 종이 나이프를 만지작거렸다.

도리언은 미소 지으며 고개를 저었다.

"죄송합니다만 저는 그렇게 생각하지 않는데요, 헨리 부인. 저는 음악을 들으면서 이야기를 하지 않아요. 좋은 음악이라면 더더욱 그렇지요. 하지만 나쁜 음악일 경우에는 대화 속에 그 음악을 묻어 버리는 게 우리의 의무이겠지요."

"그건 해리 씨의 생각이에요. 그렇지 않은가요, 그레이 씨? 전늘 해리의 친구들을 통해서 해리의 생각을 전해 듣곤 하지요. 항상 그런 방법을 통하지 않고서는 해리가 어떤 생각을 하는지 알수 없어요. 그런데 제가 좋은 음악을 싫어한다고 생각하지 마세요. 저도 좋은 음악을 사랑하지만 한편으론 두렵기도 하거든요. 좋은 음악을 들으면 전 너무 낭만적이 되거든요. 저는 피아니스트를 그냥 숭배해 왔어요. 때론 두 사람을 한꺼번에 숭배한 적도 있다고 해리가 그러더군요. 피아니스트의 어떤 매력이 날 끌어당기는지 저도 모르겠어요. 어쩌면 피아니스트들이 외국인이라서 그런지도 모르겠어요. 피아니스트는 다 외국인이잖아요. 그렇잖아요? 영국에서 태어나더라도 시간이 지나면 외국인이 되지 않던가요? 그들은 매우 영리하고, 그들의 연주는 예술을 한층 높이는 일이고. 음악을 세계인의 것으로 만든답니다. 안 그래요? 제가 여는 파티에 한 번도 안 오셨죠, 그레이 씨? 언제 한 번 꼭 오세요. 난초를 살만한 돈은 없지만 외국인 손님을 접대하는 데는 한 푼

</p>

도 아끼지 않아요. 외국인들은 파티장을 아주 화려해 보이게 만들거든요. 아, 그런데 해리가 왔군요! 해리, 물어볼 게 있어서 당신을 찾아 들어왔었어요. 그게 뭔지 지금은 잊어버렸지만. 여기서 그레이 씨를 만났어요. 음악에 대해 아주 즐거운 대화를 나눴답니다. 우리는 서로 생각이 비슷하네요. 아니, 생각은 달라요. 하지만 대화는 아주 유쾌했어요. 드디어 그레이 씨를 만나게 되서 정말 반가워요."

"여보, 그렇게 말해 주니 나도 기쁘구려."

헨리 경이 초승달 모양의 검은 눈썹을 치켜세우며 재미있다는 듯 웃으며 두 사람을 바라보았다.

"늦어서 정말 미안하네, 도리언. 오래된 자수를 살 게 있어서 워두어 가[19]에 갔었는데, 천 하나를 놓고 흥정하느라 몇 시간을 보냈어. 요즘 사람들은 제대로 된 가치도 모르면서, 물건의 가격은 잘도 알고 있다니까."

"미안하지만 이만 가 봐야겠어요."

헨리 부인이 느닷없는 웃음으로 어색한 침묵을 깨고는 말했다.

"공작 부인과 어딜 좀 갈 데가 있어요. 안녕, 그레이 씨. 안녕, 해리. 저녁은 밖에서 먹고 올 거죠? 저도 밖에서 먹을 거예요. 어쩌면 손베리 부인의 집에서 만날지도 모르겠네요."

"아마 그럴 거요."

19) 당시 골동품 가게들이 즐비한 거리

헨리 경이 뒤에서 문을 닫아 주며 말했다. 그녀는 밤새 비를 맞은 극락조 같은 모습으로 은은한 재스민 향기를 남기고 방을 나갔다. 헨리 경은 담뱃불을 붙이고 소파에 털썩 몸을 던졌다.

"머리카락이 볏짚 색깔인 여자와는 절대 결혼하지 말게나, 도리언."

그는 두어 모금의 담배에 연기를 내뿜고 나서 말했다.

"왜요, 해리?"

"그런 여자들은 대개 지나치게 감상적이니까."

"저는 감상적인 사람들이 좋은데요."

"아니, 숫제 결혼 안하는 게 낳겠네, 도리언. 남자들이 결혼하는 건 인생에 지쳐서고, 여자들은 결혼이 뭔지 알고 싶은 호기심 때문에 결혼한다구. 그리고 나선 둘 다 실망하지."

"전 결혼할 것 같지 않아요, 헨리. 왜냐하면 지금 지독한 사랑에 빠져 있거든요. 지금 하신 말은 당신이 갖고 있는 수많은 아포리즘 중 하나일 거예요. 저더러 당신이 말하는 대로 하라 했으니 방금 그 이야기도 실천에 옮길 거예요."

"자네를 사랑에 빠뜨린 그녀는 누군가?"

잠시 말이 없던 헨리 경이 물었다.

"여배우예요."

도리언 그레이가 수줍은 듯 말했다.

헨리 경은 어깨를 들썩였다.

"첫사랑으론 아주 흔해 빠진 시작이군."

"당신이 그녀를 봤더라면 그렇게 말하지 못할 거예요, 해리."

"이름은 뭔가?"

"시빌 베인이에요."

"들어 본 적이 없는 이름이군."

"아무도 들어 본 적 없을 겁니다. 하지만 언젠가는 모두 알게 될 이름입니다. 천부적으로 재능을 타고난 배우이니까요."

"이봐, 여자 중에는 천재가 없네. 여자들은 그저 꾸미기를 좋아하는 장식적인 존재야. 말할 만한 가치가 있는 여자도 없지만 여자들은 무엇이든 말만 그럴 듯하게 하지. 여자들이란 물질이 정신과 겨루어 얻은 승리를 상징하는 존재야. 정신이 도덕과 겨루어 얻은 승리가 남자를 상징한다면 말일세."

"해리, 어떻게 그런 말을?"

"도리언, 내 말은 사실일세. 나는 요즘 여자에 대해 분석하고 있기 때문에, 아주 잘 아는 것에 대해 얘기하는 것뿐이라네. 내가 생각했던 것만큼 그렇게 어려운 주제도 아니더군. 결국 세상엔 두 종류의 여자들이 있다는 걸 깨달았네. 평범한 여자와 색깔 있는 여자일세. 평범한 여자들은 아주 쓸모가 있지. 품위 있는 신사라는 명성을 얻고 싶다면 평범한 여자를 데리고 나가 저녁을 먹으면 되네. 반대로 색깔 있는 여자는 아주 매력적이지. 하지만 이들은 한 가지 잘못을 저지르지. 남자를 애태우고 젊게 보이려고 화장을 하지. 우리의 할머니 세대의 여자들은 남자를 애타게 하고 재치있는 말을 하기 위해서 화장을 했지. '입술 연지'와 '재치'는 항상 함께 하는 것이었어. 하지만 이제 그런 시절은 갔네. 여자들은 10년 젊어 보일 수만 있다면 그걸로 만족하네. 대화 상대가 될 만한 여자로 말하자면, 런던에 대화할 가치가 있는 여자는 고작 5명뿐이고 그중 2명은 상류 사교계에는 발조차 들여놓을 수 없는 여자들이지. 어쨌든 자네가 말하는 그 천재 배우에 대해 말해 보게. 언제부터 알게 되었나?"

"아! 해리, 당신의 생각을 들으면 저는 겁이 납니다."

"내 말은 신경 쓰지 말게. 그녀를 안 지 얼마나 되었나?"

"3주쯤 됩니다."

"처음 만난 곳은 어디였나?"

"말씀드릴게요, 해리. 하지만 공감 못 하겠다고 하면 곤란합니다. 당신을 만나지 않았다면 이 일도 일어나지 않았을 테니까요. 당신은 나로 하여금 인생의 모든 것에 대해 알고 싶게 만들었거든요. 당신을 만난 뒤 며칠 동안, 내 핏줄 속에서 무엇인가 요동치는 것이 느껴졌어요. 공원을 천천히 거닐거나 피커딜리 광장을 거닐 때도, 내 옆을 지나가는 사람들의 얼굴을 유심히 보고 생각했습니다. 강렬한 호기심을 느끼면서 저 사람들은 어떤 인생을 살아가고 있을까 하고요, 이들 중에는 날 매혹시키는 사람도 있었고 두려움에 떨게 하는 사람들도 있었어요. 공기 속에 아름다운 독이 스며들어 있었어요. 나는 뭔가 짜릿한 것에 매혹되고 싶다는 충동이 있었어요. 어느 날 밤 7시쯤 되었을까. 모험을 찾으러 나가 보기로 결심했어요. 당신이 언젠가 말했던 이 잿빛의 괴물 같은 도시 런던에도, 그 수많은 사람들, 추악한 죄인들, 화려한 범죄들로 가득한 런던에도 뭔가 내게 줄 수 있는 것을 갖고 있을 거라고 생각했어요. 나는 수없이 많은 모험들을 상상해 봤습니다. 모험에 따라오는 하찮은 위험은 즐거움과 흥분을 주었어요. 우리가 처음 저녁 식사를 했던 근사한 밤에 당신이 한 말을 생각했어요. 아름다움을 찾아가는 일이야말로 인생의 진정한 비밀이라고 했었어요. 내가 어떤 기대를 했는지는 모르겠지만, 밖으로 나가서 동쪽으로 걸었고, 그러다 곧 미로처럼 꼬불꼬불 이어지는 우중충한 더러운 골목길과 풀 한 포기 자라지 않고 어두운 광장에서 길을 잃고 말았습니다. 8시 반쯤 되었을 때 어떤 초라한 조그만 극장 앞을 지나게 되었는데 그 주변을 가스등이 번쩍이며 밝히고 있었고 촌스러운 연극 포스터가 잔뜩 붙어 있었지요. 그 입구에는 험상궂은 유태인이 두 번 다시는 못 볼 수 없을 것 같은 이상한 조끼를 입고 냄새가 고약한 시가를 피우면서 서 있었어요. 기름기 많은 곱슬머리의 사내가 있었는데 더러운 셔츠 한가운데에 큼지막한 다이아몬드가 번쩍이고 있었어요. "특등석에서 보시겠습니까?" 그가 날 보더니 말했고, 제법 그럴싸하게 제대로 배운 하인처럼 정중히 모자를 벗더군요. 해리, 그 남자의 무엇인가가 내 흥미를 자극했어요. 어쩌면 그렇게 독특한 괴물 같은 자가 있을까. 당신이 비웃을 거라는 걸 나도 알지만, 난 결국 극장 안으로 들어갔고 1기니를 내고 특등석에 앉았어요. 내가 왜 그때 그런 행동을 했는지 지금도 모르겠어요. 하지만 만일 그러지 않았다면 내 인생 최대의 가장 근사한 로맨스를 놓쳤을 거예요. 역시 비웃고 있군요. 어쩌면 이럴 때 웃을 수 있을까!"

"비웃는 게 아닐세, 도리언. 적어도 자네를 비웃는 건 아니야. 하지만 내 인생 최대의 로맨스니 뭐니 하는 그런 말을 해서는 안 되네. 자네 인생 최초의 로맨스라는 말로 충분하네. 자네는 늘 사랑받을 것이고, 언제나 사랑과 사랑에 빠질 것일세. 일생일대의 사랑은 할 일 없는 사람들의 특권이지. 시골에서 무위도식하며 지내는 계급의 사람들에겐 그런데라도 써먹어야 하지. 겁내지 말게. 자네에게는 아름다운 일들이 기다리고 있어. 이건 단지 시작에 불과할 뿐이야."

"당신은 내가 그토록 천박하다고 생각하나요?"

도리언이 화가 나서 외쳤다.

"아닐세. 나는 자네의 본성이 아주 깊이가 있다고 생각해."

"무슨 말씀이지요?"

"이봐, 평생 단 한 번밖에 사랑하지 않는 사람들이야말로 천박한 사람들이네. 그들이 변함없는 사랑이라고, 변치 않는 마음이라고 하는 것, 나는 그것을 습관적인 타성 또는 상상력의 부족이라고 하겠어. 감정적인 생활에서 변치 않는 마음은 지적인 생활에서의 일관성과 같은 것일세. 그건 단지 실패의 고백일 뿐이야. 변함없는 사랑이라고! 언젠가 그걸 치밀하게 분석해 봐야겠어. 그 안에는 대단한 소유욕이 있네. 다른 사람들이 빼앗아 갈까 두려워하는 마음만 없다면 뒤돌아보지 않고 내다 버릴 수 있는 것들이 우리의 인생에는 많이 있네. 어쨌든 자네의 이야기를 방해하고 싶지는 않군. 계속해 보게."

"그 특등석 말이에요, 흉하고 보잘것없는 자리였어요. 내 앞에는 천박하기 짝이 없는 연극 장면 현수막이 걸려 있었지요. 나는 커튼 너머로 고개를 내밀고 극장 안을 둘러보았는데 조촐하고 촌스러운 곳이었어요. 사랑의 신 큐피드와 코뉴코피아[20]의 장식밖에 없었으니 무슨 싸구려 빵집의 웨딩케이크 같았어요. 2층과 1층의 일반석은 꽉 차 있었지만, 맨 앞쪽 2줄의 특등석은 거의 비어 있었고 2층 정면 특등석엔 한 사람도 없었어요. 여자들이 오렌지와 생강즙이 들어간 맥주를 들고 팔기 위해 돌아다녔고 관객들은 저마다 견과류를 까먹고 있었어요."

"대영제국 연극의 전성기 시절 극장 풍경과 비슷했겠군."

"예, 그래요. 그런데 아주 사람을 우울하게 만들었어요. 나는 도대체 뭘 해야 하나 생각하고 있을 때, 그날 밤 상연 중인 연극의 포스터를 보게 되었어요. 그 연극이 무엇이라 생각하세요, 해리?"

"글쎄, 〈바보 같은 사내〉 아니면 〈어리석어도 순수했던 사내의 일대기〉 뭐 그런 거 아니었을까. 우리의 아버지 세대가 그런 풍의 연극을 좋아했지. 도리언, 인생을 살아갈수록 우리의 아버지들이 좋아했던 것들이 우리에게는 별로 그렇지 않다는 것을 더욱 실감

주
─────────────────────────────

20) 그리스 신화에 나오는 제우스에게 젖을 먹였다고 전해지는 염소의 뿔

하게 되네. 정치와 마찬가지로 예술도 '할아버지들 생각은 언제나 틀렸다'고 할 수 있더군."

"그날 연극은 충분히 좋은 것이었어요, 해리. 그것은 〈로미오와 줄리엣〉이었어요. 셰익스피어의 작품이 그렇게 보잘것없는 곳에서 공연된다는 것에 화가 난 건 사실이에요. 하지만 그런데도 흥미를 느꼈어요. 어쨌든 1막까지는 기다려 봐야겠다고 생각했지요. 형편없는 연주의 악단도 있었는데, 금이 간 피아노 앞에 앉은 젊은 유태인의 피아노 연주를 듣고 전 극장에서 나올 뻔했지요. 하지만 드디어 막이 오르고 연극이 시작됐어요. 로미오는 땅딸하고 나이 든 남자가 연기했어요. 검게 칠한 눈썹과 비극에나 어울릴법한 거친 목소리에 술통처럼 생긴 인물이었습니다. 머큐시오 역도 로미오와 다를 바 없었어요. 저급한 희극 배우가 그 역을 했는데, 자기 멋대로 대사에도 없는 농담을 즉흥적으로 섞어 하지 않나, 앞줄 특등석에 앉은 사람들과 떠들지 않나. 정말 그 두 사람은 극장의 풍경만큼이나 끔찍했고, 시골 장터의 천막 무대에서 막 나온 사람들 같았어요. 하지만 줄리엣은 달랐어요! 해리, 이제 겨우 17살이나 되었을까 하는 작은 꽃 같은 얼굴의 소녀를 상상해 보세요. 그리스 조각 같은 조그마한 얼굴에 진한 갈색 머리를 한 올 한 올 땋아 내린 머리카락, 열정이 가득한 진청색의 눈동자, 입술은 장미 꽃잎 같았어요. 여태까지 그토록 사랑스러운 여자는 보지 못했습니다. 당신은 언젠가 슬픈 것은 감동시키지 못하지만, 아름다운 것은 그 아름다움만으로도 두 눈에 눈물이 가득 차

도리언 그레이의 초상

게 한다고 했지요. 해리, 솔직히 말할게요. 뿌옇게 차 오른 안개 같은 눈물 때문에 내 앞에 있는 그녀를 거의 볼 수도 없었어요. 게다가 그녀의 목소리는 지금껏 그런 목소리를 들어 본 적이 없어요. 처음에는 아주 깊고 부드러우며 낮게 들렸는데 듣는 사람의 귀에 노랫소리처럼 울리는 목소리였어요. 그러다 목소리가 조금 더 커졌고, 플루트나 오보에 소리처럼 들렸죠. 줄리엣의 집 정원 장면에서는, 새벽이 오기 직전 나이팅게일이 지저귀는 것 같은 소리, 그 소리가 다음에는 격렬하게 연주하는 바이올린 소리 같았어요. 사람의 목소리가 얼마나 사람을 감동시키는지 당신도 잘 아시죠. 당신과 시빌 베인의 목소리를 난 결코 잊지 못할 겁니다. 눈을 감으면 당신과 시빌의 목소리가 들리고, 두 사람의 목소리는 서로 다른 이야기를 들려줍니다. 어떤 쪽으로 따라가야 할지 모르겠어요. 왜 그녀를 사랑하면 안 되는 거죠? 해리, 나는 진심으로 그녀를 사랑해요. 그녀는 내 인생의 전부예요. 매일 밤 나는 그녀가 나오는 연극을 보러 갑니다. 어느 날 밤에는 그녀는 로잘린드였다가, 다음날 밤에는 이모겐이 되어요. 이탈리아의 무덤, 그곳의 석양 속에서 그녀가 연인의 입술에서 독을 빨아먹고 죽는 것을 보았어요. 그리고 그녀가 몸에 꼭 맞는 바지와, 귀여운 모자를 쓴 미소년으로 변장해서 아덴의 숲 속을 헤매는 모습도 보았어요. 그녀는 실성한 채 죄지은 왕 앞에 나타나 왕에게 풀꽃으로 만든 화환을 주었고 쓰디쓴 약초를 맛보라며 주었지요. 한편 그녀는 아무런 죄가 없었지만 질투의 검은 손이 그녀의 가느다란 목을 부러뜨렸어요. 모든 시대의 온갖 의상을 입은 그녀를 보았어요. 평범한 여자는 결코 상상력을 자극하는 능력이 없어요. 평범한 여자들은 자신이 사는 시대에 갇혀 있어요. 아무리 화려하게 꾸며놓아도 그들을 바꾸지 못합니다. 그런 여자들은 그녀들의 모자만큼 쉽게 이해할 수 있을 거예요. 맘만 먹으면 그녀들의 머릿속을 환히 알아볼 수 있습니다. 그녀들에겐 그 어떤 신비감도 없어요. 그들은 아침엔 공원에서 마차를 타고 오후엔 다과회에서 수다를 떨지요. 웃는 것과 옷 입는 것도 획일화되어 있습니다. 그것들은 아주 뻔하지요. 하지만 배우들은 달라요! 여배우는 평범한 여자들과 아주 다릅니다! 해리! 왜 진작 말해 주지 않았나요? 사랑할 만한 가치가 있는 유일한 사람이 배우라는 것을 말이죠."

"내가 여러 번 그런 여배우를 사랑해 보았기 때문이라네, 도리언."

"아, 그래요. 염색한 머리에 얼굴에는 짙은 화장을 한 끔찍한 여자들을 말하는 거겠지요."

"염색한 머리와 화장한 얼굴을 그렇게 비하하지 말게. 그런 것들이 아주 매혹적일 때가 있다네."

헨리 경이 말했다.

"당신에게 시빌 베인에 관한 이야기를 하지 말았어야 했다는 생각이 듭니다."

"결국 내게 이야기하고 말았을 거야, 도리언. 살아 있는 동안 자네는 자네의 모든 일을 내게 말할 걸세."

"그래요, 아마 그럴 거예요, 해리. 나도 모르게 당신에게 내 비밀을 말하게 돼요. 당신은 내게 이상한 영향을 주고 있어요. 만약 내가 범죄를 저지르게 된다면, 제일 먼저 당신에게 고백할 거예요. 당신이라면 그런 나를 이해해 줄 테니까요."

"자네처럼 생기로 가득하고 변덕스러운 햇살 같은 사람들은 죄를 짓지 않네, 도리언. 어쨌거나 자네의 칭찬만은 고마운 마음으로 받겠네. 그리고 이제 말해 보게나. 예전의 착한 소년처럼 내게 성냥을 건네주지 않겠나. 고맙네. 시빌 베인과는 진짜 어떤 사이인가?"

도리언 그레이는 자리에서 벌떡 일어나며 붉게 상기한 뺨과 이글대는 눈으로 외쳤다.

"해리! 시빌 베인은 성스러운 여자예요!"

"성스러운 것들만이 만질 가치가 있다네, 도리언."

헨리 경이 묘하게 비애감이 깃든 목소리로 말했다.

"왜 그렇게 놀라고 화를 내지? 언젠가 그녀는 자네 것이 될 텐데. 사랑에 빠질 때, 처음에는 자신을 속임으로써 시작되고 그 끝에 가서는 언제나 다른 사람을 속임으로써 끝나게 되지. 그게 바로 세상 사람들이 로맨스라 부르는 것이야. 어쨌든 자네는 그녀를 어느 정도 알고 있겠지?"

"물론 알고 있습니다. 극장에 갔던 첫날, 입구에 서 있던 그 무서운 유태인이 공연이 끝나자 내 자리로 와서는, 나를 무대 뒤로 데려가서 그녀에게 소개시켜 주겠다더군요. 나는 그러는 그에게 불같이 화를 냈어요. 그리고 줄리엣은 수백 년 전에 이미 죽어, 그녀의 시신은 베로나의 대리석 무덤 속에 누워 있다고 말이죠. 나는 그의 멍한 듯 놀란 표정에서, 내가 술을 너무 많이 마신 게 아닌가 하는 생각을 한다는 걸 알 수 있었습니다.”

“그거야 당연하지.”

“그러더니 그는 내가 신문 기자냐고 묻더군요. 나는 신문은 읽지도 않는다고 대답했습니다. 내 말에 그는 몹시 실망하는 얼굴로 말했어요. 연극 평론가들이 모두 자신을 따돌리고 있어서, 그들을 돈으로 매수하려고 한다고 말하더군요.”

“그자가 한 말의 사실 여부에 대해선 생각할 필요도 없겠군. 하지만 평론가들의 차림새로 보아선 그들 대부분은 그렇게 큰돈이 필요하지도 않을걸.”

“하지만 그는 그들을 매수할 만한 돈이 없는 듯했습니다.”

도리언은 웃었다.

“어쨌든, 그때 극장 안의 조명이 하나둘 꺼지기 시작했고 나도 거기서 그만 나와야 했어요. 그는 나에게 추천하는 시가를 건네며 그걸 피워 보라고 자꾸 권했어요. 하지만 거절했습니다. 다음 날 밤, 물론 그곳에 다시 찾아갔습니다. 그는 나를 보더니 깊숙이 고개를 숙여 인사하고는 내가 너그러운 예술 후원자라며 치켜세우더군요. 그는 셰익스피어에 대한 대단한 열정을 갖고 있긴 했지만 무척 불쾌한 자이기도 했어요. 한번은 내게 자랑스러운 표정을 하면서, 자기가 다섯 번이나 파산한 것은 모두 저 ‘위대한 시인'때문이었다고 하더군요. 그는 셰익스피어를 꼭 그 애칭으로 불렀어요. 그렇게 부르면 자신의 말에 뭔가 더 품위가 있다고 생각하는 듯했습니다."

"이봐, 그건 분명히 다르고말고. 대단히 품위 있는 일이지. 대부분 사람들이 파산하는 이유는 인생이라는 산문에 지나치게 너무 많은 돈을 투자했기 때문이야. 시 때문에 몰락하는 것은 명예로운 것일세. 어쨌거나 시빌 베인에게 처음 말을 건 것은 언제였나?"

"세 번째 밤이었습니다. 로잘린드 역을 하던 밤이었지요. 극장에 가서 그녀를 보지 않고는 견딜 수 없었습니다. 연극 도중에 그녀에게 꽃을 던져 주었고, 그녀는 나를 쳐다보았습니다. 아니 적어도 나를 보았다고 생각했어요. 유태인 노인네가 나를 무대 뒤로 데려가겠다고 작심이라도 한 것 같았고, 그래서 결국 나는 그의 뜻에 따랐습니다. 내가 그녀를 알고 싶어 하지 않았다는 것은 좀 이상한 일이었지요, 그렇지 않은가요?"

"아닐세. 나는 전혀 그렇게 생각하지 않아."

"해리, 왜 그런가요?"

"그건 언젠가 말해 주겠네. 지금은 그 아가씨에 대한 얘기나 더 해보게."

"시빌 말인가요? 오, 그녀는 아주 수줍음을 많이 타고 예의 바르더군요. 왠지 어린아이 같은 사람이더군요. 그녀의 연기에 대한 내 소감을 말하니까 두 눈에 놀라움이 차올랐는데, 그녀는 자

기가 지닌 힘이 어떤 것인지 전혀 모르는 것 같았어요. 우리 둘
다 좀 긴장하고 있었습니다. 우리가 어린아이처럼 서서 서로를
쳐다보고 있을 때, 유태인 노인네는 우리 두 사람에 대해 장황하
게 소개를 늘어놓으며 먼지 날리는 배우 분장실의 문간에 서서
싱글싱글 웃고 있었어요. 그가 자꾸 나를 '백작님'이라고 불렀기
때문에, 저는 시빌에게 제가 귀족이 아니라고 말해 줘야 했어요.
그녀는 이렇게만 말하더군요. '당신은 귀족이 아니라 차라리 왕
자님 같아요. 매혹적인 왕자님이라고 불러야겠어요'."

"이것만은 분명하군, 도리언. 시빌 양은 다른 사람을 칭찬하는
법을 아는 여자야."

"해리, 당신은 그녀를 이해 못하는군요. 그녀는 나를 연극에 나
오는 한 인물로만 보았을 뿐이에요. 그녀는 인생에 대해선 아무
것도 몰라요. 홀어머니와 같이 사는데, 한때는 배우였지만 지금
은 늙고 삶에 지친 여자였어요. 내가 처음 극장에 갔던 날 밤에
자주색 잠옷 같은 것을 입고 캐퓰릿 부인 역을 한 여자였습니다.
젊었을 땐 그녀에게도 전성기가 있었으리라는 것을 짐작할 수 있
었어요."

"나도 그런 여자들을 알지. 보는 사람을 우울하게 만들어."

헨리 경이 손에 낀 반지를 만지작거리며 중얼거렸다.

"그 유태인이 내게 그녀 어머니의 과거에 대해 말해 주고 싶어
했어요. 하지만 난 관심 없다고 말했습니다."

"잘했네. 다른 사람들의 비극이란 늘 비열한 어떤 면이 있으니까."

"지금 제가 관심있는 건 오직 시빌뿐입니다. 그녀가 어디 출신이건 무슨 상관입니까? 그 조그만 머리에서부터 작은 발까지 그녀는 너무나도 완벽하게 아름답습니다. 나는 밤마다 그녀의 공연을 보러 가고, 그녀는 날이 갈수록 더욱더 아름다워져요."

"그러니까 자네가 요즘 도통 나와 함께 저녁을 먹지 않은 이유가 바로 거기 있었군. 나도 자네가 뭔가 흥미로운 로맨스에 빠져 있을 것이라 짐작은 했네. 역시 내 짐작이 맞았어. 하지만 내가 기대했던 것과 전혀 다른 면도 있네."

"해리, 우린 날마다 점심이나 이른 저녁을 함께 먹었고 오페라를 보러 극장에도 여러 번 같이 갔는데요."

도리언이 의아하다는 듯 푸른 눈을 크게 뜨면서 말했다.

"하지만 자네는 항상 약속 시간에 너무 늦게 나타났어."

"아, 시빌의 연극을 보러 가지 않고는 견딜 수 없었으니까요."

도리언이 외쳤다.

"단 1막짜리 공연이라고 해도 보러 가야만 했어요. 저는 그녀의 존재에 대한 갈증을 느낍니다. 그 상앗빛 몸속에 감추어진 놀랍고 아름다운 영혼을 생각하면 경이로움으로 가슴이 벅차오릅니다."

"오늘밤 나하고 저녁을 함께 할 수 있겠지, 도리언?"

도리언은 고개를 저었다.

"오늘밤은 시빌이 이모겐 역을 해요. 그리고 내일 밤엔 줄리엣 역을 할 겁니다."

"그럼 시빌 베인일 때는 언제지?"

"그런 때는 없습니다."

"그렇다면 축하하네."

"어떻게 그리 못될 수 있나요! 그녀의 안에 세계의 위대한 여주 인공들이 모두 있습니다. 그녀는 단순히 한 사람의 개인으로 볼 수 없어요. 당신은 비웃지만, 나는 당신에게 그녀가 천재라고 감히 말하겠어요. 난 그녀를 사랑하고, 그녀가 날 사랑하게 만들겠어요. 인생의 모든 비밀을 아는 당신이, 시빌 베인이 나를 사랑하게 하려면 어떻게 해야 하는지 말해 주세요! 나는 로미오마저 나를 질투하게 만들고 싶습니다. 죽은 연인들이 우리의 웃음소리를 듣고 서글퍼지기를 원합니다. 우리의 열정에 찬 숨결이 먼지로 뒤덮인 그들을 흔들어 깨우고, 재로 변한 시신이 잠에서 깨어나도록 하고 싶습니다. 해리, 난 정말 그녀를 숭배해요!"

그는 말하는 내내 방 안을 이리저리 오갔다. 그의 양 볼은 빨갛게 들떠 있었다. 그는 주체 못할 정도로 흥분한 모습이었다.

헨리 경은 묘한 즐거움을 느끼며 그런 그를 바라보았다. 바질 홀워드의 화실에서 보았던 수줍음 많이 타고 겁먹은 소년과 지금의 그는 너무도 달랐다! 그의 본성이 꽃으로 피어났고 새빨간 불꽃같은 봉오리를 맺었다. 그의 영혼이 은밀한 곳에서 나왔고, 욕망이 그 영혼을 맞이했다.

"그래, 자네가 나한테 바라는 게 뭔가?"

헨리 경이 말했다.

"당신과 바질, 우리 셋이서 그녀의 연기를 보러 가고 싶어요.
나는 조금도 두려움이 없어요. 당신도 그녀의 천재성을 인정하게
될 테니까요. 그런 다음에 우리가 힘을 합쳐 그녀를 그 유대인의
손에서 빼오는 거예요. 그녀는 그자에게 앞으로 3년 동안, 최소한
2년 8개월 동안 그에게 매인 몸입니다. 물론 그자에게 그 대가를
줘야겠지요. 모든 문제가 해결되면, 저는 웨스트엔드에 있는 적
당한 극장을 하나 골라서 그녀가 정식 연극배우로 활동하게 해
줄 것입니다. 그녀가 나를 열광하게 만들었던 것처럼 온 세상을
열광시킬 거예요."

"그건 불가능할 걸세."

"아니, 가능합니다. 그녀에게는 완벽한 예술적 본능만 있는 게
아니라 개성까지 있으니까요. 당신은 내게 시대를 움직이는 것은
원리 원칙이 아니라 인간의 개성이라고 자주 말했지요."

"어느 날 밤에 가면 좋겠나?"

"어디 보자. 오늘은 화요일이군요. 내일로 해요. 내일 줄리엣
역을 하는 날이니까요."

"알겠네. 8시에 브리슬에서 보자구. 바질을 데리고 가겠네."

"8시는 안 돼요, 해리. 6시 반으로 해요. 무대 막이 오르기 전에
극장에 가 있어야 해요. 1막부터 그녀를 봐야 합니다. 그녀가 로
미오를 만나는 첫 장면에서부터요."

"6시 반이라고! 참 이상한 시간대로군! 차 한 잔에 샌드위치로
때우는 식사나 영국 소설을 읽는 것과 같은 짓이군. 7시가 좋겠

네. 7시 전에 저녁 식사를 하는 신사는 없네. 내일 그 시간이 되기 전에 자네가 바질에게 직접 찾아가 전할 텐가? 아니면 내가 그에게 쪽지라도 보낼까?"

"바질이라! 일주일 동안 그를 한 번도 보지 못했어요. 내가 무례한 행동을 한 거죠. 그는 자신이 특별히 디자인한 멋진 액자에 내 초상화를 넣어 보내줬거든요. 그 초상화 속의 내가 실제 나보다 한 달쯤 더 젊다는 것에 약간 질투가 나긴 하지만, 그 그림을 보고 있으면 기쁨과 즐거움을 느끼게 되거든요. 당신이 편지를 쓰는 게 좋겠어요. 그를 혼자서 만나고 싶지는 않아요. 바질은 나를 화나게 하는 말만 한답니다. 좋은 충고라면서."

헨리 경이 미소 지었다.

"사람들은 자신에게 가장 필요한 것을 오히려 남에게 주길 좋아한단 말일세. 난 그걸 관대함의 극치라고 부르네."

"오, 바질은 아주 좋은 친구이지만, 내가 보기엔 그는 교양이 없는 사람으로 보일 때가 있어요. 당신을 알고 나서야 그런 사실을 깨달았죠."

"이봐, 바질은 그의 아름다운 모든 것을 작품 속에 쏟아 붓는다네. 그 결과 그의 인생을 위해 남은 것은 편견과 원칙, 상식 말고 남은 게 없지. 내가 개인적으로 만나 즐겁고 사람 좋은 예술가들은 전부 예술가로서는 형편없었네. 뛰어난 예술가는 자신이 창조하는 작품 속에서만 존재하고, 예술가 자신은 아주 재미없는 사람들이라네. 위대한 시인, 정말로 위대한 시인은 가장 시적이지 않은 사람들이지. 하지만 별 볼일 없는 시인들은 모양은 아주 그럴듯하지. 그들이 쓰는 시가 치졸할수록 그들의 외모는 더욱 멋지다네. 이류 연애 시집을 출간했다는 사실만으로도 그 시인은 대단히 멋진 사람이 된다네. 그런 자는 자신이 쓰지 못하는 시를 자기 생활로 보여 주는 사람이니까. 나머지 시인들은 자신들이 감히 두려워 실천에 옮기지 못하는 것을 시로 대신 쓴다네."

"정말 그럴까 궁금합니다, 해리."

도리언 그레이가 탁자 위에 놓여 있던 금 뚜껑이 달린 향수병을 열어 손수건에 향수를 뿌리면서 말했다.

"당신이 하는 말이니 진실이겠지요. 저는 이제 그만 가 봐야겠습니다. 이모겐이 날 기다리고 있으니까요. 내일 약속 잊지 마세요. 그럼 안녕히."

도리언이 방을 나가자 헨리 경은 무거운 눈꺼풀을 감고 생각에 잠겼다. 도리언 그레이만큼 그의 흥미를 자극하는 사람은 일찍이 없었다. 그런데도 그가 누군가 다른 사람에게 품게 된 미친 듯한 열정에 전혀 화가 나거나 질투가 생기지 않았다. 그는 사랑에 빠진 그를 보며 오히려 즐거웠다. 그것이 도리언에 대한 연구를 더욱 흥미롭게 만들었다. 그는 늘 자연 과학의 연구 방법에 관심을 느꼈지만, 자연 과학의 평범한 연구 대상은 그에게 시시하고 중요치 않아 보였다. 그래서 그는 자기 자신을 직접 연구 대상으로 삼기 시작하여 다른 사람들까지 연구하게 되었다. 그에게 인간의 삶이야말로 연구 가치가 있는 유일한 것으로 보였다. 이것과 비교하여 가치 있는 것은 아무것도 없었다. 고통과 즐거움이 뒤섞여 있는 용광로 같은 인생을 관찰하다 보면 얼굴 위에 유리가면을 결코 쓸 수 없고, 그 성질을 제대로 알려면 중독되어야 알 수 있는 미묘한 독 같은 것이 있었다. 세상에는 온갖 이상한 병이 있어서 직접 그 병에 걸려 보아야만 그 본질을 이해할 수 있는 묘한 질병이 있었다. 그러나 그 고통을 겪은 후에 받는 보상은 얼마나 대단한 것인가! 온 세상이 그에게 얼마나 근사한 곳으로 비치게 되는가! 정열과 지성, 그 둘이 어디서 만나며 어디서 갈라지는지를 관찰하는 것은 즐거운 일이다. 그것들이 어느 지점에서 서로 조화를 이루고, 어느 지점에서 부조화하는지 관찰한다는 것은 큰 즐거움이었다. 그 대가가 얼마이든 무슨 상관이랴? 새로운 감각을 느끼기 위해서라면 어떤 대가를 치르더라도 아깝지 않은 법이였다.

그는 알고 있었다. 그리고 알고 있기 때문에 그의 갈색 마노 같은 눈동자에 즐거움의 빛이 반짝였다. 도리언 그레이의 영혼이 이 순백의 처녀에게 쏠리고 그녀에 대한 경외감에 절을 올리도록 한 것은 헨리 경 자신이 한 말들, 음악적으로 들려준 음악 같은 말들 때문이었음을 알고 있었다. 그렇다면 어떤 면에서 도리언 그레이는 그가 만들어 낸 창조물이라고 할 수 있었다. 그가 이 젊은이를 조숙한 인물로 만들었다. 이것은 대단한 일이었다. 평범한 사람들은 인생이 그들에게 인생의 비밀을 펼쳐 보여 줄 때까지 기다리며 살지만, 선택된 소수의 사람들에게 인생은 장막이 걷히기 전에 그 모습을 드러내 보인다. 이것은 예술의 영향으로, 특히 열정과 지성을 직접적으로 다루는 문학 예술의 영향이 크다. 가끔 아주 복잡 미묘한 인물이 예술을 대신해서 그 역할을 하는 경우도 있다. 시나 조각, 또는 그림에만 걸작이 있는 게 아니라 인생에도 그 나름의 걸작이 있다.

도리언 그레이는 조숙했다. 아직 봄인데 그는 벌써 가을 수확을 하고 있었다. 젊음의 뛰는 심장과 열정이 그의 몸속에 있었고, 그는 스스로 그것을 깨닫고 자의식을 키워 가고 있었다. 그를 지켜보는 것은 즐거운 일이었다. 그 아름다운 얼굴과 아름다운 영혼은 경이로운 연구 대상으로 그를 바라보게 만들었다. 이 모든 것이 어떻게 끝날 것인지, 어떻게 끝날 운명인지 그런 것은 조금도 중요하지 않았다. 그는 야외극이나 연극에 등장하는 우아한 주인공 중 한 사람 같은 존재였다. 그가 느끼는 기쁨은 보통 사람들로서는 멀리 떨어진 것으로 보이지만, 그의 슬픔은 우리에게 아름다움이라는 감각을 일깨우고, 그의 상처는 붉은 장미처럼 보이는 인물 같았다.

영혼과 육체, 육체와 영혼. 이런 것들은 얼마나 신비로운가! 영혼에 동물적인 성질이 있는가 하면, 육체가 영적인 순간을 가질 때도 있었다. 관능이 아름답게 표현되기도 하고 지성이 타락하는 경우도 있었다. 육체적인 충동이 끝나는 곳이 어디이며, 어디서부터 욕정에 의한 충동인지 어떻게 알 수 있겠는가? 보통 심리학자들의 제멋대로의 정의는 얼마나 천박한가! 하지만 여러 학파들의 주장들을 종합해서 결정을 내리기란 얼마나 어려운 일인가! 영혼은 죄악의 집에 자리 잡고 앉아 있는 그림자인가? 아니면 육체는 지오르다노 브루노[21]가 말했던 것처럼 영혼 속에 자리하는 것인가? 물질과 영혼의 분리가 신비한 수수께끼처럼, 물질과 영혼이 결합하여 하나 됨도 역시 풀리지 않는 수수께끼였다.

헨리 경은 심리학을 완벽한 의미의 과학으로 발전시켜 인생의 작은 샘물들이 우리에게 그 모습을 드러내 보이도록 할 수 있을지 생각하기 시작했다. 사실, 우리는 늘 우리 자신에 대해 잘못 알고 있고 다른 사람을 제대로 이해하는 것도 드물었다. 윤리적 가치가 경험에는 전혀 없었다. 도덕주의자들은 모두 경험을 인생에 대한 하나의 경고로 생각했고, 우리가 따라야 할 것과 우리가 피해야 할 것을 깨닫게 하고 보여 주는 것이라며 칭송했다. 하지만 경험에는 동기를 만드는 어떤 힘도 없었다. 경험은 양심이 그렇지 못했던 것처럼 행동의 적극적 원인이 되지 못했다. 경험이 보여 주는 것이라고는, 우리의 미래가 우리의 과거와 똑같은 것이 될 거라는 점, 우리가 혐오하며 저질렀던 죄를 즐거워하며 저지르고 또 저지르기를 반복할 거라는 사실이었다.

헨리 경의 생각에는 열정의 과학적 분석에 이를 수 있는 유일한 방법은 실험이라는 것이었다. 확실히 도리언 그레이는 그의 손에 들어온 연구 대상이었으며, 아주 풍성하고 유익한 결과를 약속할

21) 이탈리아의 철학가(1548~1600)

것이 분명했다. 시빌 베인을 향한 그의 갑작스럽고 열띤 사랑은 지극한 관심을 불러일으키는 심리적 현상이었다. 그의 사랑에 호기심이 중요하게 작용했다는 데에는 의심할 여지가 없었다. 즉 여기에는 새로운 경험에 대한 호기심과 욕망이 담겨 있었다. 그러나 이것은 단순하지 않은 매우 복잡한 열정이기도 했다. 소년이 갖고 있는, 순수한 육체적인 본능으로 숨어 있던 것이 상상력의 작용으로 변신을 하였고, 자신에겐 육체적인 것과는 관계없는 것으로 보이는 무엇인가로 변했고, 그리고 바로 그 이유 때문에 더욱 위험한 것이기도 했다. 우리가 그 근원에 대해 모른다고 자신을 속이는 열정이야말로 우리를 가장 강력하게 지배하기 마련이다. 그리고 그 본질에 대해 우리가 알고 있는 것들은 우리를 움직이는 가장 약한 힘이다. 우리는 다른 사람들은 대상으로 실험하고 있다고 생각하지만, 사실은 우리 자신을 실험하고 있는 경우가 흔했다.

헨리 경이 이런 일들에 대해 생각하며 앉아 있을 때 누군가 문을 두드리는 소리가 들렸고, 하인이 들어오더니 저녁 식사를 위해 옷을 갈아입을 시간이라고 알려 주었다. 그는 자리에서 일어나서 바깥 거리를 내다보았다. 맞은편 집들의 높은 창문들은 황금빛 섞인 진홍빛 석양으로 물들고 있었다. 창틀은 뜨거운 금속판처럼 이글거렸다. 그 위의 하늘빛은 시들어 버린 장미꽃 같았다. 그는 도리언의 불꽃같은 색채의 인생을 생각해 보며 그것이 어떻게 끝날까 생각했다.

그날 밤 12시 반쯤 집에 도착하여, 그는 현관 탁자 위에 전보가 하나 놓여 있는 것을 보았다. 전보를 펼쳐 보니 도리언 그레이가 보낸 것이었다. 그가 시빌 베인과 약혼한다는 소식이었다.

5

"엄마, 엄마, 난 정말 행복해요!"

소녀는 이렇게 속삭이며 늙고 지친 얼굴을 한 여인의 무릎에 얼굴을 파묻었다. 여인은 창문으로 강렬하게 들어오는 햇살에 등을 대고, 초라한 응접실에 있는 하나뿐인 소파에 앉아 있었다.

"난 정말 행복해요! 엄마도 행복하지요?"

베인 부인은 이마를 찡그리더니 화장독으로 새하얗게 바란 여윈 손을 딸의 머리 위에 얹었다.

"행복이라구?"

그녀는 딸에게 되물었다.

"시빌, 난 네가 연기하는 걸 볼 때만 행복해. 넌 연기 말고 다른 건 아무것도 생각해선 안 돼. 아이작스 씨는 우리에게 정말 잘해 주었어. 우린 아이작스 씨에게 갚을 빚도 있단다."

소녀는 고개를 들고 입을 삐쭉 내밀었다.

"돈이라뇨, 엄마? 돈이 뭐가 그리 대단해요? 돈이 사랑보다 더 중요한가요?"

109

“아이작스 씨가 빚을 갚으라고 50파운드를 선불해 주었잖아. 제임스에게 옷도 사 주라고 말이야. 시빌, 그걸 잊어선 안 돼. 50파운드는 굉장히 큰돈이란다. 아이작스 씨가 정말 맘을 많이 써 준거야.”

“하지만 그 사람은 신사가 아니에요, 엄마. 그리고 그 사람이 절 대하는 태도가 마음에 들지 않아요.”

소녀는 일어서서 창가로 가면서 말했다.

“그분이 안 계셨더라면 우리가 어떻게 살았을까?”

베인 부인은 딸의 말에 화가 난 듯 말했다.

시빌 베인은 고개를 젖히며 웃었다.

“이제 더 이상 그 사람은 필요 없어요, 엄마. ‘꿈속의 왕자님’이 우리 생활을 책임져 줄 거예요.”

그리고 그녀는 잠시 말을 끊었다. 그녀의 핏속에서 장미꽃이 피었고, 그 꽃이 그녀의 뺨에 붉게 물들었다. 그녀 입술이 가쁜 숨결로 살짝 벌어졌다. 그녀의 입술이 바르르 떨렸다. 열정이라는 남쪽에서 불어온 바람이 그녀를 덮치면서, 그녀가 입은 드레스의 예쁜 주름을 흔들리게 했다.

“전 그분을 사랑해요.”

그녀는 짧게 말했다.

“정말로 어리석은 것이로구나! 어리석어!”

베인 부인은 앵무새처럼 반복해서 말했다. 부인은 가짜 보석 반지를 낀 굽은 손가락을 흔들어 보이며 말했기 때문에 그녀가 조금 전에 한 말이 더욱 흉측하게 들렸다.

소녀는 또다시 웃음을 터뜨렸다. 그녀의 목소리는 새장 속의 새의 노래 같은 기쁜 목소리였다. 그녀는 환한 눈빛으로 노랫가락에 답하더니 마치 뭔가 비밀을 숨기려는 듯, 그녀는 잠시 눈을 감았다. 다시 눈을 뜨자 그 눈동자에 안개 같은 것이 서려 있었다.

초라한 소파에 앉아 있던 얇은 입술을 한 부인은 그녀에게 신중하게 행동하라고 타일렀고, 지혜를 가장한 충고는 사실은 상식이라는 이름을 빌린 작가가 쓴 겹쟁이들을 위한 책에서 인용한 구절들뿐이었다. 소녀는 듣고 있지 않았다. 그녀는 자신이 갇혀 있는 열정이라는 이름의 감옥 안에서 자유롭게 노닐었다. 그녀의 꿈속의 왕자님이 그녀와 함께 있었다. 그녀는 기억을 되살려 그의 모습을 재창조했다. 그녀는 자신의 영혼에게 그를 찾아오도록 심부름을 보냈고, 그녀의 영혼은 그를 데리고 왔다. 그의 키스로 그녀의 입술은 다시 뜨거워졌다. 그녀의 눈꺼풀은 그의 숨결로 따스해졌다.

그때 지혜라는 인물이 방법을 바꿔 그 남자의 정체를 한번 파악해 보라고 가르쳤다. 어쩌면 그 청년이 부자일지도 모른다. 그렇다면 이 결혼을 생각해 봐야 한다. 소녀의 귓전에 세속적인 교활한 말들이 파도가 되어 부딪혔다. 결혼에 성공하기 위한 기교를 담은 화살들이 그녀 옆을 스쳐갔다. 소녀는 늙은 어머니의 얇은 입술이 움직이는 것을 보면서 미소 지었다.

그녀는 뭔가 말을 해야 할 것 같은 생각이 들었다. 수없이 많은 말들이 내포된 침묵이 그녀의 마음을 괴롭혔다.

"엄마, 그분은 왜 그토록 날 사랑하는 걸까요? 내가 그 사람을 사랑하는 이유는 알아요. 그분은 사랑의 모습 그대로이기 때문이에요. 그런데 그 사람은 내게서 도대체 무얼 보는 걸까요? 나는 그분을 사랑할 자격이 없어요. 그런데도, 뭐라 말할 수 없지만, 내가 그분에 한참 못 미친다고 생각하면서도 내가 초라한 기분이 들지는 않아요. 나는 당당해요. 나는 아주 당당하니까요. 엄마도 내가 '꿈속의 왕자님'을 사랑하는 것처럼 아버지를 사랑하셨어요?"

뺨에 두껍게 칠한 싸구려 분 밑에서 늙은 부인의 얼굴이 창백해지고 마른 입술은 고통의 경련으로 뒤틀렸다. 시빌은 그녀에게 달려가 그녀의 목에 두 팔을 두르고 입을 맞추었다.

"죄송해요, 엄마. 아버지에 대한 이야기가 엄마를 괴롭게 한다는 걸 알면서도. 하지만 그건 엄마가 그토록 아버지를 사랑했기 때문에 느끼는 고통일 거예요. 그런 슬픈 표정 하지 마세요. 지금 난 20년 전의 엄마만큼 행복하거든요. 아! 이렇게 영원히 행복했으면!"

"애야, 너는 아직 사랑에 빠지기엔 너무 어리단다. 그리고 넌 그 청년에 대해 알고 있는 게 없잖니? 그 사람의 이름도 넌 모른단 말이야. 지금 이러는 건 때가 좋지 않다. 제임스는 오스트레일리아로 떠날 거고 나도 걱정이 많아 골치가 아픈 마당에, 너는 네 생각만 하고 있구나. 하지만 전에도 말했듯이 그 사람이 부자이기라도 한다면……."

"아! 엄마, 내가 지금 이대로 행복할 수 있게 해 주세요!"

베인 부인은 딸의 얼굴을 힐끔 쳐다보더니, 연극배우에겐 종종 제2의 본성처럼 되어 버린 연극적 몸짓으로 딸을 두 팔로 꼭 안았다. 그때 문이 열리고 뻣뻣한 갈색 머리를 한 젊은 남자가 방 안으로 들어왔다. 몸집이 다부지고 손발이 크며 동작이 약간 어색하게 움직이는 청년이었다. 그는 누나처럼 아름답고 제대로 된 교육을 받지 못한 사람임이 틀림없었다. 누가 보더라도 둘의 관계를 남매라고 짐작하는 사람은 없을 것이다. 베인 부인은 아들에게 활짝 웃어 보였다. 그녀는 머릿속에서 아들에게 한 사람의 청중이라는 위치를 부여했다. 그녀는 응접실에서의 상황이 아들에게도 흥미로울 것이라 확신했다.

"누나, 나에게 해 줄 입맞춤은 남겨 두어야겠지?"

젊은이는 투덜거리면서도 사람 좋은 목소리로 말했다.

"하지만 넌 입 맞추는 걸 싫어하잖아. 넌 무서운 곰 같아."

그리고 그녀는 방 안을 가로질러 다가가 그를 끌어안았다. 제임스 베인은 애정이 가득한 눈빛으로 누나를 들여다보았다.

"함께 산책 나가자, 누나. 나는 이 지겨운 런던을 다시 보게 될 거 같지 않아. 적어도 보고 싶지 않은 것만큼은 확실해."

"얘야, 그런 말은 하지도 말아라."

베인 부인이 한숨을 내쉬고는 초라한 무대 의상을 집어 들어 깁기 시작했다. 그녀는 아들이 자기와 딸 사이에 끼어들지 않은 것에 조금 실망했다. 아들이 끼어들었다면 이 연극이 더욱 극적으로 되어서 재미있었으리라.

"왜죠, 어머니? 난 진심이에요."

"그게 날 괴롭힌단다. 난 네가 오스트레일리아에 가서 큰돈을 벌어 돌아오리라 믿어. 그곳에는 사교계도 없다고 하더라. 사교계라 할 만한 것이 없단 말이야. 그러니 돈을 벌면 돌아와서 런던에 자리를 잡아야지."

"사교계라구요?"

제임스는 중얼거렸다.

"그런 건 전혀 알고 싶지 않아요. 나는 어머니와 누나가 연극 무대에 서지 않아도 될 정도의 돈을 벌고 싶을 뿐이니까요. 나는 연극 무대가 정말 싫거든요."

"이런, 제임스!"

시빌이 웃으며 말했다.

"그런 못된 말을 하다니! 하지만 정말 나랑 산책을 가고 싶은 거야? 나도 산책 가고 싶어! 나는 네가 너에게 이상한 파이프를 선물한 친구 톰 하디, 아니면 그 파이프로 담배를 피운다고 놀려대던 네드 랭튼에게 가는 줄 알았어. 떠나기 전 마지막 오후를 나와 함께 보내고 싶다니 고맙구나. 어디로 갈까? 하이드파크로 가는 게 좋겠어."

"그곳에 가기엔 내 차림이 너무 초라해."

그는 얼굴을 찡그리면서 말했다.

"잘 차려입은 부자들만 가는 곳이잖아."

"말도 안 돼, 제임스."

그녀가 그의 외투 소매를 토닥이면서 말했다.

그는 잠시 망설이다가 말했다.

"좋아, 하지만 옷 갈아입는 데 너무 오래 걸리면 안 돼."

그녀는 춤추는 듯한 걸음으로 방을 나갔다. 그녀가 2층 계단으로 올라가면서 부르는 노랫소리가 들려왔다. 머리 위에서 그녀가 종종걸음 치는 발소리도 들렸다.

제임스는 방 안을 두세 번 오락가락하더니 가만히 의자에 앉아 있는 어머니를 돌아보았다.

"어머니, 내 짐들은 다 준비되었나요?"

"그래, 제임스."

그녀는 깁고 있는 옷에 눈을 고정시킨 채 대답했다. 지난 몇 달 동안 그녀는 거칠고 고집스러운 아들과 단 둘이 함께 있는 것이 불편했다. 눈이 마주칠 때마다 그녀의 숨겨진 천박한 천성은 불안해졌다. 그녀는 아들이 뭔가 알고 있지 않을까 의심했다. 아들이 아무 말도 하지 않기 때문에 오히려 그 침묵이 그녀에겐 견딜 수 없었다. 그녀는 투덜대기 시작했다. 여자들은 먼저 공격을 함으로써 자신을 방어한다. 그것은 여자들이 예상하지 못한 순간에 실행하는 뜻밖의 굴복이 공격이기도 한 것과 마찬가지이다.

"네가 선원 생활에 만족하면 좋겠구나. 네가 선택한 것임을 반드시 명심해라. 변호사 사무실에 들어갔을 수도 있었어. 변호사

는 아주 존경받는 직업이잖니. 시골에서는 그곳의 높은 집안하고
도 함께 식사하는 사람들이란 말이지."

"저는 사무실도 싫고 서기 일도 싫어요. 하지만 어머니 말씀은
맞아요. 내가 선택한 인생이죠. 제가 부탁드리고 싶은 말은 누나
를 잘 지켜 달라는 거예요. 누나가 다치는 일은 없게 해 주세요.
어머니, 누나를 잘 보살펴 주세요."

"제임스, 왜 그런 말을 하는 거지? 난 네 누나를 잘 돌보고
있어."

"어느 신사가 매일 밤 극장에 찾아와서는 무대 뒤에서 누나를
만나고 간다더군요. 그게 정말인가요? 어떻게 생각하세요?"

"네가 제대로 알지도 못하면서 말하는구나, 제임스. 우리 같은
연극배우는 내키지 않아도 손님들의 관심을 끌어야 하고 그런 일
에 익숙해져야 하는 직업이지. 나도 한때는 수없이 많은 꽃다발
을 받던 시절이 있었어. 사람들이 내 연기에 대해 진정으로 알아
주던 시절이었지. 나는 시빌과 그 신사가 얼마나 심각한지 어떤
지 모르겠어. 하지만 그 청년이 완벽한 신사라는 것만은 분명해.
나한테도 그렇게 공손할 수가 없거든. 게다가 외모로 보아하니
부자인 모양이고 보내 주는 꽃들은 아주 예쁘단다."

"하지만 그자의 이름도 모르잖아요."

아들이 퉁명스럽게 말했다.

"그래, 모르지."

베인 부인이 굳은 표정으로 대답했다.

“아직 진짜 이름을 말해 주지는 않았어. 그래서 더욱 낭만적일지도 모른단다. 그는 아마 귀족일 거야.”

제임스 베인은 입술을 깨물었다.

“누나를 잘 지켜보세요, 무슨 일이 일어나지 않도록 잘 보살펴 주세요, 어머니.”

“애야, 네가 그렇게 말하니 너무 괴롭구나. 난 항상 시빌을 잘 보살펴 왔어. 그 신사가 부자라면 그와 결혼을 못할 이유가 없지. 시빌에게는 아주 만족스러운 결혼이 될 거고 두 사람은 멋진 한 쌍이 될 거야. 누가 보더라도 그는 정말 잘생겼어. 누구나 그를 주목해.”

제임스는 무슨 말인가 투덜거리더니 거칠고 투박한 손으로 창틀을 두드렸다. 그리고 무언가 말을 하려고 그가 몸을 돌리는데 문이 열리더니 시빌이 들어왔다.

“두 사람이 아주 심각한 얘기를 한 거죠? 무슨 일이에요?”

“아무것도 아냐.”

제임스가 대답했다.

“가끔 심각해질 때도 있잖아. 그럼 갈게요, 어머니. 5시에 저녁 먹을 거예요. 제 셔츠 말고는 짐은 다 싸놓았으니 신경 쓸 것도 없어요.”

“가거라, 애야.”

베인 부인이 위엄을 갖추고 뻣뻣한 자세로 대답했다.

그녀는 아들이 자신에게 그런 투로 말한 것이 몹시 못마땅했는데, 아들의 표정에는 그녀를 두렵게 하는 무엇인가가 있었다.

"어머니, 입맞춤해 주세요."

시빌이 말했다. 시빌의 꽃잎 같은 입술이 어머니의 쭈그러든 뺨에 와 닿으니, 그 뺨 위에 내린 차가운 서리가 따뜻하게 녹아내렸다.

"사랑하는 내 딸아!"

베인 부인은 천장을 쳐다보면서 가상 속의 관람석을 떠올리며 외쳤다.

"그만 나가자, 누나."

제임스가 더는 못 참겠다는 듯 말했다. 그는 어머니의 그런 연극적 가장과 허세를 몹시 싫어했다.

남매는 바람이 불고 햇살이 희미하게 비추는 밖으로 나가서 쓸쓸한 유스턴 거리를 천천히 걸었다. 지나가는 사람들은 나란히 걸어가는 두 사람을 신기한 듯 힐끔힐끔 쳐다보았다. 무뚝뚝하고 몸집이 있는, 초라하고 잘 맞지 않는 옷을 입은 청년이 그와 대조적으로 우아하고 세련된 아가씨와 함께 있는 것이, 아름다운 장미꽃이 못생긴 정원사와 함께 있는 것처럼 보였기 때문이다.

제임스는 낯선 사람들의 의아해하는 듯한 시선을 느끼면서 이따금 이마를 찡그렸다. 그는 사람들이 쳐다보는 것이 몹시 거슬렸다. 천재는 말년이 되어서야 그런 시선을 싫어하게 되고 평범한 사람은 평생 동안 싫어한다. 그러나 시빌은 자신이 다른 사람들에게 어떻게 보이는가에 대해선 전혀 생각하지 않고 있었다.

그녀의 입술이 사랑으로 떨리며 웃고 있었다. 그녀는 '꿈속의 왕자'를 생각하고 있었고 그에 대한 생각을 더하기 위해 일부러 말하지 않고 제임스가 타게 될 배에 대해서, 그리고 동생이 찾게 될 금광에 대해서, 악랄하고 붉은 옷을 입은 산적들로부터 아름답고 부유한 아가씨의 목숨을 동생이 구하게 될 거란 것에 대해서 이야기했다. 제임스가 평생토록 뱃사람이나 배의 짐짝을 관리하는 일 따위에 머물지는 않을 것이기 때문이다. 아, 그건 정말 말도 안 된다! 선원으로 산다는 건 끔찍한 일이다. 거센 파도가 넘실대는 더럽고 초라한 배에 갇혀 있는 모습을 상상해 보라! 거칠고 드센 파도가 쳐들어오려고 하고 거센 바람이 돛대를 쓰러뜨리며 돛은 갈기갈기 찢어져 너풀대는 곳에 갇혀 있는 모습을. 제임스는 선장에게 정중하게 작별 인사를 하고 멜버른에서 배를 타고 떠나 금광을 찾아갈 것이다. 일주일이 채 지나기도 전에 큼지막한 순금덩어리를 발견하게 될 것이다. 그것은 이제까지 발견한 것 중 가장 커다란 금덩어리일 것이며, 6명의 기마경찰이 호위하는 마차를 타고 해안까지 실어올 것이다. 산적들이 이들을 세 번 습격하겠지만 수많은 희생자를 내고 결국 산적들은 항복하며 도망갈 것이다. 아니다, 그는 금광에 가지 않을지도 모른다. 금광은 살벌한 곳이니까. 남자들이 술집 같은 데서 서로 총질을 하며 욕설을 해대는 곳이 아니던가. 그보다는 양을 치는 성실한 농부가 되어 어느 날 저녁, 말을 타고 집으로 돌아오는 길에 검은 말을 탄 강도가 아름다운 아가씨를 납치해 가는 것을 보고, 그 강도를 뒤쫓

아가 그녀를 구할 것이다. 당연히 그녀는 그를 사랑하게 되고 그 역시 그녀를 사랑하게 되어 결혼 한 후, 고향으로 돌아와 런던에 있는 큰 저택에서 살 것이다. 그러기 위해서 그는 신중하게 처신해야 하고, 이성을 잃고 일을 그르치지 않아야 하며, 어리석게 돈을 낭비해서도 안 된다. 시빌은 제임스보다 겨우 한 살 위이지만 인생에 대해서는 아는 것이 훨씬 많았다. 그는 기회가 될 때마다 누나에게 편지를 써야 하고, 매일 밤 잠들기 전에 기도해야 할 것이다. 하느님은 그에게 호의적이어서 그를 보살펴 주실 것이다. 그녀 억시 그를 위헤 기도할 것이고, 몇 년 뒤에 부유하고 행복한 모습으로 돌아올 것이다.

제임스는 우울한 태도로 누나의 말을 듣고 있었지만 어떤 대답도 하지 않았다. 그는 고향을 떠난다는 것에 가슴이 아팠기 때문이다.

그러나 이 일 때문에 그가 슬프고 울적한 것은 아니었다. 세상일에 경험이 없긴 해도 누이가 처한 상황이 위험하다는 것을 확실히 느끼고 있었다. 누나를 사랑하고 있다는 그 젊은 신사는 누나에게 전혀 도움이 되지 못할 것이었다. 제임스가 그를 싫어하는 건 그가 신사라는 바로 그 이유 때문이었다. 그의 증오는 설명은 못하겠지만 계급적인 직감에서 오는 일종의 동물적인 것이었고, 그렇기 때문에 젊은 신사에 대한 미움이 더욱 내면에 깊이 자리 잡았다. 또한 그는 어머니가 천박하고 허영심이 많다는 것을 잘 알고 있어서, 그런 어머니 때문에 누이의 행복이 위험에 놓일 것이라고 판단하고 있었다. 어릴 때 자식은 부모를 사랑하지만 나이를 먹으면서 자식은 부모를 비판한다. 그리고 때로는 부모를 용서하게 된다.

어머니! 그는 어머니에게 물어볼 말이 있었다. 몇 달 동안 입 밖으로 내어 말은 하지 않았지만 가슴속에 간직하고 있던 말이었다. 어느 날 밤, 극장의 무대 문간에서 어머니와 누나를 기다리며 서 있다가 우연히 듣게 된 말이었다. 누군가 속삭이며 비웃는 듯한 그 이야기를 듣고 나서 일련의 끔찍한 생각들이 꼬리에 꼬리를 물고 연상되었다. 마치 얼굴에 말채찍을 맞은 것처럼 분명하게 생각나는 아픈 기억이었다. 그의 눈썹은 쐐기모양으로 일그러졌고, 되살아나는 고통의 기억으로 아랫입술을 아프도록 깨물었다.

"내 말을 하나도 안 듣고 있구나, 제임스."

시빌이 소리쳤다.

"나는 화려하게 펼쳐질 네 장래에 대해 말하고 있었는데 말이야. 뭐라고 좀 해 봐."

"무슨 말 하기를 바라는데?"

"그래! 착하게 살 것이고 우리를 잊지 않겠다고 말해 줘."

그녀는 그에게 미소 지으며 말했다.

제임스는 어깨를 으쓱했다.

"내가 누나를 잊기보다는 누나가 나를 더 쉽게 잊을 가능성이 커."

그녀는 얼굴을 붉혔다.

"제임스, 그게 무슨 말이야?"

"듣자 하니 새로 생긴 친구가 있다면서. 그게 누구지? 나한테 왜 그 사람에 관한 얘기를 안 했어? 누나에게 좋은 영향을 줄 사람이 아닐 텐데."

"그만해, 제임스!"

그녀가 소리쳤다.

"그 사람에게 나쁜 소릴 하면 안 돼. 난 그분을 사랑해."

"사랑? 하지만 누나는 그 사람의 이름도 모르잖아."

제임스가 말했다.

"그 사람 이름이 뭐지? 나도 알 권리는 있다고."

"나는 그분을 '꿈속의 왕자님'이라고 불러. 그 이름이 마음에 들지 않니? 오, 어리석은 제임스! 그 이름을 잊어선 안 돼. 너도 그 사람을 보면, 그 사람이 세상에서 가장 근사한 사람이라고 생각하게 될 거야. 언젠가 너도 그 사람을 만나겠지. 오스트레일리아에서 돌아오면 말이야. 너도 그 사람을 아주 좋아하게 될 거야. 모두들 그 사람을 좋아하니까. 그리고 무엇보다 나는 그 사람을 사랑해. 오늘밤 네가 극장에 오면 좋을 텐데. 그분이 오늘 극장에 오실 거야. 그리고 나는 줄리엣 역을 연기할 거구. 아! 정말 어떻게 연기해야 할까! 제임스, 누군가를 사랑하면서 줄리엣을 연기한다고 생각해 봐! 그 사람을 바로 앞에 앉혀 두고! 그를 기쁘게 해주려고 연기하는 거야! 내 연기에 관객이 소름끼치도록 무섭다고 하지 않을까. 관객들이 넋이 나가도록 매혹시킬까 봐. 사랑에

빠진다는 건 자아를 초월하는 거야. 그 끔찍한 아이작스 씨도 술
집에서 자기 친구들에게 '시빌은 천재야' 하며 흥분해 떠들지도
모르지. 그는 내게 천재란 말을 마치 신조처럼 떠들어 댔어. 오늘
밤 그는 나를 신의 계시라고 선전할 거야. 나는 그걸 예감해. 이
모두가 나의 아름다운 연인이며 나의 신이신 '꿈속의 왕자님', 바
로 그분 덕분이야. 하지만 그의 옆에 서면 나는 가난한 여인에 불
과해. 가난이라고? 대체 그게 무슨 상관이람? '가난이 문틈으로
들어올 때 사랑은 창밖으로 달아난다.'는 영국 속담은 바뀌어야
해. 그 속담은 겨울에 만들어졌지만 지금은 여름이니까 말이야.
아니, 내겐 봄이야. 파란 하늘에 꽃잎들이 춤을 추는 봄이잖아."

"그는 신사야."

제임스가 뿌루퉁한 목소리로 말했다.

"왕자라니까!"

그녀는 노래하듯 말했다.

"그 이상 무얼 더 바라니?"

"그자는 누나를 노예로 삼을 거야."

"자유의 몸이 되는 생각만으로도 떨리는걸."

"그 사람을 조심하라구."

"그를 보면 누구나 숭배하고, 그를 아는 순간 믿게 되는데."

"누나는 사랑에 눈이 멀었어."

그녀는 웃으며 동생의 팔을 잡았다.

"제임스, 마치 100살 먹은 노인네처럼 말하는구나. 너도 언젠가

누군가를 사랑하게 될 거야. 그때가 되면 그게 어떤 것인지 알게 될 테지. 그렇게 시무룩한 표정 짓지 마. 네가 멀리 떠나긴 하지만, 내가 가장 행복한 때에 떠난다고 생각하면 괜찮을 거야, 지금까지 우리 모두 힘들었어. 너무 힘들고 고달픈 삶이었지. 그렇지만 이제부터 모든 것이 달라질 거야. 너는 새로운 세상으로 떠나고 나는 새로운 세상을 찾았으니까. 여기 2개의 의자가 있네. 앉아서 지나가는 멋진 사람들을 구경하자."

두 사람은 사람들 틈에 자리를 잡고 앉았다. 맞은편 화단의 튤립들은 둥그런 불꽃처럼 화려하게 타올랐다. 흰 붓꽃가루들이 하얀 먼지가 되어 공기 중에 떠다녔다. 밝은 색깔의 양산들이 나비 떼처럼 춤추며 낮게 날았다.

그녀는 동생에게 앞으로의 희망, 그리고 계획 등에 대해 말하도록 했다. 그는 천천히 힘겹게 말을 이었다. 두 사람은 시합하는 사람들이 한 대씩 주거니 받거니 하듯이 서로에게 말을 건넸다. 시빌은 가슴이 답답한 느낌이었다. 자신의 가슴속의 기쁨을 동생에게 제대로 전달할 수가 없었다. 동생에게서 얻어 낼 수 있는 반응은 시무룩한 입가에 떠오르는 희미한 미소밖에 없었다. 얼마간 시간이 흐르자 그녀는 입을 다물고 말을 하지 않았다. 그러다 금발 머리카락에 웃고 있는 입술을 언뜻 보았다. 도리언 그레이가 2명의 부인과 함께 무개 마차를 타고 지나가는 것이었다.

그녀는 벌떡 자리에서 일어났다.

"저기 그분이야!"

그녀가 소리쳤다.

"누구 말인데?"

제임스가 물었다.

"꿈속의 왕자님!"

그녀는 대답하며 지나가는 마차를 눈으로 뒤쫓았다.

제임스는 자리에서 벌떡 일어나 누나의 팔을 거칠게 움켜잡았다.

"나한테도 보여 줘. 어느 쪽 사람이야? 가리켜 봐, 나도 그 사람을 봐야겠어!"

그는 소리쳤다. 하지만 이때 마침 버윅 공작의 사두마차가 시야를 가렸고, 공작의 마차가 지나가자 도리언의 마차는 공원에서 이미 벗어난 뒤였다.

"가 버렸어."

시빌은 슬프게 중얼거렸다.

"네가 그 사람을 봤더라면 좋았을걸."

"나도 봤으면 했어, 하늘에 계신 신께 맹세하는데, 그자가 누나에게 나쁜 짓을 하면 그를 죽이고야 말겠어."

그녀는 공포에 질린 얼굴로 동생을 쳐다보았다. 그는 그 말을 반복했다. 그 말들은 날카로운 비수가 되어 허공을 갈랐다. 그들 옆을 지나가던 사람들은 입을 크게 벌렸다. 시빌의 옆에 서 있던 어떤 여자는 그 말에 놀라 움찔했다.

"가자, 제임스. 어서!"

그녀가 속삭였다. 제임스는 얌전히 그녀의 말에 따랐고, 그녀는 그를 데리고 사람들 틈을 헤치고 빠져나왔다. 제임스는 자신이 한 말이 아주 마음에 들었다.

공원 안에 있는 아킬레스 동상 앞에 이르자 그녀는 동생 쪽으로 몸을 돌렸다. 연민에 가득 찬 눈으로 동생을 보던 그녀의 입술에서 웃음이 흘러나왔다. 그녀는 고개를 저었다.

"바보 같은 제임스. 아주 바보 같아. 어떻게 그런 끔찍한 말을 할 수 있지? 네 자신이 무슨 소리를 하는지도 모르면서. 그저 질투심에 못되게 구는 것뿐이야. 아! 너도 사랑에 빠져 봐야 할 텐데. 사랑은 얼마나 사람을 선하게 만드는지. 방금 전에 네가 한 말은 아주 섬뜩한 말이었어."

"나도 벌써 16살이야."

제임스가 말했다.

"내가 왜 이러는지 안다고. 엄마는 누나에게 전혀 도움이 안 돼. 엄마는 누나를 어떻게 돌봐야 하는지도 몰라. 내가 오스트레일리아에 가기로 한 게 얼마나 후회가 되는지 모르겠어. 이 모든 것을 때려치우고 싶은 마음뿐이야. 내가 계약서에 서명만 하지 않았다면 말이야."

"제발, 너무 심각하게 생각하지 마, 제임스. 마치 엄마가 좋아하셨던 우스운 신파극의 주인공 같구나. 너와 입씨름하며 다투기 싫어. 넌 내가 사랑하는 사람을 해칠 일 따윈 절대 하지 않을 거야. 안 그러니?"

"누나가 그 사람을 사랑하는 한 그렇겠지."

제임스는 무뚝뚝하게 말했다.

"나는 영원히 그분을 사랑할 거야!"

그녀가 외쳤다.

"그자는 어떤데?"

"그 사람도 영원히 날 사랑할 거야."

"그래야지, 그래야 그에게도 좋을 거라고."

그녀는 그에게서 뒷걸음쳐 뒤로 물러났다. 그러고는 웃으며 그의 팔에 손을 얹었다. 제임스는 정말 아직 어린아이일 뿐이었다.

마블 아치에 도착한 두 사람은 합승 마차를 탔고, 마차는 유스턴 거리 근처에 있는 남매의 초라한 집에 그들을 내려 주었다. 5시가 지난 시각이었다. 시빌은 공연을 앞두고 한두 시간 정도 쉬어야 했다. 제임스는 그녀에게 잠깐 눈을 부치라고 고집을 부렸다. 제임스는 어머니가 집을 비운 사이 작별하는 게 좋겠다고 말했다. 어머니가 있으면 틀림없이 울고불고 과장된 장면이 연출될 것이고, 그런 장면은 그가 아주 싫어하는 것이었다.

시빌의 방에서 두 사람은 이별했다. 제임스의 가슴에는 질투심이 있었고, 갑자기 나타나 두 사람 사이에 끼어든 낯선 사람에 대한 격렬하고, 살인이라도 할 수 있을 것 같은 증오심이 있었다. 하지만 그녀가 두 팔로 그의 목을 감싸 안으며 손가락으로 머리칼을 쓰다듬자 그는 마음이 누그러졌고 그녀에게 애정이 가득한 입맞춤을 했다. 아래층으로 내려가는 그의 눈에는 눈물이 고여

도리언 그레이의 초상

있었다.

그의 어머니가 아래층에서 기다리고 있었다. 그가 들어가자, 베인 부인은 시간을 지키지 않은 것에 대해 투덜거렸다. 제임스는 아무런 말도 하지 않고 초라한 식탁에 앉았다. 식탁 주위를 파리들이 윙윙대며 날아다녔고 때로 얼룩진 식탁보 위를 기어 다녔다. 덜커덩거리며 달리는 합승 마차들의 소리와 길바닥에 부딪치는 역마차의 말발굽 소리들이 그에게 남아 있는 시간을 조금씩 집어삼키는 단조로운 소리처럼 들렸다.

얼마간의 시간이 흐른 후, 그는 접시를 밀쳐 버리고 양손으로 얼굴을 감싸 쥐었다. 그는 자신이 알 권리가 있다고 생각했다. 그가 의심했던 게 사실이라면, 어머니는 그에 대한 어떤 이야기를 그에게 진작 말해줘야 했다. 베인 부인은 두려움으로 가득한 얼굴로 아들을 바라보았다. 그녀의 입에서 나오는 몇 마디의 말들은 기계적으로 흘러나오는 말일 뿐이었다. 그녀의 손에는 다 헤진 레이스 손수건이 있었다. 시계가 6시를 알리자 그는 자리에서 일어나 문간으로 걸어갔다. 그곳에서 어머니를 돌아다보았다. 두 사람의 눈이 마주쳤다. 제임스는 그녀의 눈에서 용서를 구하는 간곡한 애원을 보았다. 그것이 오히려 더욱 그를 화나게 했다.

어머니, 물어볼 말이 있는데요."

베인 부인은 아들의 눈은 피해 방 안 여기저기를 떠돌았다. 그녀는 아무 말도 하지 않았다.

"사실대로 말해 주세요. 나도 알 권리가 있으니까요. 어머니는 아버지와 정식으로 결혼했었나요?"

그녀는 깊은 한숨을 내쉬었다. 그것은 안도의 한숨이었다. 몇 주 동안, 몇 달 동안, 밤낮으로 그녀가 두려워했던 그 순간이 닥쳤지만 전혀 두렵지 않았다. 어쩌면 그녀에게 실망스럽기조차 했다. 단도직입적인 이 질문에는 그만큼 직접적으로 대답해야 했다. 이 상황은 조금씩 전개되어 이르게 된 그런 상황이 아니었다. 이것은 노골적인 상황이었다. 이것은 그녀에게 연극의 엉성한 리허설을 연상시켰다.

"아니"

그녀는 인생의 가혹한 단순함을 떠올리면서 이렇게 잘라 대답했다.

"내 아버지가 바람둥이였군요."

제임스는 주먹을 불끈 쥐며 말했다.

그녀는 고개를 저었다.

"난 그 사람이 자유의 몸이 아니라는 것은 이미 알고 있었단다. 우리는 서로 사랑했어. 만일 살아 있다면 네 아버지는 우리를 부양했을 거야. 제임스, 아버지를 나쁘게 생각하지 마라. 그분은 네 아버지고 신사였어. 아주 높은 지위에 있는 분이었지."

그에게서 심한 말이 튀어나왔다.

"아무래도 난 상관없어요. 하지만 누나는 그러면 안 돼요……. 그자도 신사라죠, 아닌가요? 누나와 사랑에 빠졌다는 자 말이에요. 게다가 높은 집안 사람일 테죠?"

밀려드는 불쾌한 수치심이 부인을 휩쌌다. 그녀는 고개를 떨어뜨렸다. 떨리는 손으로 눈물을 훔치고 그녀가 말했다.

"시빌에겐 그래도 엄마가 있잖니. 그때 나에겐 아무도 없었어."

제임스의 가슴이 아려 왔다. 그는 그녀에게 다가가서 몸을 굽혀 입맞춤했다.

"아버지에 대한 이야기로 어머니를 힘들게 해서 죄송해요. 하지만 어쩔 수 없었어요. 이제 가야 해요. 안녕히 계세요. 이제 돌봐 줄 자식이 하나밖에 없다는 것을 잊지 마세요. 분명히 말하지만 그자가 내 누이에게 허튼짓을 하면, 나는 그를 찾아내어 개처럼 죽여 버릴 거예요. 맹세해요."

이 과장스럽고 어리석은 협박의 말을 하면서 격렬한 몸짓과, 미친 듯이 쏟아내는 신파극의 거친 대사 같은 말들, 이런 것들이 그녀에게 인생을 한층 생생하게 되살아나는 것으로 느껴지게 했다. 그녀는 이런 분위기가 몸에 익어 친숙했다. 그녀는 숨쉬기가 자유로워졌고, 긴 세월 동안 처음으로 아들에게 경탄하는 마음이 생겨났다. 그녀는 감정적으로 이 장면을 계속 연기하고 싶었지만, 그가 이 장면이 계속되는 것을 중지시켰기 때문에 그녀의 기대를 저버렸다. 여행 가방을 아래로 날라야 했고 목도리를 찾아야 했다. 하숙집의 잡일을 하는 인부가 부산스럽게 들락날락했다. 마부하고도 요금을 갖고 실랑이를 벌여야 했다. 극적인 순간이 천박한 일상사 속에서 사라져 갔다. 아들이 탄 마차가 저 멀리 사라져 가는 것을 보며 창문에서 헤진 레이스 손수건을 흔들 때 그녀는 새삼스레 되살아난 실망감을 느꼈다. 그녀는 모처럼의 극적인 기회가 사라져 버렸다는 생각이 들었다. 그녀는 시빌에게 이제 돌봐야 할 자식이 하나뿐이기 때문에 자신의 인생이 아주 쓸쓸해질 거라 얘기하며 스스로의 마음을 위로했다. 그녀는 남은 자식이 하나라는 제임스의 말을 떠올렸다. 그것이 그녀를 뿌듯하게 했다. 아들의 협박에 대해서는 한마디도 하지 않았다. 그 협박은 생생하고 연극적으로 표현되었다. 베인 부인은 언젠가 가족 모두가 그 말을 떠올리며 웃게 될 날이 오리라 생각했다.

6

"소식은 들었겠지, 바질?"

그날 저녁 3인분 식사가 차려진 브리슬의 조그만 식당으로 홀워드가 안내되어 들어오는 것을 보고 헨리 경이 물었다.

"아니."

화가는 머리 숙여 절하는 하인에게 모자와 외투를 건네주며 대답했다.

"무슨 일인데? 정치에 관한 얘기는 아니겠지? 정치에는 흥미가 없다네. 영국 하원에 있는 인간치고 초상화를 그릴 만한 가치가 있는 인물은 한 명도 없다네. 하얀 분칠을 해 주면 좀 나아질 자들은 많이 있지만."

"도리언 그레이가 약혼을 했네."

헨리 경이 말하면서 바질을 쳐다보았다.

홀워드는 흠칫 놀라더니 이마를 찡그렸다.

"도리언이 약혼을……! 그럴 리가!"

"사실일세."

"누구하고?"

"이름 없는 여배우라나……."

"믿어지지 않아. 사려 깊은 도리언이 그런 짓을 하다니."

"이봐, 바질, 도리언은 지나치게 영리한 사람이라 가끔 어리석은 짓을 할 수밖에 없네."

"결혼은 어쩌다 저질러도 되는 실수가 아니라네, 해리."

"미국은 예외더군."

헨리 경이 피곤한 투로 대답했다.

"하지만 내 말은 그가 결혼했다고 말하지 않았네. 약혼했다고 했지. 그건 아주 달라. 나는 결혼했던 건 분명히 기억하지만, 약혼했던 건 아무런 기억도 없다네. 내가 결코 약혼한 적이 없다는 생각이 드네."

"하지만 도리언의 집안이나 지위, 재산을 생각해 보게. 자기에 훨씬 못 미치는 상대와 결혼하는 것은 어리석은 짓이야."

"도리언이 그 여자와 결혼하는 걸 보고 싶다면 그에게 그렇게 말해 주게, 바질. 그러면 아무리 말려도 그 여자와 결혼할 걸세. 남자가 정말로 정신 나간 짓을 하는 건 언제나 가장 고귀한 동기에서니까."

"그 여자가 좋은 여자라면 좋겠군, 해리. 도리언이 그의 천성을 타락시키고 그의 지성을 파괴할지도 모르는 사악한 여자에게 걸리는 꼴은 보고 싶지 않아."

"아, 좋은 정도가 아니지, 그 이상이야. 아름다운 여자야."

헨리 경은 중얼거리면서 백포도주와 오렌지주스를 섞은 술을 마셨다.

"도리언이 그러더군, 아름다운 여자라고. 그런 문제에서 도리언의 의견이 잘못된 때는 거의 없었으니까. 자네가 그려준 초상화 덕분에 도리언은 다른 사람의 외모를 제대로 식별할 수 있는 눈이 생겼거든. 우리는 오늘밤 그녀를 보러 갈 걸세. 만일 도리언이 그 약속을 잊지만 않는다면."

"정말인가?"

"정말이고 말고, 바질. 지금 이 순간보다 더 진지해져야 할 때가 있게 된다면 아마도 난 비참한 기분에 미쳐 버릴 거야."

"자네는 이 결혼을 인정하나, 해리?"

바질이 물었다. 그는 입술을 깨물며 방 안을 이리저리 서성거렸다.

"자네는 이 결혼을 인정할 수 없을 거야. 이건 한때의 어리석은 열정에 불과할 테니까."

"이제 나는 그 어떤 일에도 인정하거나 부정하지 않네. 인정이나 부정은 인생에 대해 아주 멍청한 짓이야. 도덕적 편견을 떠벌

리고 다니라고 우리가 이 세상에 태어난 것은 아니니까. 나는 평
범한 사람들이 뭐라 하든 결코 상관하지 않고 매력적인 사람들이
하는 일에도 상관하지 않는다네. 어떤 사람이 나를 매혹시킨다
면, 그 사람이 어떤 식으로 표현하고 행동한다 해도 내게 즐거움
과 기쁨을 줄 뿐이니까. 도리언 그레이는 줄리엣을 연기하는 아
름다운 여자와 사랑에 빠져서 그녀에게 청혼했네. 그렇게 못할
이유는 또 뭔가? 그가 메살리나[22]와 결혼한다고 해서 그에 대한
흥미가 사라지는 것도 아니잖아. 내가 그 결혼 생활에 성공한 인
물이 아니라는 건 자네도 잘 알 거야. 결혼의 진짜 단점은 자아를
잃게 한다는 거야. 자아가 없는 사람은 도무지 색깔 없는 사람이
지. 그들에게는 개성이란 게 없네. 결혼 생활을 하면서 더욱 복잡
해지는 성격들이 있어. 그들은 그 기질들을 고집스럽게 지켜가며
더 많은 자아들을 거기다 보태 여러 가지 형태로 자기를 표현하
네. 그 기질들은 하나 이상의 인생을 살아야만 하지. 이 기질들은
더욱 고도로 조직화된 인간이 되는데, 고도로 조직화되는 것은
인간이 살아가는 목적이지. 모든 경험의 목적이라고 생각하네.
그런가 하면 모든 경험에는 나름대로의 가치가 있어서, 사람들이
결혼에 반대하는 근거로 무슨 말을 하든, 그 결혼이 하나의 경험
이라는 것은 분명하네. 도리언 그레이가 그 여자를 아내로 맞아
들여, 6개월쯤 열정적으로 그녀를 사랑하다가 갑자기 다른 여자

주 ─────────────────────────────────

22) 1세기 로마황제 클라우디우스의 세 번째 아내로 음탕하고 잔인했던 여자

134

에게 빠지기를 바라네. 그러면 그는 더욱 흥미로운 연구 대상이
될 걸세."

"지금 자네가 한 말이 진심으로 하는 말은 아니겠지. 그걸 자네
도 알고 있네. 도리언 그레이의 인생이 망가진다면 누구보다 자
네가 가장 유감스러워할 걸세. 자네는 겉으로는 아닌 척하지만
훨씬 좋은 사람이니까."

헨리 경이 웃었다.

"우리가 다른 사람을 좋은 사람으로 생각하려는 이유는, 그렇
게 하지 않으면 우리 자신에게 해로운 일이 생길까 해서지. 낙천
주의의 바탕은 철저한 공포감에서 나오는 거야. 우리가 인간의
천성이 관대하다고 믿는 건, 이웃들이 우리에게 득이 될 미덕을
갖고 있다고 믿고 싶기 때문이지. 우리는 잔액보다 큰 금액을 인
출할지도 모른다고 생각할 때 은행 직원을 칭찬하고, 설마 내 지
갑을 털지 않겠지 하는 희망에 강도의 좋은 면을 찾아내거나 하
는 것과 마찬가지야. 내 말은 모두 진심으로 하는 말이네. 나는
낙천주의를 무엇보다 경멸하네. 망가진 인생이라면, 성장이 멈춰
버린 인생만큼 파멸한 인생은 없네. 본성을 망가뜨리고 싶다면,
그걸 바꾸기만 하면 되네. 결혼은 물론 멍청한 짓이야. 남녀 사이
에는 결혼 말고도 더 흥미로운 것들이 많이 있다네. 난 그런 관계
를 맺어 보라고 격려하고 싶네. 그런 관계는 유행을 선도한다는
데서 오는 매력이 있거든. 마침 도리언이 나타나는군. 도리언은
나보다 더 많은 이야기를 자네에게 해 줄 테지."

"해리, 바질, 두 분 다 나를 축하해 주셔야겠어요!"

도리언은 가장자리에 공단을 댄 망토를 벗고 친구들과 차례로 악수하면서 말했다.

"이렇게 행복했던 적이 없었어요. 물론 갑작스러운 일이지만요. 정말로 기쁜 일들은 모두 어느 날 갑자기 일어나니까요. 그렇다 해도 이 일이야말로 내가 평생 동안 찾아 헤매던 일이라고 생각해요."

그는 흥분과 기쁨으로 얼굴이 붉혔고 그 어느 때보다 핸섬해 보였다.

"지금처럼 앞으로도 늘 행복하기를 바라네, 도리언."

홀워드가 말했다.

"하지만 자네 약혼 소식을 알려 주지 않은 건 용서할 수 없네. 해리에겐 알려 주지 않았나."

"저녁 식사에 늦은 것도 용서하지 않겠네."

헨리 경이 두 사람 사이에 끼어들어 도리언의 어깨에 손을 얹으며 미소 지었다.

"자, 우선 앉아서 여기 새로 온 주방장 솜씨를 보세. 그런 후에 약혼하게 된 자초지종을 모두 말해야 하네."

"별로 이야기할 것도 없어요."

세 사람이 작은 원탁에 둘러앉는 동안 도리언이 말했다.

"어떻게 된 일인지 말할게요. 엊저녁에 해리, 당신과 헤어진 후 옷을 차려입고 당신이 소개해 준 루퍼트 거리의 작은 이탈리아

식당에서 저녁을 먹고는 8시에 극장에 갔습니다. 시빌이 로잘린 드[23] 역을 하고 있었어요. 물론 무대 배경은 보잘것없고 남자 주 인공 올란도 역을 맡은 배우의 연기도 형편없었어요. 하지만 시 빌은! 두 분이 그녀를 보았어야 했어요. 소년 복장으로 나타난 그 녀는 완벽하게 아름다웠어요. 이끼색 조끼에 계피색 소매가 달린 윗옷을 입고 있었는데, 가는 갈색 끈을 십자 모양으로 맨 바지에, 매의 깃털을 보석 사이에 박은 귀엽고 조그만 초록색 모자를 쓰 고 붉은색으로 가장자리를 댄 외투를 입고 있었어요. 그토록 아 름다운 모습은 처음이었어요. 그녀는 바질 당신이 화실에 놓아둔 타나그라 조각상[24]의 섬세하고 우아함을 모두 갖고 있어요. 그녀 의 머리카락은 창백한 장미를 둘러싼 짙은 녹색 이파리처럼 그녀 의 얼굴을 감싸고 있었어요. 그리고 그녀의 연기는……. 아, 두 분도 오늘밤 그녀의 연기를 보겠죠. 그녀는 한마디로 타고난 예 술가예요. 나는 넋이 나간 채 그 초라한 객석에 앉아 있었어요. 내가 있는 곳이 런던이라는 것도 그리고 지금이 19세기라는 것도 잊었어요. 나는 아무도 가 본 적 없는 숲 속에 내가 사랑하는 사 람과 단 둘이 와 있었어요. 공연이 끝나고 무대 뒤로 가서 그녀와

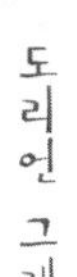

---

23) 앞에서 도리언은 시빌이 이모겐을 연기할 예정이라고 말했으므로 이것 은 저자의 착각인 것 같다. 로잘린드는 〈좋으실 대로(As You Like It)〉의 여주인공

24) 아소포스 강(江) 연안 타나그라 지방의 분묘에서 많이 출토되어 붙여진 이름. 밝은 채색의 20~30cm의 풍속 인형으로, 특히 일상생활의 갖가지 자태를 나타낸 여인상은 우아하고 매력적이다.

이야기를 했어요. 같이 앉아 있는데 갑자기 그녀의 눈동자에 내가 여태껏 본 적이 없는 표정이 떠올랐어요. 나의 입술이 천천히 그녀의 입술로 다가갔습니다. 우리는 입맞춤을 했어요. 그때 내가 느꼈던 것을 표현할 수가 없군요. 내 인생 전부가 장밋빛 기쁨이라는 한순간으로 녹아드는 것처럼 여겨졌어요. 그녀는 온몸을 떨었어요. 한 송이 하얀 수선화처럼 말이죠. 그러더니 무릎을 꿇고 내 손에 입을 맞추었지요. 이런 얘기까지 모두 말할 필요는 없다고 생각하지만, 얘기하지 않고는 견딜 수가 없네요. 물론 우리의 약혼은 절대 비밀입니다. 시빌은 그녀의 어머니에게조차 말하지 않았어요. 제 후견인이 뭐라 할지 모르겠습니다. 래들리 경은 당연히 불같이 화를 내시겠죠. 하지만 상관없어요. 내가 성년이 되는데 채 일 년도 남지 않았고, 그때가 되면 하고 싶은 대로 할 수 있으니까요. 바질, 시 속에서 나의 사랑을 얻고 셰익스피어의 연극에서 아내를 찾다니 잘한 일이지요? 셰익스피어에게서 대화를 배운 바로 그 입술이 내 귀에 비밀을 속삭여 주었어요. 나를 감싸 안은 것은 로잘린드의 팔이고 내가 입 맞춘 것은 줄리엣의 입이었어요."

"그래, 도리언. 자네가 옳아."

홀워드가 천천히 말했다.

"오늘 그녀를 만났나?"

헨리 경이 물었다.

도리언 그레이는 고개를 가로저었다.

"전 그녀를 아덴의 숲 속에 두고 왔어요. 그리고 이제 베로나의 정원에서 찾아낼 겁니다."

헨리 경은 뭔가 깊은 생각에 잠긴 듯한 얼굴로 샴페인을 마셨다.

"그래, 어떤 이야기를 하다가 결혼이라는 말을 꺼냈나, 도리언? 그녀는 뭐라 대답했지? 아마 그런 건 모두 잊었을지도 모르겠군."

"해리, 나는 사업을 하듯 그녀와 사랑에 빠진 게 아니고, 따라서 공식적으로 청혼하지 않았어요. 내가 그녀에게 사랑한다고 말했을 때, 그녀가 자기는 내 아내가 될 자격이 없다고 하더군요. 자격이 없다니! 나에게 그녀는 이 세상 그 무엇과도 바꿀 수 없는 존재예요."

"여자들은 놀랄 만큼 아주 현실적인 족속이야."

헨리 경이 말했다.

"남자들보다 훨씬 더 현실적이지. 그런 상황에서 남자들은 결혼에 관련된 건 잊어버리고 말지만, 여자들은 어김없이 남자들에게 결혼을 일깨워 주지."

홀워드가 헨리 경의 팔에 손을 얹었다.

"그러지 마, 해리. 자네는 지금 도리언의 맘을 상하게 하고 있어. 도리언은 다른 남자들과는 달라. 도리언은 누구도 불행하게 만들지는 않을 거야. 그런 짓을 하기에는 천성이 너무 선량해."

헨리 경이 식탁 맞은편을 바라보았다.

"도리언은 결코 나로 인해 맘 상하지 않을 걸세. 나는 그럴 만한 이유에서 그 질문을 했네. 단순한 호기심으로 물었을 때만이 어떤 질문을 하든 용서받을 수 있는 단 하나의 이유가 되지. 내이론으로는 결혼을 청하는 것은 남자 쪽이 아니라 항상 여자 쪽이라는 이론을 갖고 있지. 물론, 중산층의 사람들은 예외로 해야지. 중산층은 현대적이지 않으니까."

도리언 그레이는 웃으며 고개를 갸웃했다.

"해리, 당신은 정말 못 말리겠군요. 그렇지만 저는 상관하지 않아요. 당신에게 화를 낼 수는 없어요. 시빌 베인을 보면, 그녀에게 못된 짓을 하는 자는 분명히 그게 누구든 짐승 같은 인간일 것이고, 피도 눈물도 없는 괴물이란 걸 알게 될 겁니다. 나는 시빌 베인을 사랑해요. 그녀를 황금빛으로 된 제단 위에 올려놓고, 내것이 된 여자를 온 세상이 숭배하는 걸 보고 싶어요. 결혼이 뭐겠어요? 깨지지 않는 맹세라고 할 수 있겠지요. 당신이 결혼을 비웃는 건 바로 그것 때문이에요. 하지만 조롱하지 마세요. 제가 지금 가장 하고 싶은 건 깨지지 않는 맹세입니다. 그녀의 신뢰가 내게 영원을 약속하게 만들고, 그녀의 나에 대한 믿음이 나를 선량한 사람으로 만들어요. 난 그녀와 함께 있으면 당신에게 배운 모든 것을 후회해요. 나는 당신이 알고 있는 나와 다른 사람으로 변했어요. 시빌 베인의 손이 내 몸에 닿기만 해도 당신을 잊고, 매혹적이지만 옳지 않고, 듣기에 즐겁지만 독과 같은 당신의 철학들을 모두 잊어버립니다."

“그래, 그 이론들이란 어떤 걸 말하는 거지?”

헨리 경이 샐러드를 먹으며 물었다.

“그야 당신의 인생과 사랑과 쾌락에 관한 이론이지요. 아니, 당신이 말하는 모든 이론이죠, 해리.”

“그중에서 쾌락만이 이론으로 따질 만한 유일한 가치가 있는 걸세.”

그가 그 특유의 느리고 음악적인 목소리로 말했다.

“하지만 유감스럽게도 나의 이론이 전적으로 내 것이라고 주장할 수 없군. 그 이론들은 자연의 것이지 나의 것이 아니라네. 쾌락은 자연이 주는 시험이고, 우리에게 쾌락을 주는 것은 자연이 우리를 총애하기 때문이야. 우리는 행복할 때 선량해지지. 하지만 선량하다고 해서 항상 행복한 건 아니야.”

“자네가 말하는 선량함은 무슨 뜻이지?”

바질 홀워드가 끼어들었다.

“그래요.”

도리언이 의자에 몸을 묻고는 식탁 가운데 놓인 붉은 입술 같은 붓꽃다발 너머로 헨리 경을 바라보며 바질의 말에 동조했다.

“당신이 말하는 선량함이란 뭐죠, 해리?”

“선량하다는 건 자아와 조화를 이룬다는 의미거든.”

헨리 경이 창백하고 섬세한 손가락으로 술잔의 가장자리를 만지면서 대답했다.

“다른 사람과 조화를 이루기 위해 억지로 강요받을 때 생겨나는 것이 부조화란 말일세. 자신의 인생, 그것이 가장 중요한 것이지. 내가 도덕가나 청교도가 되고 싶은 사람이라면 이웃의 삶에 대해 그들에게 자신의 도덕적 견해를 과시하듯 떠들지 말게. 그러나 이웃은 내 관심사가 아닐세. 개인주의에는 더 높이 추구하는 목표가 있어. 현대에서 말하는 도덕이란 같은 시대를 살고 있는 사람들의 기준을 받아들이는 데서 나온다고. 교양 있는 사람이 동시대의 기준을 무작정 받아들이는 것이야말로 가장 극명하게 드러나는 비도덕적인 형태라고 생각하네."

"하지만 해리, 사람이 자신만을 위해서 산다면 그에 대한 대가를 치르게 되지 않겠나?"

바질이 말했다.

"그래, 요즈음 우리는 어떤 일에든 비싼 대가를 치러야만 갖게 되니까 말이야. 가난한 사람의 진짜 비극은 자신의 욕망을 부정하는 것 말고는 할 수 있는 것이 아무것도 없다는 데 있다고 생각하네. 아름다운 죄악이란 아름다운 것들이 다 그렇듯 부유한 자들이나 누릴 수 있는 특권일세."

"사람이 자신만을 위해서 산다면 돈 말고 다른 방법으로 대가를 치르지."

"어떤 다른 방법이란 말인가, 바질?"

"그거야 뭐 죄책감, 고통…… 자신이 타락했다는 죄의식 같은 것으로."

헨리 경은 어깨를 으쓱했다.

"이보게, 중세의 예술이 아름답긴 하지만, 중세의 감정은 시대에 뒤떨어졌어. 중세의 감정을 공상적인 데서 사용할 수는 있지. 하지만 우리가 공상적인 데서 사용할 수 있는 것들이란 실제로는 사람들이 더 이상 사용하지 않는 것들이어서, 교양 있는 사람은 자신이 누린 쾌락을 후회하지 않으며, 교양 없는 사람은 쾌락이 무엇이지도 모르네."

"난 쾌락이 무엇인지 알고 있어요."

도리언 그레이가 말했다.

"다른 사람을 사랑하는 거예요."

"사랑하는 것이 사랑받는 것보다는 더 좋은 일이지."

헨리 경이 과일을 만지작거리며 대답했다.

"사랑받는 건 귀찮고 짜증스러운 일이거든. 여자들은 인간이 신을 대하듯 남자를 대하지. 여자들은 남자를 숭배하면서 자신들을 위해 뭔가 해 달라고 늘 남자를 귀찮게 하지."

"여자들이 무엇을 요구하든, 그것은 여자들이 먼저 남자들에게 주었던 것이라고 생각해요."

도리언은 진지하게 말했다.

"여자들은 남자들에게 사랑을 심어 주죠. 그리고 그것에 대한 대가를 말할 권리가 있어요."

"전적으로 맞는 말이야, 도리언."

바질이 외쳤다.

"전적으로 맞는 말이란 없네."

헨리 경이 말했다.

"이건 사실이라고요."

도리언이 끼어들었다.

"여자들이 자기들 인생의 황금기를 남자들을 위해 바친다는 것을 인정하셔야 해요, 해리."

"그럴지도 모르지."

헨리 경이 한숨을 쉬었다.

"하지만 여자들은 한 치의 양보도 없이 그걸 다시 받아내려고 하니까 그게 문제야. 어느 재치 있는 프랑스인이 말했듯 여자들이란 남자에게 걸작을 만들겠다는 욕망이 생기도록 영감을 주지만, 그러면서 남자들의 그 욕망을 꺾어 버려 결국 걸작을 만들지 못하게 한다고 말일세."

"해리, 정말 심한 말씀만 하시네요! 이런 당신을 내가 왜 좋아하는지 나도 모르겠어요."

"자네는 앞으로도 계속 나를 좋아할 걸세, 도리언."

헨리 경이 대답했다.

"이보게들, 커피 좀 더 들겠나? 웨이터, 커피를 가져다주게. 샴페인도, 그리고 담배도 가져오게나. 아니, 담배는 그만두게. 나한테 좀 있으니까. 바질, 자네가 시가를 피우는 건 내가 못 봐주겠네. 피우고 싶거든 궐련을 피우게나. 궐련은 쾌락이 무엇인지 보여 주는 완벽한 형태의 물건일세. 기막힌 맛으로 즐거움을 주면서도 피우면 피울수록 만족되지 않으니까. 그 이상 뭘 더 바라겠나? 그래, 도리언, 자네는 언제까지나 나를 좋아할 거야. 자네에게 있어서 나는, 자네가 용기가 없어 저지르지 못했던 온갖 죄악을 상징하는 사람이니까."

"말도 안 되는 소리 하지 마세요, 해리!"

도리언은 웨이터가 식탁 위에 놓고 간, 불을 뿜는 용 모양의 은색 라이터로 담뱃불을 붙였다.

"자, 이제 극장으로 갑시다. 시빌이 무대에 나타나는 걸 볼 때면 당신들은 인생에 대한 새로운 이상을 갖게 될 거예요. 당신이 이제까지 결코 알지 못했던 뭔가를 그녀가 보여 줄 거예요."

"난 모든 걸 알고 있다구."

헨리 경이 피로한 기색으로 말했다.

"하지만 새로운 감정이라면 언제든 기꺼이 겪어 볼 준비가 되어 있다네. 어쨌거나 나로서는, 새로운 감정이란 게 있기나 하는 건지 의심스럽다네. 하지만 자네가 말하는 그 아름다운 여자가 날 흥분시키게 할지도 모르는 일이야. 나는 연극을 사랑하니까. 연극이 인생보다 훨씬 더 현실적이거든. 자, 가세. 도리언, 자네는 나와 같이 가야겠군. 미안하지만 바질, 내 마차엔 두 사람밖에 앉을 수가 없다네. 자네는 자네 마차를 타고 오게."

세 사람은 자리에서 일어나 외투를 입고 선 채 커피를 마시며 마차를 기다렸다. 바질은 말없이 생각에 잠겨 있었다. 우울한 분위기가 감돌았다. 그는 도리언이 결혼한다는 사실이 견딜 수 없었지만, 그래도 그 결혼이 도리언에게 일어날지 모르는 다른 많

은 일들보다는 더 나을 것이라 생각했다. 얼마 후 세 사람은 아래 층으로 내려갔다. 바질은 헨리 경이 말한 대로 혼자 마차에 탔고, 앞에서 달려가는 조그만 사륜마차의 반짝이는 불빛을 바라보았 다. 그는 묘한 상실감을 느꼈다. 앞으로 도리언은 그에게 예전에 보여 줬던 모습을 잃어버린 사람이 될 것이라고 느꼈다. 두 사람 사이에 인생이 끼어든 것이다. 그의 눈이 어두워졌고, 사람들로 북적거리며 반짝이는 불빛의 거리도 희미하고 일그러진 모습으로 보일 뿐이었다. 마차가 극장 앞에서 멈추어 섰을 때, 그는 갑자기 몇 년은 더 산 것 같은 기분이었다.

7

무슨 이유에선지 그날따라 극장은 사람들로 붐볐고, 입구에서 그들을 맞은 뚱뚱한 유태인 지배인은 느끼해 보이고 실룩거리는 입이 찢어져라 큰 웃음을 짓고 있었다. 그는 보석 반지를 긴 두툼 한 손을 저으며 목청 높여 떠들어 대는 등 일종의 과장된 겸손한 태도로 세 사람을 자리로 안내했다. 도리언 그레이는 이런 유태 인이 어느 때보다 더 혐오스러웠다. 그는 미란다[25]를 찾으러 왔다 가 칼리반을 만난 듯한 심정이었다. 하지만 헨리 경은 그 유태인

25) 셰익스피어의 희곡 〈템페스트〉에 나온 여주인공인 프로스페로의 딸

이 마음에 들었다. 그와 악수까지 하면서 진정한 천재를 발견하고 시인 때문에 파산할 수 있었던 사람을 만나 뵈어 영광이라고 했다. 홀워드는 아래층에 있는 관객들의 얼굴들을 구경하며 흥미로워했다. 극장 안은 뜨거운 열기로 숨이 막힐 정도였으며, 천장에는 노란 불꽃 꽃받침이 달린 괴상한 달리아처럼 생긴 거대한 해 같은 조명등이 빛나고 있었다. 맨 위층 삼등석에 앉은 젊은이들은 외투와 조끼를 벗어 의자의 팔걸이에 걸쳐 놓고 있었다. 이들은 극장 안에 멀리 떨어져 앉은 사람과 큰소리로 이야기를 나누었다. 옆에 앉아 있는 천해 보이는 아가씨들이 소리 내어 웃고 있었다. 이들의 목소리는 듣기 괴로울 만큼 날카롭고 귀에 거슬렸다. 극장 안 주점에서는 코르크 마개를 빼는 소리가 펑펑 들려왔다.

"이런 곳에서 자네의 신성한 여신을 찾았단 말이군!"

헨리 경이 말했다.

"그래요!"

도리언 그레이가 대답했다.

"바로 여기에서 그녀를 찾았어요. 그녀는 이 세상의 그 무엇과도 비교할 수 없는 신성한 존재입니다. 무대 위에서 연기하는 그녀를 보면 아무것도 생각나지 않을 겁니다. 그녀가 무대 위에 오르면 여기 있는 상스럽고 거친, 천하게 생기고 난폭한 몸짓을 하는 사람들이 딴 사람으로 바뀝니다. 이들은 얌전히 앉아서 그녀를 지켜보지요. 그녀가 하라는 대로 그들은 울고 웃습니다. 그녀는 바이올린을 연주하듯 이들이 민감하게 반응하도록 만듭니다. 그녀는 영혼을 불어넣고, 그래서 사람들은 모두 여기서 같은 피와 같은 살로 이루어진 한 사람인 것처럼 느끼게 돼죠."

"같은 피에 같은 살의 존재라고! 저런, 그런 경험은 하고 싶지 않네!"

헨리 경이 맨 위층 관람석을 오페라 안경으로 훑어보다가 말했다.

"헨리가 하는 말은 신경 쓰지 말게, 도리언."

바질이 말했다.

"난 자네가 하는 말을 알겠네. 나 또한 그 여자가 어떤 사람일지 알 수 있을 것 같아. 자네가 사랑하는 여자라면 분명히 훌륭할 테고, 자네가 말하는 그런 영향을 끼칠 수 있는 여자라면 아름다울뿐더러 고귀할 거야. 한 시대 사람들에게 영혼을 부여하는 것이야말로 가치 있는 일이지. 이 여자가 영혼 없이 살아온 사람들에게 영혼을 줄 수 있다면, 추악하고 야비한 인생을 살아온 사람들에게 아름다움이라는 감각을 느끼게 해 줄 수 있다면, 이들의 이기심을 없애고 다른 사람들의 슬픔에 눈물을 흘리게 할 수 있다면, 그것만으로 자네가 사랑할 가치가 있는 여자, 아니지, 온 세상의 사랑을 받을 가치가 있는 인물임이 분명하고 이 결혼은 아주 옳은 일이야. 처음엔 그렇게 생각하지 않았지만 지금은 그렇게 생각하네. 신이 자네를 위해서 시빌 베인을 만들었어. 그녀가 없다면 자네는 불완전한 존재였을 걸세."

"고마워요, 바질."

도리언 그레이가 그의 손을 꼭 쥐며 말했다.

"당신은 나를 이해해 줄 거라 믿었어요. 해리는 너무 냉소적이어서 두렵기까지 해요. 아, 오케스트라가 등장하네요. 연주는 형편없지만 5분이면 끝나요. 그런 후에 커튼이 올라가고, 당신은 내가 전 인생을 모두 바치려는 여자를, 내 안의 좋은 모든 것을 바친 여자를 보게 될 겁니다."

그로부터 15분이 지난 뒤, 우레와 같은 박수갈채를 받으며 시빌 베인이 무대에 나타났다. 그녀의 사랑스러운 모습은 분명 볼거리가 될 만했다. 헨리 경은 그가 지금까지 보았던 여자 중 가장 아름답다고 생각했다. 수줍어하면서도 우아한 자태와 놀라 동그래진 눈동자는 마치 어린 사슴처럼 보였다. 열광하는 관객들로 가득 찬 관람석을 둘러보는 그녀의 뺨 위에는 은빛 거울에 비친 장미의 그림자 같은 홍조가 떠올랐다. 그녀는 몇 걸음 뒤로 물러서더니 입술을 떠는 것 같았다. 바질은 벌떡 일어나서 박수를 치기 시작했다. 도리언 그레이는 마치 꿈을 꾸듯 꼼짝도 하지 않고 앉아서 그녀를 바라보았다. 헨리 경은 오페라 안경으로 무대 위의 그녀를 바라보며 중얼거렸다.

"근사해! 아주 근사해!"

줄리엣의 집 홀에서 벌어지는 장면이었다. 로미오가 순례자의 옷을 입고 사촌인 머큐시오를 비롯한 친구들과 함께 무도회장에 등장했다. 초라한 악단이라고 해야 할 오케스트라가 몇 소절의 음악을 연주하자 춤이 시작되었다. 시빌 베인은 초라한 의상을 입은 배우들 사이로 다른 아름다운 세상에서 온 사람처럼 움직였다. 그녀는 춤을 출 때 마치 물속에서 일렁이는 물풀처럼 부드럽게 흔들렸다. 목덜미의 윤곽은 한 송이 하얀 백합 같았다. 손은 차가운 상아로 만든 것 같았다.

하지만 그녀는 이상하게도 뭔가 맥이 풀려 있었다. 상대역인 로미오를 바라보는 그녀의 눈에는 아무런 기쁨도 보이지 않았다. 그녀가 짧은 대사를 했다.

착한 순례자여, 당신은 손을 너무 많이 더럽히는군요.
그 손의 헌신이 지금 여기서 나타납니다.
성인의 손은 순례자의 손이 만지라고 있는 법.
손바닥을 맞닿게 하는 것은 성스러운 순례자의 입맞춤입니다.[26]

이와 같은 짧은 대사였지만 그녀의 목소리는 인위적으로 들렸다. 목소리는 아름다웠지만 그 어조가 상당히 어색했다. 음색도 마찬가지였다. 그녀의 목소리는 모든 생명력을 잃게 했고, 대사 속의 열정을 비현실적인 것으로 만들었다.

그런 그녀를 보는 도리언 그레이의 얼굴은 창백해졌다. 그는 초조하고 불안해했다. 바질과 헨리 경 모두 그에게 말을 걸 엄두가

26) 희곡 〈로미오와 줄리엣〉의 1막 5장 95~98행

나질 않았다. 이들의 눈에 그녀는 연기를 전혀 못 하는 배우로 보였다. 두 사람은 크게 실망하고 있었다.

하지만 두 사람은 줄리엣의 연기력의 진수는 2막의 줄리엣의 집 발코니 장면이라고 생각했다. 그래서 두 사람은 그 장면을 기다리고 있었다. 만약 그 장면에서도 망친다면 그녀를 무능한 배우라 부른다 해도 어쩔 수 없는 노릇이었다.

달빛 속으로 걸어 나오는 그녀의 모습은 매혹적이었다. 그것만은 부정할 수 없었다. 하지만 어색한 연기만큼은 참고 보기 힘들 정도였고, 극이 진행되면서 더욱 심해졌다. 그녀의 몸짓은 너무나도 인위적이었다. 그리고 자기 대사의 한 구절 한 구절을 지나치게 과장해서 강조했다.

밤의 가면이 내 얼굴을 가리고 있었음을 그대는 알지요.

그렇지 않았다면 수줍음으로 붉게 물든 내 얼굴을 그대도 보았겠지요.

오늘밤 내가 한 말을 그대가 들었다는 부끄러움 때문에.[27]

이 아름다운 대사도 시원찮은 웅변 교사가 시키는 대로 하는 틀에 박힌 여학생 같았다.

줄리엣이 발코니에 기대어 그 유명하고 아름다운 대사를 했다.

---

27) 희곡 〈로미오와 줄리엣〉의 2막 85~87행

당신에게서 기쁨을 느끼지만
오늘밤 이 맹세는 전혀 기쁘지 않아요.
너무 성급하고 경솔하며 뜻밖이에요.
'번개가 치네'라고 말할 틈도 주지 않고 사라져 버리는 번개 같
은 것
즐거운 밤이 되기를, 안녕, 내 사랑!
무르익어 가는 여름의 숨결로 피어난 사랑의 봉오리는
다음에 우리가 만날 때면 아름다운 꽃이 되어 있을 거예요.[28]

그녀가 내뱉는 대사는 그녀에게 아무런 의미도 없는 것처럼 들
렸다. 그녀가 긴장해서 그런 것은 아니었다. 긴장과는 거리가 먼
것으로 그녀는 철저하게 자신을 절제하고 있었다. 이것은 그저
형편없는 예술일 뿐이었다. 그녀는 배우로서 완벽한 실패작을 하
고 있었다.

아래층과 위층의 평범하고 못 배운 관객들조차 이제는 연극에
흥미를 잃어버렸다. 그들은 점차 소란스러워져 시끄럽게 떠들거
나 야유의 휘파람을 불기 시작했다. 2층 특등석 뒤에 있던 유태인
지배인은 화가 나서 발로 바닥을 마구 구르고 욕설을 중얼거렸
다. 아랑곳하지 않는 사람은 여배우 시빌뿐이었다.

2막이 끝나자 사람들은 야유하기 시작했고 헨리 경은 자리에서

28) 희곡 〈로미오와 줄리엣〉의 2막 116~122행

일어나 외투를 입었다.

"정말 아름다운 여자로군, 도리언. 그렇지만 배우로서는 안 되겠어. 가자구."

"저는 연극을 끝까지 볼 거예요."

도리언은 딱딱한 목소리로 씁쓸하게 대답했다.

"저녁 시간을 낭비하게 해서 정말 미안해요, 해리. 두 분에게 사과드리죠."

"도리언, 베인 양이 오늘 몸이 좀 안 좋았던 것 같아."

홀워드가 끼어들었다.

"다음에 언제 다시 보기로 하세."

"차라리 아파서 그랬던 거라면 좋겠어요."

도리언이 말했다.

"하지만 제가 보기에 감정이 없고 정열을 잃어버렸기 때문인 것 같아요. 간밤만 해도 그녀는 훌륭한 예술가였었는데, 오늘밤 완전히 딴사람이 된 것 같아요. 오늘밤에는 그저 그런 연기를 하는 흔한 배우에 지나지 않아요."

"사랑하는 사람을 그런 식으로 말하면 안 되네, 도리언. 예술보다 아름다운 게 사랑일세."

"사랑이든 예술이든 모두 모방의 형태일 뿐이야."

헨리 경이 말했다.

"어쨌든 이제 가세. 자네도 여기 더 있으면 안 되겠어. 형편없는 연기를 보는 건 우리들에게 좋지 않다구. 그리고 자네도 배우

노릇하는 여자를 아내로 맞고 싶지 않을 거니까. 하지만 그녀가 나무 인형처럼 줄리엣 연기를 한들 무슨 상관인가? 그녀는 아주 아름답고, 연기에 대해 아는 것이 없는 것처럼 인생에 대해서도 잘 모르니 그녀는 자네에게 아주 즐거운 경험이 될 걸세. 정말로 매혹적인 사람은 두 부류가 있지. 세상사 모든 것을 아는 사람과 아무것도 모르는 사람이지. 이봐, 도리언. 그렇게 비참한 얼굴은 그만두게! 계속 젊음을 유지하려면 젊음에 어울리지 않는 감정은 결코 품지 않는 데 있다고. 바질하고 나와 함께 클럽에나 가세. 함께 궐련을 피우면서 시빌 베인의 아름다움에 건배하지. 그녀는 아름다워. 그 이상 뭘 더 바랄 수 있겠나?

"가세요, 해리."

도리언은 소리쳤다.

"혼자 있고 싶어요. 바질, 당신도 가세요. 아, 내 가슴이 찢어지는 거 보이지 않나요?"

도리언의 눈에 뜨거운 눈물이 가득 고였다. 그의 입술은 떨렸고, 객석 뒤로 달려가 벽에 기대서서 양손으로 얼굴을 가렸다.

"우리는 가세, 바질."

헨리 경이 묘하게 부드러운 목소리로 말했다. 두 남자는 함께 객석을 나갔다.

잠시 후 무대 조명이 환하게 커지고 커튼이 올라가며 3막이 시작되었다. 도리언 그레이는 다시 자리로 돌아가 앉았다. 얼굴은 창백했지만 자존심을 잃지 않으려는 담담한 표정이었다. 연극은

언제까지고 끝나지 않을 것처럼 지루하게 계속되었다. 이미 관람
석의 반 이상은 자리가 비었다. 관객들은 무거운 부츠로 바닥을
울리면서 큰 웃음소리를 내며 나갔다. 이 공연 자체가 실패였다.
마지막 막이 공연될 때는 객석은 거의 비어 있었다. 막이 내려가
자 킥킥대는 웃음소리와 불만스러운 신음 소리를 내는 사람도 있
었다.

　연극이 끝나자 도리언 그레이는 재빨리 무대 뒤의 분장실로 달
려갔다. 시빌은 의기양양한 표정으로 혼자 서 있었다. 그녀의 눈
동자는 아름다운 불꽃처럼 빛이 났고, 온몸은 광채로 둘러싸인
듯 했다. 그녀의 살짝 벌린 입술은 혼자만이 알고 있는 비밀을 떠
올리는 듯 미소 짓고 있었다.

　도리언이 들어가자 그녀가 그를 보았고 무한한 기쁨의 표정이
얼굴 위에 떠올랐다.

　"오늘밤 제 연기 정말 형편없었지요, 도리언!"

　"아주 끔찍했어!"

　그는 기가 막힌다는 표정으로 그녀에게 말했다.

　"끔찍했다고! 정말 형편없었다구. 어디 아프기라도 했나? 공연
이 어떠했으며, 내가 얼마나 괴로웠는지 당신은 전혀 몰라."

　그녀가 미소 지었다.

　"도리언."

　그녀는 붉은 꽃잎 같은 자기 입술로 속삭이는 그의 이름이 꿀보
다 더 달콤하다는 듯, 길게 끄는 음악 같은 목소리로 그의 이름을

천천히 불렀다.

"도리언, 당신이 이해해 주셔야 해요. 하지만 이젠 이해하시겠죠?"

"무얼 이해한다는 거요?"

그가 화난 목소리로 물었다.

"어째서 오늘밤 내 연기가 그렇게 형편없었는지 말이에요. 앞으로도 계속 형편없는 연기를 할 건지. 이제 다시는 제가 연기를 잘할 수 없는지 말이에요."

그는 어깨를 으쓱했다.

"당신이 아파서 그런 게겠지. 아플 때는 연기를 하면 안 돼. 웃음거리로 만들 뿐이니까. 내 친구들도 지루해했소. 나도 지루했고."

하지만 시빌은 그의 말을 듣는 것 같지 않았다. 그녀는 기쁨으로 마치 딴사람이 된 것 같았다. 행복이 주는 도취감에 그녀는 휩싸여 있었다.

"도리언, 도리언."

그녀가 소리쳤다.

"당신을 알기 전에는 연기는 내 인생의 유일한 현실이었어요. 내가 산다는 걸 극장의 무대 위에서만 느꼈어요. 난 연극의 세계가 모두 진실이라고 믿었어요. 하룻밤은 로잘린드가 되고, 또 다른 하룻밤에는 포샤[29]가 되었죠. 베아트리체[30]의 기쁨은 나의 기쁨이고, 코딜리어[31]의 슬픔은 나의 슬픔이기도 했어요. 나는 그 모든 것을 진실로 믿었어요. 나에게는 함께 연기하는 평범한 사람들도 신과 같은 존재로 생각됐어요. 색칠한 무대 배경은 나의 세상이었지요. 내가 안 것은 그림자가 다였지만, 그것들이 진짜라고 생각했어요. 그런데 당신이 나타났어요. 아, 아름다운 내 사랑이여! 당신은 내 영혼을 감옥에서 풀어 주었어요. 당신은 내게 현실이 무엇인지 가르쳐 주었죠. 난 오늘밤, 내 인생에서 처음으로 내가 여태까지 해 온 연기가 얼마나 공허한가를, 어리석은가를 알게 되었어요. 로미오가 얼마나 보기 흉하게 늙었으며 그림 속에나 존재하는 사람이라는 것을, 정원에 비추는 달빛은 가짜이며 그 무대 배경은 천박하고, 내가 했던 대사들은 비현실적이고, 그것들은 내가 하는 말이 아니며 내가 하고 싶은 말도 아니란 것을 깨달았어요. 당신이 내게 더 귀중한 그 무엇을, 그에 비하면 예술은 그저 그림자에 지나지 않는 무엇을 가져다주었어요. 당신은 진정한 사랑이 무엇인지 알도록 해 주었어요. 내 사랑이여! 내 사랑이여! 꿈속의 왕자님! 현실 속의 왕자님! 난 이제 그림자의 세계 따위엔 진저리가 납니다. 내게 있어 당신은 그 어떤 예술로도 표현할 수 없는 그 이상의 것이랍니다. 그런데 제가 이 연극 속의 꼭두각시들과 무얼 할 수 있을까요? 오늘밤 무대 위에서, 어

주

29) 영국의 극작가 셰익스피어의 5막 희극 〈베니스의 상인〉에 나오는 여주인공
30) 영국의 극작가 셰익스피어의 5막 희극 〈헛소동〉에 나오는 여주인공
31) 영국의 극작가 셰익스피어의 희곡 〈리어 왕〉에 나오는 여주인공

떻게 한꺼번에 나의 열정이 내 안에서 사라져 버렸는지 알 수 없었어요. 근사한 연기를 보여 주리라 생각했는데 아무것도 할 수 없다는 사실을 깨달았어요. 그리고 그게 무엇을 말하는지 내 영혼으로 알 수 있었습니다. 그걸 깨달은 건 내게 정말 아름다운 일이었어요. 사람들이 야유하는 소리를 들었지만 난 미소를 지었어요. 그들이 당신과 나의 사랑을 어떻게 알 수 있겠어요? 날 데려가 주세요. 도리언. 우리 단둘이서만 있을 수 있는 곳으로 데려가 주세요. 이젠 무대가 싫어요. 내 마음속에 있지도 않은 남의 열정을 흉내 낼 수는 있지만 지금의 나처럼 불처럼 타오르는 열정은 흉내 낼 수 없어요. 오, 도리언, 도리언, 이제는 그게 무슨 뜻인지 아시겠지요? 설사 내가 연기할 수 있다 해도, 더 이상 사랑에 빠진 사람을 연기하는 건 신성 모독이에요. 그걸 내게 깨우쳐 준 사람은 다름 아닌 당신이에요."

그는 소파에 몸을 묻고 그녀를 외면했다.

"당신이 내 사랑을 죽였어."

그가 중얼거렸다.

그녀는 놀란 표정으로 그를 보더니 웃음을 터뜨렸다. 그는 아무런 말도 하지 않았다. 그녀는 다가와서 작고 가는 손가락으로 그의 머리칼을 쓰다듬었다. 그녀는 무릎을 꿇고 그의 손을 자신의 입술 위에 갖다 대었다. 그는 손을 뿌리치며 온몸을 떨었다.

그러고는 자리에서 벌떡 일어나 문 쪽으로 갔다.

"그래!"

그는 소리쳤다.

"당신은 내 사랑을 죽이고 말았어. 당신은 한때 내 상상력을 불러일으켰지만, 지금은 호기심조차 자극하지 못해. 이제는 당신을 보아도 아무런 느낌이 없어. 내가 당신을 사랑한 건, 당신에겐 천재성과 지성이 있었기 때문이고, 위대한 시인의 꿈을 이해하면서 예술이란 그림자에 모양과 내용을 주었기 때문이지. 하지만 당신은 이 모든 것을 내다 버렸어. 당신은 천박하고 어리석은 여자야. 신이시여, 당신을 사랑하다니 얼마나 미친 짓이었나! 내가 바보였어! 당신은 이제 내게 아무 의미도 없어. 앞으로 두 번 다시는 당신을 보지 않겠어. 생각지도 않을 거야. 당신의 이름조차 입에 올리지 않겠어. 예전에 당신이 내게 어떤 존재였는지 당신은 모를 거야. 아아……, 생각만 해도 참을 수가 없어! 차라리 당신을 만나지 않았다면 얼마나 좋았을까! 당신이 내 인생의 로맨스를 망쳐놓았어. 사랑이 당신의 예술을 망가뜨렸다고 하다니, 당신은 사랑에 대해 아는 게 없기 때문에 그런 말을 할 수 있는 거야! 당신에게 예술이 없다면 당신은 아무것도 아냐. 난 당신을 유명하고 눈부신 배우로 만들어 주었을 거야. 온 세상이 당신을 숭배하고, 당신의 이름 뒤에 남편인 내 성을 달고 다녔겠지. 그런데 지금 당신은 뭐지? 그저 얼굴밖에 볼 것 없는 삼류 배우일 뿐이야."

시빌은 얼굴이 창백해지고 몸을 떨고 있었다. 양손을 한데 꼭 쥐었고 그녀의 목소리는 목에 무언가 걸려 제대로 나오지 않는 것 같았다.

"설마 진심은 아니겠지요, 도리언? 연기하는 거죠?"

"연기라고! 그건 당신이 할 일이지. 당신은 연기에 천부적이지 않은가."

그는 신랄한 목소리로 비꼬며 대답했다.

그녀는 자리에서 일어나 고통으로 가득한 가엾은 얼굴로 그에게 다가갔다. 그리고 자신의 손을 그의 팔 위에 얹고 그의 눈을 들여다보았다. 그는 그녀를 떠밀며 소리쳤다.

"내 몸에 손대지 마!"

그녀의 입에서 나지막한 신음소리가 흘러나왔고, 도리언의 발 아래에 몸을 던져 짓밟힌 꽃처럼 엎드렸다.

"도리언, 도리언, 제발 떠나지 말아요! 오늘밤 내 연기가 형편 없었던 것은 정말 미안해요. 무대 위에서 온통 당신 생각뿐이었어요. 앞으로 노력할게요. 정말로 노력하겠어요. 당신에 대한 내 사랑이 너무 갑작스럽게 찾아왔기 때문이었어요. 당신이 내게 키스하지 않았더라면, 우리가 키스하지 않았더라면 이토록 진실한 사랑을 몰랐을 거예요. 다시 키스해 주세요. 내 사랑, 내게서 떠나지 말아요. 전 견딜 수 없을 거예요. 제발! 날 두고 떠나지 말아요. 내 남동생이……, 아니, 아무것도 아니에요. 진심으로 한 말은 아니었으니까요. 화가 나서 한 말일 뿐이에요……. 아, 오늘밤 일을 용서해 줄 수 없나요? 앞으로 열심히 노력해서 나아지도록 할게요. 나한테 잔인하게 대하지 말아요. 이 세상 그 무엇보다, 그 누구보다 당신을 사랑해요. 당신이 내 연기에 만족하지 못한 건 여태까지 단 한 번뿐 아닌가요. 하지만 당신 말이 맞아요. 도리언, 예술가로서의 내 모습을 더 많이 보였어야 했는데, 오늘밤 저는 바보 같았어요. 하지만 저도 어쩔 수 없었죠. 오, 날 떠나지 말아요. 제발."

그녀는 격정적으로 흐느끼느라 제대로 숨도 쉬지 못하고 목이 메었다. 그녀는 상처 입은 짐승처럼 바닥에 엎드렸고, 아름다운 눈으로 그녀를 내려다보면서 그의 조각한 듯한 입술은 경멸로 비틀렸다. 더 이상 사랑하지 않게 된 사람들이 보여 주는 감정에는 언제나 우스운 무엇인가가 있게 마련이다. 그가 보기에 시빌 베인은 어리석은 신파극을 하는 것처럼 보였다. 그는 그녀의 흐느낌과 눈물에 짜증이 났다.

"이만 가야겠어."

그가 침착하고 단호한 목소리로 말했다.

"비정하게 대하고 싶지는 않지만 앞으로 당신을 다시 보지는 않겠어. 당신은 나를 실망시켰어."

그녀는 말없이 흐느끼며 그의 곁으로 기어왔다. 그리고 작은 손을 앞으로 뻗어 그를 찾는 듯 바닥을 더듬었다. 하지만 그는 발길을 돌려 방을 나가 버렸다. 잠시 후 그는 극장을 벗어나고 있었다.

그는 자신이 어디로 가는지 몰랐다. 가로등 불빛이 어두운 거리를 이리저리 걸었고, 검은 그림자가 쓸쓸한 아치 길과 음산해 보이는 집들을 지나쳤다. 천한 목소리로 떠들며 웃던 여자들이 지나가는 그를 소리쳐 불렀다. 더러운 원숭이 같은 술주정뱅이들이

욕설을 하며 지나갔다. 그는 문 앞 계단에 웅크리고 있는 이상하게 생긴 아이들을 보았고, 어두운 안뜰에서 비명과 욕지거리가 들려오는 걸 들었다.

새벽이 될 무렵 그는 코번트가든 근처에 와 있다는 것을 알았다. 어둠이 걷히고 하늘은 희미한 불꽃으로 물들면서, 완연한 진주빛으로 활짝 열렸다. 백합꽃을 실은 커다란 수레가 반질거리는 인적 드문 거리를 천천히 내려갔다. 공기는 백합꽃 향기로 가득했고, 아름다운 꽃이 그의 고통을 달래주는 역할을 해 주는 듯했다. 그는 마차를 따라 시장 안으로 들어갔고, 남자들이 마차에서 짐을 내리는 것을 바라보았다. 흰색 군복 차림의 짐마차꾼이 그에게 앵두를 내밀었다. 그는 고맙다고 인사를 하며 앵두를 받아들고 돈을 건네주었지만, 마차꾼이 앵두 값을 왜 받지 않았을까 의아해하다가 앵두를 먹기 시작했다. 한밤중에 딴 것이어서 그런지 달의 차가움이 배어 있는 것 같은 앵두들이었다. 줄무늬의 튤립과 노란색, 빨간색 장미꽃이 담긴 바구니를 나르는 소년들이, 시장 안의 푸른 채소들이 잔뜩 쌓인 틈 사이로 길게 줄을 지어 그의 앞을 지나갔다. 햇빛을 받아 색이 바랜 기둥이 있는 주랑 아래에서, 머리에 아무것도 쓰지 않은 남루한 차림의 여자아이들이 경매가 끝내기를 기다리며 있었다. 광장의 커피 파는 집 회전문 주변에는 사람들이 웅성거리며 모여 있었다. 무거운 짐을 실은 마차를 끈 말들이 목에 달린 종과 마구를 흔들면서 거친 돌이 깔린 길 위를 달려갔다. 마부들 중에는 쌓아 놓은 짐 꾸러미에 기대어 잠든 사람도 있었다.

　얼마 후에 그는 마차를 불러 타고 집으로 돌아왔다. 그는 한동안 문 앞에 서서 덧창을 내린 창문과 햇빛 가리개가 처진 집들로 에워싸인 고요한 광장 안을 둘러보았다. 하늘은 이제 완전한 유백색이었고 그 하늘을 배경으로 지붕들은 은빛으로 반짝였다. 길 맞은편의 어느 집 굴뚝에서는 가는 연기가 피어올랐다. 푸르스름한 색의 연기는 진주빛 하늘 위로 실이 풀리듯 너울거리며 올라갔다.

　그의 집 넓은 현관 천장에는 베네치아 양식의 커다란 금박 등이 매달려 있었고, 그 3개의 구멍에서 아직도 불꽃이 타오르고 있었다. 파란 불꽃들은 마치 얇고 파릇파릇한 꽃받침 같았다. 그는 등잔불을 끄고, 모자와 망토를 탁자 위에 던지고서 서재로 지나 침실 쪽으로 갔다. 일층에 있는 팔각형의 침실은, 그가 최근에 관심을 갖게 된 사치스러운 취향으로 새로이 단장한 방이었다. 셀비 로열에 있는 그의 저택 다락방에서 찾아낸, 르네상스 시대의 무늬가 새겨진 벽걸이 융단이 걸려 있는 방이었다. 침실문의 손잡이를 돌리려다 그의 눈길이 바질 홀워드가 그린 자신의 초상화로 향했다. 순간 그는 놀란 듯 뒤로 물러섰다. 그리고는 당혹스러운 얼굴로 침실로 들어갔다. 외투를 벗은 뒤 그는 잠시 망설이는 듯했다. 결국 침실에서 다시 나와 초상화 가까이 다가가서 그림을 살펴보았다. 담황색의 실크로 만든 햇빛 가리개 사이로 스며들어오는 아침햇살 속에서 초상화 속의 얼굴이 약간 달라 보였다. 표정이 왠지 달랐다. 입가에 잔인한 미소 같은 것이 희미하게 깃들어 있었다. 정말 이상했다.

그는 돌아서서 창문 앞으로 다가가 햇빛 가리개를 들어올렸다. 아침의 밝은 햇살이 방안 가득 밀려들어와 일렁이던 그림자들을 방구석으로 몰아냈다. 이렇게 몰아내진 그림자들은 구석에서 떨면서 움츠러들어 있었다. 하지만 초상화 속 얼굴은 이상한 표정은 그대로인 것 같았고, 어쩌면 더욱 또렷해진 것 같았다. 흔들리며 쏟아지는 햇빛 속에서 초상화의 입가에 있는 잔인함을 보여 주는 주름들은 너욱 선명하게 보였다. 마치 뭔가 나쁜 짓을 저지르고 난 뒤 거울을 들여다보는 것 같았다.

그는 이마를 찡그리며 몸을 떨었고, 탁자 위의 타원형 거울을 집어 들어 얼굴을 비추어 보았다. 그 거울은 헨리 경이 그에게 주었던 많은 선물 중의 하나였다. 하지만 그의 붉은 입술 주위에는 초상화에서처럼 잔인함을 보여 주는 주름 같은 것은 없었다. 대체 이것은 무슨 일일까?

그는 손으로 눈을 비비며 초상화 가까이 다가가 다시 살펴보았다. 아무리 자세히 살펴보아도 그림 자체가 변하지는 않았지만, 분명히 초상화 속 표정은 달라져 있었다. 그것은 그의 환상이 아니었다. 그 변화는 무서울 정도로 분명히 눈에 보였다.

그는 의자에 털썩 주저앉아 생각에 잠겼다. 바질 홀워드의 화실에서 초상화가 완성되던 날, 그가 했던 말이 머릿속에 문득 떠올랐다. 그것이 생생히 기억났다. 그때 그는 자신은 늙지 않는 대신

그림 속의 자신이 늙었으면 좋겠다는 그런 말도 안 되는 소원을
말했었다. 자신의 아름다움은 언제까지고 그대로이고, 캔버스의
얼굴이 그의 열정과 죄악을 대신 짊어졌으면 좋겠다고 빌었다.
그러면 고통과 번민으로 생긴 주름살을 그림 속의 얼굴이 갖게
될 것이고, 자신은 젊음 특유의 섬세함과 사랑스러운 꽃송이 같
은 아름다움을 영원히 가질 수 있어 좋겠다고 말했었다. 그렇다
면 그 소원이 이루어진 것일까? 그럴 리가 없다. 그런 생각을 하
는 것만으로도 무서운 일이다. 하지만 그의 눈앞에 있는 초상화
입가에는 잔인함이 깃들어 있었다.

잔인한 표정이라고! 내가 잔인했단 말인가? 그건 그녀의 잘못
이지 내 잘못이 아니었어.

그는 그녀가 훌륭한 예술가라고 생각했고, 그녀가 위대하다고
생각했기 때문에 그녀에게 사랑을 주었다. 하지만 그녀는 그를
실망시켰다. 그녀는 천박하고 그의 사랑을 받을 가치가 없는 사
람으로 변했다. 그러면서도 어린애처럼 그의 발밑에 엎드려 흐느
끼던 그녀의 모습을 생각하니 한없는 후회가 밀려왔다. 자신이
얼마나 무정하고 냉혹한 눈으로 그녀를 바라보았는지 기억했다.
왜 그랬을까? 내게 왜 그런 영혼이 주어졌을까? 하지만 그도 그
만큼의 고통을 치렀다. 연극이 공연되던 그 끔찍한 3시간이 마치
300년은 되는 것처럼 괴로웠다. 그녀의 인생이 소중하듯이 그의
인생도 마찬가지로 소중하다. 그가 그녀에게 많은 상처를 주었다
면, 그녀 역시 그에게 한순간이나마 고통을 주었다. 그런데다 여

자가 남자보다 고통을 더 잘 견디는 존재가 아닌가. 여자들이란 감정에 사는 사람들이다. 그들에겐 자기 감정만 중요하다. 여자에게 애인이 생긴다는 것은 근사한 장면을 함께 연출할 사람이 생겼다는 뜻에 지나지 않는다. 헨리 경이 그렇게 가르쳐 주었고, 그는 여자란 어떤 존재인지에 대해 잘 아는 사람이었다. 왜 그가 시빌 베인 때문에 고민을 해야 하는가? 이제 그에게 그녀는 아무런 의미도 없는 존재였다.

하지만 그의 초상화는? 그 초상화는 뭐라고 설명해야 한단 말인가? 초상화는 그의 인생의 비밀을 안고 있고, 그의 이야기를 보여 주고 있었다. 초상화는 그에게 자신의 아름다움을 사랑하라고 가르쳤다. 그런데 이제 와서 초상화는 자신의 영혼을 혐오하도록 가르칠 것인가? 그가 과연 앞으로 그 초상화를 다시 볼 수 있을까?

아니다. 이건 머릿속이 헝클어지고 고통에 빠진 감각이 순간적으로 본 망상에 불과하다. 끔찍했던 지난밤의 흔적이 헛것을 보게 한 것이다. 사람을 미치게 만드는 작고 빨간 반점들이 갑자기 그의 머릿속에 박혔기 때문이다. 초상화는 그대로이다. 그런 생각을 하는 것이 어리석은 짓이었다.

하지만 초상화는 여전히 아름다웠지만 일그러지고 잔인한 미소를 지닌 채 그를 바라보고 있었다. 초상화 속의 금발이 아침 햇살 속에서 빛나고 푸른 눈동자는 그의 눈동자를 마주보았다. 자신에 대한 것이 아닌 초상화 속의 자신을 향한 한없는 연민이 생겼다.

초상화 속의 자신은 이미 변해 있었고, 앞으로도 더 변할 것이다. 초상화 속의 금발은 잿빛으로 시들어가고 빨갛고 하얀 장미꽃 같은 아름다움도 시들어 죽어 갈 것이다. 그가 죄를 지을 때마다, 그 죄를 상징하는 얼룩이 초상화의 아름다움을 더럽히고 망가뜨릴 것이다. 하지만 그는 죄를 짓지 않을 것이다. 초상화가 변하든 변하지 않던 이 그림은 그에게 양심을 보여 주는 상징이 될 것이다. 그는 유혹에 맞설 것이다. 더 이상 헨리 경을 만나지 않을 것이다. 어쨌든 바질 홀워드의 집 정원에서 그가 처음으로 불가능한 것들에 대한 열정을 느끼게 했던, 묘하면서 독처럼 해로운 그의 이론을 귀담아듣지 않을 것이다. 그는 시빌 베인에게 돌아가 그녀에게 잘못에 대한 용서를 구하고 결혼할 것이다. 그리고 그녀를 다시 사랑하도록 노력할 것이다. 그렇게 하는 것이 그의 의무이다. 그녀는 그보다 더한 고통을 겪었을 것이다. 가엾은 여자! 그는 그녀에게 이기적이고 잔인하게 굴었다. 그녀에게 매혹되었던 그의 마음도 다시 돌아올 것이다. 이제 둘이 함께 행복해질 것이다. 그녀와 함께하는 그의 인생은 아름답고 순수할 것이다.

그는 의자에서 일어나 초상화를 힐끗 보면서 몸서리를 치고는 초상화를 커다란 천으로 가렸다.

"어떻게 이런 일이 생길 수 있단 말인가!"

그는 혼잣말을 하면서 문 쪽으로 가서 문을 열었다. 잔디밭에 발을 내디디면서 크게 숨을 들이마셨다. 우울했던 생각들이 신선한 아침 공기에 모두 내몰리는 듯했다. 그는 오직 시빌만 생각했

다. 그가 그녀에 대해 가졌던 사랑이 희미한 메아리가 되어 돌아
왔다. 그는 그녀의 이름을 연거푸 되뇌었다. 이슬에 흠뻑 젖은 정
원에서 노래하는 새들이 꽃들에게 그녀의 이야기를 전해 주는 듯
했다.

8

그는 정오를 한참 지나서야 잠에서 깼다. 그동안 시종이 여러
번 발끝걸음으로 그의 방에 들어와 일어날 기척이 있는지 살펴보
곤 했다. 젊은 주인이 무엇 때문에 이렇게 늦잠을 자는지 의아해
했다. 마침내 그는 시종을 부르는 종을 울렸고, 빅터는 조그맣고
오래된 세브르산 자기 쟁반 위에 차와 편지 한 꾸러미를 담아 들
고 들어왔다. 그는 방으로 들어와 높다란 창 위에 드리워진 황록
색의 비단 커튼을 열어젖혔다. 커튼의 가장자리는 은은하게 빛나
는 푸른색 천으로 되어 있었다.
“오늘 아침엔 아주 푹 주무셨습니다.”
그가 미소 지으며 말했다.
“몇 시지, 빅터?”
도리언 그레이가 아직 잠이 덜 깬 듯한 목소리로 물었다.
“1시 15분입니다.”
“이런, 늦었구나.”

그는 자리에서 벌떡 일어나 앉았다. 그리고는 차를 조금 마신 뒤 편지들을 살펴보기 시작했다. 헨리 경으로부터 온 편지도 있었는데, 오늘 아침 직접 인편으로 온 것이었다. 그는 잠시 주저하다가 열어 보지 않은 채 그 편지를 옆에 밀쳐놓았다. 그리고는 다른 편지들을 천천히 펼쳐 보기 시작했다. 만찬 초대장. 개인 전시회 초청장, 자선 연주회 일정표 등등 늘 받아 보는 내용들로서 철따라 사교계의 젊은이들에게 쏟아지듯 도착하는 우편물들이었다. 그가 구입한 루이 15세 시절의 은제 화장도구 청구서가 있었지만 그 청구서를 후견인들에게 보낼 용기는 없었다. 그의 후견인이란 구닥다리 노인네들로서 요즘 시대에는 살아가는데 불필요한 것들을 필수품으로 생각하는 시대임을 아직 깨닫지 못한 이들이었다. 그리고 저민 가의 고리대금업자들로부터 온 편지도 있었다. 액수와 상관없이 아주 낮은 이자로 돈을 대출해 주겠다는 내용이었다.

10여 분 뒤 그는 자리에서 일어나 명주실로 수를 놓고 캐시미어로 된 세련된 목욕 가운을 입은 뒤, 마노로 바닥을 간 욕실로 들어갔다. 늦잠을 잔 뒤 차가운 물로 목욕하니 기분이 상쾌해져서 그 전날의 일들이 모두 잊혀진 듯했다. 알 수 없는 이상한 비극적 사건에 연루되어 있다는 막연한 느낌이 한두 번쯤 들었지만 그 느낌은 현실적으로 느껴지지는 않았다.

옷을 갈아입자마자 그는 서재로 가서 프랑스식으로 가볍게 차린 아침 식탁 앞에 앉았다. 열린 창가 앞에 있는 작은 원탁 위에 차려 놓은 식사였다. 상쾌한 날이었다. 따뜻한 공기는 달콤한 향내가 나는 듯했다. 벌 한 마리가 날아 들어와 진노란색의 장미가 잔뜩 꽂힌 푸른색 용 모양의 꽃병 주위를 윙윙거리며 날아다녔다. 그는 더없는 행복감을 느꼈다.

그때 갑자기 그가 가려 놓았던 초상화의 천에 눈이 갔다. 그것을 보자 그는 몸을 움찔하며 놀랐다.

"추우신가요?"

시종이 오믈렛을 식탁 위에 올려놓으며 물었다.

"창문을 닫을까요?"

도리언은 고개를 저으며 말했다.

"춥지는 않아."

그렇다면 그 모든 것이 사실이란 말인가? 초상화가 정말 변했을까? 그게 아니라면 기쁜 표정이 깃들어 있던 곳에서 악한 표정을 본 것은 그의 상상력 때문이었을까? 물감으로 그린 그림이 스스로 변할 수 없다는 건 당연하지 않은가? 이건 정말 말도 안 되는 일이었다. 언젠가 바질에게 들려주면 웃을 만한 좋은 이야깃거리에 지나지 않는다.

하지만 모든 것이 얼마나 생생하게 기억나는지! 처음에는 흐릿한 햇살 속에서, 그 다음에는 밝아오는 아침 햇살 속에서 일그러진 입가에 도는 잔인한 표정을 보았다. 그는 시종이 방을 나가는 게 너무나 두려울 정도였다. 그는 혼자 남아서 초상화를 살펴보게 될 것이 분명하고 다시 한 번 확인하게 되는 것이 무서웠다.

시종이 커피와 담배를 가져다주고 방을 나가려고 하자, 그냥 방 안에 있어 달라고 말하고 싶은 충동을 느꼈다. 그는 시종이 등을 보이며 문을 닫고 나가려고 할 때 다시 들어오라고 말했다. 시종은 주인의 지시를 기다리며 문가에 서 있었다. 그는 잠시 시종을 쳐다보았다.

"누가 와도 나는 집에 없다고 하게, 빅터."

그는 긴 숨을 내쉬며 말했다. 시종은 머리 숙여 인사하고 물러갔다.

그는 자리에서 일어나 담뱃불을 붙이고 초상화 맞은편에 놓인 사치스러운 방석이 놓인 소파에 앉았다. 초상화를 덮은 천은 금가루를 뿌린 스페인제 가죽으로 만든 것으로 매우 사치스러운 루이 14세풍의 문양이 찍혀 있었다. 그는 호기심 가득한 표정으로 천을 살펴보았다. 예전에도 그 천이 한 남자의 인생의 비밀을 가린 적이 있었을까 궁금해했다.

어쨌든 어디 다른 곳으로 초상화를 옮겨 놓을까? 아니, 그냥 거기 그대로 두면 안 될까? 초상화의 비밀을 아는 것과 대체 무슨 상관이란 말인가? 만일 초상화가 달라진 게 사실이라면 그건 섬뜩한 일이었다. 설사 사실이 아니라고 해도 신경 쓸 필요가 없지 않은가? 그러나 어떤 운명이나 끔찍한 우연으로 그가 아닌 어떤 다른 사람이 그 끔찍한 변화를 목격한다면 어떻게 된단 말인가. 바질이라면 분명히 그럴 것이다. 그래, 그림을 살펴보아야 한다. 당장에, 무슨 일이 있어도 이 무서운 의혹을 품고 있는 것보다는 나을 것이다.

　그는 자리에서 일어나 문을 모두 잠갔다. 자신의 수치를 보여 주는 얼굴을 볼 때는 혼자여야 했다. 그는 천을 옆으로 밀치고 초상화 속의 자신과 마주보았다. 그것은 분명한 사실이었다. 초상화는 달라져 있었다.

　그는 그 후에도 늘 이 순간을 느끼며 기억했다. 처음에 그는 자신이 과학자 같은 호기심을 가지고 초상화를 바라보고 있다는 것을 깨달았다. 초상화가 달라질 수 있다는 사실을 그로서는 믿을 수가 없었다. 하지만 사실이었다. 형태와 색깔을 바꾸어 캔버스 위에 보이게 하는 화학적 원소들과, 그의 내면에 깃든 영혼 사이에 무언가 미묘한 교류가 있는 것은 아닐까? 영혼이 생각한 것을 화학적 원자들이 그림 위에 표현하는 것이 가능할까? 그렇지 않다면 다른 뭔가 끔찍한 이유가 있는 것일까? 그는 몸을 떨며 두려워했다. 그는 다시 소파에 누워 구토를 느낄 만큼 두려운 마음으로 초상화를 바라보았다.

　하지만 단 한 가지, 초상화의 변화가 그에게 해 준 일이 있다고 생각했다. 그것은 그가 시빌 베인에게 얼마나 못되고 굴었으며 또 얼마나 잔인하게 대했는지를 깨닫게 했다. 그가 저지른 잘못을 되돌려 놓기에 너무 늦지는 않았을 것이다. 이제라도 그녀를 아내로 맞아 결혼하면 된다. 자신의 현실적이지 못하고 이기적인 사랑이 고귀한 영향에 굴복하여 고귀한 정열로 바뀔 것이다. 바질 홀워드가 그린 자신의 초상화는 인생을 살아가는 데 필요한

172

손길이 될 것이다. 그 손길을 어떤 사람들은 신성함, 또 어떤 사람들은 양심이라 말하지만 우리들 모두는 신에 대한 두려움이라 말한다. 죄책감을 깨닫게 하는 데는 아편 같은 마약도 있고, 도덕적 감각을 달랠 수 있는 약도 있다. 하지만 여기 있는 초상화는 죄악으로 인해 인간의 영혼이 타락하는 것을 눈으로 보여 주는 증거였다.

시계의 종소리는 3시를 알렸고, 다시 4시를 알리는 종소리가, 그리고 30분이 지났음을 알리는 두 번의 종소리가 울리고 나서도 도리언 그레이는 꼼짝도 하지 않고 있었다. 그는 인생의 주홍빛 실들을 모아 그것으로 하나의 문양을 짜려고 하고 있었다. 그가 방황하고 있는 화려한 정열의 미로에서 빠져나갈 길을 찾고 있었다. 자신이 무엇을 해야 하는지, 무슨 생각을 해야 하는지도 몰랐다. 이윽고 그는 탁자 앞으로 가서 그가 사랑했던 여자에게 정열적인 편지를 썼다. 그녀에게 용서를 구하며 자신이 미쳤었다고 썼다. 여러 쪽의 편지 위에 슬픔을 전하는 격렬한 말들과 고통을 전하는 더욱 격렬한 말들을 적어 넣었다. 자신을 질책하는 죄책감에는 일종의 사치스러운 쾌락이 있었다. 사람들은 다른 그 누구도 자신을 비난할 권리가 없으며 오직 자기 자신만이 그렇게 할 수 있다고 느낀다. 우리의 죄를 용서해 주는 것은 신부가 아니라 우리가 하는 고해성사이다. 편지를 다 쓴 뒤 도리언은 모든 것을 용서받은 것 같은 느낌이었다.

그때 갑자기 문을 두드리는 소리가 들렸고, 도리언은 헨리 경의 목소리를 들었다.

"이봐 도리언, 지금 당장 만나야겠네. 어서 이 문을 열어. 이렇게 문을 걸어 잠그고 혼자 있다니 차마 볼 수가 없네."

처음에 그는 아무런 대답도 하지 않고 가만히 있었다. 헨리 경은 계속 문을 두드렸고 그 소리는 더욱 커졌다. 헨리 경을 안으로 들어오게 하는 것이 좋을 것 같았다. 그에게 앞으로 자신의 새로운 인생에 대해 설명하고, 만일 어쩔 수 없다면 그와 말씨름을 하거나 아니면 절교하는 쪽을 선택하는 것이 나을 것이다. 그는 벌떡 일어나 서둘러 초상화 위에 걸쳐 놓은 천을 치우고 문의 자물쇠를 열었다.

"이번 일은 미안하네, 도리언."

헨리 경이 방으로 들어오면서 말했다.

"하지만 너무 심각하게 생각하지 말게."

"시빌 베인을 말하는 건가요?"

도리언이 물었다.

"물론이지."

헨리 경은 의자에 털썩 앉아 천천히 노란 장갑을 벗으면서 말했다.

"어찌 보면 끔찍한 일이야. 하지만 자네 잘못이 아니지. 말해봐, 연극이 끝난 뒤 그녀를 만나러 무대 뒤로 갔었나?"

"네."

"그럴 줄 알았네. 그곳에서 그녀와 다투었나?"

"제가 잔인한 짓을 했어요, 해리. 아주 잔인한 짓이었어요. 하지만 이젠 괜찮아요. 어제 있었던 일에 대해서 이젠 후회스럽지 않아요. 덕분에 제 자신을 더 잘 알게 되었어요."

"아, 자네가 그렇게 생각한다니 정말 기쁘구먼! 자네가 죄책감에 사로잡혀 그 아름다운 곱슬머리를 쥐어뜯고 있는 것은 아닐까 두려웠다네."

"그 단계는 이미 지났습니다."

도리언은 고개를 저으며 미소 지었다.

"저는 이제 한없이 행복해요. 양심이 무엇인지 알게 되었어요. 당신이 언젠가 내게 말했던 그런 것이 아니에요. 양심이란 우리 속에 있는 가장 신성한 것입니다. 해리, 이젠 양심을 비웃지 마세요. 적어도 내 앞에서는 하지 말아요. 나는 선량한 사람이 되고 싶어요. 내 영혼이 추악하게 변해 간다는 생각만으로도 참을 수가 없어요."

"윤리학의 예술적 토대로서 아주 근사한 생각이군, 도리언! 그렇게 받아들인다니 다행이야. 하지만 어떻게 선량한 사람이 되겠다는 건가?"

"시빌 베인과 결혼할거예요."

"시빌 베인과 결혼한다고?"

헨리 경은 자리에서 벌떡 일어나며 소리쳤고 당혹스러운 얼굴로 도리언을 바라보았다.

"하지만 도리언……."

“그래요, 해리, 당신이 무슨 말을 하려는지 알아요. 결혼에 대한 끔찍한 이야기겠지요. 하지 말아요. 앞으로 저한테 그런 이야기는 절대 하지 마세요. 이틀 전에 시빌에게 청혼했어요. 그녀에게 한 맹세를 절대 깨지 않을 거예요. 그녀를 제 아내로 맞을 겁니다.”

“아내라고! 도리언! 내가 보낸 편지를 못 봤나? 오늘 아침에 편지를 써서 사람을 시켜 자네에게 보냈네.”

“편지라고요? 아, 그렇군요. 기억나요. 하지만 아직 읽지 않았어요, 해리. 내가 듣고 싶지 않은 말들이 있을까 해서. 당신은 당신이 만든 경구로 인생을 갈가리 찢어 버리잖아요.”

“그렇다면 아무것도 모르고 있단 말이군.”

“무슨 뜻이죠?”

헨리 경은 도리언 그레이 옆으로 다가와 앉았고, 그의 손을 꼭 쥐었다.

“도리언, 편지는 말이야……, 두려워하지 말게……, 시빌 베인이 죽었다는 소식을 전하려는 것이었어.”

도리언의 입에서 고통으로 인한 신음 소리가 터져 나왔고, 자리에서 벌떡 일어나더니 헨리 경이 잡고 있던 손을 뿌리쳤다.

“죽어요! 시빌이 죽었다고요! 그럴 리 없어요! 거짓말이에요! 어떻게 감히 그런 말을 할 수 있나요?”

“사실일세, 도리언.”

헨리 경이 침착하게 말했다.

"조간신문에 모두 실렸네. 내가 올 때까지 누구도 집에 들이지 말라는 편지였네. 수사가 진행되고 자네 이름이 용의자 명단에 오르내리게 해서는 안 되네. 파리에서 이런 일에 휘말렸다면 사교계의 총아로 떠올랐겠지. 하지만 알다시피 런던 사람들은 편견이 강해. 여기서는 스캔들의 주인공으로 사교계에 데뷔하면 안 되네. 스캔들은 늙었을 때 관심을 받기 위해 아껴 두어야 하네. 극장에서도 자네 이름을 모르지? 모르고 있다면 다행이네. 연극이 끝나고 자네가 무대 뒤로 가는 걸 본 사람이 있나? 이건 아주 중요한 문제거든."

도리언은 한동안 말이 없었다. 그는 놀라 정신이 멍한 상태였다. 마침내 그가 목이 잠긴 소리로 더듬거리며 물었다.

"해리, 수사라고 하셨나요? 그게 무슨 말이죠? 시빌이……? 오, 해리, 도저히 견딜 수 없어요! 얼른 말해 주세요. 어서, 무슨 일이 일어났는지 자세히 말해 주세요."

"나는 사고가 아니었다고 생각하네, 도리언. 하지만 사람들은 이 일을 사고로 알아야 하네. 어젯밤 12시 30분쯤에 그녀는 어머니와 같이 극장에서 나왔는데, 극장에 뭘 두고 나왔다고 했다는군. 일행이 극장 밖에서 그녀가 나오길 기다리고 있었는데 다시 나오질 않았어. 사람들이 극장 안으로 들어가 보니 그녀가 분장실 바닥에 죽어 있더라는 거야. 그게 뭔지는 알 수 없지만 극장에서 쓰이는 것들 중에 독물 성분이 있는 약물을 마셨다고 하더군. 즉사한 것으로 봐서 청산가리 같다더군."

"너무 끔찍해요, 해리!"

도리언이 울부짖으며 말했다.

"그래, 너무나 비극적인 일이야. 하지만 자네는 이 일에 휘말리면 안 되네. 《스탠더드》지를 봤더니 그녀는 17살이더군. 그보다 더 어려 보였었는데 말일세. 아주 어려 보이고 연기에 대해서도 잘 모르는 것 같았으니까. 도리언, 이번 일로 너무 예민해지지 말게. 내 집에서 저녁 식사를 하고, 식사 후에 극장에 같이 가 보세. 오늘은 패티[32]가 무대에 오르는 날이라 모두들 구경하러 올 거야. 내 누이동생이 있는 객석으로 가 보세. 내 누이가 예쁜 여자들도 데리고 올 거야."

"내가 시빌 베인을 죽였군요."

도리언 그레이가 혼잣말처럼 중얼거렸다.

"내가 칼로 그녀의 가냘픈 목을 찔러 죽인 거나 마찬가지예요. 하지만 여전히 장미꽃은 아름답고 새들은 내 집 정원에서 즐겁게 지저귀죠. 그리고 오늘밤 난 당신과 저녁 식사를 한 뒤 오페라 극장에 갈 테고, 공연을 본 뒤에는 어디 다른 곳으로 가서 밤참을 먹겠지요. 인생은 정말 연극 같아요. 해리, 만약 내가 이런 일들을 책을 통해 읽었다면 아마도 난 읽으면서 흐느껴 울었을 거예요. 그런데 묘하게도 이러한 모든 일들이 현실에서 일어나니까,

32) 아델리나 패티(1843~1919). 마드리드 태생의 이탈리아의 유명한 오페라 가수

더군다나 나한테 직접 일어나니까 눈물을 흘리기에도 너무나 엄청난 일로 여겨집니다. 이 편지는 내가 평생 처음으로 쓴 열정적인 사랑의 편지예요. 참 묘한 일이죠, 평생 처음으로 쓴 열정적인 사랑의 편지가 죽은 소녀에게 쓴 거였다니요. 그들에게도 감정을 느낄까요? 우리가 죽은 사람들이라고 부르는 창백하고 말이 없는 사람들도 감정을 느낄까요? 아, 시빌! 그녀도 느낄 수 있고, 알 수 있고, 들을 수 있을까요? 해리, 난 정말 그녀를 사랑했어요! 이제는 마치 그것이 오래전의 일처럼 여겨집니다. 그녀는 내 인생의 전부였어요. 그러다 그처럼 끔찍한 밤이 찾아왔어요. 그게 바로 어젯밤의 일이었단 말입니까? 그녀의 형편없는 연기로 내 가슴은 찢어질 뻔했어요. 그녀는 그런 이유를 모두 나에게 말해 주었습니다. 슬픔으로 가득한 말이었어요. 그렇지만 내 마음은 전혀 움직이지 않았습니다. 그녀가 천박해 보였어요. 그런데 그 뒤 문득 나를 두렵게 한 일이 생겼어요. 무슨 일이었는지 얘기할 수는 없지만 정말 끔찍했습니다. 난 그녀에게 돌아가겠다고 편지에 썼어요. 내가 잘못했다는 걸 알았으니까요. 하지만 그녀가 죽었다는 겁니다. 신이시여! 아, 해리, 난 이제 어떻게 하면 좋을까요? 내가 어떤 위험에 처해 있는지 당신은 몰라요. 그리고 내가 제정신을 갖도록 해 주는 것은 이 세상에 아무것도 없어요. 내가 그녀를 죽였어요. 그녀에게는 스스로 죽을 권리가 없었으니까요. 이건 너무 이기적 행동이에요."

"도리언."

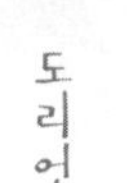

헨리 경이 담뱃갑에서 담배를 꺼내고 이어 바로 성냥갑을 꺼내면서 말했다.

"여자가 남자를 바꿀 수 있는 것은 남자가 여자에게 지루해지도록 만들어서 세상사에 대한 관심과 흥미를 모두 잃게 하는 것이지. 만일 그녀와 결혼했더라면 자네의 인생은 비참해졌을 거야. 자네는 그녀에게 잘해 주었겠지. 사람이란 아무런 애정도 느끼지 못하는 사람에게 친절하기 마련이니까. 하지만 그녀는 얼마 안 가서 자신에게 전혀 애정이 없음을 알아차리겠지. 그리고 남편이 무관심하다는 것을 알아챘을 때, 여자는 아주 초라해지거나, 다른 여자의 남편이 사준 아름다운 모자를 쓰게 되는 법이지. 자네와 그녀가 사회적으로 맞지 않다는 것에 대해서는 아무 말도 않겠네. 그것도 자네를 비참하게 만들었을 테고, 나 또한 결혼하지 못하도록 했겠지. 어쨌거나, 어떤 경우에서든 자네가 시빌과 결혼하는 것은 완벽한 실패였음이 분명하다는 것을 말하고 싶네."

"저도 그렇게 생각합니다."

도리언은 안쓰러울 만큼 창백한 얼굴로 방 안을 서성거리며 중얼거렸다.

"하지만 그게 나의 의무라고 생각했어요. 이 끔찍한 비극으로 내가 하려던 옳은 일이 중단된 것은 내 잘못이 아니에요. 언젠가 당신이 한 말이 기억나요. 선의의 결심에는 비극적인 데가 있다는 말이었어요. 선의의 결심은 늘 너무 늦게 한다는 말이었지요.

나의 결심도 분명히 그런 운명이었던 것 같아요."

"선의의 결심이란 과학적 법칙에 끼어들려는 쓸데없는 짓일 뿐이야. 선의의 결심을 하게 되는 것은 순전히 허영심 때문이지. 그리고 그 결과 또한 쓸데없단 말이야. 선의의 결심을 하게 되면 즐겁지만 헛된 감정을 주지. 나약한 사람들은 확실히 그런 감정에 어떤 매력을 느끼게 되지. 좋은 결심에 대해 할 수 있는 말은 이게 전부라네. 돈 한 푼 없는 계좌에서 수표를 끊는 것이라 할 수 있어."

"해리!"

도리언 그레이가 그의 옆에 앉으면서 외쳤다.

"이 비극을 마음껏 슬퍼하고 싶은데 그렇지 못한 건 왜일까요? 내가 무정한 사람이라고는 생각지 않아요. 당신은 내가 무정한 사람이라고 생각하나요?"

"지난 2주 동안 어리석은 짓들을 많이 했으니 무정하다고는 할 수 없지."

헨리 경이 그 특유의 상냥하고 우울한 미소를 지으며 말했다.

도리언은 얼굴을 찌푸렸다.

"그 대답은 그다지 마음에 들지 않네요, 해리. 하지만 당신이 내가 무정한 사람이 아니라고 생각하는 건 기뻐요. 난 그런 사람이 아니에요. 그렇지 않다는 걸 나도 알고 있어요. 하지만 어제의 비극은 내게 엄청난 충격을 주었어야 하는데 그렇지 않다는 걸 솔직히 털어놓아야겠어요. 근사한 연극이 멋지게 막을 내린 것 같아요. 그리스의 비극이 가진 가슴 저리는 아름다움이 여기 있어요. 그 비극에서 나는 중요한 역할을 했으면서도 상처를 입지는 않았어요."

"흥미로운 얘기군."

헨리 경이 말했다. 그는 도리언 자신이 깨닫지 못하는 이기주의를 부추기는 데 짜릿한 기쁨을 느꼈다.

"아주 흥미로운 질문이야. 이 문제에 대한 제대로 된 설명은 이것이네. 인생의 진정한 비극은 대개 비예술적인 형식으로 일어나고, 그 조잡한 폭력성과 비일관성, 무의미함, 정해진 양식도 없음에 사람들은 상처를 받곤 하지. 그런 비극들이 우리에게 영향을 미치는 것은 천박성이 우리에게 영향을 주는 것과 같지. 우리는 그런 비극들을 보면서 야만적인 폭력을 느끼게 되어 그것에 저항하게 되는 거라네. 하지만 예술적 아름다움을 갖춘 비극도 가끔 일어난다네. 이런 아름다움의 요소만 있다면, 그 비극의 극적 효과는 사람들에게 감동을 주겠지. 그렇게 되면 우리는 더 이상 그 비극의 배우가 아니라 관객이 되는 거야. 아니, 배우이자 관객이 된다고 해야겠지. 우리는 자신의 모습을 보며 그 광경의 경이로움에 매혹되네.

지금 이 사건의 경우, 실제로 어떤 일들이 일어난 것일까? 자네를 사랑한 한 여자가 스스로 목숨을 끊었네. 이런 경험이 내게도 있었으면 좋겠어. 만약 내가 이런 경험을 했다면, 난 평생 사랑과 사랑에 빠질 걸세. 날 사랑한 사람들……, 그런 사람이 많지는 않았지만 몇몇은 날 사랑했던 건 사실일세. 내가 더 이상 그들을 사랑하지 않게 되거나 아니면 그들이 나를 사랑하지 않게 된 후에도 끈질기게 살았단 말이야. 모두들 살이 찌고 지루한 사람이 되었고, 만나기만 하면 곧장 추억에 잠기지. 여자들의 기억력이란 얼마나 무서운 것인지 몰라! 인생이 지닌 다양한 색채를 빨아들여야 하지만 세세한 것들을 기억하면 안 된다네. 세세한 것들은 항상 천박한 법이니까."

"정원에 양귀비를 심어야겠어요."

도리언은 한숨을 쉬며 말했다.

"그럴 필요 없네."

헨리 경이 말했다.

"인생 자체가 양손에 양귀비를 들고 있으니까 말이야. 가끔 질질 끌며 남아 있는 것들이 있어. 언젠가 난 한 계절 내내 보라색 옷만 입은 적이 있었어. 결코 사라지지 않는 로맨스에 대한 예술적 애도의 형식이었지. 그렇지만 결국 그 로맨스도 죽고 말았네. 무엇 때문에 죽었는지 기억나지 않아. 아마도 그녀가 날 위해서라면 온 세상을 잃어도 괜찮다고 한 말 때문에 죽었을 거야. 정말 끔찍한 순간이었어. 그런 말을 들으면 영원히 그녀를 사랑해야 한다는 공포에 사로잡히지. 그런데 말이야, 자네, 믿을 수 있겠나? 일주일 전에 햄프셔 부인의 집에서 내가 말한 그 여인의 옆자리에서 저녁 식사를 하게 되었네. 그녀는 우리 둘 사이에 있었던 지난 일들을 계속 추억하려고 했어. 흘러 버린 시간 속의 일들을

들추어내어 미래의 일들을 만들어 보자는 것이었지. 하지만 난 이미 나의 로맨스를 애스포델[33] 화단에 묻은 뒤였지. 그녀는 그걸 다시 끄집어내어 내가 자기 인생을 망쳤다고 말했지. 그러면서도 그녀는 엄청난 양의 저녁을 먹었다네. 그래서 난 긴장하지 않을 수 있었어. 어쨌든 멋대가리 없는 여자야! 과거가 갖는 매력의 하나는 그것이 과거, 즉 지나간 일이라는 데 있어. 하지만 여자들은 언제 연극의 커튼이 내려졌는지 모르지. 여자들은 늘 6막이 시작되기를 바라고, 연극이 끝난 뒤에도 계속하기를 바라네. 여자들 마음대로 하라고 한다면, 모든 희극은 비극이 되고 비극은 모두 희극으로 끝날 거야. 여자들은 아름다우면서 인위적인 존재이지만 예술 감각은 전혀 없어.

하지만 자네는 나보다 운이 좋아, 도리언. 보통 여자들은 언제나 스스로를 위로하는 데 능하다네. 어떤 여자들은 자기 위안의 방법으로 감상주의를 자극하는 색깔에 탐닉하지. 나이를 불문하고 연자주색 옷을 입는 여자는 절대 믿지 말게. 그리고 35살이 넘었는데도 분홍색 리본을 좋아하는 여자도 믿어선 안 돼. 그건 그녀에게 아주 진한 과거가 있다는 뜻이야. 그렇지 않은 부류의 여자들은 어느 날 갑자기 자기 남편의 좋은 면을 발견하고 그걸 커다란 마음의 위안으로 삼기도 한다네. 이런 여자들은 결혼생활의 행복을 다른 사람들에게 마구 자랑하네. 그게 죄 중에서도 제일

33) 그리스 신화에 나오는 죽은 이들의 꽃

184

근사한 죄라도 되는 것처럼. 종교에서 위안을 얻으려는 사람들도 있지. 상대를 유혹하려고 할 때처럼 사람을 매료시키는 무언가가 종교가 지닌 신비함이라고 어떤 여자가 말한 적이 있네. 난 그게 무슨 말인지 알 수 있어. 나더러 죄인이라고 하는 것만큼 내 허영심을 만족시켜 주는 것도 없다고 생각하네. 우리들을 이기주의자로 만드는 것은 양심이지. 그래, 여자들이 이 시대의 생활에서 찾아낼 수 있는 위안은 정말 한도 없다네. 하지만 가장 중요한 것은 아직 말 안했어."

"뭐죠, 해리?"

도리언이 힘없는 목소리로 물었다.

"이건 뻔한 것이지. 실연당했을 때 다른 여자의 남자를 빼앗음으로써 마음의 위안을 삼는 거지. 상류사회에서 그런 짓은 얼굴 위의 흰 분처럼 잘못을 가려 준다네. 하지만 시빌 베인은 우리가 흔히 봐 왔던 많은 여자들과 정말 달랐네. 내가 보기에 그녀의 죽음에는 뭔가 정말로 아름다운 데가 있어. 그런 기적과도 같은 일이 일어나는 시대에 살고 있다는 것이 기쁘다네. 그걸 보면 우리가 장난으로 생각하는 것들이 현실에 정말로 존재한다는 걸 이런 사람들로 인해 믿게 되네. 로맨스, 열정, 사랑 같은 것 말이야."

"저는 그녀에게 너무나 잔인한 짓을 했어요. 그걸 잊고 있군요."

"미안하지만 여자들은 잔인함을 즐기지. 아주 철저한 잔인함이라면 더욱 좋아한다네. 여자들에게는 놀랄만한 원시적인 본능이

있어. 여자들을 해방시킨 건 우리들이지만 여자들은 끊임없이 자신을 지배해 줄 주인을 찾아다니는 노예로 남아 있지. 여자들은 지배받기를 좋아한다구. 자네가 아주 멋지게 행동했을 거라 믿네. 난 아직 자네가 정말로 화를 내는 모습을 본 적은 없지만, 그저께 그녀와 함께 있을 때 자네가 한 말을 듣고 그저 순간적으로 하는 말이라고 생각했지만 이제 와보니 모두 진실이었어. 이 모든 일에 대한 열쇠가 바로 그거라네."

"해리, 무슨 말인데요?"

"자네에게 시빌 베인은 로맨스의 모든 여주인공들을 상징한다고 말했어. 하루는 데스데모나였다가 또 다른 하루는 오필리어가 된다고 말이야. 줄리엣으로 죽었다가 이모젠으로 되살아난다고 말일세. 그녀는 두 번 다시 살아나지 못할 거야. 자신이 마지막으로 맡은 역할을 했던 거니까. 하지만 자네는 초라한 분장실의 그 외로운 죽음을 어떤 재코비언 비극[34]에 나오는 이상하고 끔찍한 장면으로 생각해야 하네. 웹스터[35]의 작품에 나오는 근사한 장면이나 포드 또는 시릴 투르니에의 작품에 나오는 한 장면쯤으로 말이야. 그녀는 진정으로 인생을 살아본 적이 없고, 진정으로 죽은 적도 없는 거야. 적어도 그녀는 자네에게 늘 꿈같은 존재, 셰익스피어의 연극들을 더욱 아름답게 하고, 셰익스피어의 음악을

34) 17세기 영국 왕 제임스 1세 시대의 비극
35) 2대 비극으로 꼽히는 〈백마〉와 〈몰피 공작 부인〉을 쓴 영국 극작가

더욱 기쁨에 찬 것으로 들리게 해 주는 피리소리였다네. 하지만
그녀는 현실의 인생에 손대는 순간 현실을 망쳐 버리고, 현실 또
한 그녀를 망가뜨렸어. 그렇기 때문에 그녀가 죽은 거야. 그녀의
죽음을 슬퍼하고 싶다면 오필리어의 죽음을 슬퍼하게나. 코딜리
어가 목이 졸려 살해되었으니 자네의 머리에 재를 뿌리게나. 브
라반치오[36]의 딸이 죽었으니 하늘에 대고 울부짖으라구. 그렇지
만 자네의 눈물을 시빌 베인의 죽음으로 헛되이 낭비하지는 말
게. 그녀는 오필리어나 코딜리어, 데스데모나보다 더 비현실적인
인물이었으니까."

침묵이 흘렀다. 저녁이 되면서 방 안에도 어둠이 내리기 시작했
다. 정원의 그림자들이 소리도 없이 은으로 된 발을 이끌고 방 안
으로 기어 들어오기 시작했다. 방 안에 있는 사물들의 색채가 희
미해지고 우울해 보였다.

얼마 후 도리언 그레이가 고개를 들었다.

"해리, 당신이 내 자신을 이해할 수 있도록 설명해 주었어요."

그는 안도의 한숨을 내쉬면서 중얼거렸다.

"나도 당신이 말해 준 그런 심정을 느꼈습니다. 하지만 왠지 무
서웠고 그러한 것을 내 자신에게도 솔직히 표현할 수 없었어요.
당신은 정말 나에 대해 잘 알아요. 이건 놀라운 경험이었지만 앞

도리언 그레이의 초상

---

36) 영국의 극작가 셰익스피어가 지은 4대 비극의 하나인 〈오셀로〉에 나오
는 데스데모나의 아버지

으로 다시 이야기하지 않기로 해요. 그게 전부예요. 앞으로의 인
생에서 이보다 더 놀라운 일들이 있을지 궁금합니다."

"인생은 자네에게 모든 것을 줄 수 있네, 도리언. 자네처럼 빼
어난 외모를 가졌다면 못 할 일이 없지."

"하지만 내가 야위고 늙어 주름살투성이가 되면요? 그때는 어
떨까요?"

"그렇다면……."

헨리 경은 몸을 일으켜 자리에서 일어나면서 말했다.

"그렇다면 도리언, 자네는 승리를 위해 투쟁해야지. 지금까지
는 승리가 저절로 자네 것이 되었다면, 아니, 자네는 반드시 그
빼어난 외모를 유지해야 돼. 우리는 너무 많은 책을 읽어 오히려
현명하지 못하고, 너무 많은 생각으로 아름다워지지 못하는 시대
에 살고 있어. 우리에겐 자네가 꼭 필요하네. 자, 얼른 옷을 입게.
클럽으로 가세, 이미 조금 늦었네."

"해리, 오페라 극장에서 만나야 할 것 같아요. 너무 피곤해서
지금은 아무것도 못 먹겠어요. 당신 여동생의 객석 번호가 몇 번
이지요?"

"아마 27호일 거야. 특등석일세. 내 누이의 이름이 문에 적혀
있을 걸세. 같이 가서 저녁을 못한다니 유감스럽군."

"지금은 도저히 못 먹겠어요."

도리언은 힘 빠진 목소리로 말했다.

"하지만 당신이 이렇게 이야기해 준 것에 대해 정말 감사드려

요. 당신은 정말로 소중한 친구입니다. 아직까지 당신만큼 나를 진정으로 이해해 준 사람은 없었어요."

"우리의 우정은 이제 막 시작되었을 뿐이라네, 도리언."

헨리 경이 도리언의 손을 잡으며 말했다.

"이제 난 가 봐야겠어. 9시 반 전에 만나기를 바라겠네. 잊지 말라구, 오늘은 패티가 노래한다네."

도리언 그레이가 헨리 경이 나간 문을 닫으면서 종에 매달린 끈을 잡아당기자, 잠시 후 빅터가 등불을 들고 들어와 햇빛 가리개를 내렸다. 도리언은 빅터가 다시 나가기를 초조하게 기다렸다. 빅터는 뭐든지 한없이 시간을 끄는 것처럼 보였다.

빅터가 나간 뒤 그는 종종걸음으로 초상화 앞으로 다가가 덮어 놓은 천을 걷었다. 없었다. 초상화에는 더 이상 달라진 곳이 없었다. 초상화는 시빌 베인이 죽었다는 소식을 그보다 먼저 알고 있었던 것이다. 초상화는 그의 인생에서 일어나는 사건을 그보다 먼저 알고 있는 것이었다. 초상화의 입가에 깃든 잔인한 주름은 분명히 시빌 베인이 알 수 없는 성분의 독극물을 마신 순간에 나타났던 것이다. 아니면 초상화는 결과 따위에는 무관심한 것일까? 초상화는 그 영혼의 내부에서 일어나는 변화만을 알고 있는 것일까? 도리언은 생각했다. 언젠가 그의 눈앞에서 일어나는 변화를 직접 보게 되기를 간절히 바랐고, 그런 날이 오기를 바라면서 몸을 떨었다.

가엾은 시빌! 얼마나 대단한 로맨스였던가! 그녀는 무대 위에서 자주 죽는 연기를 했었다. 그런데 정말로 죽음이 그녀를 덮쳤고 그녀를 앗아갔다. 그녀는 이 무서운 마지막 장면을 어떻게 연기했을까? 죽으면서 그를 저주했을까? 아니다. 그녀는 그에 대한 사랑으로 죽었고, 이제 도리언에게 사랑은 언제나 신성한 것으로 생각될 것이다. 그녀는 모든 죄를 스스로 목숨을 끊음으로써 씻어 주었다. 그는 더 이상 그날 밤의 극장에서 있었던 그로 인해 그녀가 겪게 된 일들에 대해 더 이상 생각하지 않을 것이다. 앞으로 그녀는 인생에서 사랑이 최고라는 것을 보여 주기 위해 세상이라는 무대 위에 보내진 신비하고 비극적인 사람으로 기억될 것이다. 신비하고 비극적인 사람이라고? 그녀의 어린애 같은 표정과 환상적이고 매력적인 몸짓, 수줍어하고 주저하는 듯하며 우아한 동작을 떠올리자 눈물이 고였다. 얼른 눈물을 훔치고 다시 초상화를 보았다.

이제는 선택해야 할 시간이 왔음을 깨달았다. 아니, 선택은 이미 내려진 것일까? 그렇다, 인생이 그를 대신해 선택을 했다. 인생이 그리고 인생에 대한 그의 무한한 호기심이 그 대신 선택해 주었다. 영원한 젊음, 무한한 열정, 은밀하고 비밀스러운 쾌락과 넘치는 즐거움과 그보다 더 엄청난 죄악들……, 이제부터 그는 이 모든 것을 가질 것이다. 그가 갖게 될 수치심의 무게는 초상화가 대신 감당할 것이다. 그게 다였다.

앞으로 초상화의 아름다운 얼굴이 짊어지게 될 모독을 생각하자 그는 괴로움에 휩싸였다. 그는 언젠가 나르키소스를 흉내 내어 잔인한 미소를 짓고 있는 그림 속의 입술에 살짝 입맞춤을 했었다. 아니, 입 맞추는 흉내를 냈다고 해야 할까. 그는 매일 아침 초상화 앞에 앉아서 그 아름다움에 감탄했었다. 하지만 이제 초상화는 그의 기분에 따라 변하게 될까? 흉측하고 혐오스러운 것이 될까? 빈 방에 처박아두어야 할 물건, 아름다운 곱슬머리를 더욱 아름다운 황금빛으로 보이도록 비추어 주었던 햇빛도 보지 못하게 감추어 두어야 할 물건이 될 것인가? 이렇게 가여울 수가! 너무나도 가엾은 일 아닌가!

그와 초상화 사이에 존재하는 무서운 교류가 사라지게 해 달라고 기도할까 생각했다. 초상화가 변한 것은 그가 부탁한 기도에 대한 응답으로 변한 것이다. 그렇다면 다시 기도하면 그 응답으로 초상화는 더 이상 달라지지 않을지도 모른다. 하지만 인생에 대해 조금이라도 아는 사람이라면, 누가 감히 영원한 젊음을 얻을 수 있는 기회를 뿌리칠 수 있겠는가? 비록 기회라는 것이 말도 안 되는 비현실적인 것이며 알 수 없는 어떤 비극이 내재되어 있다고 하더라도?

게다가 초상화는 정말로 그가 통제할 수 있는 것일까? 정말로 그의 기도가 초상화에 변화를 준 것일까? 이 모든 일에 어떤 이상한 과학적 이유가 있는 것은 아닐까? 만일 인간의 생각이 살아 있는 유기체에 변화를 줄 수 있다면 생명이 없는 무기체에게도 변화를 줄 수 있지 않을까? 아니, 생각이나 의식적인 바람이 없더라도 우리의 외부에 있는, 근본적으로 관련이 없는 사물들이 우리

의 기분과 정열과 화합하여 생명을 갖게 되어 꿈틀대며 움직이는 것은 아닐까? 이상한 이끌림으로 은밀한 사랑 속에서 원자가 또 다른 원자를 부르는 것이 아닐까? 그렇지만 초상화가 변한 이유는 중요하지 않았다. 이제는 기도 같은 것으로 어떠한 무서운 기운을 불러들이는 일을 다시는 하지 않을 것이다. 초상화가 달라질 운명이라면 달라질 수밖에 없다. 그뿐이다. 그렇게 시시콜콜 따질 필요가 있겠는가?

초상화가 변하는 것을 바라보는 일도 큰 즐거움이 될 것이다. 도리언은 자신의 마음의 뒤를 따라 들어가 마음속의 비밀스런 공간으로 들어가 볼 수 있을 것이다. 그의 가장 신비스러운 거울은 이 초상화가 될 것이다. 그의 육체뿐만 아니라 영혼도 보여 줄 것이다. 그는 겨울이 닥치더라도 여름으로 넘어가기 직전의 봄이 머무는 곳에서 여전히 남아 있을 것이다. 초상화 속 얼굴의 핏기가 조금씩 사라져 새하얀 분필처럼 창백한 얼굴과 납처럼 무거운 눈만 남을지라도 그는 여전히 청년기의 황홀한 아름다움을 간직할 것이다. 그의 사랑스러운 얼굴이 꽃이라고 한다면 그 꽃잎은 절대 시들지 않을 것이다. 그의 맥박도 느려지지 않을 것이다. 그는 그리스의 신처럼 강하고 재빠르며 기쁨을 누리게 될 것이다. 캔버스 위에 물감으로 그린 그림이 어떻게 된들 무슨 상관이란 말인가? 그 자신은 안전할 것이다. 그것만이 중요하다.

도리언은 원래 있던 대로 초상화에 천을 덮으면서 미소 지은 뒤 시종이 기다리는 침실로 들어갔다. 한 시간 뒤 그는 오페라 극장

에 가 있었고, 헨리 경은 그의 의자 쪽으로 몸을 기울여 앉아 있
었다.

9

　이튿날 아침, 도리언이 식탁에 앉아 식사를 하고 있을 때 바질
홀워드가 시종의 안내를 받으며 들어왔다.
　"집에 있다니 천만다행이네, 도리언."
　그가 가라앉은 목소리로 말했다.
　"어젯밤에 자네를 만나러 왔었는데 오페라 극장에 갔다더군.
그럴 리가 없다고 생각했어. 하지만 어디로 갔는지 쪽지라도 남
겨 두었으면 좋았을 텐데. 엊저녁은 끔찍했네. 하나의 비극이 또
다른 비극을 낳는 게 아닌가 하는 두려움에 떨었다네. 자네가 그
소식을 처음 알게 되었을 때 내게 전보를 보냈을 거라고 생각했
네. 난 클럽에서 석간 《글러브》를 보다가 알게 되었네. 서둘러 자
네의 집으로 달려왔을 때 자네가 집에 없다는 사실을 알고 얼마
나 비참한 심정이었는지. 이 비극으로 얼마나 가슴이 아팠는지.
얼마나 큰 고통을 겪고 있을지 알 수 있었지. 대체 어디 있었나?
설마 그녀의 어머니를 찾아갔던 건 아니겠지? 자네가 거기 있을
지도 모른다고 생각하니 나도 그쪽으로 가야겠다고 생각했네. 그
집 주소라면 신문에도 나와 있었으니까 말이야. 유스턴 거리 어

디라고 하던데, 맞나? 하지만 내가 어떻게 덜어 줄 수도 없는 크나큰 고통을 겪고 있는 사람에게 방해만 될 것 같아 망설였다네. 가엾은 여인! 졸지에 딸을 잃었으니 넋이 빠졌겠지! 게다가 외동딸이었다니! 뭐라던가, 그 어머니는?"

"내가 어떻게 알겠어요?"

도리언 그레이는 금 구슬이 박힌 베네치아산 유리잔에 담긴 연노란색 포도주를 마시면서 한없이 따분한 얼굴로 말했다.

"오페라에 갔었어요. 당신도 왔더라면 좋았을 텐데. 그곳에서 해리의 여동생인 그웬돌렌을 처음 만났어요. 셋이서 그녀의 관람석에서 오페라를 보았어요. 아주 아름다운 여자였습니다. 패티의 노래는 훌륭했고요. 괴로운 이야기는 하지 마세요. 입에만 올리지 않는다면 어떤 일이든 없었던 걸로 할 수 있어요. 해리가 말한 대로 그 사물을 표현할 때만 사물에 현실성이 주어지는 것이니까요. 시빌은 그 여인의 외동딸이 아니었어요. 아들이 하나 더 있어요. 아마도 근사한 친구일 거예요. 그렇지만 연극을 하는 친구는 아니라고 하더군요. 배를 탄다고 했던가. 자, 이제 당신 이야기를 해 주세요. 요새 어떤 그림을 그리나요?"

"오페라 극장에 갔었다고?"

홀워드는 고통이 느껴지는 긴장한 목소리로 천천히 물었다.

"시빌 베인이 싸구려 극장 한구석에 죽어 누워 있는데 자네는 오페라를 보러 갔었다고? 자네가 사랑했던 여자가 편히 잠들 곳을 아직 찾지도 못했는데 다른 여자가 예쁘다느니, 패티의 목소리가 아름답다느니 어떻게 그런 말을 할 수 있나? 세상에, 도리언. 그녀의 창백한 시신이 자네를 저주하러 되살아날 일이군!"

"그만하세요, 바질! 그런 이야기는 더 듣고 싶지 않아요!"

도리언은 자리에서 벌떡 일어나며 소리쳤다.

"나한테 이래라저래라 하지 말아요. 지난 일은 지난 일일뿐입니다. 과거의 일은 과거의 일일 뿐이라구요"

"어제의 일이 과거란 말이지?"

"시간의 흐름이 대체 무슨 상관인가요? 천박한 사람들은 어떤 감정에서 벗어나는 데 오랜 세월이 필요하죠. 자신을 다스릴 줄 아는 사람은 기쁨을 만들어 낼 수 있는 것만큼이나 쉽게 슬픔을 끝낼 수 있어요. 난 감정에 휘둘리고 싶지 않습니다. 그 감정들을 이용하고 즐기고 지배하고 싶다고요."

"도리언, 이렇게 끔찍할 수가! 뭔가 자네를 완전히 딴판으로 바꾸어 놓았어. 내 그림의 모델이 되기 위해 화실로 올 때 자네의 얼굴은 아름다운 청년의 얼굴 같았어. 그때 자네는 단순하고 자연스러우며 세상에 대한 애정이 많았어. 이 세상에서 가장 때 묻지 않은 존재였지. 그런데 지금, 도대체 무엇이 자네를 이렇게 바꾸어 놓았는지 알 수가 없네. 자기 자신에게 어떠한 따뜻한 마음도, 연민도 없는 것처럼 말하고 있군. 이게 다 해리 때문이지. 이제 알겠어."

도리언은 벌떡 일어나 창가로 가더니 햇볕이 내리쪼이는 정원의 푸른 잔디를 바라보았다.

도리언 그레이의 초상

"난 해리에게 많은 것을 배웠습니다, 바질."

그가 이윽고 입을 열었다.

"당신보다 해리에게서 더 많은 것을 배웠어요. 당신은 허영심만 가르쳐 주었을 뿐이에요."

"그래, 그래서 나 때문에 벌을 받고 있군, 도리언. 아니, 앞으로 벌을 받게 될 것이라고 해야 하나."

"무슨 말인지 모르겠습니다, 바질."

그는 몸을 돌리며 말했다.

"당신이 원하는 게 무엇인지 모르겠어요. 무얼 원하죠?"

"내가 초상화를 그리던 때의 도리언 그레이를 원해."

바질은 슬프게 말했다.

"바질……."

도리언은 바질에게 다가와 어깨에 손을 올려놓으며 말했다.

"바질, 당신은 너무 늦게 왔어요. 어제 시빌 베인이 자살했다는 소식을 들었을 때……."

"자살했다고! 그럴 리가 있나! 정말인가?"

홀워드는 경악한 얼굴로 도리언을 바라보았다.

"바질! 설마 시빌이 어이없는 사고로 죽었다고 생각하나요? 그녀는 자살했습니다."

바질은 두 손으로 얼굴을 가렸다.

"무서운 일이군."

그는 온몸을 떨며 중얼거렸다.

“아니에요.”

도리언 그레이가 말했다.

“두려워할 것은 전혀 없습니다. 이 시대의 위대한 로맨틱한 비극의 하나일 뿐이에요. 현실에서는 가장 평범하게 사는 사람들이 배우거든요. 좋은 남편, 행실이 바른 아내, 뭐 그런 따분한 인생이지요. 무슨 말을 하는지 당신도 알 겁니다. 중산층의 미덕이라나 뭐 그런 것들이죠. 시빌은 너무 달랐어요. 그녀는 가장 아름다운 비극적인 삶을 보여 준 겁니다. 그녀는 늘 여주인공이었어요. 그녀가 마지막으로 연기한 그날 밤, 당신도 가서 보았죠. 사랑이라는 현실을 깨달았기 때문에 엉망으로 연기할 수밖에 없었어요. 하지만 그 사랑이란 것의 비현실성을 깨달았을 때 그녀는 죽은 겁니다. 마치 줄리엣이 죽었던 것처럼. 그녀는 다시 예술의 세계로 돌아간 거예요. 그녀에게는 왠지 순교자 같은 면이 있었습니다. 그녀의 죽음은 순교 행위처럼 가엾고 쓸모없음이, 아름다움을 낭비했어요. 내가 이렇게 말한다고 해서 고통을 겪지 않았을 거라 생각하면 곤란합니다. 당신이 어제 때 맞춰 왔더라면……, 5시 반이나 45분쯤에 왔더라면 내 얼굴이 온통 눈물로 범벅이 된 것을 봤을 겁니다. 어제 날 찾아와 그 소식을 전한 해리조차 내가 그토록 심한 고통을 겪은 줄은 짐작 못했어요. 난 엄청난 고통을 겪었어요. 그리고 그 고통은 사라졌습니다. 그 감정을 또다시 느낄 수는 없어요. 그런 건 감상주의자들뿐입니다. 그리고 당신이 지금 이러는 건 아주 부당한 행동이에요. 바질, 당신은 날 위로하

도리언 그레이의 초상

197

기 위해 내 집에 왔습니다. 그건 친절하고 내가 고마워해야 할 일이지요. 그런데 이미 내가 위로받은 것을 보고 당신은 화를 내고 있어요. 고통을 달래주러 온 사람이 그래도 되는 건가요! 당신을 보면 해리가 해 주었던 이야기 속의 인물이 생각나요. 자선 사업가였던 그 사람은, 어떤 사회 문제를 바로잡기 위해서였는지 부당한 법을 고치려고 그랬는지는 잊었지만 20년 세월을 한 가지 명분을 위해 바쳤답니다. 마침내 그는 성공했지만 일이 성공했다는 것만큼 그를 실망시키는 것도 없었답니다. 뜻하던 일을 이루고 보니 아무 할 일도 남아 있지 않았고, 권태로워 죽을 지경이었다가 결국 세상을 혐오하는 사람이 되었다고 해요. 바질, 진정으로 날 위로하고 싶다면 내게 이 일을 잊을 수 있는 방법을 알려 주든가, 이 일을 적절한 예술적 관점에서 보게 해 주세요. 고티에가 썼던가요? '예술이 주는 위안'에 대한 몇 편의 글 말이에요. 언젠가 당신 화실에서 소가죽 표지의 조그만 책을 집어 들었다가 우연히 읽게 된 아름다운 구절을 기억합니다. 언젠가 함께 말로에 내려가 있을 때 당신이 말한 젊은이하고는 달라요. 노란색 비단이 인생의 온갖 비참함을 위로해 줄 수 있다고 말했다던 그 젊은이 말이에요. 나도 손으로 만지고 움직일 수 있는 아름다운 것들을 좋아해요. 오래된 비단, 초록색의 청동상, 칠기 그릇, 상아 조각, 아름다운 실내장식, 사치스러운 물건들, 이런 것들에서 많은 것을 얻을 수 있어요. 하지만 그것들이 만들어 내는, 드러내는 예술적 분위기가 내겐 더 중요합니다. 해리의 말처럼 자기 인생을 구경하는 관객이 되는 것이 인생의 고통으로부터 벗어날 수 있는 길이겠지요. 내가 이렇게 말하는 것에 당신이 놀라고 있다는 것을 알아요. 내가 얼마나 성장했는지 당신은 몰라요. 당신을 처음 만났을 때 난 어린아이와 같았어요. 지금의 난 어른이에요. 새로운 열정도 생기고, 새로운 사고와 새로운 시각도 갖게 되었어요. 이제 나는 다른 사람이에요. 그렇다고 날 미워하면 안 돼요. 난 변했지만 당신은 늘 나의 친구로 있어 줘야 해요. 물론 난 해리를 아주 좋아합니다. 하지만 당신이 해리보다 더 훌륭한 사람이란 걸 알고 있어요. 당신은 해리보다 약하지만(당신은 인생을 너무 두려워하고 있어요), 더 훌륭한 사람이에요. 우리가 함께 있을 때 얼마나 행복한가요! 날 버리지 마요, 바질. 그리고 나와 말싸움하지 말아요. 난 나일 뿐입니다. 저는 더 이상 할 말이 없어요."

바질은 이상한 감동을 느꼈다. 그는 도리언을 무척 소중히 여겼고, 그 존재만으로도 그의 예술에 큰 전환점이 되어 주었다. 그렇기 때문에 더 이상 도리언을 나무랄 수는 없었다. 그래서 그는 냉정해 보이지만 곧 사라져 버릴 일시적인 변덕 같은 것이었다. 도리언은 매우 선량하고 고귀한 사람이었다.

"알겠네, 도리언."

그는 서글픈 미소를 지으며 말했다.

"앞으로는 이 끔찍한 일에 대해 다시는 말하지 않겠네. 자네 이름이 이 사건에 연루되어 오르내리지 않기만을 바랄 뿐이야. 오후부터 수사가 시작될 거라더군. 혹시 소환을 받았나?"

도리언을 고개를 저었고 '수사'란 말에 화난 표정이 스쳤다. 이런 일에는 반드시 노골적이고 속된 느낌이 있었다.

"내 이름을 모르는걸요."

그는 대답했다.

"그녀는 알고 있었을 것 아닌가?"

"성은 모르고 이름만 알고 있었어요. 그리고 그것조차 누구에게도 말하지 않았을 거라 믿어요. 언젠가 그녀는 사람들이 나에 대해 몹시 알고 싶어 한다고 하면서 그럴 때마다 내 이름을 '꿈속의 왕자'라고 말했다고 했어요. 정말 귀여운 행동이지요. 바질, 언젠가 시빌의 초상화를 그려 주세요. 몇 번의 입맞춤, 가련한 몇 마디 말 이상의 기억을 갖고 싶어요."

"자네가 그리 원한다면 그러도록 노력해 보겠네, 도리언. 하지만 자네 먼저 내 화실에 와서 모델이 되어 주게. 자네 없이 도저히 작품 활동을 할 수 없다네."

"바질, 난 더 이상 당신의 모델이 될 수 없어요. 불가능한 일입니다!"

그는 뒤로 물러나며 단호하게 말했다.

바질은 그를 가만히 쳐다보았다.

"이보게, 친구, 그게 대체 무슨 말인가! 내가 그린 자네의 초상화가 마음에 들지 않았었나? 그런데 그건 어디 두었지? 아니, 왜 초상화를 가려 두었나? 어디 한번 보세. 내가 그린 최고의 작품이야. 천을 치우게, 도리언. 내 작품을 저렇게 가려 놓은 것이 자네 하인이라면 도대체 제정신이란 말인가. 이 방에 들어오면서 왠지 방이 달라 보인다고 생각했네."

"하인이 그런 게 아니에요, 바질. 내 방을 하인 맘대로 바꾸게 내버려 둘 거라 생각하세요? 가끔 날 위해 꽃을 꽂아 두거나 하는 게 하인이 하는 일의 전부랍니다. 천으로 가린 건 나예요. 너무 강한 빛은 초상화에 좋지 않을 거라 생각했어요."

"빛이 너무 강하다고? 그럴 리 없네. 초상화를 두기에 아주 딱 좋아. 나 좀 보여 주게."

그리고 홀워드는 초상화가 걸린 방 모퉁이로 걸어갔다.

도리언 그레이의 입에서 두려운 비명 소리가 터져 나왔다. 그는 재빨리 달려가 바질과 천 사이를 막아섰다. 그는 아주 창백한 얼굴로 말했다.

"바질, 보면 안 돼요. 보지 말아요."

"내 작품을 보면 안 된다니! 진담은 아니겠지? 왜 내 그림을 보지 말라는 건가?"

홀워드가 웃으면서 말했다.

"그걸 굳이 보겠다면 내 명예를 걸고 말하지만 앞으로 절대 당신을 보지도 않을 것이며, 당신과 말하지도 않을 거예요. 이건 진심으로 하는 말입니다. 설명을 하지는 않겠어요. 당신도 설명을 요구하지 마세요. 하지만 잊지 마세요. 당신이 이 천을 걷어치우는 순간, 우리는 완전히 끝나는 겁니다."

홀워드는 벼락이라도 맞은 듯한 표정이었다. 그는 완전히 기가 막힌 표정으로 도리언 그레이를 쳐다보았다. 그는 도리언이 이런 행동을 하는 것을 여태까지 본 적이 없었다. 도리언은 얼굴이 하얗게 질릴 만큼 화가 나 있었다. 두 주먹을 불끈 쥐고 있었고 눈동자는 파란 불꽃이 타오르는 원반 같았다. 그는 온몸을 떨고 있었다.

"도리언!"

"아무 말도 하지 마세요!"

"도대체 왜 이러나? 자네가 그렇게 원한다면 그림을 보지 않겠네."

바질은 돌아서서 창가로 가면서 차갑게 말했다.

"하지만 내가 내 작품을 볼 수 없다니 기가 막히는군. 더군다나 그 초상화를 이번 가을에 파리에서 전시할 계획이었어. 한 번 더 니스를 입혀 전시회에 출품하려 했는데 말이야. 왜 오늘 보면 안 되는 건가? 한 번 보긴 봐야 하는데 말이지."

"전시한다고요? 그 그림을 전시하고 싶다고요?"

도리언 그레이는 외쳤고 이상한 공포감이 온몸을 타고 흘렀다. 그의 비밀이 온 세상에 알려질 것인가? 세상 사람들이 그의 인생의 비밀을 알게 되고 입을 다물지 못하는 꼴을 봐야 하는가? 있을 수 없는 일이었다. 그게 뭔지는 몰라도 당장 조치를 취해야 했다.

"그렇다네. 자네가 반대할 거라 생각하지는 않아. 조르주 페티[37] 가 내 작품 중 제일 좋은 것들을 골라 루드세즈에서 특별전시회

37) 1882년 파리에 개관한 대형 화랑의 소유주

를 할 거야. 10월 첫째 주에 열릴 거야. 초상화는 한 달 간만 빌려 주면 되네. 그 정도 시간은 자네도 어렵지 않게 내줄 수 있을 거야. 자네는 런던을 떠나 있을 테고. 그 초상화를 그다지 마음에 들어 하지 않기 때문에 늘 천 뒤에 가려 두고 있는 것이 아닌가?"

도리언 그레이는 한 손으로 이마를 쓸어내렸다. 이마에는 송골송골 땀이 맺혀 있었다. 그는 자신이 끔찍한 위험에 처하게 될 거라는 생각이 들었다.

"당신은 한 달 전만 해도 어떤 전시회에도 초상화를 내놓지 않겠다고 말했어요."

그는 분명하게 말했다.

"왜 마음이 바뀐 거죠? 일관성이 있어야 한다느니 하면서 떠들어 대더니, 당신들도 다른 사람들만큼이나 변덕이 죽 끓듯 하는 모양이군요. 다만 차이가 있다면 당신의 변덕은 무의미하다는 것이죠. 무슨 일이 있어도 초상화를 그 어떤 전시회에도 내보내지 않을 것이라 굳게 한 말을 잊은 것 같군요. 해리에게도 똑같은 말을 했어요."

그는 갑자기 말을 멈추고 눈을 반짝였다. 그는 언젠가 헨리 경이 농담 반 진담 반으로 했던 말을 떠올렸다.

"한 15분쯤 즐거운 시간을 갖고 싶으면 바질에게 자네 초상화를 왜 전시하지 않으려는 건지 물어보게나. 내게 그 이유를 말해 주었는데, 아주 흥미로운 고백이었네."

그래, 바질에게도 뭔가 그만이 아는 비밀이 있을 것이다. 그에게 그 비밀에 대해 물어보기로 했다.

그레이는 바질 곁으로 다가와 얼굴을 똑바로 쳐다보았다.

"우리 두 사람 서로 비밀이 있어요. 당신의 비밀을 말해 주면 나도 내 비밀을 말해 주겠어요. 왜 내 초상화를 전시하지 않겠다고 한 거죠?"

바질은 자기도 모르게 몸을 떨었다.

"도리언, 내가 그 이유를 말하면 자네는 지금만큼 날 좋아하지 않을 것이고 또 나를 비웃을 테지. 자네가 날 싫어하게 되는 것도, 날 비웃는 것도 참을 수 없어. 자네가 초성화를 못 보게 한다면 안 보면 되네. 초상화 대신 자네는 언제든 볼 수 있을 테니까. 내가 그린 최고의 그림을 세상 사람들에게 보여 주기를 싫어한다 해도 괜찮아. 명예나 유명세보다 자네의 우정이 내겐 더 중요하니까."

"아니에요, 바질, 말해 주세요."

도리언 그레이는 고집을 부렸다.

"나에게도 알 권리가 있어요."

공포감 대신 호기심이 발동했다. 그는 바질 홀워드가 품고 있는 비밀을 알아낼 작정이었다.

"도리언, 앉지 그래."

화가는 괴로운 표정으로 말했다.

"일단 앉지. 궁금한 것이 있는데 대답해 주기 바라네. 초상화에서 뭔가 이상한 것을 발견했나? 처음에는 몰랐지만 어느 순간 갑자기 자네 눈에 보인 그런 것을 말일세."

"바질!"

도리언은 외쳤다. 그는 떨리는 손으로 의자의 팔걸이를 움켜쥐었고, 놀란 눈으로 바질을 바라보았다.

"그랬군. 아무 말 하지 말게. 우선 내 말을 끝까지 들어보게. 도리언, 자네를 처음 만났을 때부터 자네의 존재 자체가 내게 이상한 영향을 주었어. 자네에게 나의 영혼, 두뇌, 힘 전부를 지배당했네. 우리 예술가들은 보이지 않는 이상형에 대한 기억을 마치 아름다운 꿈처럼 쫓아다니지. 그런데 자네는 내 눈에 그 이상형 같았어. 나는 자네를 숭배했어. 그리고 자네와 말하는 사람 모두를 질투했네. 나만이 자네를 알고 싶었네. 자네와 있을 때 행복했네. 자네와 떨어져 있어도 나의 예술 속에서는 여전히 존재하고 있었어⋯⋯. 물론 나는 자네가 이런 것을 전혀 알 수 없도록 했지. 하긴 자네가 알아차릴 수도 없었을 거야. 자네는 절대 이해하지 못했을 테니까. 나 자신도 그걸 이해하지 못했으니까. 난 단지 내 눈앞에서 완벽함을 보았다는 것, 그리고 온 세상이 아름답게 보였다는 것을 알았네. 너무나도 아름다운 것이었지. 그렇게 뭔가에 열광적으로 숭배한다는 것에는 위험이 있기 마련이지. 그런 숭배를 간직해야 하는 위험만큼 그 숭배의 대상을 잃어버릴 수 있다는 위험이 도사리고 있지. 시간이 지날수록 점점 더 자네에게 빠져 들었네. 그러다 일이 새롭게 발전했네. 난 자네를 멋진 갑옷을 입은 패리스로, 사냥꾼의 복장을 하고 멧돼지를 잡는 반

짝이는 창을 든 아도니스로 그렸지. 묵직한 연꽃을 왕관처럼 쓴 자네는 하드리아누스의 뱃전에 앉아서 푸르고 탁한 나일 강을 바라보고 있었지.[38] 그리고 자네는 그리스의 어느 숲의 잔잔한 연못에 몸을 굽혀 들여다보았고, 연못의 잔잔한 은빛 수면에 얼굴을 비추어 보고 그 아름다움에 감탄했네. 그것은 예술이 갖추어야 할 조건 바로 그것이었어. 무의식적이고 완벽하며 멀리 있어 손에 넣을 수 없는 것. 어느 날, 정말 운명적인 날이라고 생각하는 그날, 나는 죽은 시대의 의상이 아닌 자네가 살고 있는 시대에 속한 실제 모습 그대로의 근사한 초상화를 그리기로 마음먹었네. 그런 것이 사실주의 기법이었는지, 어떠한 장막에 가려지지 않고 내 눈에 직접 보이는, 자네의 인간성이 갖는 순수한 경이로움이 있었는지는 모르겠네. 하지만 내가 그림을 그리고 있는 동안, 물감을 칠할 때마다 내 비밀이 드러나고 있다는 것을 알았네. 다른 사람들이 내가 빠져 있는 열광과 도취의 상태를 눈치챌까 봐 점점 두려워졌어. 도리언, 내가 너무 많은 얘기를 했고, 나 자신을 너무 많이 초상화 속에 드러냈다고 생각하기 시작했네. 그래서 초상화를 절대 전시회에 보내지 않기로 했던 거야. 자네는 조금 불쾌해했지. 하지만 초상화가 내게 어떤 의미인지 자네는 그때 알 수 없었지. 해리에게 이런 이야기를 했더니 날 비웃더군. 하지만

38) 앞에서도 등장한 로마황제 하드리아누스의 총애를 받았던 시종 안티노우스를 가리킴.

해리가 뭐라던 상관없었네. 그림을 다 그리고 나서 혼자 그림을 마주하고 앉아 있었을 때 나는 내 생각이 옳다고 느꼈네. 며칠 후 초상화가 화실을 떠나고 초상화의 존재가 내게 주었던 떨칠 수 없는 매혹적인 것을 없애 버리자, 내가 그림 속에서 무얼 보았다고 상상했던 것 자체가 바보 같은 일이었고, 자네가 아주 잘생긴 청년이라는 것과 내가 그것을 그림으로 그렸다는 것 말고 초상화에 다른 무엇이 있다고 생각했던 것이 어리석은 것이라는 생각이 들었네. 예술가가 뭔가를 창조하면서 느끼는 열정이 그가 창조한 작품 속에 고스란히 드러나 있다고 생각하는 것은 착각이라고 보네. 예술은 우리가 생각하는 것보다 항상 추상적이거든. 형태와 색채는 우리에게 그 대상의 형태와 색채에 대해 말할 뿐이야. 그것뿐이지. 난 예술이 예술가 자신을 보여 주기보다는 완벽하게 예술가 자신을 더욱 숨기는 것처럼 보일 때가 많네. 그래서 파리에서 전시회 제의가 왔을 때, 전시회의 주요 작품으로 자네의 초상화를 내야겠다고 결심한 거야. 자네가 거절할 거라고는 생각지도 못했네. 하지만 지금은 자네 말이 맞다는 것을 알겠어. 초상화는 보여 줄 수 없어. 도리언, 내가 이런 말을 했다고 내게 화내지 말게. 내가 해리에게도 말했듯이 자네는 다른 사람에게 숭배받기 위해 태어난 사람이야."

도리언 그레이는 긴 한숨을 쉬었다. 그의 뺨은 붉어졌고 입가에는 미소가 감돌았다. 위험은 지나갔다. 그는 현재로서는 안전했다. 그렇지만 이런 묘한 고백을 하는 바질에게 한없는 연민의 정을 느낄 수밖에 없었다. 그러면서 어떤 친구의 존재만으로 그렇게까지 영향을 받는 일이 가능할까 생각했다. 헨리 경은 아주 위험한 인물에게서 느낄 수 있는 매력을 갖고 있었다. 하지만 그것뿐이었다. 그는 너무 영리하고 또 너무 냉소적이어서 진정한 애정을 느낄 수 없는 사람이었다. 그의 인생을 묘한 열광과 도취로 채워 줄 그 누군가가 있을까? 그런 사람을 만나는 것, 그것은 인생이 우리를 위해 마련해 둔 선물이 아닐까?

"정말 예상 못했네, 도리언."

홀워드가 말했다.

"초상화에서 그걸 보았다니 말일세. 자네도 진정 그걸 보았나?"

"뭔가 보긴 보았어요. 아주 이상한 것을."

"그럼 이제 내가 초상화를 봐도 될까?"

도리언은 고개를 저었다.

"바질, 이것만은 제게 부탁하지 말아 주세요. 당신이 저 초상화 앞에 서게 할 수 없어요."

"그래도 언젠가는 허락하겠지?"

"그런 일은 없을 겁니다."

"그래, 자네 말이 맞겠지. 자, 그럼 이만 난 가 봐야겠네. 도리언, 자네는 내 예술에 영향을 준 유일한 사람이었네. 나의 작품 중 훌륭한 것이 있다면, 모두 자네 덕분이야. 아, 자네는 모를 거야. 내가 얼마나 힘들게 조금 전에 한 이야기들을 꺼냈는지 말이야.”

“바질, 내게 무슨 말을 했었죠? 당신이 나의 도에 넘치게 숭배했었다는 이야기일 뿐입니다. 그건 칭찬이라고 할 수도 없는 것이죠.”

“난 칭찬을 하려 한 게 아니었네. 고백을 한 거야. 고백을 하고 나니 뭔가가 내 안에서 빠져나간 기분이군. 그래서 다른 사람에게 느끼는 숭배를 입 밖에 내서는 안 되는 것일지도 모르지.”

“고백치고는 아주 실망스러웠어요.”

“도리언, 그건 왜지? 자네가 기대한 건 뭐지? 자네는 초상화에서 본 것이 아무것도 없지 않나, 그렇지 않은가? 초상화에서 뭔가 다른 걸 본 것은 아무것도 없었던 거야. 그렇지 않나?”

“그래요. 아무것도 없었어요. 그건 왜 묻는 거죠? 하지만 당신도 더 이상 숭배에 대해서 말해선 안 됩니다. 바보 같으니까요. 우린 친구입니다, 바질. 앞으로도 영원히 친구일 테고요.”

“자네에게는 해리가 있잖나.”

화가가 슬픈 듯이 말했다.

“해리!”

도리언은 웃으면서 말했다.

“해리는 낮에 도대체 믿기 어려운 얘기만 하다가 시간을 보내고, 밤엔 결코 일어날 것 같지 않은 일을 하느라 시간을 보내는 사람이에요. 내가 살고 싶은 바로 그런 인생입니다. 하지만 나에게 뭔가 문제가 생겼을 때 해리를 찾아갈 거라고 생각하지 않아요. 아마도 당신을 먼저 찾아갈 겁니다, 바질."

"언제 다시 모델이 되어 주겠나?"

"아뇨!"

"도리언, 예술가로서 내 삶이 자네의 그 거절로 망가지고 있네. 예술가 중에 이상을 두 번 가졌던 사람은 한 명도 없네. 한 번이라도 가졌던 사람 또한 아주 드물단 말일세."

"바질, 설명을 못하겠어요. 하지만 더 이상 당신의 모델이 될 수는 없어요. 초상화에는 뭔가 치명적인 운명이 있고, 초상화 나름대로의 인생이 있어요. 당신 화실에 가서 함께 차를 마실게요. 그것만으로도 즐거운 일이겠지요."

"자네야 그것만으로도 즐겁겠지."

홀워드는 아쉬워하며 중얼거렸다.

"이만 가 봐야겠네. 초상화를 못 보게 하다니 섭섭하지만 도리가 없지 않은가. 자네 기분을 충분히 이해하네."

바질이 방을 나가고 난 뒤 도리언 그레이는 혼자 미소 지었다. 가엾은 바질! 진짜 이유에 대해서는 아무것도 모르는 바질! 그리고 어쩌다 비밀을 털어놓게 된 것이 아닌, 우연히 친구의 비밀을 알게 되다니 정말 이상한 일이 아닌가! 많은 것은 알려 준 바질의 묘한 고백! 이해하기 어려운 화가의 질투, 그의 열렬한 헌신, 분에 넘치는 칭찬, 종종 알 수 없었던 그의 침묵…… . 도리언은 이제야 그가 그럴 수밖에 없었던 이유를 알게 되었고 슬픔을 느꼈다. 로맨스로 물든 우정에는 왠지 비극적인 것이 내포되어 있는

210

것처럼 보였기 때문이다.

그는 한숨을 내쉰 후 종을 눌렀다. 어떻게든 초상화를 치워야만
한다. 다른 사람들이 보게 할 수는 없었다. 그의 친구들 중 누구
라도 들어올 수 있는 방에 초상화를 두었다는 사실 자체가 미친
것이었다.

10

도리언은 시종이 방에 들어왔을 때 그의 표정과 행동을 살피면
서 그가 천을 걷고 그 뒤의 초상화를 들여다볼까 궁금해했다. 시
종은 무표정한 얼굴로 도리언의 명령을 기다렸다. 담배에 불을
붙이고 거울 쪽으로 걸어간 도리언은 시종의 얼굴을 힐끗 쳐다보
았다. 빅터의 얼굴이 거울에 비쳐져 또렷이 보였다. 주인의 명령
에 전적으로 따를 준비가 된 하인의 얼굴로, 공손하고 평온해 보
였다. 빅터를 두려워할 것은 없었다. 그래도 도리언은 경계심을
늦추어서는 안 된다고 생각했다.

그는 천천히 입을 열어 빅터에게 가정부에게 시킬 것이 있으니
좀 들어오라고 전하고, 액자 가게에 가서 일할 사람 2명을 얼른
보내 달라고 하라고 말했다. 방을 나가면서 빅터는 의아하다는
듯한 표정으로 장막 쪽을 보는 듯했다. 아니, 그건 도리언의 상상
탓이었을까?

잠시 후에 검은색 비단치마를 입고 주름진 두 손에 벙어리장갑을 낀 리프 부인이 서재로 들어왔다. 그는 그녀에게 공부방 열쇠를 달라고 했다.

"예전에 쓰던 공부방을 말씀하시는 건가요?"

그녀가 되물었다.

"먼지투성이 방이라 일단 청소부터 하고 제자리에 물건들을 정돈한 후에 들어가셔야 해요. 도저히 들어갈 수 없을 정도로 엉망이에요, 그렇고말고요."

"청소할 필요 없어. 그냥 열쇠만 주면 돼."

"하지만 그냥 들어가시면 온몸이 거미줄로 덮일 거예요. 조부께서 돌아가신 후 거의 5년 동안 한 번도 그 방에 들어간 적이 없어요."

할아버지란 말이 나오자 그는 흠칫했다. 그는 할아버지를 증오했었다.

"상관없어. 그저 그 방을 보고 싶을 뿐이니까……. 그뿐이야, 열쇠를 줘."

"열쇠는 여기 있어요."

늙은 가정부는 떨리는 손으로 열쇠꾸러미를 꺼내며 말했다.

"여기 있어요. 고리에서 빼 드릴게요. 그런데 이 편한 방을 놔두고 그 방에서 주무시려고 그러는 건 아니시지요?"

"아니, 아닐세."

그는 짜증스러운 듯 말했다.

"고맙네, 리프. 이거면 됐어."

그녀는 방을 나가지 않고 잠시 그대로 서서 집안 살림에 대한 이런저런 얘기를 늘어놓았다. 도리언은 한숨을 쉬면서 집안 살림은 그녀가 알아서 꾸리도록 했다. 그녀는 웃으며 만족스런 얼굴로 방을 나갔다.

방문이 닫힌 후 열쇠를 주머니에 넣은 도리언은 방을 둘러보았다. 그의 시선은 금색 실로 수를 놓은 커다랗고 무거워 보이는 자주색 비단 덮개로 향했다. 그것은 17세기 베네치아에서 만들어진 탁자 덮개로 할아버지가 볼로냐 근처의 수녀원에서 찾아낸 것이었다. 그래, 이 덮개로 그 끔찍한 초상화를 싸두면 될 것이다. 아마도 죽은 사람의 관을 덮는 데 많이 쓰였을 테지. 그리고 이제 스스로 타락하는 물건, 죽음으로 인한 타락보다 더 나쁜 물건을 덮을 차례다. 시체를 파먹는 구더기처럼 그가 저지른 죄들도 캔버스 위의 그림을 파먹게 될 것이다. 그의 죄악은 초상화의 아름다움을 망가뜨리고 그 우아함을 파먹어 들어갈 것이다. 또한 그의 죄악이 초상화를 더럽히고 수치스럽게 만들 것이다. 그런 후에도 초상화는 여전히 살아 있을 것이다. 언제까지나 살아 있을 것이다.

그는 몸을 떨었고, 바질에게 초상화를 다른 사람의 눈에 띄지 않는 깊숙한 곳에 숨겨 놓으려는 진짜 이유를 말하지 않은 것이 잠시 후회됐다. 바질은 도리언이 헨리 경으로부터 받는 영향에 맞서도록, 도리언 자신의 기질 때문에 더욱 위험한 영향을 받지

않도록 도와주었을 것이다. 도리언을 향한 바질의 사랑……, 그 것은 진정한 사랑이라고밖에 말할 수 없었다. 정말로 고귀하고 지적인 사랑이었다. 관능적인 매력에서 나오는, 아름다움에 대한 육체적 단순한 숭배의 감정이 아니었다. 그 사랑은 관능이 시들 해지면서 사라져 버리는 사랑이 아니었다. 미켈란젤로와 몽테뉴, 윈켈만[39], 그리고 셰익스피어가 알았을 법한 사랑이었다. 그렇다, 바질이라면 그를 구원해 줄 수도 있었을 것이다. 하지만 이제 너 무 늦었다. 과거는 언제든 흔적 없이 사라질 수 있다. 과거를 후 회하거나 부정하거나 또는 망각하면 과거는 파괴될 수 있다. 하 지만 미래는 피할 수가 없다. 그는 끔찍한 출구를 찾아내야 한다 는 열정과 자신의 사악한 그림자를 살아 있는 것으로 만드는 꿈 을 꾸고 있었다.

　그는 소파를 가리고 있는 커다란 금색 자수의 자주색 덮개를 집 어 들고 가리개 뒤로 들어갔다. 초상화의 얼굴이 예전보다 더 악 한 모습을 하고 있을까? 그가 보기에는 변하지 않은 것 같았다. 하지만 그림에 대한 혐오감은 더욱 심해졌다. 황금빛 머리카락, 푸른 눈동자, 붉은 장미 같은 입술, 그것들은 모두 그대로였다. 달라진 것은 오로지 표정뿐이었다. 아름다운 얼굴은 잔인한 표정 때문에 무서워 보였다. 그 표정에 보이는 비난이나 원망에 비하 면 시빌 베인과 관련한 바질의 질책은 어린애 장난처럼 보잘것없

39) 고대 그리스 예술을 현대적으로 연구하기 시작한 인물

는 것이었다! 너무나 우습고 사소한 것이었던가! 자신의 영혼이 캔버스 위에서 그를 바라보면서, 심판받으라고 부르고 있었다. 고통스러운 표정이 그의 얼굴을 스쳤고 그는 얼른 덮개를 그림 위에 씌웠다. 그때 노크 소리가 들렸다. 그가 가리개 밖으로 나오는데 하인이 들어왔다.

"액자 가게 일꾼들이 왔습니다."

그는 당장 빅터를 해고해야겠다고 생각했다. 그가 초상화를 어디로 치우는지 알면 안 된다. 빅터에게는 어딘가 간교한 구석이 있었고, 생각이 많고 교활한 듯한 눈빛을 하고 있었다. 도리언은 편지를 쓰는 탁자 앞에 앉아서 헨리 경에게 짧은 쪽지를 썼다. 무엇인가 읽을 만한 책을 보내 달라는 부탁과 함께 8시 15분 약속을 잊지 말라는 내용이었다.

"기다렸다 답장을 받아 오게."

도리언은 시종에게 쪽지를 건네주면서 말했다.

"자, 그럼 일꾼들을 안으로 들이게."

잠시 후 다시 방문을 두드리는 소리가 들렸고, 사우스오들리 가에서 유명한 액자 가게 주인인 허버드 씨가 투박해 보이는 젊은 조수를 데리고 들어왔다. 허버드 씨는 불그스레한 얼굴에 붉은 구레나룻도 기르고 있는 땅딸한 사내였다. 한때 예술을 찬미했지만 가난한 예술가들을 오래 상대하다 보니 그 열성이 많이 줄어든 인물이었다. 그는 절대로 자기 가게를 떠나는 일이 없었다. 손님들이 제 발로 가게를 찾아올 때까지 기다리는 것이 상술이었

다. 하지만 오늘만큼은 도리언 그레이가 예외를 만든 셈이었다. 도리언에게는 누구라도 매혹시키는 데가 있었다. 그를 보는 것만으로도 즐거운 일이었다.

"무슨 일로 부르셨나요, 그레이 씨?"

그는 수많은 반점이 난 통통한 손을 비비면서 말했다.

"제가 직접 찾아뵈려고 이렇게 왔습니다. 방금 들어온 아주 예쁜 액자가 있어요. 경매에서 발견했지요. 폰트힐에서 제작된 것으로 짐작되고요. 종교화에 썩 잘 어울리는 액자입니다, 그레이 씨."

"수고롭게 직접 오시게 하다니 미안합니다, 허버드 씨. 언제 가게에 들러 액자를 구경하도록 하죠. 지금은 종교적인 그림에 그다지 관심이 없습니다. 아, 오늘 부른 건 그림 한 점을 우리 집의 꼭대기 층으로 옮겨 달라고 하기 위해서입니다. 그림이 꽤 무거워서 댁에서 일하는 사람 손을 빌릴 수 있을까 했던 겁니다."

"미안하다니요, 천만의 말씀입니다. 도와드릴 수 있는 것만으로도 저는 기쁠 따름입니다. 그런데 옮기려고 하는 그림은 어디 있지요?"

"이거예요."

도리언은 가리개를 걷으면서 대답했다.

"지금 상태 그대로 덮개까지 옮길 수 있을까요? 옮기다 긁힐까 봐 덮개를 씌워 놓은 겁니다."

"아무 문제없습니다, 그레이 씨."

액자 가게 주인은 상냥하게 말했다. 그리고는 조수와 함께 초상

화를 걸어 놓은 가느다란 놋쇠 사슬을 초상화에서 풀기 시작
했다.

"자, 그럼 이걸 어디로 옮길까요, 그레이 씨?"

"제가 앞장서겠습니다. 허버드 씨, 저를 따라오세요. 아니, 허
버드 씨가 앞에 서는 것이 좋겠어요. 옮겨 놓을 방은 2층입니다.
거실 앞쪽의 계단을 이용하셔야 해요. 그쪽 계단 폭이 좀 더 넓거
든요."

도리언이 허버드 씨와 조수를 위해 문을 열어 주었고, 두 사람
은 복도로 나가 계단을 오르기 시작했다. 액자가 고급스럽고 공
들여 만든 물건이다 보니 초상화는 무척 무거웠다. 그 때문에 도
리언은 장사꾼답게 호들갑떨며 만류하는 허버드 씨의 거부도 못
들은 척하고, 가끔씩 이들을 도와주기 위해 손을 내밀어 그림을
받쳐 주곤 했다.

"꽤나 무겁군요."

꼭대기 층의 계단에 이르자 키 작은 액자가게 주인이 숨을 헐떡
이며 말했다. 그리고 땀으로 번들거리는 이마를 손으로 훔쳤다.

"좀 무겁죠."

도리언은 중얼거리며 문을 열기 위해 자물쇠를 땄다. 앞으로 그
의 인생이 가진 기묘한 비밀을 감춰주고 다른 사람들의 눈으로부
터 그의 영혼을 숨겨 둘 방이었다.

이 방에 들어와 본 것도 4년 만이었다. 어린 시절 놀이방으로
쓰다가 좀 더 나이가 들고 나서 공부방으로 썼지만 그 이후 들어

도리언 그레이의 초상

와 본 적이 없었다. 어떤 목적으로 쓰더라도 크고 편리하게 만들어진 방이다. 고인이 된 그의 할아버지인 켈소 경이 어린 손자인 도리언이 쓰도록 특별히 만든 방이었다. 켈소 경은 도리언이 이상하게도 자기 딸을 닮지 않았다는 이유로 언제나 미워했고 눈에 잘 띄지 않는 곳에 두고 싶어 했다. 도리언의 눈에 이 방은 거의 변한 것이 없는 것처럼 보였다. 방 안에는 커다란 이탈리아산 옷장이 있었는데 그 널판에는 아름답고 멋진 그림이 그려져 있고, 지금은 빛바랬지만 금박 무늬가 있었다. 어린 시절 이 옷장 안에 자주 숨곤 했었다. 좀피나무로 만든 책꽂이에는 모서리가 접힌 어린 시절의 교과서들로 빼곡히 꽂혀 있었다. 책꽂이 뒤에는 플랑드르산 낡은 벽걸이 융단이 걸려 있었는데 그 안에는 빛바랬지만 왕과 여왕이 정원에서 체스를 두고 있었다. 왕과 왕비 옆으로 매 사냥꾼들이 장갑 긴 손목 위에 매들을 앉히고 말을 타고 달려가는 모습이 있었다. 그 모두가 또렷이 기억났다. 방을 둘러보는 동안 외로웠던 어린 시절의 순간들이 기억 속에 다시 떠올랐다. 그는 흠 잡을 데 하나 없던 소년 시절의 순수함을 기억하고, 파멸을 가져올지도 모를 위험한 초상화를 이곳에 숨겨야 한다는 사실이 끔찍하게 여겨졌다. 지금까지의 지나온 세월 동안, 그의 인생에 어떤 일들이 일어날지 전혀 알 수가 없었다.

하지만 이 방은 호기심 가득한 눈들을 피하기에 가장 안전한 곳이었다. 열쇠는 그 혼자만이 가지고 있었고 누구도 이 방에 들어올 수 없었다. 캔버스 위에 그려진 얼굴은 자주색 덮개 밑에서 흉하고 늙고 더러운 것으로 변해 갈 것이다. 하지만 그렇다 해도 무슨 상관인가? 아무도 그걸 볼 수는 없었다. 도리언도 보지 않을 것이다. 자신의 영혼이 추악하게 타락해 가는 것을 무엇 때문에 보아야 한단 말인가? 그는 자신의 젊음을 간직할 수 있었고, 그것으로 충분한 일이다. 어쩌면 그의 본성이 좀 더 선량해지지 않을까? 그의 미래가 수치스러운 일들로 가득해질 이유는 없었다. 앞으로 그의 인생에 새로운 사랑이 나타나 그 사랑이 그를 정화시켜 이미 그의 영혼과 육체 속에 싹트고 있을지 모를 죄악으로부터 그를 구해 줄지도 모를 일이다. 구체적으로 그림으로 그려지지 않은 이상한 죄악들로 만들어진, 주홍빛 입가의 잔인한 표정이 사라지고, 바질 홀워드의 걸작을 세상 사람들에게 보여 주게 될지도 몰랐다.

아니다, 그런 일은 일어날 수 없었다. 시간이 흐르고 또 흐를수록, 한 주일이 가고 또 한 주일이 지나갈수록 캔버스 위의 초상화는 점차 늙어 가고 있었다. 죄악의 추악함은 피해갈 수 있어도 늙어 가는 추악함은 피할 수 없을 것이다. 뺨은 푹 꺼지고 늘어질 것이다. 빛을 잃어 가는 눈가에 쭈글쭈글 주름살이 생기고 두 눈은 추하게 변해 갈 것이다. 머리카락의 윤기가 없어지고 입은 헤벌어지고 축 처져 노인들의 입처럼 둔하고 흉하게 될 것이다. 목은 주름으로 가득하고 손에는 차갑고 푸른색의 정맥이 솟아나고, 몸은 비틀린 것처럼 구부정해질 것이다. 어린 시절 그에게 너무나 엄했던 할아버지도 그랬던 것처럼 말이다. 초상화는 어떻게든 숨겨야 했다. 그래야만 했다.

"이리 들어오시죠, 허버드 씨."

그는 돌아서서 피곤한 목소리로 말했다.

"오래 기다리게 해서 미안해요. 뭘 좀 생각하느라고."

"잠깐 쉬게 되어 좋은걸요, 그레이 씨."

액자가게 주인이 대답했다. 그는 여전히 숨을 헐떡이고 있었다.

"그림은 어디에 놓을까요, 그레이 씨?"

"아, 아무데나 놓으세요. 여기가 좋겠군요. 그림을 걸어 둘 건 아니에요. 그냥 벽에 기대어 놓으세요. 고마워요."

"어떤 작품인지 좀 봐도 될까요. 그레이 씨."

도리언은 흠칫 놀랐다.

"뭐, 대단한 작품은 아닙니다, 허버드 씨."

그는 액자가게 주인을 바라보며 말했다. 만일 그가 도리언의 인생의 비밀을 숨기고 있는 저 덮개를 들추기라도 한다면 즉시 달려들어 바닥에 때려눕힐 각오였다.

"더 이상 수고해 주시지 않아도 되겠습니다. 직접 와 주셔서 정말 고맙습니다."

"천만의 말씀을, 도리언 씨. 도움이 필요할 땐 언제든 말씀만 해 주십시오."

그리고 허버드 씨는 조수를 데리고 쿵쿵 소리를 내며 계단을 내려갔고, 조수는 투박하고 못생긴 얼굴에 수줍은 경이로움의 표정으로 도리언을 돌아보았다. 조수는 도리언처럼 아름다운 젊은이를 본 적이 없었기 때문이다.

두 사람의 발자국 소리가 들리지 않게 되자 도리언은 방문을 잠그고 그 열쇠를 주머니에 넣었다. 그는 이제 안심이라고 생각했다. 더 이상 누구도 이 끔찍한 초상화를 볼 수 없을 것이다. 그의 눈뿐만 아니라 다른 누구의 눈도 그의 수치스러움을 볼 수 없을 것이다.

서재에 내려왔을 때 5시가 조금 지났으며 차가 준비되어 있다는 것을 알았다. 래들리 부인은 그의 후견인의 아내로서, 예쁘지만 늘 몸이 허약해서 지난 겨울을 카이로에서 보냈다. 그녀의 선물인 진주가 많이 박힌 검은색 향나무 탁자 위에 헨리 경이 보낸 쪽지가 놓여 있었고, 그 옆에는 표지가 조금 찢어지고 귀퉁이가 약간 더럽혀진 노란색 장정의 책이 있었다. 쟁반 위에는 《세인트 제임스 가제트》 3판 한 부가 놓여 있었다. 빅터가 집에 돌아온 것이 분명했다. 집을 나가던 액자가게 주인과 조수가 빅터와 마주쳤을까, 빅터가 그 두 사람이 무슨 일로 방문했는지 그 이유를 알게 되었을까 그는 생각했다. 빅터는 그림이 옮겨진 것을 알아내고야 말 것이다. 아니, 차가 담긴 쟁반을 갖다 놓으면서 이미 알아챘음에 분명했다. 덮개는 제 위치에 있지 않았고, 초상화가 있던 자리의 빈 공간이 한눈 들어왔다. 도리언은 어쩌면 어느 날 밤 빅터가 몰래 꼭대기 층으로 올라가 초상화가 있는 방의 문을 열려는 것을 볼지도 모른다. 집 안에 스파이를 둔다는 건 괴로운 일이었다. 부잣집 남자들이 평생 그 하인으로부터 공갈 협박당한 이야기를 들은 적이 있었다. 주인의 편지를 우연히 읽었거나, 대화를 엿들었거나, 누군가의 주소가 적힌 카드를 발견하거나, 베개 밑에서 시든 꽃이나 구겨진 레이스 조각을 찾아내어 비밀을 알게 된 하인들이 그 주인을 공갈 협박했다는 것이다.

그는 한숨을 쉬며 찻잔에 차를 따른 뒤 헨리 경에게서 온 쪽지를 펼쳤다. 석간신문과 그가 흥미로워할 만한 책 한 권을 보냈으며 8시 15분에 클럽에 있겠다는 내용이었다. 그는《세인트 제임스 가제트》를 힘없이 펼쳐 훑어보았다. 5면에 빨간 색연필 표시가 되어 있는 기사가 눈에 들어왔다. 기사의 내용은 다음과 같았다.

"여배우 사망 사건 수사 — 최근까지 홀본의 로열 극단과 계약하고 출연해 온 젊은 여배우 시빌 베인의 사망 사건을 조사 중인 경찰은 오늘 아침 혹스턴 거리의 벨 태번에서 댄비 지역 검사관이 참관하는 가운데 사체 부검을 실시했다. 부검 결과, 사인은 사고사로 판정되었다. 고(故) 시빌 베인의 어머니에게 조문객이 줄을 이었다. 그녀는 진술하는 내내 충격과 슬픔을 감추지 못하였고, 부검을 맡았던 비렐 박사의 진술을 듣는 동안에도 충격과 슬픔은 진정되지 않았다."

도리언은 얼굴을 찡그리고 신문을 반으로 찢어 방구석에 그 조각들을 던져 버렸다. 얼마나 추악한 사건인가! 그리고 그 추악함은 정말로 견디기 힘들만큼 세상을 끔찍한 것으로 만든다. 그는 헨리 경이 부검결과가 실린 신문을 보냈다는 사실에 약간 화가 났다. 게다가 빨간 색연필로 그 기사를 표시해 두다니 분명히 어리석은 짓이었다. 빅터는 이 정도 기사를 알 수 있을 만큼 영어가 가능했기 때문에 신문기사를 읽었을 수도 있었다.

어쩌면 빅터는 이미 그 기사를 읽었을지도 모른다. 그리고 뭔가에 대해 의심하기 시작했을지도 모른다. 설사 그렇다 한들 무슨 상관인가? 시빌 베인의 죽음과 도리언 그레이가 무슨 상관이란 말인가? 걱정할 것 없었다. 도리언 그레이가 그녀를 죽인 것도 아니었다.

그의 시선이 헨리 경이 보낸 노란 책으로 향했다. 그는 무슨 책일까 생각했다. 그는 진주빛 팔각형 탁자 쪽으로 걸어갔다. 그가 보기에 그것은 항상 은으로 벌집을 만든다는 이상한 이집트의 벌이 만든 물건 같았다. 책을 집어 든 그는 안락의자에 몸을 묻고 책장을 넘기기 시작했다. 잠시 후 그는 책 속으로 빠져 들었다. 그가 읽은 것들 중 가장 이상한 책이었다. 그의 앞에서 세상의 죄악들이 아름다운 옷을 입고 은은한 플루트의 소리를 따라서 연극을 하는 것 같았다. 그가 막연하게 꿈꾸었던 것들이 문득 현실이 되어 눈앞에 나타났다. 그가 결코 꿈꾸어 본 적 없는 것들이 모습을 드러내기 시작했다.

책 내용은 줄거리가 없는 소설이었고 등장인물이 단 한 사람뿐이었다. 파리에 사는 젊은 남자에 관한 심리학적 연구라고 할 만한 책이었다. 그 남자는 자신이 살고 있는 19세기 이전 시대의 정열과 사상들을 실현하는 데에 일생을 바쳤고, 자신의 내면에 세계의 영혼이 지나온 다양한 상황을 만들어 내려고 하였다. 세상 사람들이 어리석게도 미덕이라 부르며 자기를 부정하는 것들, 금욕과 체념을 그것들이 지닌 가식성 때문에 사랑하고, 현명한 사람들이 여전히 죄악이라 부르는 인간의 선천적 반항을 사랑한 남자였다. 문체는 분명하면서도 애매모호하고 알 수 없는 은어와 고풍스러운 말투, 기술적인 표현과 미사여구로 가득 찬, 프랑스의 상징주의 유파에서도 가장 빼어난 작가들의 작품이 갖는 문체였다. 이 책에는 난초처럼 그 색채는 묘하고 이상한 은유들이 있었다. 감각을 쫓는 삶이 신비주의적인 철학의 용어들로 자세히 적혀 있었다. 그렇기 때문에 중세 시대의 성자의 영적인 열락에 관한 것인지, 현대의 죄인이 쓴 우울하고 병적인 고백인지 알 수 없었다. 이것은 독을 품고 있는 책 같았다. 죄악의 악취 같은 향냄새가 장마다 깊이 배어 있어서 읽는 사람의 머리를 어지럽히는 것 같았다. 문장의 리듬이 만들어 내는 단조로우면서 복잡한 후렴과 악장이 반복되는 문장이 각 장을 읽을 때마다 도리언의 머릿속에 환상과 꿈이라는 질병을 이끌어 냈고, 그는 해가 저물고 방 안으로 어둠이 찾아들고 있는 것도 의식하지 못했다.

창문을 통해 구름 한 점 없이 외로운 별 하나만이 반짝거리는 청록색 하늘이 보였다. 그는 그 약해지는 하늘의 빛에 의지해 책을 읽었으나 그것마저 더 이상 읽을 수 없게 되었다. 그러다 시간이 늦었음을 알려 주는 시종의 말을 여러 번 듣고 나서야 자리에서 일어나 옆방으로 들어갔고, 침대 옆에 놓여 있는 플랑드르산 탁자 위에 책을 놓은 뒤 저녁 약속에 가기 위해 옷을 갈아입었다.

그는 거의 9시가 다 되어서 클럽에 도착하였고, 아주 지루한 표정으로 거실에 앉아 있는 헨리 경을 보았다.

"해리, 정말 미안해요. 하지만 당신 잘못이에요. 보내준 책을 너무 재미있게 읽느라 시간 가는 줄도 몰랐습니다."

"그래, 자네가 좋아할 줄 알았네."

헨리 경이 의자에서 일어나며 말했다.

"그 책이 좋았다고는 안 했어요, 해리. 재미있었다고 했지요. 그건 큰 차이가 있습니다."

"아, 자네도 그 차이를 알았단 말인가?"

헨리 경이 중얼거렸다. 두 사람은 식당 안으로 들어갔다.

11

그로부터 몇 년 동안, 도리언 그레이는 이 책의 영향에서 벗어나지 못했다. 어쩌면 그 영향에서 벗어나려는 노력도 해 보지 않았다고 하는 것이 정확한 말일 것이다. 그는 파리의 서점에서 이 책 초판의 대형 판본을 9권이나 사들여 표지를 각각 다른 색깔로 장정했다. 그때그때마다의 기분에 따라, 또는 스스로 통제할 수 없는 변덕과 환상에 따라 어울리는 표지의 책을 읽기 위해서였

다. 주인공은 낭만적이면서 과학적인 기질이 묘하게도 뒤섞여 있
는 파리의 멋진 청년이었고, 도리언 그레이가 앞으로 변해 가는
모습을 미리 보여 주는 것 같았다. 이 책은 도리언 그레이가 자신
의 인생을 다 살기도 전에 쓰인 일종의 자서전 같았다.

도리언 그레이에게는 이 소설의 주인공이 갖고 있지 않은 한 가
지의 행운이 있었다. 책 속의 주인공은 거울과 깨끗한 금속 표면
과 고요한 수면에 대한 이상한 두려움으로 파리 젊은이가 고통
받은, 한때는 모두에게 인정받았던 빼어난 용모의 사그라짐에 대
한 두려움을 도리언 그레이는 결코 알지 못했다. 어쩌면, 그 두려
움에 대해 알 필요가 없었다고 해야 할 것이다. 그는 이 소설의
후반부를 읽으며 거의 잔인하리만큼의 즐거움을 느꼈다. 아마도
대부분의 즐거움이, 잔인함을 그 속성으로 갖고 있는 것이 모든
쾌락이라고 해야 할 것이다. 다소 과장되었다 해도 비극적이라는
것이 무엇인지 보여 주는, 다른 사람들이나 이 세상에서 볼 때 가
장 소중히 생각하는 것을 잃어버린 주인공의 슬픔과 절망의 이야
기를 읽으면서 도리언은 그런 즐거움을 느꼈다.

도리언이 그렇게 느낀 것은 바질 홀워드나 수많은 사람들을 매
혹시켰던 그의 아름다운 용모가 사라지지 않을 것 같았기 때문이
었다. 그의 생활 방식에 대한 이상한 소문들이 런던 사교계에 퍼
지고 클럽에서 화제가 되었지만, 그에 관한 흉흉한 소문을 들은
사람들마저도 막상 그를 직접 만나보게 되면 그런 소문을 믿지
않게 되었다. 언제 봐도 그에게는 세상의 때가 전혀 묻지 않은 사

람의 느낌과 분위기가 있었다. 사람들은 도리언 그레이의 험담을 하고 있다가도 그가 나타나면 입을 다물었다. 그의 순수한 얼굴에는 그러한 사람들을 나무라는 그 무언가가 있었다. 그 앞에서 그들은 스스로 더럽혀진 순수했던 때의 기억을 떠올리게 되었다. 그들은 저렇게 매력적이고 우아한 도리언 그레이가 어떻게 추악하면서 관능적인 이 세상의 오욕들을 피할 수 있을지 궁금해했다.

　도리언은 알 수 없는 이유로 집을 오랫동안 비울 때가 많았는데 그때마다 그의 친구들, 또는 그를 자기의 친구라고 생각하는 사람들은 그에 대한 온갖 추측을 만들어 냈다. 외출에서 돌아오면 그는 천천히 계단을 올라가 자신의 몸에서 절대 떼어놓는 법이 없는 열쇠로 잠긴 문을 열고 들어가 초상화 앞에 서 있었다. 도리언 그레이는 초상화의 사악하고 추해지는 얼굴을 보다가 초상화 앞에 있는 거울에 비친 웃음 띤 아름답고 젊은 자신의 얼굴을 보았다. 너무나 대조적인 그 두 모습이 그를 더욱 즐겁게 만들었다. 그는 점점 더 자신의 아름다움에 매혹되었고 자신의 영혼이 타락해 가는 것에 흥미를 느꼈다. 그는 꼼꼼하게, 때로는 묘하고 섬뜩한 기쁨을 느끼면서 주름진 이마와 입가를 살펴보았고, 죄악과 나이 들어 추해지는 징후 중에 어느 것이 더 흉할까 생각해 보곤 했다. 그는 초상화 속의 거칠고 두툼한 손 위에 자신의 하얀 손을 대보고 미소를 짓곤 했다. 그는 초상화 속의 구부러진 몸과 쇠약한 팔다리를 비웃었다.

　밤이 되면 은은한 향이 나는 자신의 방에서 잠들지 못하고 뜬눈으로 누워 있다가, 변장을 하고 가명으로 부둣가 근처에 있는 허름하고 소문이 좋지 못한 술집에 단골로 드나들며 자신이 자기의 영혼을 망가뜨렸다는 생각에 빠지곤 했다. 그런 생각에서 오는 자기 연민은 순수하게 이기적인 것이어서 더욱 통렬하게 느껴졌다. 하지만 이런 순간은 드물었다. 바질의 집 정원에서 헨리 경이 처음으로 그의 가슴속에 불어넣어 준 인생에 대한 호기심은 더욱 커져만 갔다. 알면 알수록 그는 더 알고 싶었다. 그것은 물을 마셔도 미칠 듯한 갈증이 더욱 심해지는 것과 같았다.

하지만 도리언은 사교계 인사로서 사교계와의 관계에서는 무모하지 않았다. 겨울이면 매달 한두 번씩 그리고 사교계 시즌 때에는 매주 수요일 저녁마다 그의 아름다운 집을 사람들에게 공개했고, 유명한 음악가들을 불러 초대한 손님들에게 즐거움을 주었다. 그의 만찬 모임은 늘 헨리 경의 도움을 받아 열었는데 신중한 손님 초대와 자리 배치의 세심한 배려 그리고 세련된 테이블 장식으로 유명했다. 테이블에는 이국적인 꽃들로 장식했으며 아름다운 자수 식탁보와 금은제 골동품 접시를 조화롭게 내놓았다. 특히 젊은이들 가운데는 이튼이나 옥스퍼드를 다니던 시절 꿈꾸었던 이상형을 도리언 그레이를 통해 보거나 보았다는 이들이 많았다. 그들에게 있어 도리언 그레이는 학자로서의 교양과 세계 시민으로서의 품위, 그리고 우아함과 완벽한 예절이 결합된 그런 인물이었다. 도리언 그레이는 단테의 표현을 빌려 표현하자면 "아름다움을 숭배함으로써 자신을 완벽하게 만드는" 사람으로 여겨졌다. 그리고 고티에처럼 그는 "눈에 보이는 세상이 바로 그 사람을 위해 존재하는 것 같은" 사람이었다.

도리언 그레이에게는 예술 중에서도 가장 위대한 예술은 바로 인생이었고, 다른 예술은 인생이라는 예술을 준비하는 과정에 지나지 않는 것으로 보였다. 터무니없는 것을 잠시나마 세상에 보편적인 것으로 퍼뜨리는 유행과 자기 방식대로 현대적인 아름다움을 표출하려는 댄디즘은 그를 매혹시키기에 충분했다. 그의 옷차림과 종종 보여주는 스타일은 메이페어 무도회와 펠멜 클럽을 찾는 젊은 멋쟁이들에게 뚜렷한 영향을 끼쳤다. 그들은 도리언 그레이가 하는 모든 행동을 따라하면서, 그가 의도치 않고 풍기는 은근한 멋을 그대로 모방하려고 애썼다.

도리언은 성년이 되면서 그에게 주어진 사회적 위치를 당연한 것으로 받아들였고, 네로 황제 시대의 로마에서 《사튀리콘》의 저자[40]처럼 이 시대의 런던에서 자신도 그런 역할을 할 수 있게 될 거라는 생각에 은근히 기쁘기도 했다. 하지만 가슴 깊은 곳에선 '아름다움을 전달하는 사람'에 멈추지 않고 그 이상이 되기를 원했다. 어떤 보석을 다는 것이 좋을지, 넥타이는 어떻게 매는 것이 좋을지, 지팡이는 어떻게 들고 다녀야 좋을지 하는 것들에 대한 상담자에 그치지 않기를 바랐다. 그래서 그는 질서정연한 원칙을 담은 인생 철학을 완성할 수 있기를 바랐고, 관능을 영적인 수준

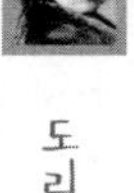

---

40) 고대 로마의 문인으로 집정관을 지내며 황제 네로의 총애를 받아 '우아(優雅)의 심판관'이라 불리었다.

까지 끌어올리는 데에서 자신의 철학을 실현하고자 하였다.

관능을 숭배하는 것이 다른 사람들로부터 비난의 대상이 되는 일이 가끔 있었고, 한편으로 그 비난은 정당했다. 사람들은 자신보다 더 강한 힘을 갖는 것처럼 보이는 열정과 감각의 쾌락의 위력을 알 때 자연히 두려움을 느낄 수밖에 없기 때문이다. 하지만 사람들은 관능의 진정한 본성은 결코 이해한 적이 없으며, 잔혹하고 동물적인 것으로만 여겼다고 생각했다. 그것은 세상 사람들이 관능을 굶겨서 순종하도록 길들였거나 고통을 주어 죽여 버렸기 때문이라고 생각했다. 관능은 길들이거나 죽여야 할 것이 아니라 아르마움에 대한 섬세한 본능이 그 지배적인 특징이 되는 영적 세계에 이르는 발판으로 삼아야 한다고 생각했다. 그는 인간이 거쳐 온 역사를 생각할 때마다 알 수 없는 상실감을 떨쳐 버릴 수 없었다. 인간은 너무나 많은 것을 포기하였다! 결국은 그처럼 사소한 목적을 위하여! 인간의 미친 듯한 고집 센 거부가 자신을 고문하고 부정한 것은 결국 관능에 대한 공포에서 비롯되었고, 그 결과는 상상 속의 타락보다 훨씬 끔찍한 타락이었다. 그리고 자연은 은둔자마저 사막의 야생 짐승들과 같이 먹고 같이 살도록 동굴에서 내쫓았고 벌판의 짐승들을 그의 친구로 삼도록 했으니 얼마나 근사한 아이러니가 아니겠는가.

헨리 경이 예고했듯, 이제 인생을 다시 창조할 새로운 쾌락주의가 만들어져야 한다. 그래서 지금 이 시대에 되살아나고 있는 거칠고 조악한 청교도주의로부터 인생을 구원해야 했다. 물론 그 쾌락주의를 위해 지성이 봉사할 것이다. 그 쾌락주의는 열정적인 경험을 희생시키는 이론이나 체계 뿐만 아니라 그 어떤 것이든 결코 용납하지 않을 것이다. 그 쾌락주의의 목적은 달콤한 것이든 씁쓸한 것이든 결과가 아닌 경험 그 자체일 것이다. 이 쾌락주의는 감각을 죽게 만드는 금욕주의도, 감각을 무디게 만드는 천박한 방탕함도 모를 것이다. 하지만 그 자체가 한순간일 뿐인 인생에서 매 순간들에 열중할 수 있도록 인간에게 가르칠 것이다.

　새벽이 되기도 전에 잠에서 깨어나 본 적이 없는 사람은 거의 없을 것이다. 차라리 죽음이 더 낫다고 생각할 만큼 꿈조차 꾸지 않는 그런 밤이거나, 현실 그 자체보다 더 끔찍한 환영과 이상한 모든 것에서 살아 움직이는 본능이 우리의 머릿속을 휩쓸고 지나가는 그런 밤이면 사람들은 깨어나 어둠 속에 있게 된다. 그 본능은 병적인 몽상으로 괴로워 본 적이 있는 사람들이 만들어 낸 예술, 특히 고딕 예술에 지속적 생명력을 주는 본능이다. 그런 밤이면 커튼 너머로 하얀 손가락이 나타나 커튼을 뒤적이는 것처럼 보인다. 공상에서나 보는 것 같은 어두운 그림자가 방의 구석구석으로 기어 들어와 웅크리고 숨는다. 창밖에서 새들이 나뭇잎 사이로 날아오르고 일터로 나가는 사람들 소리가 들리고, 언덕 위에서 불어온 바람이 마을로 내려와 조용한 집을 감싸고 돈다. 잠든 사람들을 깨울까 두려워하면서 자주색 동굴로부터 잠을 깨워 불러내려고 하는지 한숨 쉬며 흐느끼는 듯한 소리가 들려온다. 겹겹으로 얇게 겹친 새벽안개가 한 꺼풀 한 꺼풀씩 벗겨지면서 사물은 조금씩 그 형태와 색깔을 되찾고 우리는 새벽이 그 고유의 색 바랜 빛깔로 세상을 다시 만들어 내는 것을 지켜본다. 뿌연 거울이 사물을 비추어 보여 주는 본연의 역할을 되찾는다. 불 꺼진 초는 우리가 껐을 때의 자리에 그대로 서 있고, 그 옆에는 우리가 반쯤 읽었던 책이나 무도회에서 달았던 핀 달린 조화 또는 우리가 두려워 읽지 못했거나 아니면 너무 자주 읽었던 편지들이 놓여 있다. 어느 것 하나 변한 것은 없는 것처럼 보인다. 밤의 비현실적인 그림자로부터 우리가 알던 대로의 현실적인 삶이 돌아온다. 우리는 우리가 떠났던 바로 그곳에서 인생을 다시 시작해야 하고, 그렇기 때문에 습관처럼 지루하게 반복해야 한다는 생각에 진저리를 치기도 한다. 하지만 어느 날 아침 눈꺼풀이 떠졌을 때 어둠 속에서 새로이 다시 태어난 모습을 보게 되리라는 갈망을 품게 되고, 사물이 신선한 모양과 색깔로 다시 태어난 세계를 보리라는 억제하기 힘든 갈망에 몸을 떨기도 한다. 이러한 세상에서 과거는 더 이상 발붙이지 못하거나 살아남더라도 의무감이나 후회 같은 의식적인 형태일 것이다. 즐거움의 기억마저 쓰라림을 지니고, 쾌락의 기억에도 고통을 지닌 형태로 살아남을 것이고, 이 세상에서 인생은 변하거나 예전엔 품지 못했던 비밀을 갖게 될 것이다.

도리언 그레이에게는 이러한 세상을 창조하는 것이 인생의 목표, 아니 인생의 진정한 목표들 중 하나라고 생각했다. 새롭고도 달콤하며 로맨스에 필수적인 새로움의 요소를 지닌 감각의 자극

을 찾는 과정에서 자신의 본성하고는 어울리지 않는 생소한 것임
을 스스로 알고 있는 사고방식을 빌리곤 하였다. 그 사고방식이
미치는 은근한 영향력에 자신을 내던져 그 영향력의 색채를 찾아
내고, 지적 호기심을 충족시킨 다음에야 묘한 무관심의 태도로
그 사고방식을 벗어 던졌다. 그 무관심은 열정적인 기질과 서로
어울리지 않는 것이 아니라, 오히려 현대의 어떤 심리학자의 의
견대로 그런 열정적 기질의 필수적 조건이었다.

　그가 로마 가톨릭 공동체의 일원이 될 거라는 소문이 돌기도 하
였다. 그는 로마 가톨릭의 의식에 매료되었었다. 매일 행해지는
희생 의식은 고대의 어떤 희생보다 더 끔찍하였으며, 그것이 지
닌 원시적인 단순성만큼이나 고고한 관능이 존재한다는 증거를
완전히 거부하는 모습과, 그 의식이 보여 주는 인간의 비극의 영
원한 슬픔에 그의 마음이 움직였다. 그는 차가운 대리석 바닥에
무릎을 꿇고 꽃으로 수놓인 성복을 입은 신부가 하얀 손으로 천
천히 성궤를 덮은 천을 걷어 올리는 것을 보길 좋아했다. 사람들
이 천사들의 빵, 아니 수난하는 그리스도의 옷을 입은 빵이라고
하는 흰색의 성찬용 빵이 담긴, 보석 박힌 등잔 모양의 성체 안치
기를 들어 올리는 모습도 좋아했다. 또는 성찬식에 쓰이는 그 빵
을 반으로 쪼개어 성배 안에 넣고 가슴을 치며 죄를 뉘우치는 모
습을 기꺼운 마음으로 보았다. 자주색과 흰색의 복사복을 입은
엄숙한 표정의 소년 복사들이 든 불타는 향로가 커다란 금으로
만든 꽃처럼 허공에서 위아래로 흔들리는 모습에도 묘한 매력을

느꼈다. 그리고 성당에 갈 때면 어두운 고해실을 바라보며 경이감을 느꼈고, 침침한 그 안에 앉아서 거기 오는 사람들이 닳은 격자창 너머로 자기 인생의 속사정을 고백하는 것을 들을 수 있기를 갈망하였다.

하지만 그는 어떤 신념이나 철학을 공식적으로 받아들임으로써 자신의 지적 성장을 중지시키는 실수를 범하지 않았다. 오랫동안 자신이 살아야 할 집과, 별 하나도 뜨지 않고 달빛조차 없는 캄캄한 밤에 몇 시간 쉬어 가기에 좋은 여관을 혼동하지 않았다. 흔한 것을 낯설게 보이게 하는 놀라운 힘을 가진 신비주의와, 그 신비주의를 따르는 도덕을 폐기하려는 태도로 한 계절 동안 그의 마음을 움직였다. 그리고 또 한 계절은 독일에서 일어난 다원주의의 유물론에 마음이 기울어, 인간의 사고와 열정의 원천을 두뇌의 진줏빛 세포로, 몸속의 하얀 신경으로 찾아내는 데서 묘한 즐거움을 느꼈고, 인간의 영혼이 쇠약하든 건강하든, 아니면 정상적이든 병든 것이든 어느 것이나 육체적 상태에 좌우된다는 생각에 기쁨을 느꼈다. 하지만 앞에서도 말했던 것처럼 도리언에게 있어 인생에 대한 그 어떤 이론도 인생 그 자체보다 더 중요한 것은 없었다. 지적인 사색이 행동과 실험으로 연결되지 않으면 아무 쓸모없는 것이 될 수밖에 없다는 것을 예리하게 감지했다. 그리고 관능 역시 영혼에 대한 비밀이 아직 벗겨지지 않은 것처럼 세상에 드러나지 않은 영적인 신비를 지니고 있다는 것을 알았다.

　그래서 그는 향수의 제조 과정에 대한 비밀을 연구하고, 진한 향이 나는 기름을 정제하는 일과 동양에서 들여온 향기 나는 고무를 태우는 일을 연구하기 시작했다. 도리언은 정신적 상태에 걸맞는 감각의 영역이 있다고 믿고, 그 둘의 상관관계를 알아내는 데 열중하였다. 유향(乳香)의 어떠한 요소가 사람을 신비주의자로 만드는 것인지, 용연향(龍涎香)의 어떤 요소가 사람의 열정을 불러일으키는 것인지, 제비꽃의 어떤 것이 사라진 로맨스의 기억을 일깨우는지 알아내려 했다. 또 사향의 어떤 요소가 사람의 머리를 어지럽히는지, 금후박(金厚朴)의 무엇이 상상력을 얼룩지게 하는지 궁금해했다. 향기를 풍기는 식물의 뿌리가 사람의 마음에 어떤 영향을 미치는지 조사하고 측정하려 했다. 향이 나는 꽃가루로 싸인 꽃과 향기 나는 목재, 사람의 머릿속을 멍하게 만드는 감송(甘松), 사람을 미치게 만든다는 호베니아, 그리고 영혼으로부터 우울증을 없앤다고 하는 알로에가 갖고 있는 영향 등에 대해 측정했다.

　또 한때는 음악에만 정신을 집중했고, 주황색과 금색으로 칠한 천장과 황록색을 칠한 벽으로 둘러싸인 격자무늬의 기다란 방에서 기묘한 연주회를 열곤 했다. 그 연주회에서는 미친 집시들이 조그만 악기인 치터로 귀를 찢는 듯한 이상한 음악을 연주하거나 노란색 숄을 두르고 굳은 표정의 튀니지 사람들이 해괴하게 생긴 류트의 팽팽한 줄을 튕기곤 했다. 한편 입을 크게 벌리고 웃는 흑인들이 구리로 만든 북을 단조로운 박자로 두드리는가 하면 주홍

색 깔개 위에 터번을 쓰고 웅크리고 앉아 있는 비쩍 마른 인도인
들이 갈대나 놋쇠로 만든 피리를 불면서 코브라나 무서운 아프리
카 독사를 홀리곤 했다.

슈베르트의 우아한 음악이나 쇼팽의 아름다우면서 슬픈 곡, 베
토벤의 웅장한 화음은 어떠한 감흥도 주지 못했지만 이들의 불규
칙한 음정과 소음에 가까운 음악의 불협화음은 그에게 감동을 주
었다. 도리언은 세상 곳곳에서 가장 기묘한 악기는 모두 끌어들
였다. 지금은 사라진 국가의 무덤 속에서 발굴된 것이나 서구 문
명과 접하면서도 아직 살아남은 야만속들의 악기를 수집하여, 그
런 악기들을 어루만지고 연주하는 일을 즐겼다. 그는 리오네그르
의 인디언들의 신비한 악기인 주루파리스를 갖고 있었는데, 이
악기를 여자들은 보아서는 안 되고 젊은이도 금식과 수난 의례를
거쳐야만 볼 수 있는 악기였다. 그리고 새처럼 날카로운 울음소
리를 내는 페루의 옹기와 알퐁소 드 오발이 칠레에서 들었다는,
인간의 뼈로 만든 피리와 쿠스코[41] 근처에서 발견된 아주 달콤한
소리를 내는 벽옥 악기도 갖고 있었다. 흔들면 소리가 나는 조약
돌로 채워진 색칠한 호리병박, 연주자가 숨을 불어넣어 연주하는
것이 아니라 공기를 빨아들임으로써 연주하는 멕시코 악기 클라
린, 그리고 아마존 강 유역에서 높은 나무 위에 하루 종일 앉아
있는 감시병이 부는 날카로운 소리의 튜레도 갖고 있었는데, 그

---

41) 13~16세기 중반까지 중앙 안데스 일대를 지배한 잉카 제국의 수도

236

튜레는 5km 밖에서도 소리를 들을 수 있다고 했다. 나무를 깎아 만든 2개의 진동하는 혀가 달려 있는 테포나즈틀리라는 악기도 있었는데, 이 악기는 식물의 유액에서 채취한 탄성이 있는 고무를 바른 막대기로 쳐서 연주하는 것이었다. 아즈텍 부족의 종인 요틀과 포도송이처럼 주렁주렁한 모양의 종도 있었으며, 베르날 디아즈가 코르테스와 함께 멕시코 사원에 가면서 보았다는 큰 뱀의 가죽으로 만든 큼직한 원통 모양의 북도 있었다. 베르날 디아즈는 이 악기의 구슬픈 소리에 대해 아주 생생한 묘사를 남겨놓고 있다. 도리언 그레이는 이런 악기들의 환상적인 소리에 매료되었고, 예술에도 자연과 마찬가지로 짐승 같은 모양과 추한 소리를 내는 괴물이 있다는 생각에 묘한 기쁨을 느꼈다. 하지만 얼마 후 그것에도 흥미를 잃게 되었고, 혼자 또는 헨리 경과 함께 오페라 극장에 앉아 〈탄호이저〉를 들으며 황홀경에 빠지거나, 이 위대한 예술 작품의 서곡에서 자신의 영혼이 겪는 비극이 무대에 실현되는 것을 보았다.

그는 보석에 관한 연구에 몰두하기 시작했고, 560개의 진주 장식이 달린 옷을 입은 프랑스의 제독 안 드 주아외즈 장군[42] 차림으로 가장무도회에 나타나기도 했다. 그는 몇 년 동안 보석 취향에 사로잡혔고, 이 취향에 흥미를 잃은 적이 없다고 말할 수 있을

---

42) 16세기 후반에 일어난 종교 전쟁에서 청교도 측과 대립했던 가톨릭 극단주의 진영의 장군

정도였다. 그가 수집하여 보석함에 넣어둔 갖가지 보석들을 이리
저리 놓았다 하며 하루를 보내는 일이 자주 있었다. 그 보석들 중
에는 황록색이지만 등불 아래에서 보면 붉은색으로 변하는 금록
석과, 마치 철사를 감은 것처럼 은색 줄무늬가 보이는 묘안석, 담
황색의 투명한 감람석, 장밋빛 분홍색과 백포도주 같은 노란색이
나는 토파즈, 4개의 선으로 된 별 모양의 타오르는 듯한 붉은색의
육계석, 주황색과 보라색이 어우러진 첨정석, 루비와 사파이어가
번갈아 박힌 자수정 등이 있었다. 그는 일장석의 붉은 황금빛과
월장석의 진줏빛 하얀색을 좋아했으며, 우윳빛 오팔에 감도는 무
지개 색을 좋아했다. 그는 암스테르담에서 엄청난 크기와 풍부한
색채로 환상적인 에메랄드를 3개 사들였고, 모든 보석 수집가가
갖고 싶어 하는 터키옥을 갖고 있었다.

그는 또 보석에 얽힌 놀라운 이야기들을 찾아냈다. 알퐁소의
《사제 수업》에서는 두 눈이 풍신자석으로 된 뱀이 나오며, 알렉산
더 대왕에 대한 낭만적 역사에서는 에마티아[43]의 정복자가 요르
단 계곡에서 "에메랄드로 된 깃이 등에서 자라나는" 뱀을 발견했
다고 나와 있었다. 필로스트라투스는 용의 머릿속에 보석이 박혀
있다고 말했고 "황금색 글자와 진홍색 겉옷"을 보여 주면 이 용은
마법처럼 잠에 빠지게 되어 칼로 그 괴물을 없앨 수 있다고 했다.
위대한 연금술사 피에르드 보니파스는 다이아몬드는 사람이 눈에

---

43) 그리스, 로마, 마케도니아, 테살리아, 파르살리아를 일컫는 말

보이지 않게 할 수 있으며, 인도의 마노는 뛰어난 말솜씨를 가질
수 있도록 했다. 홍옥수는 분노를 달래주고, 풍신자석은 잠을 오
게 했으며 자수정은 포도주로 인한 숙취와 독기를 몰아내 준다고
했다. 석류석은 악마를 쫓아내고 수종석은 달빛을 빼앗았다. 투
명 석고는 달이 차고 기욺에 따라 함께 차고 기울었고, 도둑이 드
는 것을 알아낸다는 과석은 어린 짐승의 피를 써야 그런 힘을 가
질 수 있다고 했다. 레오나르두스 카밀루스는 방금 잡은 두꺼비
의 뇌 속에서 흰 돌을 본 적이 있는데, 그 돌에는 독약을 없애주
는 일종의 해독제의 기능이 있었다. 아라비아 지방에서 사는 사
슴의 심장에서 발견된다는 베조아석은 흑사병을 치료할 수 있는
돌이었다. 그리고 아라비아 지방에 사는 새들의 둥지에 아스필라
테스라는 돌이 있는데, 데모크리투스에 따르면 이 돌은 몸에 지
니고 있으면 불의 위험에서 피할 수 있는 효능이 있다고 하였다.

　실론의 왕은 대관식이 열릴 때면 손에 커다란 루비를 쥐고 도시
를 말을 타고 돌았다. 교황 요한의 왕궁 입구는 "홍옥수로 만든
뿔 달린 뱀이 새겨져 있기 때문에 누구도 독을 갖고 그 안으로 들
어올 수 없도록" 되어 있었다. 박공 구조로 만들어진 지붕 위에는
"2개의 석류석이 박힌 2개의 금 사과"가 있어 낮에는 햇살에 금이
반짝이고 밤에는 석류석이 빛나도록 되어 있었다는 것이다. 로지
가 쓴 기묘한 로맨스 이야기 《아메리카의 마거릿》에서는 왕비의
방에 들어가면 "은괴에 돋을새김한 온 세상의 모든 정숙한 여자
들이 귀감람석, 석류석, 사파이어, 초록빛 에메랄드로 만든 아름

다운 거울을 통해 바깥을 내다보고 있는 모습이 은괴에 돋을새김 되어 있는 것"을 볼 수 있다고 적고 있었다. 그리고 탐험가 마르코 폴로는 일본 사람들이 붉은색 진주를 죽은 사람의 입 속에 넣어 주는 걸 보았다고 했다. 어느 잠수부가 페로즈 왕에게 가져다 준 진주와 사랑에 빠졌던 바다 괴물은 그 진주를 잃어버린 상실감에 도둑을 죽이고 7달 동안 슬퍼했다고 한다. 후에 프로코피우스의 이야기에 따르면 훈족이 그 진주를 갖고 있는 왕을 유인하자 왕은 보석을 찾아오는 자에게 커다란 순금을 주겠다고 했음에도 불구하고 진주를 다시 찾을 수는 없었다. 말라바의 왕은 어느 베니스인에게 354개의 진주가 달린 묵주를 보여 주었는데, 그 진주는 그가 경배하는 신들을 나타내는 것이라고 했다.

알렉산더 6세의 아들인 발렌티노 공작이 프랑스의 루이 12세를 방문했는데, 브랜톰에 따르면 공작이 타고 있던 말은 황금 나뭇잎으로 장식되어 있었고, 그의 모자에는 2줄의 아름다운 루비가 박혀 있었다고 한다. 또한 영국의 찰스 왕이 탄 말의 등자에는 420개의 다이아몬드가 박혀 있었다고 한다. 리처드 2세는 3만 마르크 상당의 홍옥이 잔뜩 장식되어 있는 외투를 갖고 있었다. 저술가 홀에 따르면 헨리 8세가 대관식을 앞두고 런던탑으로 향할 때 "도드라지게 금으로 장식한 외투와, 다이아몬드와 다른 여러 보석으로 수를 놓은 가슴 장식을 하고, 커다란 발라스로 된 커다란 목걸이를 하고 있었다."고 전했다. 제임스 1세는 금으로 세공한 에메랄드 귀걸이를 좋아했다. 에드워드 2세는 황금색의 갑옷

을 피에르 가베스톤에게 선물했는데, 그 갑옷의 깃에는 터키옥이
박힌 황금 장미를 달았으며 투구에는 수많은 진주가 장식되어 있
었다. 헨리 2세는 팔꿈치까지 오는 보석을 박은 장갑을 끼고 있었
고, 12개의 루비와 52개의 커다란 동양산 진주가 박힌 매 사냥용
장갑을 가지고 있었다. 그의 가문에서 최후의 버건디 공작을 지
낸 래시의 찰스가 소유한 공작 모자에는 배 모양의 진주들이 달
려 있었고 사파이어가 박혀 있었다.

한때 인생이란 얼마나 아름다웠던가! 그 허세와 치장 속에서
인생은 그 얼마나 근사했을까! 도리언은 죽은 자들이 누린 사치
를 읽는 것만으로도 기분이 황홀했다.

그러다가 그는 자수에 관심을 갖기 시작했다. 북유럽 국가들의
싸늘한 방의 벽을 장식하는 벽화 역할을 하던 벽걸이 융단에 관
심이 모아졌다. 도리언은 그 대상이 무엇이든 간에 관심을 쏟는
동안만큼은 거기에 전적으로 몰입하는 뛰어난 재능을 갖고 있었
다. 자수와 벽걸이 융단에 관심을 갖는 동안에도 그는 시간의 흐
름으로 인해 아름답고 훌륭한 물건들이 황폐해지는 것을 생각하
며 슬픔에 빠지곤 했다.

하지만 그 자신은 그런 세월에서 오는 운명을 피할 수 있었다.
여름이 지나가고 다음해 여름이 또 찾아오고, 노란 수선화가 수
없이 피고 지고, 무서운 밤마다 수치의 기억을 되풀이했어도 그
는 변하지 않았다. 그 어떤 겨울도 그의 얼굴을 망가뜨리지 못했
고 꽃처럼 아름다운 그의 얼굴을 일그러뜨리지 못했다. 다른 사

물들이 겪는 운명과는 어째서 이렇게 다른가! 그것들은 어디로 사라져 버리는 것일까? 아테나 여신을 즐겁게 하기 위해 갈색 피부의 소녀들이 수놓았던, 거인들과 싸우는 신들의 모습이 수놓인 크로커스처럼 노란색의 그 옷은 어디에 있는 것일까? 네로가 로마의 콜로세움에 지붕 대신에 설치했던 거대한 천막과, 별이 반짝이는 밤하늘과 황금 고삐를 씌운 하얀 말들이 끄는 마차를 몰고 있는 아폴로의 모습이 수놓인 자주색의 깃발은 어디에 있단 말인가?

도리언 그레이는 태양신의 사제를 위해 짰다든가 수놓았다는 산해진미로 가득한 성대한 식탁이 새겨진 독특한 냅킨을 보고 싶었다. 300마리의 황금 벌을 수놓았다는 칠레릭 왕의 수의와 폰투스 주교의 분노를 샀다는 환상적인 겉옷을 보고 싶었다. 사자, 곰, 개, 숲, 바위, 사냥꾼 등 화가가 자연에서 모방할 수 있는 모든 것이 수놓아져 있다는 옷이었다. 그리고 샤를 오를레앙이 한때 입었다는 외투도 보고 싶었다. 그 옷소매에는 "부인, 전 정말 기쁩니다."로 시작하는 노래의 가사가 수놓여 있는데, 그 시절에는 사각형 모양으로 나타냈던 악보를 4개의 진주로 장식하여 금실로 수놓았다고 한다. 그는 버건디의 조앤 여왕이 쓰기 위해 라임스 왕궁에 만들었다는 방에 대해서도 읽었다. 그 방은 "1,321마리의 앵무새와 왕비의 문장을 본떠 날개를 수놓은 561마리의 나비들이 새겨져 있고, 그 모든 것이 금으로 장식되어 있다."고 했다. 카트린 드 메디치 여왕은 아주 조그만 초승달과 태양이 수

놓인 검은색 벨벳 천으로 된 애도(哀悼)용 침대를 갖고 있었는데,
이 침대에 양쪽에 늘어뜨린 커튼은 다마스크 천으로 만들었고,
그 천에는 금은으로 수놓은 배경에 나뭇잎 모양까지 생생하게 새
겨진 화환과 화관이 진주로 수놓은 장식과 함께 그 가장자리에
매달려 있었다. 그 침대가 있는 방에는 은으로 된 천 위에 검정색

벨벳을 잘라 붙여 만든 여왕의 문장이 잔뜩 걸려 있었다. 프랑스
의 루이 14세가 머무는 침실에는 금을 수놓아 만든 5m 높이의 여
신상이 있었다. 폴란드 왕 소비에스키의 침대는 코란의 구절들을
터키옥으로 수놓은 스미르나산 황금 비단으로 된 것이었다. 침대
의 다리는 은 위에 금으로 돋을새김하고 에나멜 칠을 하고 보석
박힌 둥근 장식으로 꾸민 것이었다. 이 침대는 비엔나 전에서 터
키 군이 빼앗은 것으로 침대 천장의 덮개의 살랑대는 금장식 밑
에 무하마드의 깃발이 세워져 있었다고 한다.

　도리언 그레이는 거의 일 년간 직물과 자수 작품 중에서 자신이
모을 수 있는 가장 아름다운 것들을 수집했다. 인도산 모슬린은
황금실로 손바닥 모양의 나뭇잎을 새겨 넣고 반투명한 풍뎅이의
날개를 수놓았다. 투명한 느낌 때문에 동양에서는 '공기로 짠 직
물', '흐르는 물', '저녁 이슬'로도 불리는 데카의 견직물도 있었
다. 그리고 자바산 묘한 문양의 천이며 정교한 수가 놓인 노란색
중국산 족자, 황갈색 공단 천이나 푸른 비단 위에 백합, 새와 다
른 형상들을 수놓은 천으로 장정한 책들, 헝가리산 바늘 뜨개로
짠 레이스 베일, 이탈리아 시칠리아산 견직물과 스페인산 빳빳한

벨벳, 금화가 달린 조지아산 자수품, 은은한 녹색이 도는 금실로
정교하게 새의 깃털을 수놓은 일본산 보자기를 사들였다.

그에게 교회 예식과 관련된 모든 것에 대한 열정이 있었던 것을
생각하면 당연한 것인지도 모르겠으나 성직자들의 제복을 특히
좋아했다. 그리스도의 신부(新婦)가 입었을 것 같은 옷의 희귀하
고 아름다운 견본들이 그의 집 서쪽 벽을 따라 놓인 기다란 삼나
무 옷장 속에 숨겨져 있었다. 그리스도의 신부는 자초한 고행, 스
스로 자기 몸에 가한 고통으로 상처 입은 쇠약한 몸을 보석과 섬
세한 천으로 된 자주색 옷으로 가려야 했던 것이다. 그는 자주색
비단과 황금 실로 수놓은 다마스크 천으로 만든 멋진 법복을 가
지고 있었는데, 거기에는 6개의 꽃받침을 한 꽃봉오리 속에 금빛
석류가 새겨진 무늬가 반복되어 새겨져 있고, 그 뒤 양쪽에는 작
은 진주로 만든 파인애플이 자리해 있었다. 법복 위에 두르는 장
식 띠엔 성모 마리아의 일생을 묘사한 장면들이 염색한 비단으로
표현되어 있었는데, 이것은 15세기에 이탈리아에서 만든 작품이
었다. 또 다른 법복은 초록색 벨벳 천으로 만들었는데, 심장 모양
의 아칸서스 잎사귀가 수놓여 있고, 줄기가 긴 하얀 꽃망울이 뻗
어 나왔고 은실과 색을 넣은 수정으로 그 섬세한 모양을 돋보이
게 했다. 쇠단추에는 금실로 세라핌[44]의 머리가 돋을새김 되어 있
었다. 장식 띠는 붉은색 비단과 금실의 비단으로 짰고, 수많은 성

---

44) 세 쌍의 날개를 가진 천사로 인간과 닮았다.

자와 순교자의 원형 초상이 빛나도록 수놓여 있었는데, 성인들 중에는 성 세바스찬도 있었다.

또한 도리언 그레이는 호박색 비단, 푸른색 비단, 황금색 견직물, 그리고 노란색 비단 다마스크와 금실로 짠 옷감도 갖고 있었다. 그것은 그리스도의 수난과 십자가에 못 박히는 장면, 사자, 공작, 기타 상징적 문양들이 수놓아져 있는 제의였다. 하얀 비단과 분홍색 비단 다마스크 천에 튤립, 돌고래, 백합 등이 장식된 달마티카[45]도 있었고, 자주색 벨벳과 푸른 리넨으로 만든, 제단 가리개 천도 있었으며, 성체용 베일, 성찬포, 땀 닦는 성 베로니카의 손수건들도 여러 개 있었다. 그의 상상력을 자극하는 묘한 분위기가 이런 물건이 필요한 신비로운 예식에는 있었던 것이다.

도리언 그레이가 이러한 애장품들과 자신의 아름다운 집 안에 수집하는 모든 것들을 모은 것은 망각을 위해서였다. 그가 감당할 수 없을 정도로 느끼는 두려움을 그런 것들에 의지해 한 계절만이라도 잊을 수 있었던 것이다. 외로웠던 어린 시절을 보냈던 잠긴 방의 벽에는 그가 직접 그 끔직한 초상화를 걸어두었다. 그림 속의 변하는 모습은 그의 인생이 얼마나 타락하는지를 보여주는 것이었다. 그 초상화 앞에 자주색과 황금색의 덮개를 커튼처럼 쳐 두었다. 몇 주일이나 그 방에 들어가지 않을 때도, 흉측한 초상을 잊어버릴 때도 있었다. 그럴 때면 무거운 마음의 짐을

45) 가톨릭에서 장엄 미사나 대미사 때에 부제가 입는 제의

벗고 일상의 사소한 일에서 가슴 벅찬 기쁨을 느끼면서 살아 있다는 것 자체에 몰입할 수 있곤 했다. 그러다 어느 날 밤 그는 슬며시 집을 나와 블루 게이트 필즈 근처의 술집에 가서는 며칠씩 지내다가 누가 쫓아낼 때까지 머물곤 했다. 그렇게 집에 돌아오면 초상화 앞에 앉아 초상화와 자기 자신을 혐오했다. 그럴 때 그는 죄악에 대한 매혹이 반쯤은 차지하는 개인주의에서 비롯된 자부심으로, 그 자신이 짊어져야 할 무게를 대신 지느라 일그러져 버린 초상화에 은밀한 즐거움을 느끼면서 미소 지으며 그림을 바라보기도 했다.

몇 년이 지나자 그는 오랫동안 영국을 떠나 있는 것이 견디기 힘들었다. 헨리 경과 함께 소유했던 트루빌의 저택엔 더 이상 가지 않았고, 그와 함께 여러 해 겨울을 보냈던 알제리의 하얀 벽돌집도 팔아치웠다. 그의 인생에 큰 부분을 차지하게 된 초상화와 한시라도 떨어져 있고 싶지 않았고, 자리를 비운 사이에 자신이 문에 설치한 정교한 쇠창살을 벗기고 누군가 그 방에 들어가지 않을까 두렵기도 했던 것이 사실이었다.

사람들이 초상화만 보아서는 아무것도 알 수 없다는 걸 알고 있었다. 초상화의 흉측하게 변한 얼굴이 그와 매우 흡사한 건 사실이지만, 그것만으로 사람들이 무엇을 알 수 있단 말인가? 만약 그를 놀리는 사람이 있다면 오히려 도리언이 그 사람을 비웃을 것이다. 그가 초상화를 그린 것은 아니다. 초상화 속의 얼굴이 흉측하고 혐오스럽다고 해도 그와 무슨 상관이 있을까? 설사 초상화에 얽힌 진실을 말한다한들 다른 사람들이 믿겠는가?

그렇다 해도 그는 두려웠다. 가끔 노팅엄셔에 있는 대저택에서 요즘 그를 찾는 가장 주된 손님인 같은 계급의 세련된 젊은이들을 위한 파티를 하다가도, 엄청난 사치와 화려한 생활로 시골 사람들을 놀라게 하다가도, 손님들을 내버려 두고 서둘러 런던의 집으로 돌아와 아무도 그 방문에 손대지 않았고 초상화가 여전히 그 안에 얌전히 있다는 걸 확인하곤 했다. 만일 누군가 초상화를 훔쳐 갔다면? 그는 그런 상상을 생각하는 것만으로도 두려움에 온몸이 얼어붙었다. 혹시 초상화가 도난당한다면 온 세상이 그의 비밀을 알게 될 것이다. 어쩌면 벌써 모든 사람들이 그 비밀을 눈치 채고 있을지도 몰랐다.

그에게 매혹된 사람들이 많은 반면, 그를 믿지 못하는 사람들도 적지 않았기 때문이다. 그의 가문이나 사회적 지위로 보아 당연히 회원 자격을 갖추고 있는 웨스트엔드의 사교 클럽에서 회원들의 반대로 가입하지 못할 뻔하기도 했고, 언젠가 한 친구가 그를 처칠 클럽의 끽연실로 데려 갔을 때 버윅 공작과 다른 한 명의 신사가 불쾌한 표정으로 자리에서 일어나 나간 적도 있었다.

그가 25번째 생일을 보내고 난 뒤부터 그에 관한 이상한 소문들이 끊임없이 퍼졌다. 화이트채플의 변두리에 있는 싸구려 술집에서 그가 외국의 뱃사람과 크게 싸우는 모습을 보았다는 둥, 도둑이나 화폐 위조범들과 어울렸기 때문에 그들의 직업상 비밀을 잘 알고 있다는 소문도 돌았다. 이렇다 할 이유도 없이 장기간 집을 비운 것이 나쁜 소문의 원인이 되기도 했고, 그가 돌아와 사교계에 나타나면 남자들은 구석에서 그에 대한 이야기로 쑥덕대거나, 비웃는 표정으로 그를 그냥 지나치거나, 아니면 그의 비밀을 알아낼 작심이라도 한 것처럼 탐색하는 눈빛으로 쳐다보곤 했다.

물론 그는 그런 무례한 태도와 의도된 모욕을 무시했다. 그리고 대부분의 사람들이 보기에도 그의 솔직하고 귀족적 태도와 소년 같은 매력적인 미소, 아름다운 젊음에서 뿜어 나오는 한없는 우아함은, 그 자체만으로도 그와 관련된 중상과 비방이 잘못된 것이라는 충분한 증거가 되었다. 하지만 한때 그와 절친했던 사람들도 시간이 지나면 그를 피한다는 소문이 돌곤 했다. 미친 듯이 그를 좋아했던 여자들, 그를 위해서라면 그 어떤 사회적 비난도 감수하며 관습에 저항했을 여자들도 도리언 그레이가 방에 들어설 때면 수치심이나 공포심으로 얼굴이 하얗게 질리는 광경이 종종 목격되곤 했다.

하지만 많은 사람들이 보기엔 이런 소문들이 그의 기묘하고 위험한 매력을 더욱 강렬한 것으로 만들어 줄 뿐이었다. 그의 엄청난 재산은 그러한 소문으로부터 그를 안전하게 지켜주는 보호막의 역할을 했다. 사회, 다시 말해 문명사회에서는 돈 많고 매력적인 사람들에게 불리한 악성 루머를 믿지 않으려 한다. 그런 문명사회에서 도덕보다 더 중요한 건 매너라고 본능적으로 느끼며 윤리와 도덕을 갖추는 것보다는 솜씨 좋은 요리사를 데리고 있는 것이 훨씬 가치가 있다고 생각한다. 그렇기 때문에 저녁 식탁에

맛없는 요리를 내놓거나 값싼 포도주를 내놓는 사람이 비록 사생
활에 오점 하나 없는 사람이라고 해 봤자 별 위안이 되지 못한다.
전에 이 주제를 놓고 벌인 토론에서 헨리 경이 했던 말처럼, 반쯤
식어 버린 요리를 내놓는 주인은 교회에서 강조하는 7가지 미덕
을 갖췄다 해더라도 그 죄악을 보상받을 수 없다는 것이다. 그런
헨리 경의 의견도 틀린 것은 아닐 것이다. 왜냐하면 좋은 사회의
규칙이란 것은 예술의 규칙과 같거나 같아야 하기 때문이다. 이
규칙에서 가장 중요한 것은 형식이다. 그 규칙에는 기존의 품위
와 비현실적인 분위기도 있어야 하며, 그것은 낭만적 연극에 등
장하는 진실하지 못한 배역이라 해도 지혜와 아름다움을 결합시
켜 그런 연극이 우리에게 매혹적으로 보이도록 해야 한다. 그리
고 진실하지 못하다는 것이 그토록 끔찍한 일일까? 그렇게 생각
하지 않는다. 진실하지 못한 태도는 우리의 인격을 다양하게 만
들 수 있는 수단일 뿐이다.

　여하튼 이것이 도리언 그레이의 생각이었다. 그는 인간의 자아
를 단순하고 변하지 않으며 영원한 단 하나의 본질을 갖고 있는
것으로 생각하는 사람들의 천박한 심리학에 대해 놀라움을 갖고
있었다. 그가 생각하는 인간이란 수많은 인생과 수많은 감각으로
이루어진 존재이며, 복잡하고 여러 개의 형태를 지녔으며, 그 몸
속에 여러 생각과 열정이라는 묘한 유산을 물려받았으며, 그 육
체는 죽음이 거느리는 질병과 떼어서 생각할 수 없는 존재였다.
그는 시골 저택의 찬바람 부는 쓸쓸한 복도를 천천히 걸으면서,

249

자기 핏줄 속에 흐르는 피를 물려준 선조들의 다양한 초상화를 감상하길 좋아했다. 초상화들 중에는 프랜시스 오스본이 《엘리자베스 여왕과 제임스 왕 시대에 관한 회고록》에서 "잘생긴 얼굴 때문에 왕실의 총애를 받았지만, 그 총애는 오래가지 못했다."고 했던 필립 허버트의 초상도 있었다. 도리언 그레이의 인생은 다른 한편으로 생각하면 젊은 허버트의 인생이 반복되는 것은 아닐까? 어떤 알 수 없는 독성 균이 몸에서 몸으로 전달되어 마침내 그에게까지 전해진 건 아닐까? 그래서 아무런 이유도 없이 바질 홀워드의 화실에서 자기의 인생을 뒤바꾸게 된 미친 소원을 내뱉은 건 아닐까?

금실로 수놓은 붉은색 윗옷을 입고 겉에 보석을 단 코트를 걸치고, 금실로 가장자리를 수놓은 깃 장식과 소매띠로 장식한 앤터니 셔라드 경의 발밑에 은색과 검정색의 갑옷이 놓여 있었다. 그가 도리언에게 물려준 것은 무엇일까? 나폴리에 사는 지오반니의 연인이었던 그가 그에게 죄악과 수치의 유산을 물려준 것일까? 도리언이 한 행동은 죽은 조상이 감히 현실로 옮길 생각도 하지 못했던 꿈의 실현이었던 것일까? 빛바랜 캔버스 위에는 엘리자베스 데버루 부인이 안이 들여다보이는 모자와 진주를 단 가슴 옷, 길게 갈라진 분홍색 옷소매가 달린 옷을 입고 미소 짓고 있었다. 오른손에 꽃 한 송이를 들고 있고 왼손에는 하얀색 다마스크 천으로 만든 에나멜 칠한 장미꽃을 쥐고 있었다. 옆에 있는 탁자 위에는 만돌린과 사과 한 개가 놓여 있었다. 그녀는 큼지막한 초록색 장미 꽃잎이 장식된 끝이 뾰족한 작은 신발을 신고 있었다. 도리언은 그녀의 인생에 대해 알고 있었고, 그녀의 연인이었던 남자들과 관련된 이상한 소문들도 알고 있었다. 혹시 그녀의 기질이 도리언에게 전해진 것은 아닐까? 두꺼운 눈꺼풀을 한 타원형 눈이 묘한 눈빛으로 그를 바라보고 있는 것 같았다.

흰 가루를 머리에 뿌려 백발 모양을 하고 뺨에는 검은 반점을 만들던 조지 윌러비는 어떤가? 그의 얼굴은 얼마나 사악해 보이는지! 얼굴은 납처럼 무겁고 야비해 보였고 두꺼운 입술은 비웃는 웃음을 띠고 있는 듯했다. 반지를 잔뜩 끼어 무거워 보이는 노랗고 마른 손 위에 섬세한 레이스 주름 깃이 내려와 있었다. 그는 젊었을 때 18세기 영국의 멋쟁이였고 페라스 경의 친구였다.

베켄헴 2세는 어떤가? 그는 방탕하던 젊은 시절 리젠트 왕자의 친구였으며, 리젠트 왕자가 피체버트 부인과 비밀리에 올린 결혼식에 참석한 몇 안 되는 증인 중 한 사람이었다. 밤색의 곱슬머리에 오만했던 그는 얼마나 잘생긴 젊은이였던가! 그는 도리언에게 어떤 열정을 물려준 것일까? 세상은 그에게 악명 높은 남자라는 오명을 만들어 주었다. 그는 칼턴 하우스에서 몇날 며칠 계속되는 난장판 파티를 벌였다. 그의 가슴에는 가터 훈장의 별이 빛나고 있었다. 옆에는 창백하고 얇은 입술에 검은 옷을 입은 그의 아내 초상화가 걸려 있었다. 도리언의 혈관 속에 그녀의 피도 흐르고 있었다. 이 모든 것이 얼마나 이상한 일이란 말인가!

그리고 그의 어머니 초상화도 걸려 있었다. 해밀턴 부인의 얼굴을 꼭 닮았고, 포도주로 적신 듯이 촉촉한 입술을 가진 그의 어머니……. 그는 자신이 어머니에게서 무엇을 물려받았는지 알고 있었다. 어머니로부터 아름다운 용모를 물려받았고 다른 사람의 아름다움에 대한 열정이었다. 바커스 신의 여사제가 입는 헐렁한 옷을 입은 그의 어머니가 그를 보고 웃고 있었다. 그녀의 머리에는 포도나무 넝쿨이 둘러져 있었다. 자주색 포도주가 흘러넘치는 잔을 들고 있었다. 초상화 속의 카네이션은 빛바래고 시들었지만 깊이 있고 선명한 색채를 간직하고 있는 눈은 여전히 아름다웠다. 그 눈동자는 어딜 가든 따라오는 것 같았다.

하지만 혈통에 조상이 있다면 문학에도 조상이 있기 마련이다. 성격이나 기질을 놓고 보면 문학적 조상에게 물려받은 것이 더 많고 가까우며, 어떤 영향을 받았는지 분명히 알 수 있는 것도 문학적 조상 쪽이라고 할 수 있었다. 도리언 그레이에게는 역사라는 것 자체가 그의 인생의 기록에 지나지 않는다고 생각될 때가 있었다. 그가 한 행동과 처한 상황 그대로의 인생은 아니지만 그의 상상력이 만들어 내는 대로의 인생, 그의 두뇌와 열정이 만드는 대로 살았던 인생의 기록인 것처럼. 그에게 역사 속의 모든 인물들은 전부터 알고 있었던 것처럼 느껴졌다. 한 시대를 풍미한, 아름다운 죄악을 많이 저지르고 미묘함으로 가득 찬 죄악 또한 많이 저질렀던 사람들을 모두 알았던 것처럼 말이다. 알 수 없는 신비로운 경로를 통해서 그들의 인생이 자신의 인생이었던 것처럼 느껴질 때가 있었다.

헨리 경이 준 소설을 읽으면서 그의 인생에 커다란 영향을 준 그 아름다운 소설 속의 주인공에게 기묘한 친밀감을 느끼고 있었다. 책의 7장에서 주인공은 어떻게 티베리우스가 되어 번개에 맞지 않도록 월계수관을 쓰고 카프리 섬의 정원에서 엘레판티스의 흉측한 책들을 읽으며 앉아 있는 장면이 나온다. 그 주위에 난쟁이들과 공작들이 걸어 다녔고, 플루트 연주자는 향로를 흔드는 사람을 놀리고 있었다. 또 칼리굴라가 되어 초록색 윗옷을 입은 기수들과 마구간에서 술을 마시며 흥청거렸던 일, 이마에 보석 장식을 한 말과 상아로 만든 여물통에서 저녁을 먹었다. 그리고 도미티안 황제처럼 누군가 단도로 자신을 죽이지 않을까 하는 공포에 사로잡혀 핼쑥한 얼굴을 하고서는 대리석 거울이 늘어선 복도를 거닐었다. 그때 느꼈던 권태와 그 끔찍한 인생에 대한 지루함은 살면서 그 무엇 하나 박탈당하지 않은 사람만이 느낄 수 있는 권태 탓이었다. 또한 주인공은 투명한 에메랄드를 통해 원형극장에서 벌어진 유혈이 낭자한 혈투 장면을 보다가, 은으로 된 편자를 박은 노새가 끄는 진줏빛과 자주색의 마차를 타고 석류 거리를 지나 황금의 집으로 가면서, 길거리의 사람들이 자기를 향해 '네로 황제!' 하고 연호하는 걸 들었다. 또한 엘라가발루스가 되어 물감으로 얼굴을 칠하고는 여자들 틈에 앉아 물레를 돌렸고, 신화에서처럼 카르타고에서 달을 데려와 해와 결혼시키기도 했다.

도리언은 이 환상적인 내용의 장과 다음에 이어지는 장을 읽고 또 읽었다. 뒤의 두 장에서는 악덕과 피, 그리고 권태 때문에 괴

물이나 미친 사람이 된 이들의 끔찍하고 아름다운 행동들이 마치 기묘한 벽걸이 융단이나 정교하게 조각한 에나멜 작품처럼 그려져 있었다. 밀라노의 공작 필리포는 아내를 죽인 뒤 그녀의 입술에 자주색 독을 칠하여 그녀의 애인이 입술에 키스하다 그 독을 빨아 먹고 죽게 만들었다. 베네치아 사람인 피에트로 바르비는 바오로 2세라고도 알려져 있는데, 그는 명예를 향한 허영심 때문에 포모서스라는 작위를 얻으려고 끔찍한 죄를 저질렀고 그 대가로 플로렌스 금화 2만 플로린에 달하는 화관을 샀다.

사냥개를 풀어 사람들을 사냥하게 했던 마리아 비스콘티가 암살되었을 때, 그의 시체는 그를 사랑했던 창녀가 바친 장미로 뒤덮였다. 백마를 타고 자신의 형제를 죽인 범인과 함께 있던 보르지아의 망토는 페로트의 피로 얼룩져 있었다. 그리고 식스터스 4세의 아들로 총애를 받았던 플로렌스의 젊은 대주교인 피에트로 리아리오는 아름다운 용모만큼 방탕하였는데, 흰색과 자주색 비단으로 장식하고 님프와 켄티우로스로 가득 찬 천막에서 아라공의 레오노라를 맞아들였다. 그 천막엔 가니미다나 힐라스처럼 만찬에서 봉사하기 위해 단장한 소년도 대기시켜 놓았다. 사람이 죽는 광경 앞에서만 우울증이 치유될 수 있으며, 남자들이 붉은 포도주에 관심을 갖듯 붉은 피를 탐했던 에젤린도 있었다. 그는 악마의 아들로서 아버지와 주사위놀이 노름을 하면서 자신의 영혼을 걸고 아버지를 속였다는 인물이었다.

속임수를 써서 '결백한 자'란 별명을 얻었던 지암바티스타 치보는 그의 느릿한 혈관 속으로 3명의 소년의 피를 수혈하도록 유태인 의사에게 지시했다. 지기스몬도 말라테스타는 이소타의 연인이자 리미니의 왕이었는데, 신과 인간 모두의 적이라며 저주하는 로마 사람들에 의해 그의 인형이 불태워졌다. 그는 냅킨으로 폴리세나를 목 졸라 죽였고, 독을 담은 에메랄드 잔을 지네브라 데스테에게 건네주었다. 또한 추악한 열정에서 그리스도를 숭배하는 이단 교회를 만들었다. 형의 아내를 사랑한 샤를 6세는 한 나병 환자로부터 그가 정신 이상자가 될 거라는 예언을 받았던 인물이다. 머릿속의 병이 깊어 온전한 정신을 가질 수 없게 되어 사라센에서 만든, 사랑과 죽음 그리고 광기의 신이 그려진 카드로만 위로받을 수 있었던 인물이다. 멋진 조끼와 보석 달린 모자 그리고 아칸서스 잎 모양의 곱슬머리를 한 그리포네토 바글리오니는 아스토레와 그의 신부를 죽였고, 시모네토와 그의 하인도 죽였다. 너무나도 빼어난 용모로 인하여, 그가 페루지아의 노란 광장에 누워 죽어 가고 있을 때 그를 미워했던 사람들마저도 느낄 수밖에 없었고, 그를 저주했던 아탈란타까지도 그의 명복을 빌어주었다.

 이런 사람들 모두는 섬뜩한 매력을 갖고 있었다. 밤에는 도리언 그레이가 그들을 보았고, 낮에는 그들이 깨어 있는 도리언 그레이의 정신을 어지럽게 했다. 르네상스 시대의 사람들은 많은 종류의 독살법을 알고 있었다. 모자를 이용한 독살, 횃불을 이용한 독살, 금박 입힌 향료알[46)과 호박 팔찌를 이용한 독살 등등. 도리언 그레이에게는 한 권의 책이 독이었다. 그 책을 읽은 뒤부터 아름다움에 대한 자신의 관념을 실현시킬 수 있는 하나의 방식으로 악을 볼 때가 있었다.

12

도리언이 후에 종종 떠올렸듯이 그날은 11월 9일로 그의 38번째 생일 전날 밤이었다.

헨리 경의 집에서 저녁을 먹은 뒤 11시쯤 나와 집으로 돌아가는 길이었고, 날씨가 춥고 안개가 가득 낀 밤이었기에 두꺼운 모피를 입고 있었다. 그로스브너 광장에서 사우스오들리 거리로 이어지는 지점에 이르렀을 때, 회색 얼스터[47]의 깃을 세운 한 남자가 아주 빠른 걸음으로 그의 옆을 지나갔다. 손에는 가방 하나를 들고 있었다. 도리언은 그를 알아보았다. 그는 바질 홀워드였다. 뭐라 말로 표현할 수 없는 묘한 공포가 그를 엄습했다. 그는 바질을 알아본 내색을 하지 않고 빠른 걸음으로 걸어갔다.

하지만 홀워드도 그를 알아보았다. 도리언은 보도 위에 발걸음이 멈추어 서는 것과 서둘러 뒤쫓아 오는 소리를 들었다. 그리고

46) 작은 구멍이 뚫린 금속 상자에 넣어 가지고 다니던 병마개
47) 아일랜드 얼스터 지방에서 유래된 두껍고 거친 털외투

바질의 손이 도리언의 팔에 와 닿았다.

"도리언! 이렇게 만나게 되다니! 자네 서재에서 9시부터 기다리고 있었는데 자네 하인도 지치는 것 같아 하는 수 없이 그만 가서 자라고 하고 집을 나왔네. 난 오늘밤 자정에 출발하는 열차를 타고 파리로 간다네. 하지만 떠나기 전에 자네를 꼭 보고 싶었지. 자네가 옆으로 지나갈 때 자네 같았어. 아니, 저건 도리언의 털 코트 아니던가 하는 생각이 들었다네. 그래도 확신은 하지 못했네. 자네는 날 알아보지 못했나?"

"안개가 이렇게 짙게 끼었는데요, 바질? 그로스브너 광장도 제 내로 보기 어렵던데요. 내 집도 어느 쪽인지 확실히 모를 정도로 안개가 짙게 꼈으니까요. 멀리 떠난다니 유감이군요. 당신을 마지막으로 본 게 언제쯤인지도 모르겠군요. 하지만 금방 돌아오실 거죠?"

"아니, 6개월 동안 영국을 떠나 있을 거야. 파리에서 화실을 빌려서 머릿속에 구상 중인 작품을 끝낼 때까지 꼼짝 않고 틀어박혀 있을 생각이라네. 그나저나 자네하고 하려던 이야기는 나에 대한 게 아니었다네. 자네 집 앞까지 다 왔군. 잠깐 들어가도 되겠나? 할 말이 있다네."

"무슨 말씀인지 궁금하네요. 그런데 열차를 놓치지 않겠어요?"

도리언 그레이는 지치고 권태로운 목소리로 대답하며 열쇠로 문을 열었다.

열린 문 사이로 등불 빛이 안개 속으로 흘러나왔고 그 불빛에 홀워드는 손목시계를 보았다.

"시간은 충분하네. 열차는 12시 15분 출발이네. 아직 11시밖에 안 되었어. 사실 난 자네를 찾으러 클럽으로 가던 중이었다네. 무거운 짐들은 미리 부쳤기 때문에 짐을 싣느라 시간을 소비하지 않아도 돼. 내가 들고 가야 할 것들은 이 가방 안에 다 들어 있고, 빅토리아 역까지 20분이면 충분하다네."

도리언은 바질을 보며 미소 지었다.

"유명한 화가는 그렇게 여행하는군요! 글래드스톤 가방 하나에 얼스터코트 한 벌이라니! 얼른 들어가시죠. 안개가 집 안으로 들어오겠어요. 심각한 이야기라면 하지 말아주세요. 요즘엔 심각하게 생각할 게 없잖아요. 아니, 심각한 것이 아무것도 없다고 해야겠지요."

홀워드는 집 안으로 들어가면서 고개를 가로저었고 도리언을 따라 서재로 갔다. 커다란 벽난로에서는 장작불이 환하게 타오르고 있었다. 등불도 켜져 있었고, 그 옆에 있는 탁자 위에는 네덜란드산 술병과 소다수 병 그리고 커다란 유리 공예 술잔이 놓여 있었다.

"자네 하인이 내 집에 온 것처럼 편안하게 날 대해 주었네, 도리언. 내가 원하는 걸 다 가져다 주더군. 자네의 최상품 금박 필터 담배까지 말일세. 친절한 사람이더군. 전에 일하던 프랑스인 시종보다 오늘 그 시종이 훨씬 마음에 들어. 아, 그런데 그 프랑스인 하인은 어디로 갔나?"

도리언은 어깨를 으쓱해 보였다.

"래들리 부인의 하녀와 결혼한 뒤 파리로 가서 영국식 의상실을 차렸다고 하더군요. 지금 프랑스에서는 영국풍이 인기라더군요. 프랑스인들이 바보가 된 것이 아닐까요? 당신도 알고 있는지 모르겠지만, 빅터도 나쁜 하인은 아니었어요. 그를 좋아하지 않았지만 그에 대해 불평할 것도 없어요. 세상 사람들은 가끔 말도 안 되는 생각들을 하잖아요. 빅터는 내게 헌신적이었고 내 집을 나갈 때 아주 슬퍼하는 것 같았어요. 소다수에 브랜디 한 잔 더 드실래요? 아니면 셀처 탄산수에 백포도주를 타서 드실래요? 난 늘 셀처 탄산수에 백포도주를 타서 마시는데 옆방에 남은 게 좀 있을 거예요."

"고맙지만 그만하겠네."

바질은 대답하면서 모자와 외투를 벗어 방 귀퉁이에 내려놓은 가방에 걸쳐 놓았다.

"도리언, 이제 진지한 이야기를 해야겠네. 그렇게 찡그리지 말게나. 자네가 그러면 말을 꺼내기 정말 어렵다네."

"무슨 이야기인데요?"

도리언은 소파에 털썩 앉으면서 화난 듯한 말투로 물었다.

"저에 관한 얘기는 아니겠지요. 오늘밤은 더 이상 듣고 싶지 않아요. 난 이제 다른 사람이 되고 싶어요."

"자네에 관한 이야기 맞네."

홀워드는 낮게 가라앉은 목소리로 진지하게 말했다.

"자네에게 이 얘기를 꼭 해야겠네. 30분이면 끝날 거야."

도리언은 한숨을 내쉬었고 담뱃불을 붙였다.

"30분이라고요!"

그는 낮게 웅얼거렸다.

"그래, 그 정도 시간이면 그렇게 어려운 부탁을 하는 건 아니겠지, 도리언. 그리고 이 이야길 하는 건 어디까지나 자넬 위해서라는 걸 알아두게. 런던 사람들이 자네를 놓고 얼마나 끔찍한 말들을 하는지 자네도 알고 있어야 한다고 생각하네."

"그런 얘긴 따윈 알고 싶지 않아요. 다른 사람들에 관한 루머라면 얼마든지 즐기겠지만 나에 관한 루머에는 전혀 흥미가 없으니까요. 나와 관련된 루머에 더 이상 새로운 것이 있겠습니까?"

"하지만 관심을 가져야 하네, 도리언. 신사는 자신의 평판에 신경 써야 하지 않겠나. 다른 사람들이 자네가 악하고 타락했다고 말하는 건 싫을 테니까. 자네에겐 사회적 지위와 부가 있어. 하지만 지위와 부가 다는 아니란 말일세. 난 그런 소문 따윈 절대 믿지 않아. 자네를 보고 있노라면 그런 소문을 믿을 수가 없네. 죄악이란 그것을 저지른 사람의 얼굴에 글자처럼 쓰이게 마련이니까. 감추려야 감출 수가 없는 것이니까. 대개 사람들은 은밀하고 알려지지 않는 죄악에 대해 말들 하지. 그렇지만 은밀한 죄악이란 건 세상에 없다네. 만약 어떤 남자가 죄악을 저질렀다면, 그의 입가에 진 주름이나 늘어진 눈꺼풀, 그리고 손의 두툼한 살집에서도 나타날 수밖에 없다고 어떤 사람이…… 그 사람의 이름은 밝히지 않겠네. 자네도 아는 사람이야. 작년에 그 사람이 내게 와서 초상화를 그려 달라고 하더군. 난 그를 본 적도 없었고 그에 대한 소문도 전혀 들은 바 없었네. 하지만 그 후로는 많은 소문을 듣게 되었네. 그는 아주 큰돈을 주겠다고 했지만 나는 거절했어. 그의 손가락 생김새가 맘에 들지 않았거든. 이제 와서 보니 내가 그에 대해 생각했던 것이 어느 정도 사실이란 걸 알게 되었네. 그의 인생은 정말 끔찍했어. 도리언, 자네의 밝고 순수한 얼굴과 번민으로 얼룩지지 않은 자네의 젊음을 보노라면, 자네에 관한 어떤 추문도 믿을 수가 없다네. 그렇지만 오랫동안 자네를 보지 못했고, 자넨 내 화실에 한 번도 찾아오지 않았어. 이제 나는 멀리 자네를 떠나갈 텐데, 다른 사람들이 자네에 대해 수군거리는 온갖 추악한 소문들이 들려서 난 뭐라고 해야 할지 모르겠어. 도리언, 자네가 클럽에 들어오는 순간 버윅 공작 같은 신사가 나가 버리는 것은 왜일까? 런던의 다른 신사들이 자네의 집을 찾아오지도 않고 자네를 자기네 집에 초대하지도 않는 것은 왜일까? 한동안 자네는 스태블리 경의 친구였어. 지난주에 그를 만찬 파티에서 만났네. 얘기를 나누다 자네 얘기가 나왔는데, 더들리에서 있었던 전시회에 자네가 내놓은 초상화들 이야기였지. 그랬더니 스태블리는 비웃듯이, 자네가 세련된 예술적 안목을 가진 사람일지는 몰라도 순수한 영혼을 가진 아가씨가 알아선 안 되는 남자이며, 정숙한 부인은 자네와 같은 방에 있어서는 안 된다고 하더군. 난 그에게 내가 자네의 친구라고 말하며 대체 그게 무슨 말이냐

고 물었네. 그는 말해 주더군. 그 자리엔 다른 사람들도 많이 있었는데 그는 망설이지도 않고 죄다 말하더군. 그의 말은 정말 끔찍했네! 자네가 젊은이들과 우정을 맺으면 그 젊은이들에게 치명적인 오점이 되는 건가? 자살한 근위연대 소속의 가엾은 청년 말일세. 자네는 그 청년과 아주 가까운 사이였다면서. 오명을 쓰고 영국을 떠난 헨리 애슈턴 경도 있어. 자네와 헨리는 아주 가까운 사이였다지. 또한 에이드리언 싱글턴과 그가 맞아야 했던 비참한 종말은 어떠한가? 켄트 경의 외아들이 하던 일을 그만두어야 했던 건 왜인가? 켄트 경을 어제 세인트 세임스 거리에서 만났다네. 수치심과 슬픔으로 제 정신이 아닌 것 같더군. 젊은 퍼스 공작은 또 어떤가? 그는 어떤 인생을 살고 있나? 어느 신사가 그와 어울리려고 하나?"

"그만해요, 바질. 당신은 지금 아무것도 모르면서 이야기하고 있어요."

도리언 그레이는 입술을 깨물며 경멸하는 어조로 말했다.

"왜 내가 들어가면 버윅 공작이 방을 나가는지 물었지요. 그건 그가 내 인생에 대해 뭔가를 알아서가 아니라 내가 그의 비밀을 샅샅이 알고 있기 때문이지요. 그의 혈관에 흐르는 피를 생각해 보세요. 어떻게 그의 인생에 오점이 없을 것이라고 생각할 수 있죠? 헨리 애슈턴과 퍼스에 대해서도 물었죠. 내가 헨리에게 죄악을 가르쳤고, 퍼스에게는 방종을 가르치기라도 했단 말인가요? 켄트 경의 바보 같은 아들이 창녀를 아내로 삼은 게 대체 나와 무

262

슨 상관이란 말인가요? 에이드리언 싱글턴이 수표에 자기 친구의 이름으로 서명한다고 해서 내가 그의 보호자라도 된단 말인가요? 영국 사람들은 형편없는 저녁 식탁에 모여 앉아 자기들의 도덕적 편견들을 떠들어 대고, 상류 계급 사람들이 저지르는 소위 '방종'에 대해 수군대는데, 그런 이야기를 하면서 자기네가 사교계의 일원이라는 착각과, 자기들이 음해하는 대상과 친밀한 관계에 있음을 과시하기 위하여 그러는 겁니다. 이 나라에서는 뛰어난 품위와 두뇌를 갖기만 하면 사람들의 입에 오를 수밖에 없어요. 하지만 스스로 도덕 군자인 척하는 사람들이 영위하는 삶이란 대체 어떤 것이죠? 바질, 당신은 우리가 지금 위선자를 만들어 낸 나라에 있다는 사실을 잊고 있군요."

"도리언!"

홀워드가 외쳤다.

"그게 문제가 아닐세. 영국이 한심한 나라라는 것과 영국 사회가 틀려먹었다는 건 나도 알고 있네. 그렇기 때문에 자네가 순수하길 바라는 거야. 자네는 순수하지 못했어. 한 사람이 그 친구들에게 미치는 영향으로 그 사람을 판단할 권리가 인간에겐 있을 수 있어. 자네가 친구들에게 미치는 영향엔 명예도, 선량함도, 순수함도, 아무것도 남아 있지 않았네. 자네는 친구들에게 쾌락에 대한 열정만을 자극했네. 그래서 그 친구들은 깊이를 알 수 없는 심연으로 추락한 거야. 자네가 그들을 그리로 몰고 간 거야. 자네가 그들을 그리고 끌고 간 거란 말일세. 그런데도 자네는 미소를 짓고 있지. 지금처럼 말일세. 더 안 좋은 이야기도 있네. 자네가 해리와 아주 절친한 사이라는 건 나도 알고 있네. 바로 그 이유 때문에라도 자네는 그의 누이의 이름이 오르내리게 해서는 안 되었던 걸세."

"말조심해요, 바질. 너무 지나치군요."

"아니, 이 말은 꼭 해야겠네. 그리고 자네는 들어야 하고. 자네가 그웬돌렌 부인을 처음 만났을 때, 그녀는 추문과는 전혀 상관도 없는 사람이었네. 하지만 지금 런던에 있는 얌전한 여자치고 그녀와 함께 하이드파크에 갈 사람이 단 한 명이라도 있던가? 그녀의 아이들조차 저희 엄마와 함께 살 수 없도록 금지당했다네. 다른 이야기들도 있지. 새벽에 자네가 저 매춘 굴에서 슬며시 나오는 걸 보았다는 둥, 변장을 하고 런던에서 가장 더러운 술집 골목으로 몰래 들어가는 걸 보았다는 소문들이 사실인가? 정말 사실이냔 말일세. 처음 그런 소문을 들었을 때 나는 비웃었네. 하지만 요즘에 그런 소문을 들으면 두렵다네. 그리고 자네의 시골 저택에서는 어떻게 지내는 건가?

사람들이 자네에 대해 무슨 말들을 하고 있는지 자네는 몰라. 자네에게 설교하려고 이러는 게 아니라고 말하지는 않겠네. 해리가 언젠가 시원찮은 목사들의 특징은 설교하지 않겠다는 말로 입을 열고는 결국은 자신이 한 말을 스스로 배반하는 데 있다고 했었지. 하지만 난 자네에게 설교를 해야겠네. 난 자네가 세상 사람들로부터 존경받는 인생을 살기를 바라네. 자네가 명예와 좋은 이력을 갖기를 원하지. 현재 사귀는 끔찍한 부류의 사람들과 헤어지게나. 그렇게 어깨만 으쓱하지 말고 말이야. 내 말을 무시하지 말라고. 도리언, 자네는 다른 사람들에게 커다란 영향을 미칠 수 있는 사람이야. 그 영향이 악이 아닌 선함이 되게 말일세. 세상 사람들은 자네와 친한 사람들은 모두 타락한다고 말하고 있네. 자네가 어떤 집에 발을 들여놓는 것만으로도 어떤 수치스러운 일이 그 집에 따라다닌다고 말하고 있다네. 정말 그게 사실인지 아닌지는 나도 알 수 없네. 내가 어떻게 알겠나? 하지만 다른 사람들이 그런 말을 하고 있는 건 사실이야. 사실이 아닐지도 모른다고 의심조차 할 수 없는 이야기도 들리네. 글루체스터 경은 옥스퍼드 시절 나와 절친한 친구였지. 맨톤의 별장에서 그의 아내가 홀로 죽어 가며 자신에게 쓴 편지를 보여 주더군. 그 편지 내용이란 내가 지금까지 읽은 것 중 가장 끔찍한 것으로 자네 이름이 언급되어 있더군. 난 사실이 아니라고 말했네. 난 자네에 대해 속속들이 알고 있기 때문에, 편지 내용과 같은 행동을 할 사람이 결코 아니라고 말일세. 하지만 자네에 대해 내가 알고 있기는 한 걸까? 과연 내가 자네를 안다고 말할 수 있을지 고민하게 되네. 자네의 영혼을 알아야만 내가 정말 자네에 대해 아는가 하는 질문에 대답할 수 있을 거야."

"내 영혼을 알아야 한다!"

도리언 그레이는 놀라 소파에서 벌떡 일어났다.

"그래."

바질이 나직막한 목소리로 진지하게 대답했다.

"자네의 영혼을 들여다봐야 할 거야. 하지만 오직 신만이 인간의 영혼을 볼 수 있겠지."

도리언의 입에서 비웃음이 새어 나왔다.

"당장 오늘밤 당신의 눈으로 내 영혼을 볼 수 있을 겁니다."

그는 탁자 위의 있던 등잔을 집어 들며 소리쳤다.

"당신이 그린 초상화를 보러가죠. 당신이 그린 것인데 못 볼 이유가 있나요? 그림을 보고 나서 당신이 원한다면 온 세상에 대고 떠들어도 될 거예요. 당신을 믿을 사람은 아무도 없을 거예요. 세상 사람들이 당신 말을 믿게 된다면 날 더 좋아하게 될 겁니다. 당신은 시대가 어쩌고저쩌고 말하지만, 지금의 시대가 어떤 시대인지는 당신보다 내가 더 잘 알아요. 자, 가자니까요. 여태껏 타락에 대해 실컷 말했으니 이제 타락이 무엇인지 당신 두 눈으로 직접 보게 될 겁니다."

도리언이 하는 말 한마디 한마디에 광기에 가까운 오만이 배어 있었다. 그는 버릇없는 아이 같은 태도로 바닥을 쾅쾅 굴렀다. 도리언은 다른 누군가가 그의 비밀을 나누어 가진다는 생각에 기쁨을 느꼈다. 그에게 비참함을 안겨 준 초상화를 그린 장본인이, 자신이 한 짓에 대한 끔찍한 기억으로 평생 동안 무거운 짐을 지고 살아가게 될 거라는 생각에 도리언 그레이는 너무나 기뻤다.

"그래요, 당신에게 내 영혼을 보여 주겠어요. 오직 신만이 볼 수 있다고 당신이 생각하는 내 영혼을 보게 될 겁니다."

홀워드는 놀라며 뒤로 물러났다.

"이건 신성 모독이야! 그런 무서운 말을 하면 안 돼. 그리고 아무 의미도 없는 말이야."

"그렇게 생각해요?"

도리언은 다시 웃었다.

"그렇고말고. 그건 생각의 문제가 아니라 진실일세. 오늘밤 자네에게 했던 말은 자네를 위해서였네. 내가 자네의 변함없는 친구라는 걸 잊은 건 아니겠지?"

그는 도리언의 팔을 붙잡았다.

"팔 놓으세요. 할 말 있으면 지금 다 하세요."

바질의 얼굴이 고통으로 일그러졌다. 그는 잠시 서 있었고, 바로 도리언에 대한 연민의 감정이 밀려들었다. 그의 인생에 관여할 권리가 있단 말인가? 그에 대한 나쁜 소문의 10분의 1이라도 사실이라고 한다면 도리언은 엄청난 고통을 겪었을 것이 아닌가! 바질은 벽난로 옆으로 걸어가서 그 자리에 선 채 타오르는 장작 불꽃과 타고 난 뒤에 남는 하얀 서리 같은 재를 바라보았다.

"당신의 말이 끝나기를 기다리고 있어요, 바질."

도리언은 딱딱하고 또렷한 목소리로 말했다.

바질은 몸을 돌려 도리언을 바라보았다.

"내가 할 말은 다른 게 아닐세. 다른 사람들이 자네에게 갖고 있는 비난과 음해들에 대해 자네의 대답을 듣고 싶을 뿐이네. 그런 소문들이 처음부터 끝까지 다 잘못된 것이라고 자네가 말한다면, 난 그 말을 믿을 거야. 도리언, 제발 사실이 아니라고 부정하게나! 지금 내가 얼마나 고통스러운지 보이지 않나? 제발! 자네가 악하고 타락하고 수치스러워할 만한 일을 한 사람이 아니라고 말해 주게나."

도리언은 미소를 지었다. 입술에는 경멸이 서려 있었다.

"2층으로 올라가요, 바질."

그가 조용히 말했다.

"내가 날마다 기록하는 일기가 거기 있어요. 그 방에서 결코 떠난 일이 없는 일기죠. 그 일기를 보여 주겠어요."

"원한다면 함께 가겠네, 도리언. 기차는 이미 놓쳐 버렸군. 상관없네. 내일 가면 되니까. 하지만 오늘밤 나더러 뭘 읽어 달라는 말은 말아주게. 난 내가 한 질문에 대한 분명한 답을 원할 뿐이야."

"2층에 그 답이 있어요. 그래서 여기서는 답할 수가 없어요. 읽는 데 시간이 오래 걸리지는 않을 거예요."

13

도리언 그레이는 서재에서 나와 2층으로 가는 계단을 오르기 시작했고, 바질 홀워드는 그의 뒤를 따라 올라갔다. 사람들이 밤이면 본능적으로 발소리를 죽이듯이 두 사람은 살금살금 발끝으로 걸어 올라갔다. 도리언이 들고 있는 등잔불이 벽과 계단에 환

상적인 그림자를 만들었다. 밤바람이 드세져 창문이 덜커덩거렸
다.

맨 위 계단에 이르자 도리언은 바닥에 등잔을 내려놓고 열쇠를
꺼냈다.

"지금도 알고 싶은가요, 바질?"

그가 나지막한 목소리로 물었다.

"그래."

"보여 주게 되어 나도 기쁘군요."

도리언은 미소 지으며 말했다. 하지만 조금은 차가운 목소리로
덧붙였다.

"이 세상에 나에 대해 모든 것을 알 자격이 있는 사람은 유일하
게 당신뿐이요. 당신은 생각 이상으로 내 인생에 깊이 연관되어
있어요."

도리언은 문을 열어 방 안으로 들어갔다. 차가운 바람이 두 사
람을 스쳐갔고 그 바람에 등불은 진한 주황색 불꽃을 내며 타올
랐다. 도리언은 몸을 떨었다.

"문을 닫아주세요."

그는 등을 탁자 위에 내려놓으면서 말했다.

홀워드는 당혹스러운 얼굴로 방 안을 둘러보았다. 방은 오랫동
안 사람의 손길이 닿지 않은 듯했다. 의자 하나와 탁자 하나를 빼
면 빛바랜 플랑드르산 낡은 벽걸이 융단과 커튼처럼 드리워져 있
는 그림 그리고 낡은 이탈리아산 옷장, 거의 비어 있는 책꽂이가

방 안에 있는 물건의 전부인 듯했다. 도리언 그레이가 벽난로 위에 있던 반쯤 남은 양초에 불을 붙여 방 안이 밝아지자 바질은 온통 먼지에 싸인 방과 여기저기 구멍이 난 양탄자가 바닥에 깔려 있는 것을 보았다. 쥐 한 마리가 잽싸게 벽 뒤의 구멍으로 사라졌고 퀴퀴한 곰팡이 냄새가 풍겨왔다.

"오직 신만이 인간의 영혼을 볼 수 있다고 했지요, 바질? 저 커튼을 젖히면 내 영혼을 볼 수 있을 거예요."

도리언의 목소리는 차갑고 잔인했다.

"자네 미쳤군. 미친 게 아니라면 일부러 이러는 건가?"

홀워드는 얼굴을 찌푸리며 중얼거렸다.

"안 보겠다는 건가요? 그렇다면 내가 보여 줄 수밖에 없군요."

도리언은 이렇게 말한 뒤 커튼이 찢어져라 확 잡아당겨 바닥에 팽개쳤다.

바질의 입에서 공포의 비명 소리가 터져 나왔다. 희미한 불빛 속에서 자신을 향해 웃고 있는 추악한 얼굴을 보았기 때문이다. 그림 속 얼굴에는 극도의 역겨움과 혐오감을 느끼게 하는 뭔가가 있었다. 이럴 수가! 그것은 바로 도리언 그레이의 얼굴이었다! 추악한 얼굴이었지만 아직 도리언 그레이의 빼어난 아름다움을 전부 훼손시키고 있는 상태는 아니었다. 듬성듬성한 머리카락이지만 아직 도리언의 금발 곱슬머리가 남아 있었고 육감적인 입술에는 아직 주홍빛 기운이 남아 있었다. 푹 꺼지고 생기 없는 눈이지만 눈동자엔 아직 푸른빛을 잃지 않아 사랑스러움이 남아 있었

고, 조각 같은 코와 유연한 목덜미에 귀족적인 고귀함이 아직은
남아 있었다. 그렇다, 초상화 속 인물은 여전히 도리언이었다. 그
런데 대체 누가 이런 짓을 했단 말인가? 바질은 자신의 필치를 알
아보았고, 액자 역시 자신이 디자인한 것이었다. 그는 양초를 그
림 가까이 비추어 보았다. 그림의 왼편 구석에는 밝은 주홍색으
로 쓴 자신의 이름이 있었다.

 누군가 모사한 것이거나 아니면 야비하고 천박한 풍자였다. 바
질은 이 그림을 그리지 않았다. 하지만 그는 자신의 작품임을 부
정할 수 없었다. 그 자신이 그 사실을 알고 있었고, 그는 몸속의
피가 갑자기 뜨거워졌다가 얼음장처럼 차갑게 식는 것처럼 느꼈
다. 내가 그린 그림이라니! 도대체 이게 무슨 뜻이란 말인가? 그
림이 왜 이렇게 변했을까? 그는 돌아서서 아픈 사람 같은 눈으로
도리언 그레이를 보았다. 그의 입이 경련하듯 떨렸고, 바짝 마른
혀는 어떤 말도 할 수 없는 듯했다. 그는 손을 이마에 대어 보았
다. 이마는 식은땀으로 젖어 있었다.

 벽난로 선반에 몸을 기대고 선 도리언은 뛰어난 배우의 연기를
열중하여 지켜보는 관객 같은 묘한 표정으로 홀워드를 바라보았
다. 슬픔도 즐거움도 없는 표정이었다. 그의 눈이 언뜻 승리감으
로 반짝이는 듯했지만, 얼굴은 지켜보는 사람의 열정만이 있는
표정이었다. 그는 코트에 꽂혀 있던 꽃을 빼들고 냄새를 맡았다.
아니, 냄새 맡는 시늉을 하는 듯했다.

 "이게 어떻게 된 건가?"

홀워드가 마침내 입을 열었다. 그의 목소리는 자신이 듣기에도 갈라지고 이상하게 들렸다.

"오래전 내가 소년이었을 때입니다."

도리언 그레이는 손에 쥐고 있던 꽃을 으스러뜨리면서 말했다.

"당신은 날 만나 찬사를 늘어놓았고, 내 아름다운 용모에 허영심을 갖도록 했어요. 그리고 어느 날 당신 친구에게 소개시켜 주었는데 그 친구는 청춘의 경이로움에 대해 말해 주었어요. 그리고 당신은 아름다움의 기적을 보여 준 나의 초상을 완성했죠. 그때 흥분한 상태에서 난 소원을 빌었어요. 지금도 내가 후회하는지는 잘 모르겠지만. 아니, 당신은 그걸 소원이 아니라 기도라고 할지도 모르죠."

"그래, 기억나네! 아, 기억나고말고! 아니야! 이런 일은 있을 수 없어. 방 안이 습기로 가득해. 그래서 캔버스에 곰팡이가 생긴 거야. 그리고 내가 사용한 물감엔 독성 광물질이 들어 있었어. 이런 일은 불가능한 일이야."

"불가능이라고? 뭐가 불가능하다는 거죠?"

도리언은 중얼거리며 창가로 걸어가서 김이 서린 차가운 유리에 이마를 갖다 댔다.

"이 그림을 없애 버렸다고 말하지 않았나?"

"거짓말이었어요. 그림이 나를 없앴다고 해야겠죠."

"내 그림이라는 걸 믿을 수가 없군."

"이 그림 속에서 당신의 이상형이 보이지 않았나요?"

도리언이 신랄한 말투로 말했다.

"나의 이상형이라고……."

"당신이 했던 말이죠."

"내가 그린 그림엔 그 어떤 사악한 것도, 수치스러운 것도 없었어. 자네는 내가 살면서 다시는 만날 수 없을 이상형이었어. 하지만 지금 그림 속의 얼굴은 호색한의 얼굴이야!"

"내 영혼의 얼굴이에요."

"신이시여! 도대체 내가 숭배한 것이 무엇이란 말입니까! 이 그림의 속의 눈은 악마의 눈이야."

"인간은 모두 자기 안에 천국과 지옥을 함께 갖고 있어요, 바질."

도리언은 절망감으로 외쳤다.

바질은 다시 초상화 쪽으로 돌아서서 바라보았다.

"맙소사! 이게 만일 사실이라면……. 이게 자네가 살아온 인생의 반영이라면, 자네는 자네를 비방하는 사람들의 생각보다 더 나쁜 인물이었던 것이 분명하네!"

그는 촛불을 가져다 캔버스 가까이 대고 다시 그림을 살펴보았다. 캔버스 표면에 누가 손을 댄 것 같지는 않았고 그가 그렸을 때 그대로인 것처럼 보였다. 변화가 있었다면 그 추악함과 섬뜩함은 그림 안으로부터 온 것이 틀림없었다. 내적인 인생에 이상한 속도가 붙으면서 죄악이라는 전염병이 서서히 그림을 갉아먹은 것이다. 습기 찬 무덤 속에서 썩어가는 시체라 한들 이보다 더 끔찍하지는 않을 것이다.

그의 손이 떨리는 바람에 들고 있던 양초가 촛대에서 바닥으로 떨어졌다. 그는 한 발로 아직 타고 있는 바닥의 촛불을 꺼버렸다. 그리고 탁자 옆에 있던 삐걱대는 의자 위에 주저앉아 두 손으로 얼굴을 감쌌다.

"이럴 수가, 도리언. 자네에게 인생이 이런 교훈을 준 건가! 너무나도 무서운 교훈이군!"

도리언은 대답하지 않았다. 대신 바질은 창가에 기대어 선 도리언의 흐느끼는 소리를 들을 수 있었다.

"기도하게, 도리언. 기도를……."

바질이 중얼거렸다.

"우리가 어린 시절 배웠던 기도는 어떻게 하는 건가? '우리를 유혹에 들지 않게 하시고, 우리의 죄를 용서하시고, 우리의 죄를 씻어 주소서.' 같이 기도하세. 자네의 오만에서 나온 기도를 신이 들어주셨으니 참회의 기도 역시 들어주실 걸세. 난 자네를 숭배했지. 그 대가로 나는 벌을 받았네. 자네 역시 자신을 지나치게 숭배했어. 우리 두 사람 벌을 받은 거야."

도리언 그레이는 천천히 돌아서서 눈물로 흐려진 눈으로 그를 보았다.

"되돌리기엔 너무 늦었어요, 바질……."

"아니, 늦지 않았네, 도리언. 무릎을 꿇고 기도문이 기억나도록 노력해 보자고. 성서에 이런 구절이 있지 않나? '너의 초가 핏빛으로 붉게 물들지라도, 내가 너의 죄를 눈처럼 하얗게 씻어 주리라.’”

“성서의 구절은 내게 아무런 의미도 없어요.”

“쉿! 그런 소리는 하지도 말게. 자네는 살면서 충분히 악행을 저질렀어. 신이여! 우리를 향해 비웃고 있는 저 그림이 보이지 않나?”

도리언 그레이는 다시 그림을 보았고, 갑자기 바질 홀워드에 대한 억제할 수 없는 증오심이 솟구쳤다. 마치 캔버스 위의 입을 벌리고 웃고 있는 그림이 그의 귀에 대고 그렇게 하라고 시키는 것 같았다. 사냥꾼에게 쫓기는 동물의 거친 열정 같은 것이 그의 내면에서 폭발했고, 탁자 옆에 앉아 있는 사내가 미워졌다. 그의 인생을 통틀어 그 어느 대상보다 더 증오스러웠다. 그는 정신없이 주변을 두리번거렸다. 그의 맞은편에 있는 서랍장 위에서 무언가 번득이는 것이 보였다. 그의 눈이 그 위에 고정되었다. 그는 그게 무엇인지 알 수 있었다. 그것은 며칠 전 노끈을 자르려고 갖고 올라왔다가 잊어버리고 그냥 두었던 칼이었다. 그는 천천히 바질 홀워드의 곁을 지나쳐 칼이 있는 쪽으로 갔다. 그는 바질의 등 뒤에서 칼을 집어 몸을 돌렸다. 그때 바질은 자리에서 일어나려는 듯 의자에서 몸을 움직였다. 그는 바질을 향해 달려들어, 귀 뒤에 있는 대정맥 속에 칼을 내리꽂았다. 바질이 탁자 위에 쓰러졌고 도리언은 그의 머리를 누르고 칼로 찌르고 또 찔렀다.

신음 소리가 새어 나오고 피가 솟구쳐 목이 막혀 내는 섬뜩한 소리가 들렸다. 축 늘어진 팔이 세 차례 허공을 허우적댔고 뻣뻣

도리언 그레이의 초상

해진 손가락이 기괴하게 흔들렸다. 도리언은 두 번 더 찔렀으나 이미 바질은 더 이상 움직이지 않는 상태였다. 무언가 똑똑 소리를 내며 바닥에 떨어지는 소리가 들렸다. 도리언은 칼을 탁자 위에 내려놓고 그 소리에 귀를 기울였다.

낡아서 구멍 양탄자 사이의 마루 판자에 피가 똑똑 떨어지는 소리만이 들릴 뿐이었다. 그는 문을 열고 계단참에 나갔다. 집 안은 완전히 정적에 싸여 있었다. 아무도 깨어 있지 않았다. 몇 초 동안 그는 난간 위로 몸을 굽히고 우물 속처럼 캄캄한 어둠 속을 내려다보았다. 그리고 열쇠를 꺼내 들고 다시 방 안으로 들어와 혹시 누가 오더라도 들어올 수 없게 안에서 문을 잠갔다.

시체는 탁자 위에 등을 구부리고 머리를 숙인 기괴한 자세로 있었다. 긴 팔은 늘어뜨려져 있었다. 목의 찔린 붉은 상처며 탁자 위의 검붉은 피 웅덩이가 아니었다면 그는 잠든 것처럼 보이는 자세였다.

얼마나 순식간에 일어난 일이던가! 이상하리만치 침착한 상태로 그는 창가로 다가가 문을 열고 발코니로 나갔다. 바람이 불어 안개는 걷혀 있었고, 하늘은 무수히 빛나는 별이 황금 눈알처럼 박혀 있는 펼쳐진 공작 꼬리 같았다. 아래를 내려다보니 조용한 집들을 손전등으로 비추면서 야간 순찰을 돌고 있는 경찰이 보였다. 천천히 달려가는 2인승 마차의 자주색 불빛이 반짝이며 사라졌다. 바람에 펄럭이는 숄을 두른 여자가 난간을 붙잡고 이리저리 비틀거리며 걸어가고 있었다. 가끔 그녀는 걸음을 멈추고 서서 뒤를 돌아보았다. 그리고는 갈라지고 쉰 목소리로 노래를 부르기 시작했다. 경찰이 빠른 걸음으로 그녀에게 다가와서 뭐라고 말했다. 그러자 여자는 비틀거리며 소리 내어 웃었다. 차갑고 거센 바람이 광장 위를 쓸고 갔다. 가스등이 깜박이다가 파랗게 다시 타올랐고 잎사귀가 다 떨어져 헐벗고 검은 철사 같은 나뭇가지들이 이리저리 흔들렸다. 도리언은 몸을 떨고 방 안으로 들어와 창문을 닫았다.

방문 앞에 이르자 그는 열쇠를 넣어 문을 열었다. 그는 죽은 남자 쪽은 쳐다보지도 않았다. 이 사건을 현실로 받아들이지 않는다면 비밀에 부칠 수 있다고 생각했다. 그의 인생에 모든 비참함을 안겨 준 초상을 그린 화가이자 친구가 그의 인생에서 사라져 버렸다. 그것으로 충분했다.

그러다가 그는 방 안에 두고 나온 등잔불 생각이 났다. 무어인이 만든 이상하게 생긴 물건으로, 광택 없는 은판에 윤이 나는 철로 아라베스크 무늬를 새겨 넣고 조잡한 터키옥을 박아 넣은 것이었다. 하인이 등이 없어진 것을 눈이 채고 물어볼지도 모른다. 그는 잠시 망설이다가 다시 방 안으로 들어가서 탁자 위에 있던 등을 집어 들었다. 그러자니 이번에는 시체를 볼 수밖에 없었다. 시체는 꼼짝도 하지 않고 가만히 있었다. 기다란 하얀 손은 무섭도록 창백했다. 밀랍으로 만든 손의 모형 같았다.

그는 방문을 잠그고 나서 조용히 아래층으로 내려왔다. 계단의 나무가 마치 고통으로 비명을 지르는 것처럼 삐걱대는 소리를 냈다. 그는 몇 번 멈추어 서서 귀를 기울였다. 아니다, 사방이 고요하다. 단지 그의 발자국 소리가 그렇게 들리는 것이었다.

서재에 돌아와 보니 한구석에 바질의 가방과 코트가 놓여 있는 것이 보였다. 이것들을 어디론가 숨겨야 했다. 그는 벽 널판 뒤에 있는 비밀 공간을 열었다. 그가 가끔 변장할 때 쓰는 물건들을 넣어 두는 곳이었다. 가방과 코트를 그 안에 넣었다. 나중에 태워 버리면 된다. 그는 손목시계를 꺼내 보았다. 새벽 1시 40분이었다.

그는 자리에 앉아 생각에 잠겼다. 영국에서는 매년, 아니 매달 그가 저지른 일과 같은 일로 수많은 사람들이 교수형에 처해진다. 살인의 광기가 공기 속에 떠돌았다. 알 수 없는 불길한 붉은 별이 지구 가까이 다가왔기 때문일지도 모른다. 하지만 불리한 증거가 어디 있는가? 바질 홀워드는 11시에 그의 집을 나갔다. 그 시각 이후 그가 다시 들어온 것을 본 사람은 아무도 없었다. 대부분의 하인들은 셀비 거리에 살고 있었다. 그의 시종은 잠자리에 든 뒤였다. 파리! 그래, 바질이 떠난 곳은 파리였고 그는 자정에 출발하는 열차를 탔다. 그가 계획했던 대로. 평소 다른 사람들과 어울리기를 싫어하는 그의 특이한 습관은 널리 알려져 있었으니, 그가 없어진 것을 의심하는 사람이 나타나기까지는 몇 달 걸릴 것이다. 몇 달이라! 그때쯤이면 바질과 관련된 물건들을 없애는 데에는 충분한 시간이었다.

갑자기 한 가지 생각이 떠올렸다. 그는 털외투를 입은 뒤 모자를 쓰고 현관 쪽으로 나갔다. 잠시 멈추어 서서 밖의 보도 위를

천천히 오가는 경찰의 발소리를 듣고, 황소 눈처럼 노랗고 둥그
렇게 비쳐 들어오는 경찰의 손전등 불빛을 보았다. 그는 기다리
며 숨을 깊이 들이마셨다.

　잠시 후 그는 빗장을 당겨 밖으로 나간 다음 소리를 죽여 조심
스럽게 문을 닫았다. 그리고 초인종을 울리기 시작했다. 5분쯤 뒤
에 시종이 대충 옷을 입은 채로 아주 졸린 듯한 얼굴을 하고 나타
났다.

　"깨워서 미안하군, 프랜시스."

　그는 집 안으로 발을 들여놓으며 말했다.

　"빗장 열쇠를 잊어버렸지 뭔가. 지금 몇 시쯤 되었나?"

　"2시 10분입니다."

　시종은 눈을 끔벅이며 벽시계를 보고 나서 대답했다.

　"2시 10분이라고? 시간이 벌써 그렇게 되었군! 내일 아침 9시
에 날 좀 깨워 주게나. 할 일이 있거든."

　"알겠습니다."

　"간밤에 찾아온 사람은 없었나?"

　"홀워드 씨가 오셨습니다. 11시까지 계시다가 열차를 타야 한
다며 가셨습니다."

　"아, 그랬나! 날 못 보고 가다니 유감이군. 용건을 남기진 않았
나?"

　"아뇨. 아, 클럽에 가서 주인님을 찾아보고 그래도 만나지 못하
면 파리에 가서 편지를 보내겠다고 했습니다."

"그럼 됐네, 프랜시스. 내일 아침 9시에 날 깨우는 걸 잊지 말게."

"알겠습니다."

시종은 슬리퍼를 신은 발을 끌며 복도의 어둠 속으로 사라졌다.

도리언 그레이는 모자와 외투를 탁자 위에 던지고 서재로 들어 갔다. 15분 정도 그는 입술을 깨물고 생각에 잠겨 방 안을 왔다 갔다 했다. 그러다 책꽂이에서 영국 청서를 꺼내어 책장을 넘기 기 시작했다.

"앨런 캠블, 메이페어 허트포드 가 152번지."

그렇다. 지금 그에게 필요한 사람이었다.

14

다음날 아침 9시에 하인이 뜨거운 초콜릿 잔을 쟁반에 받쳐 들 고 침실 문을 열었다. 도리언은 오른쪽으로 누워 한 손에 얼굴을 대고 평화롭게 자고 있었다. 정신없이 놀다 지치거나 공부하다가 지친 아이 같은 모습이었다.

하인이 어깨를 두 번씩이나 친 뒤에야 도리언은 잠에서 깼고, 달콤한 꿈이라도 꾼 듯 입술 위에는 엷은 미소가 번져 있었다. 어 떤 즐거움이나 괴로운 장면도 끼어들지 않는 잠이었다. 하지만 젊은 사람은 때론 이유 없이도 웃는 법이다. 그것이 젊음이 지닌 매력 중 하나일 것이다.

그는 한쪽으로 돌아누워 팔꿈치에 기대어 초콜릿을 마시기 시작했다. 11월의 은은한 햇빛이 방 안으로 흘러 들어왔다. 하늘은 파랗고 공기는 따사로웠다. 마치 5월의 아침인 것처럼.

어젯밤의 기억이 피로 얼룩진 발을 소리 없이 끌고 천천히 그의 머릿속으로 들어와 섬뜩하도록 뚜렷하게 되살아났다. 그는 그가 겪은 모든 고통의 기억에 몸을 떨었고, 의자에 앉아 있던 홀워드를 죽이도록 한 강렬한 미움이 되살아나면서 온몸이 싸늘해졌다. 바질은 죽어서도 지금 그의 방 안에 있는 햇빛 속에 앉아 있을 것만 같았다. 얼마나 끔찍한 일인가! 그런 끔찍한 것은 어둠 속에나 있어야지 대낮의 밝은 햇빛 속에 있는 것은 어울리지 않는다.

그는 지난밤의 일만 생각하다가는 병이 나거나 미쳐 버릴지도 모른다고 생각했다. 죄악 중에는 그 자체보다는 죄악에 대한 기억을 떠올릴 때 빛을 발하고 사람을 끌어당기는 것이 있다. 그 기이한 승리감은 열정보다는 자부심을 만족시키고, 감각보다는 지성에 더 큰 기쁨을 가져다 준다. 하지만 지난밤의 일은 이런 종류의 죄악이 아니었다. 그 죄악은 머릿속에서 몰아내거나, 아편으로 잠재워야 할 종류의 것이었다. 그것이 죄악을 저지른 사람을 목조르기 전에 먼저 목 졸라 지워 버려야 할 기억이었다.

시계 종이 30분을 알리자 그는 자리에서 벌떡 일어났다. 넥타이와 스카프 핀을 고르는 데도 한참이 걸렸고 반지도 여러 번 끼어 보는 등 평소보다 더 공들여 옷을 차려입었다. 아침 식탁에서도 여러 가지 음식들을 하나하나 다 맛보았고, 셸비에 사는 하인들

을 위한 새로운 제복에 대해 시종과 이야기를 나누었으며, 편지
온 것들을 확인하면서 긴 시간을 보냈다. 그중 어떤 편지들은 그
를 미소 짓게 했다. 하지만 3통의 편지는 그를 지루하게 만들었
다. 그중 한 통은 몇 번이고 반복해서 읽다가 얼굴에 노여운 기색
을 띠면서 찢으면서 말했다.

"여자의 기억력이란 정말 하찮기도 하지!"

언젠가 헨리 경이 했던 말이었다.

블랙커피를 마신 뒤 냅킨으로 천천히 입가를 닦았고, 하인에게
기다리라는 손짓을 하고는 탁자 앞에 앉아 2통의 편지를 썼다. 그중
한 통은 자기 주머니에 넣고 나머지 한 통은 시종에게 건네주었다.

"이걸 프랜시스 구 허트포드 가의 152번지로 가져가게. 만일 캠
벨 씨가 런던에 없으면, 어디 있는지 그 주소를 알아 오게."

시종이 나간 뒤 그는 담뱃불을 붙이고 종이 한 장을 꺼내 그림
을 그리기 시작했다. 처음엔 꽃을 그리다가 건물을 그리고 그 다
음엔 사람의 얼굴을 그렸다. 그는 문득 그가 그리는 얼굴이 모두
바질 홀워드와 닮은 것을 알고 얼굴을 찡그렸다. 그는 일어나 책
장 쪽으로 가서 아무 책이나 꺼내 보기 시작했다. 일부러 지난밤
의 일을 생각해야만 할 일이 생길 때까지 그 일에 대해선 생각하
지 않을 작정이었다.

소파에 몸을 쭉 뻗고 누워 있던 그는 어느 책의 제목을 보았다.
고티에의 《나전과 양각》이란 시집이었는데 샤르팡티에가 일본 종
이에 찍어 낸 것으로, 자크마르의 에칭이 들어가 있는 책이었다.

표지의 장정은 연두색 가죽으로 했고 금박 입힌 격자무늬 안에는
석류 알이 그려져 있었다. 에이드리언 싱글턴이 그에게 선물한
책이었다. 책장을 넘기다가 라세네르의 손에 대해 읊은 시가 눈
에 띄었다. 그는 하얀 초처럼 끝이 뾰족한 자기 손가락을 내려다
보면서 자기도 모르게 몸을 떨고는 계속 책장을 넘기다 베니스를
찬미하는 아름다운 시 구절들과 마주쳤다.

반음계 곡조에 실려
넘쳐흐르는 진주 같은 가슴
아드리아 해의 비너스 호
베니스가 파도 사이로 붉고 하얀 모습을 보여 주네.

짙푸른 파도 위로 보이는 둥근 지붕은
깨끗한 윤곽을 따라
둥그스름한 젖무덤처럼 솟아 있고
사랑의 탄식을 하듯 오르내리네.

조각배가 항구에 닿으면
나는 배에서 내려
말뚝에 밧줄을 던지네.
장밋빛 건물 앞의
대리석 계단 위에.

얼마나 아름다운 시구던가! 이 시를 읽고 있고 있노라면, 그 도
시의 연둣빛 물결 위를 따라 뱃머리에 은색의 커튼이 너풀대는
검은 곤돌라를 타고 흔들흔들 떠가는 듯한 기분이 들곤 했다. 시
행 그 자체가 리도 섬을 향해 노를 저어 나아갈 때 터키옥 빛깔의
일직선 모양으로 생기는 푸른 뱃길처럼 보였다. 머릿속에 갑자기
터져 나오는 반짝이는 빛처럼 벌집무늬 육각형의 높다란 종탑 근
처를 퍼덕이며 날아가는, 또는 먼지 낀 어두운 지붕이 즐비한 거
리를 당당하고 우아하게 걸어 다니는, 영롱한 하얀 목을 한 비둘
기들이 번득이듯 지나갈 때의 색깔을 떠올렸다. 그는 반쯤 눈을
감고 등을 뒤로 기대면서 거듭 읊어 보았다.

장밋빛 건물 앞의
대리석 계단 위에

베니스라는 도시 전체가 이 두 구절에 집약되어 있었다. 그는
베니스에서 보낸 가을을 생각했다. 미칠 듯했지만 그로 하여금
행복했던 광기의 행동을 하게 만들었던 그곳에서의 놀라운 사랑
을 기억했다. 베니스에는 그 어디엘 가든 로맨스가 있었다. 베니
스도 옥스퍼드처럼 언제 가도 로맨스를 위한 배경을 갖고 있는
도시였다. 그리고 진정한 낭만주의자에게 언제나 중요한 것은 배
경이라고 할 수 있었다. 바질은 그곳에 함께 간 적이 있었고 그때
틴토레토[48])에 푹 빠졌었다. 가엾은 바질! 얼마나 끔찍하게 죽었

는가!

　그는 한숨을 쉬었다. 그리고는 다시 책을 펼쳐 조금 전에 떠오른 기억을 잊으려 애썼다. 그는 호박 구슬을 굴리는 회교도 남자들이 앉아 있고, 터번을 쓴 상인들이 주머니 달린 긴 파이프로 담배를 피우며 무거운 표정으로 이야기를 나누는 스미르나의 조그만 카페를 드나든다는 제비들의 이야기를 읽었다. 그리고 콩코르드 광장에 서 있는 오벨리스크[49]에 대한 이야기를 읽었다. 오벨리스크는 태양이 비치지도 않는 망명지에서 화강암으로 된 눈물을 흘린다고 했다. 연꽃으로 덮인 무더운 나일 강으로 돌아가고 싶어 한다고 했다. 그 나일 강에는 스핑크스와 장미처럼 붉은색의 따오기가 있고 금빛 발톱을 한 듯한 흰색의 독수리가 살고 있으며, 작고 녹색 눈을 한 악어가 김이 나는 초록색의 늪을 유유히 기어 다닌다고 했다.

　그는 입맞춤 자국으로 얼룩진 대리석에서 음악을 끌어내듯 기이한 석상을 노래한 구절을 곰곰이 생각하기 시작했다. 고티에가 콘트랄토 음성에 비교한 '귀여운 괴물'[50] 석상은 루브르 박물관의 반암석실에 감추어져 있었다.

도리언 그레이의 초상

48) 16세기 이탈리아 베네치아 파의 화가
49) 고대 이집트 왕조 때 태양 신앙의 상징으로 세워진 기념비. 기원전 13세기 람세스 2세에 의해 건립된 오벨리스크 한 쌍 중 하나가 파리의 콩코르드 광장으로 옮겨졌다.
50) 남녀추니를 일컫는 것으로, 고티에는 남녀추니와 양성애에 관심이 많았다.

하지만 그는 얼마 안 있어 손에서 책을 떨어뜨렸다. 그는 더욱 초조해졌고 무서운 공포감에 휩싸였다. 만약 앨런 캠벨이 영국에 없다면 어떻게 할 것인가? 그렇다면 그가 영국으로 돌아오는 데 며칠이 걸릴지도 모른다. 어쩌면 아예 그가 돌아오지 않겠다고 할 수도 있었다. 그가 거절하면 어떻게 하나? 지금은 순간의 시간도 놓칠 수 없이 중요한 때이기 때문이다.

5년 전까지만 해도 두 사람은 절친한 친구 사이였다. 서로 뗄 수 없는 사이였다고 해야 옳을 것이다. 하지만 두 사람의 우정은 갑자기 끝나고 말았다. 두 사람이 사교계에서 만났을 때 도리언 그레이만이 미소 짓는다. 앨런 캠벨은 그를 향해 절대 웃지 않았다.

앨런 캠벨은 대단히 명석했지만 시각 예술에 대한 조예는 없다고 할 수 있었으며, 도리언 그레이에게서 시의 아름다움에 대한 이해를 얻었다. 그는 지적인 열정을 주로 과학에 쏟아 부었다. 케임브리지 시절 많은 시간을 실험실에서 보냈고 자연 과학부를 1등으로 졸업했다. 그는 대학을 졸업한 후에도 여전히 화학 공부에 전념하였고, 하루 종일 혼자만의 실험실에 틀어박혀 연구만 했기 때문에 어머니를 화나게 하곤 했다. 그의 어머니는 화학자는 약의 처방전이나 쓰는 사람이라 생각했기 때문에 아들이 의회에 진출하기를 원했다. 하지만 그는 바이올린과 피아노를 아마추어들보다 잘 연주하는 뛰어난 음악가이기도 했다.

그가 도리언 그레이와 가까워지게 된 것은 바로 음악을 통해서였다. 음악과 도리언이 마음만 먹는다면 언제든 발휘할 수 있는 매력이면서 본인은 의식하지 못하는 매력이 두 사람을 가까워지게 했다고 할 수 있다. 두 사람이 만난 것은 루빈슈타인[51]이 연주하던 날 밤에 버크셔 부인의 집에서였고, 그날 이후 늘 함께 오페라 극장에 나타났으며, 훌륭한 연주가 있는 곳이라면 어디서든 그 두 사람의 모습을 볼 수 있었다. 일 년 반 정도 두 사람의 친밀한 우정은 계속되었다. 캠벨은 셸비 로열이나 그로스브너 광장에 있는 도리언 집에 머무르는 일이 많았다. 그도 다른 사람들이 생각하는 것과 마찬가지로 도리언 그레이야말로 인생에서 아름답고 매혹적인 모든 것을 가진 인물이라 생각했다.

두 사람이 멀어지게 된 이유에 대해서 알고 있는 사람은 아무도 없었다. 하지만 어느 때부턴가 두 사람이 우연히 만나게 되었을 때 거의 말을 하지 않는다는 것과, 캠벨은 참석한 파티에 도리언 그레이가 있으면 언제나 자리에서 먼저 일어서곤 한다는 것을 다른 사람들이 알게 되었다. 앨런이 변한 것도 사실이었다. 때론 이상하리만치 우울해 보였고, 음악을 듣는 것조차 혐오하는 것 같았다. 절대로 음악을 연주하려고 하지 않았으며, 사람들이 연주해 달라고 하면 과학 연구에 바빠 연습할 시간이 없다는 핑계로 거절했다. 그 핑계는 사실이기도 했다. 그는 날이 갈수록 더욱더 생물학에 몰두하는 것 같았다. 과학 잡지에 그의 이름이 한두 번 오르내리기도 했는데, 기사의 내용은 그가 이상한 실험을 했다는

51) 제정 러시아의 작곡가 · 피아니스트(1829~1894)

것이었다.

도리언 그레이는 지금 그 앨런을 기다리고 있는 것이었다. 도리언은 계속 시계를 보았다. 그는 시간이 흐를 때마다 무섭게 초조해졌다.

마침내 그는 자리에서 일어나 새장 속에 갇힌 아름다운 새처럼 방을 왔다 갔다 하기 시작했다. 그는 한참동안 조용조용 큰 걸음으로 방안을 걸어 다녔다. 그의 손은 이상하게 싸늘했다.

너무 긴장한 나머지 견디기 힘들 정도였다. 마치 시간이 무거운 납을 발에 매달고 느리게 발을 끌며 기어가는 동안, 그는 무시무시한 강풍에 휩쓸려 예리한 이빨을 드러내며 입 벌리고 있는 깊고 어두운 절벽 쪽으로 끌려가는 것 같았다. 그 절벽 쪽으로 떨어지면 자기를 기다리고 있는 게 무엇인지 도리언은 알고 있었다. 아니, 그것은 눈에 직접 보였다. 마치 시력을 관장하는 뇌를 망가뜨려 원래 눈알이 있어야 할 자리인 동굴 속에 다시 집어넣기라도 하려는 사람처럼 몸을 떨면서 차갑고 축축한 손으로 뜨거운 눈꺼풀을 힘껏 눌렀다. 하지만 아무 소용없었다. 뇌는 스스로 먹고 살 수 있는 먹이가 따로 있었고, 공포 때문에 기괴해진 상상력은 고통이 더해질수록 몸부림치는 짐승처럼 날뛰며 뒤틀린 춤을 추었다. 무대 위의 추한 꼭두각시처럼 춤추며 움직이는 얼굴의 가면 너머로 천하게 웃었다. 그러다 느닷없이 시간이 멈추었다. 그랬다. 그 맹목적이며 천천히 숨을 쉬는 괴물이 더 이상 기어가지 않았다. 시간은 죽었어도 계속해서 움직이는 무서운 생각들이 그의 앞을 빠르게 달렸으며 무덤에서 추악한 미래를 끌어내어 그의 앞에 펼쳐 보였다. 도리언은 그것을 바라보았다. 그 섬뜩한 미래의 장면만으로도 그의 몸은 돌처럼 굳었다.

마침내 문이 열리고 하인들이 들어왔다. 도리언은 눈을 빛내며 하인을 돌아보았다.

"캠벨 씨가 오셨습니다."

도리언의 바싹 마른 입술 사이로 안도의 한숨이 새어 나왔고 그의 뺨에는 혈색이 돌아왔다.

"어서 들어오시라고 하게, 프랜시스."

그는 이제야 자기 자신으로 돌아온 느낌이었다. 두려움에 떨던 마음은 사라졌다.

하인은 머리 숙여 절하고 물러갔다. 조금 뒤 굳은 표정에 얼굴빛이 창백한 앨런 캠벨이 들어왔다. 창백한 얼굴은 그의 까만 머리카락과 짙은 눈썹과 대조되어 더욱 창백해 보였다.

"앨런! 이렇게 와줘서 정말 고맙네. 대책 없이 자네만을 기다리고 있었어."

"난 다시는 자네 집에 발을 들여놓지 않을 생각이었네, 그레이. 하지만 생사가 달린 문제라기에 왔을 뿐이야."

그의 목소리는 딱딱하고 차가웠다. 그리고 일부러 그러는 것처럼 천천히 말했다. 도리언을 탐색하듯 쳐다보는 그의 시선에는 경멸하는 표정이 있었다. 앨런은 도리언이 자신을 반갑게 맞이하는 것도 보지 못한 듯 아스트라한[52] 외투에 두 손을 넣은 채로 있

었다.

"그래, 나의 생사가 달린 문제일세, 앨런. 게다가 한 사람만의 문제가 아니야, 자리에 앉게나."

캠벨은 탁자 옆에 있는 의자에, 도리언은 그 건너편에 앉았다. 두 사람의 눈이 마주쳤다. 도리언의 눈에는 한없는 연민이 서려 있었다. 그는 지금 자신이 끔찍한 일을 하고 있음을 알고 있었다.

잠시 무거운 침묵이 흐른 뒤, 도리언은 캠벨 쪽으로 몸을 기울여 나지막한 어조로 말했다. 하지만 자신의 말 한마디 한마디가 건너편의 앨런의 얼굴에 어떤 영향을 미치는가를 하나도 놓치지 않으면서 얘기했다.

"앨런, 이 집 2층 방에 말이야, 나 말고는 아무도 들어갈 수 없는 그 방에 한 남자가 죽은 채 탁자 옆에 앉아 있다네. 죽은 지 10시간 정도 지났어. 움직이지 말고 가만히 있게. 그리고 날 그렇게 보지 말게. 그가 누군지, 왜 죽게 되었는지, 또 어떻게 죽었는지 하는 것들은 자네와는 아무 상관없는 문제야. 자네가 할 일은 이것일세……."

"그만! 그레이, 더 이상 아무것도 듣고 싶지 않네. 자네가 말한 것이 사실이든 아니든, 그건 나와는 상관없네. 난 자네 인생에 끼어들고 싶지 않아. 끔찍한 비밀이 있다 해도 그건 자네의 것으로

52) 러시아의 아스트라한 지방과 중근동 지방에서 나는 새끼 양의 털가죽. 또는 그것을 본떠 짠 직물

남겨 두게나. 자네의 비밀 따위에 난 아무런 관심도 없으니까 말이야."

"앨런, 자네도 관심을 갖게 될 걸세. 자네가 흥미를 가질 만한 일인데 유감이군, 앨런. 하지만 어쩔 수 없었네. 날 구해 줄 사람은 자네뿐이야. 그래서 이 일에 자네를 끌어들일 수밖에 없네. 자네를 끌어들이는 것 말고 다른 선택이 없었어. 앨런, 자네는 과학자가 아닌가. 자네는 화학을 전공했고 박식하잖은가. 여러 실험도 했잖아. 2층에 있는 시체를 없애 주게나. 흔적 없이 시체를 깨끗이 없애 버려 달란 말일세. 그가 이 집에 들어오는 걸 본 사람은 아무도 없어. 그는 지금 파리에 가 있는 걸로 되어 있네. 몇 달이 지나도 그가 실종되었다는 생각을 하는 사람은 아무도 없을 거야. 사람들이 그의 행방에 대해 궁금해할 때쯤이면 이 집에 그와 관련된 흔적이 아무것도 남아 있지 않아야 해. 앨런, 자네가 그 시체와 그와 관련된 모든 것을 한줌의 재로 만들어, 내가 그 재를 허공에 날려 버릴 수 있도록 도와주게나."

"미쳤군, 도리언."

"아! 자네가 날 도리언이라 불러 주기를 기다리고 있었네."

"자네는 미쳤어. 내가 자네를 돕기 위해 손가락 하나라도 까딱할 거라고 생각했다니, 그리고 이 끔찍한 일을 나에게 털어놓다니 제정신이 아니군. 난 이 일에 연루될 생각이 눈곱만큼도 없네. 어떻게 이런 일이 생겼는지에 대해서도 전혀 관심이 없단 말일세. 내가 자네 때문에 나의 명예를 훼손할 거라 생각하나? 자네가 악마의 이름으로 하려고 하는 일이 무엇이든 나와는 아무런 상관이 없지 않은가?"

"그는 자살했어, 앨런."

"그것 참 다행이군. 그런데 누가 그를 자살하게 만들었지? 자네, 자네 말고 누가 있지?"

"날 위해 이 일을 해 주지 않고 거절하겠다는 말인가?"

"당연하지. 자네가 어떤 말을 한들 난 절대 이 일에 관여하지 않겠어. 자네가 어떤 수치로 더럽혀진다 해도 난 상관하지 않겠어. 그게 무엇이든 자네가 자초한 일이겠지. 자네가 세상 사람들 앞에 오명을 뒤집어쓰고 수치의 진탕 속에서 뒹군다 한들 난 아무런 느낌도 없을 거야. 어떻게 감히, 다른 많은 사람들을 제켜두고 날 불러다 이 일에 끌어들일 생각을 했을까? 사람 성격에 대해 잘 알고 있을 거라 생각한 건 내 착각이었군. 헨리 워튼 경이 자네에게 뭘 가르쳐 주었는지는 몰라도 사람의 심리에 대해선 가르쳐 준 것이 별로 없는 것 같군. 내게 무슨 말을 해도 난 자네를 돕기 위해 손가락 하나 움직이지 않을 걸세. 사람을 잘못 봤네. 자네 친구들에게 부탁하게. 난 해 줄 수 없어."

"앨런, 사실 그건 살인이었네. 그를 죽인 건 바로 나야. 그 일로 내가 어떤 고통을 겪었는지 자네는 상상도 못할 거야. 지금의 내 인생이 어떻든 그렇게 만들고, 아니 망쳐 놓은 것은 그자야. 헨리 경이 아니라네. 그자가 일부러 그런 것이 아니라 해도 말이지. 하지만 그렇다고 해서 결과가 달라지는 건 아니야."

"살인이라고! 맙소사, 도리언. 이제 살인까지 하나? 자네를 고발하지는 않겠네. 나와 상관없는 일이니까. 아니, 내가 신고하지 않아도 자네는 언젠가 잡힐 거야. 모든 범죄자는 어리석은 단서를 반드시 남기는 법이니까. 어쨌든 난 이 일에 상관하지 않겠어."

"자네는 이 일에 관여해야만 하네. 잠깐, 기다리게. 내 말 좀 들어 봐. 그저 듣기만 하라고, 앨런. 내가 자네에게 부탁하는 것은 일종의 과학 실험을 해 달라는 것뿐일세. 자네는 병원의 시체 보관소에 가지 않나. 자네는 거기서 어떤 끔찍한 일을 해도 아무런 영향도 받지 않잖아. 자네가 이 남자의 시체를 섬뜩한 해부실이나 악취 나는 실험실에서 본다면 하나의 훌륭한 실험 대상으로만 볼 걸세. 이 시체가 납빛의 수술대 위에 피가 흘러나오는 시뻘건 내장을 드러낸 채 누워 있다 해도 말일세. 눈 하나 꿈쩍이지 않을 거란 말일세. 자네가 뭔가 잘못을 저지르고 있다는 생각을 할 리가 없지. 오히려 자네는 인류의 복지를 위한 일을 하거나 이 세상의 지식의 양을 늘리기 위해, 또는 지적 호기심을 만족시키기 위해 뭐 그런 식으로 그 일을 한다고 생각할 걸세. 내가 바라는 것은 자네가 이전에도 여러 번 해본 적 있는 일을 해 달라는 것뿐이야. 아니, 시체를 없애는 일은 여태까지 자네가 하던 일보다 훨씬 덜 끔찍할 걸세. 게다가 기억해 주게, 내가 범인으로 몰릴 유일한 증거가 그 시체일세. 시체가 발견되면 난 정말 끝장이야. 만약 자네가 내 부탁을 거절한다면 시체는 분명히 발견되고야 말테지."

"난 자네를 도와줄 생각이 조금도 없네. 자네 그걸 잊고 있군. 난 이 문제에 아무런 관심도 없단 말일세. 나하고는 전혀 상관없는 문제야."

"앨런, 내가 간절히 부탁하네. 내가 지금 처한 상황을 생각해 주게. 자네가 오기 전까지 난 두려움에 정신을 잃을 지경이었어. 자네도 언젠가 그런 두려움이 어떤 것일지 깨닫게 될 날이 있을 거야. 아니! 지금 생각하는 그건 아닐세. 어디까지나 과학자의 시각으로 이 문제를 봐주게. 실험에 쓰이는 시체들이 어디서 왔는지 알려고 들지 않잖은가. 지금 그렇게 생각해 주면 안 되겠나. 솔직히 지금까지 자네에게 너무 많은 것을 털어놨네. 하지만 자네에게 간청하네. 우리는 한때 친구였지 않은가, 앨런."

"지난날 얘기는 꺼내지도 말게, 도리언. 이미 죽어 사라진 날들일 뿐이야."

"죽음은 떠나지 않고 계속 머물러 있기도 한다네. 2층에 있는 시체가 제 발로 없어져 주지는 않아. 지금 그 자는 탁자에 머리를 숙이고 팔을 늘어뜨린 채 앉아 있어. 앨런! 앨런! 자네가 도와주지 않으면 난 정말 끝장이네. 아아, 난 교수형에 처해지고 말거야. 앨런! 아직도 이해 못 하겠나? 난 교수형에 처해지고도 남을 거란 말일세."

"질질 끌어야 할 이유를 모르겠네. 다시 한 번 말하지만 난 이 일에 연루될 생각이 눈곱만큼도 없단 말일세. 나한테 이런 일을 부탁하는 것부터가 자네가 미쳤다는 증거야."

“거절하겠다는 말인가?”

“그래.”

“제발 부탁이야, 앨런.”

“소용없어.”

도리언 그레이의 눈빛에 있던 한없는 연민이 다시 떠올랐다. 그는 한 손을 뻗어 종이 한 장을 집더니 그 위에 뭔가 적었다. 그는 그것을 두 번 읽은 다음 조심스레 접어 탁자 위로 앨런에게 밀어 넣었다. 그런 다음 자리에서 일어나 창문 쪽으로 다가갔다.

캠벨은 놀란 표정으로 도리언을 쳐다보다가 접힌 종이를 집어 들어 펼쳐 보았다. 적혀 있는 내용을 읽는 그의 얼굴이 창백해지더니 의자에 털썩 주저앉고 말았다. 구토가 날 만큼의 두려움이 엄습했다. 그는 텅 빈 동굴 속에서 죽을 듯이 심장이 무섭게 뛰는 것 같았다.

2, 3분 정도 무서운 침묵이 흐르고 난 뒤 도리언은 돌아서서 앨런의 등 뒤에 서서 그의 어깨 위에 한 손을 얹었다.

“정말 유감이네, 앨런. 하지만 자네가 내게 아무런 대안을 주지 않았기 때문이야. 벌써 난 편지를 써 놓았다네. 바로 이것이지. 자네도 아는 곳이야. 자네가 날 도와주지 않으면 난 그 편지를 보낼 수밖에 없어. 그 결과가 어떨지는 자네도 잘 알 거야. 하지만 자네는 날 도와줄 거라 믿네. 내 부탁을 거절하는 건 불가능하니까 말이야. 나도 자네에게 이런 고통을 주고 싶지 않았네. 그 사실만큼은 인정해 주어야 하네. 자네는 냉정하고 가혹했고 날 불

쾌하게 만들었어. 누구도 자네처럼 내게 그렇게 무례한 태도로 날 모욕한 적이 없네. 적어도 살아 있는 사람 중에는 절대로 없었지. 난 모든 걸 다 받아 주었고 참았네. 이제는 내가 자네에게 명령을 내릴 차례야."

캠벨은 두 손으로 얼굴을 감쌌고 웅크리고 있는 그의 몸이 떨렸다.

"그래, 이제 내가 명령할 차례야, 앨런. 자네가 뭘 해야 할지는 자네 자신이 더 잘 알 거야. 일은 아주 간단해. 이봐, 너무 괴로워할 거 없네. 어차피 자네는 이 일을 해야 하니까. 다른 생각 말고 그냥 이 일을 해치워 주게."

캠벨의 입에서 신음 소리가 새어 나왔고 그는 온몸을 떨었다. 난로 위에 있던 탁상시계의 초침 소리가 그에게는 시간을 고통의 원자로 잘게 쪼개고 있는 것처럼 느껴졌다. 매순간이 너무나 끔찍해서 견딜 수 없을 정도였다. 쇠로 만든 둥근 고리가 그의 머리를 서서히 조여 오는 느낌이었다. 그를 위협했던 수치가 이제 현실로 닥쳐온 듯했다. 어깨 위에 놓인 도리언의 손이 납처럼 무겁게 그를 짓눌렀다. 그는 견딜 수가 없었다. 그 손이 자신을 으스러뜨릴 것만 같았다.

"자, 앨런, 당장 결정하게."

"난 할 수 없어."

그는 자신의 말로 현실을 바꿀 수 있기라도 하다는 듯 기계적으로 대꾸했다.

"해야 해. 자네에겐 다른 선택이 없어. 괜스레 시간 끌지 말게."

캠벨은 잠시 망설이더니 입을 열었다.

"2층 그 방에 난로가 있나?"

"석면이 달린 가스난로가 있지."

"실험실에서 챙겨 와야 할 물건들이 있어."

"안 돼, 앨런. 자네는 이 집을 떠날 수 없어. 필요한 것이 있으면 여기 종이에 적게. 그러면 내 하인이 마차를 타고 가서 필요한 물건을 가져다 줄 거야."

캠벨은 종이에 몇 줄 적더니 압지로 잉크를 눌러 번지지 않도록 한 다음 봉투엔 그의 조수 주소를 적었다. 도리언은 종이를 집어 들고 꼼꼼히 그 내용을 읽은 뒤 종을 울려 시종에게 종이를 건네주고는 최대한 빨리 거기 적힌 필요한 물건을 받아오라고 명령했다.

하인이 나가고 방문이 닫히자 캠벨은 초조하게 몸을 떨더니 의자에서 일어나 벽난로 굴뚝 쪽으로 걸어갔다. 그는 오한이 난 것처럼 몸을 떨고 있었다. 거의 20분간 두 사람은 아무 말도 하지 않았다. 파리 한 마리가 소리 없이 방 안을 날아다녔고 시계의 똑딱 소리가 망치로 내려치는 소리처럼 들렸다.

시계가 1시를 알리자 캠벨은 돌아서서 도리언을 보았다. 그의 두 눈에는 눈물이 가득했다. 하지만 그 슬퍼하는 얼굴의 순수하고 고상함에는 앨런을 격분하게 하는 무엇인가가 있었다.

"자네는 비열하고 끝도 없이 타락한 사람이야!"

"그러지 마, 앨런. 자네는 내 목숨을 구해 주었어."

"자네 목숨이라구? 신이시여! 정말 대단한 목숨이군! 자네는 타락을 거듭하더니 결국 극악한 범죄까지 저질렀어. 자네의 강요로 어쩔 수 없이 하게 되었지만, 이 일을 하면서 내가 생각하는 건 자네의 목숨이 아니야."

"아, 앨런."

도리언은 한숨을 쉬며 중얼거렸다.

"내가 자네에게 갖고 있는 연민의 1,000분의 1만이라도 자네가 내게 갖기를 바라네."

그는 창가로 다가가 정원을 내려다보며 서 있었다. 캠벨은 아무 말도 하지 않았다.

10분쯤 뒤 문을 두드리는 소리가 들렸고 하인이 화학 약품이 든 마호가니 상자를 들고 들어왔다. 강철 철사와 백금 철사 한 묶음씩 그리고 이상하게 생긴 철제 집게들도 들고 들어왔다.

"물건들을 여기 놓을까요?"

하인이 캠벨에게 물었다.

"그래."

도리언이 대신 대답했다.

"그리고 미안하지만 한 번 더 심부름을 해 줘야겠네. 셀비 거리의 집에 난초를 공급하는 리치먼드의 상인 이름이 뭐였지?"

"하든입니다."

"그래, 하든. 지금 당장 리치먼드로 가서 하든에게 내가 좀 보

잔다고 하게. 그리고 내가 주문한 것보다 2배 더 많이 난초를 보
내 달라고 하게. 흰색 난초는 가능한 한 적게 보내라고 전하게.
아니, 흰색 난초는 하나도 없으면 좋겠군. 오늘은 날씨도 좋고 리
치먼드는 동네도 아주 예쁜 곳이니 부탁하네, 프랜시스. 그렇지
않다면 자네에게 번거롭게 두 번이나 심부름을 시키지 않았을
거야.”

“천만에요, 번거롭긴요. 몇 시까지 돌아오면 될까요?”

도리언은 캠벨 쪽을 돌아보았다.

“앨런, 자네 실험이 끝나는데 얼마나 걸리지?”

그는 자문하고 태연한 목소리로 물었다. 방 안에 자신과 앨런
말고 다른 제3자가 있다는 사실이 그에게는 이상하게 용기를 주
는 듯했다.

캠벨은 미간을 찌푸리더니 입술을 깨물었다가 대답했다.

“5시간쯤.”

“7시 30분까지 돌아오면 충분하겠군, 프랜시스. 잠깐 기다리게.
저녁때 입을 내 옷이나 내놓고 가게. 그리고 오늘밤은 쉬게나. 저
녁을 집에서 먹지 않을 테니 자네가 필요하진 않겠지.”

“감사합니다.”

하인은 방을 나가면서 말했다.

“자, 앨런, 서둘러야겠네. 이 상자가 제법 무거운데! 이건 내가
들고 가지. 자네가 다른 물건들을 들게나.”

도리언은 명령 투로 빠르게 말했다. 캠벨은 그에게 압도당하는

것 같았다. 두 사람은 함께 방을 나갔다.

2층 계단참에 이르자 도리언은 열쇠를 꺼내 자물쇠에 넣고 돌렸다. 그리고 잠시 말없이 서 있었고 고통스러운 표정이 역력했다. 그는 몸을 떨며 중얼거렸다.

"난 차마 안으로 못 들어가겠네, 앨런."

"상관없네. 자네가 필요한 것도 아니니까."

캠벨이 차갑게 말했다.

도리언은 문을 반쯤 열었다. 그리고 햇빛 속에 그를 향해 비웃고 있는 초상화 속의 얼굴을 보았다. 초상화 앞 바닥에는 찢어진 장막이 뒹굴고 있었다. 그는 처음으로 지난밤 이 위험한 캔버스를 장막으로 가리는 것을 잊었다는 걸 알았다. 자신도 모르게 초상화 앞으로 달려 나갈 뻔했지만 몸을 떨면서 물러섰다.

저 손 위에 있는 핏방울 같은 것은 무엇이란 말인가? 그것은 축축하게 번들거리면서 맺혀 있는 붉은색의 방울이었으며 캔버스에서 피라도 스며 나온 것처럼 맺혀 있었다. 무서운 일이었다! 그 순간 도리언에게는 그 핏방울이 탁자 위에 엎드려 있는 말없는 시체보다 더 무서워 보였다. 피로 얼룩진 양탄자 위에 드리워진 시체의 섬뜩한 그림자를 보니 시체는 손끝 하나 움직이지 못하고 지난밤 모습 그대로 그 자리에 앉아 있었다.

그는 깊이 숨을 내쉬고 문을 조금 더 열었다. 그리고는 눈을 반쯤 감고 고개는 갸웃하게 돌린 채 재빨리 방 안으로 들어갔다. 죽은 자에게는 눈길조차 주지 않을 생각이었다. 그는 몸을 숙여 금색과 자주색으로 된 장막을 집어 들어 초상화 위에 덮어씌웠다.

그리고 그는 꼼짝하지 않았다. 돌아서기가 무서웠다. 그의 눈은 그 앞에 드리워진 정교한 무늬에 고정되어 있었다. 그는 캠벨이 방 안으로 들여오는 소리를 들었다. 그것은 무거운 상자와 철사들 그리고 앨런이 이제 할 무서운 일을 위해 필요한 다른 물건들을 나르는 소리였다. 도리언은 전에 캠벨과 바질 홀워드가 만난 적이 있었던가 생각했다. 두 사람이 만났다면 서로에 대해 어떤 생각을 했을까 궁금해졌다.

"그만 나가 주게."

도리언의 등 뒤에서 단호한 목소리가 들렸다.

그는 몸을 돌려 도망치듯 그 방에서 나왔다. 캠벨이 시체를 의자에 앉은 자세로 밀어놓고, 피로 번들거리는 노란 얼굴을 찬찬히 살피는 것을 언뜻 보았다. 그는 아래층으로 내려가면서 방 안에서 열쇠로 문을 잠그는 소리를 들었다.

캠벨이 서재로 돌아온 건 7시가 한참 지난 후였다. 그의 표정은 창백했지만 태도는 여전히 침착했다.

"자네가 해 달라는 일이 끝났으니 난 이제 가 봐야겠네. 부디 두 번 다시 자네를 볼 일이 없기를 바라네."

"자네는 내 인생이 끝장나는 걸 막아 주었어. 자네의 도움은 잊지 못할 거야."

도리언은 그저 이렇게 대답했다.

도리언은 캠벨이 집을 나가자마자 2층으로 올라갔다. 방 안에

는 지독한 질산 냄새가 진동하고 있었다. 하지만 탁자 옆에 앉아 있던 시체는 사라지고 없었다.

15

　도리언 그레이는 그날 저녁 8시 30분에 옷을 차려입고 단춧구멍에는 커다란 파르마 제비꽃을 꽂은 모습으로, 머리를 숙여 절하는 하인들의 안내를 받으며 나버러 부인의 거실로 들어갔다. 그는 초대해 준 부인의 손에 허리 숙여 입 맞추었는데 평소의 모습대로 자연스럽고 우아해 보였다. 하지만 날카로운 신경으로 관자놀이가 맥박치고 아주 흥분한 상태였다. 사람은 어떤 배역을 맡아 연기해야 할 때 비로소 가장 편안하게 자기 자신이 될 수 있는지도 모른다. 그날 밤 도리언 그레이를 본 사람이라면 그 누구도 그가 이 시대에 일어날 수 있는 비극 중에서 가장 끔찍한 비극을 겪은 사람이라는 생각은 상상조차 못 했을 것이다. 섬세한 모양의 그 손가락은 죄악을 짓기 위해 칼을 움켜쥐었을 리 없으며, 미소 짓는 그 입술로 신의 이름과 정의를 구하며 외쳤을 리도 없었다. 도리언 그레이 스스로도 자신의 침착한 행동에 신기해하였고, 잠시나마 이중생활에서 오는 섬뜩한 즐거움을 생생하게 느꼈다.

　이 파티는 나버러 부인이 조촐하게 준비한 규모가 작은 파티였

302

다. 헨리 경은 그녀처럼 매우 영리한 여자들에 대하여 기막히게 못생긴 추녀에게 남는 것은 결국 지성이라고 말한 적이 있다. 그녀는 영국에서 가장 지루한 대사의 아내로서 그 역할을 훌륭하게 해냈으며, 그녀가 직접 설계한 대리석 무덤에 그 남편을 묻었으며, 나이가 좀 많기는 했지만 부잣집 남자들에게 딸들을 시집보내기도 했다. 지금은 프랑스 소설이며 프랑스 요리 그리고 자신의 능력이 닿는 범위 내에서 프랑스의 '정신'에 자기 인생을 바치고 있었다.

도리언은 그녀가 좋아하고 아끼는 젊은이 중 하나였고, 그녀는 늘 말하실 자기가 젊었을 때 그를 만나지 않은 것이 다행이라고 했다.

"젊어서 만났더라면 불같은 사랑에 빠졌을 거야. 그랬더라면 당신이 하자는 대로 물레방앗간에 가서 모자를 벗어던졌을 테죠. 당신을 그때 만나지 않은 게 천만다행이에요. 사실, 그 당시 모자는 정말 촌스러웠고 방앗간은 방아만 찧기에도 바빴기 때문에 누구라도 유혹해 볼 생각은 못 했을 거야. 하지만 그것도 남편의 잘못이에요. 지독한 근시였거든요. 아무것도 보지 못하는 남편을 속여 몰래 바람을 피운들 무슨 재미가 있었겠어요."

그녀의 파티에 온 손님들은 모두가 지루한 사람들이었다. 나버러 부인이 촌스러운 부채로 자신의 입을 가리며 도리언에게 속삭이길, 결혼한 딸 중 한 명이 갑자기 친정에 돌아왔는데, 괴로운 것은 남편까지 데리고 와 있다는 것이었다.

"모두가 딸아이의 잘못이에요."

부인은 도리언에게 속삭이듯 말했다.

"매년 여름 함부르크에서 돌아오면 나도 그 애들 집에 가서 지내다 오기는 하죠. 나처럼 나이 먹은 여자들은 신선한 바람을 좀 쐬어 주어야 하잖아요. 그리고 내가 가면 그 애들도 즐거워하죠. 도리언, 당신은 시골 사람들이 어떻게 사는지 잘 모를 거야. 도시의 영향은 전혀 받지 못한 시골 사람들의 생활 말이에요. 해야 할 일이 많다 보니 매일 새벽에 일어나야 하고, 생각해야 할 것도 없다 보니 해가 지기 무섭게 잠자리에 들죠. 엘리자베스 여왕 시대 이후로 마을을 떠들썩하게 한 소문 한번 없었으니 그런 동네에서 낙인들 있을 리 없죠. 그러니 저녁만 먹으면 잠에 곯아떨어지죠. 우리 딸애든 사위든 그 애들 쪽으로 앉지 않는 게 좋아요. 내 옆에 앉아서 나를 즐겁게 해 줘요."

도리언은 예의상 칭찬의 말을 하고 방 안을 둘러보았다. 그의 예상은 잘못되지 않았다. 거기 모인 사람들은 모두 지루한 사람들뿐이었다. 손님 중 두 사람은 처음 보는 사람들이었고 나머지 손님들은 이랬다. 예네스트 해로든은 런던의 클럽에 가면 흔히 만날 수 있는 중년 남자로서 그의 친구들에게는 혐오의 대상이지만 적이라고도 할 수 없는 너무나도 평범한 남자였다. 럭스턴 부인은 늘 요란한 옷차림의 47살의 부인으로서 매부리코에 소문의 주인공이 되기를 원하지만, 너무나 평범하게 생긴 탓에 아무도 그녀를 소문과 관련지어 생각해 주지 않고 설사 그런 소문이 있다 해도 사람들이 믿으려 하지 않는 그런 여자였다. 베네치아식 빨간 머리를 한 얼린 부인은 혀 짧은 소리를 내며, 모든 일에 참견하기를 좋아하지만 그녀를 기억하는 사람은 없었다. 오늘 파티를 연 안주인의 딸인 앨리스 채프먼 부인은 궁상스러워 보이고 재미없는 여자로, 전형적인 영국인의 얼굴을 하고 있지만 사람들의 기억에 남지 않는 그런 생김새였다. 그녀의 남편은 뺨이 불그스레하고 흰 구레나룻을 길렀는데 같은 부류의 사람들이 대개 그렇듯이 독창적인 생각 없이 적절하지 못한 유쾌함으로 분위기를 맞추려는 사람이 파티에 모인 사람들의 면면이었다.

도리언이 오늘 파티에 온 것을 후회하고 있을 때쯤, 나버러 부인이 연한 자주색 천을 씌워 놓은 난로 선반 위에 커다란 금박 시계를 보면서 모인 사람들을 향해 이렇게 말했다.

"역시 헨리 워튼은 미리 연락도 없이 늦네요! 오늘 아침 문득 생각이 나기에 사람을 보내서 오늘 파티에 올 수 있을지 물어보았더니 1분도 늦지 않고 오겠다고 하더니 말이에요."

그는 헨리 경이 올 거라는 사실을 커다란 위안으로 삼고 있었는데, 드디어 문이 열리고 진심이 담기지 않은 사과의 말을 하며 들어오는 헨리 경의 느릿하면서 음악적인 목소리를 들었을 때 그는 더 이상 지루하지 않았다.

그러나 그는 저녁 식탁에서 아무것도 먹을 수가 없었다. 그의 앞에 있던 접시들은 손길 한번 닿지 않은 채 도로 내가야 했다. 나버러 부인은 "이건 아돌프에 대한 모욕이야. 당신을 위해 신경 써서 이 음식들을 준비했는데 말이야." 하며 계속 그를 나무랐다.

헨리 경은 말없이 생각에 잠겨 있는 도리언 그레이 쪽을 바라보며 그의 태도를 궁금해했다. 시종은 그의 잔이 비지 않도록 적절한 때에 맞추어 잔에 샴페인을 채워 주었다. 그는 계속해서 샴페인을 들이켰지만 술에 대한 갈증은 더욱 커지는 것 같았다.

헨리 경이 입을 열었다.

"도리언, 무슨 문제라도 있는 건가? 오늘밤은 평소의 자네 같지 않군 그래."

"사랑에 빠진 거겠죠."

나버러 부인이 말했다.

"내가 질투할까 봐 두려워서 말을 못 하고 있는 것이겠죠. 내가 정확하게 본 거에요. 난 질투할 게 분명하니까."

"나버러 부인"

도리언은 미소 띤 얼굴로 속삭이듯 말했다.

"전 지난 일주일 동안 사랑에 빠지지 못했어요. 드 페롤 부인이 런던을 떠난 이후라고 해야겠죠."

"어쩜, 남자들은 대체 어떻게 그 여자를 사랑할 수 있을까!"

늙은 부인은 과장해서 말했다.

"난 아무래도 이해할 수가 없어."

"부인이 어린 소녀였을 때를 드 페롤 부인이 기억하기 때문일 겁니다. 나버러 부인."

헨리 경이 말했다.

"우리를 부인이 입던 짧은 통치마와 연결시키는 단 하나의 고리가 드 페롤 부인이니까요."

"헨리 경, 드 페롤 부인은 통치마는커녕 내 어린 시절도 기억하지 못하는 사람이에요. 오히려 나야말로 30년 전 비엔나에서의 그녀 모습을 잘 기억하고 있어요. 그녀는 그 당시에 아주 '데콜레트'[53] 했다고요."

"페롤 부인은 지금도 '데콜레트' 하지요."

긴 손가락으로 올리브 열매를 집으며 헨리 경이 말했다.

"최신 유행하는 근사한 옷차림을 하고 있으면 싸구려 프랑스 소설의 화려한 표지 같지요. 알고 보면 페롤 부인은 아주 놀라울 만큼 흥미로운 사람이에요. 다른 사람들을 놀라게 할 줄 알죠. 가족에 대한 그녀의 애정은 정말 감탄할 정도지요. 세 번째 남편이 죽은 뒤 그 슬픔에 머리카락이 금발로 변하더군요."

"오, 그렇게 심한 말을 하다니, 해리!"

도리언이 외쳤다.

"아주 낭만적인 해석이군요."

안주인은 큰소리로 웃었다.

"헨리 경! 부인의 남편이, 그러니까 페롤이 네 번째 남편이라는 말인가요?"

"물론이죠. 나버러 부인."

53) '노골적인' 또는 '음란한' 등의 뜻을 지닌 프랑스 어

"오, 믿지 못하겠는걸."

"글쎄요, 그러시다면 그레이 씨에게 물어보세요. 페롤 부인과 아주 친했던 친구 중 한 명이 도리언이니까요."

"헨리 경이 한 말이 사실인가요, 그레이 씨?"

"페롤 부인에게서 직접 들은 적이 있습니다, 나버러 부인."

도리언이 말했다.

"언젠가 제가, 나바르의 마가레트처럼 전 남편들의 심장에 유약을 발라 속옷에 매달고 다니느냐고 물어본 적이 있어요. 아니라고 하더군요. 왜냐하면 전 남편들 가운데 심장이 있던 사람이 한 명도 없었기 때문이라고 하더군요."

"남편이 네 명씩이 되다니! 그건 대단한 정열인걸."

"저는 대단한 대담함이라고 페롤 부인에게 말했지요."

"그것 참! 모든 일에 대담한 건 사실이야. 그런데 페롤은 어떤 사람이었나요? 난 그 사람에 대해 아는 것이 없어요."

"굉장히 아름다운 여자를 아내로 둔 남자들은 모두 범죄자입니다."

헨리 경이 포도주를 조금씩 마시며 대답했다.

나버러 부인은 부채로 그를 톡톡 때리며 말했다.

"온 세상이 당신더러 가장 사악한 사람이라고 하는 것에 놀랄 것도 없어요."

"온 세상이라니 어떤 세상 말인가요?"

헨리 경은 눈썹을 치커세우며 물었다.

"그건 다음 세상이겠군요. 지금 세상과 난 잘 지내고 있으니까요."

"내가 아는 사람들 모두가 당신이 사악한 사람이라고 하더군요."

나버러 부인은 고개를 흔들며 말했다.

헨리 경은 잠시 심각한 표정으로 있더니 마침내 입을 열고 말했다.

"아주 놀랍고 끔찍한 일이군요. 사람들이 뒤에서 하는 험담이 조금도 틀리지 않고 사실이라는 게 말이죠."

"전혀 개선의 여지가 없지요?"

도리언은 의자에서 몸을 앞으로 빼면서 말했다.

"전혀 개선되지 않기를 바랄 뿐이야."

안주인은 큰소리로 웃으며 말했다.

"그나저나, 두 사람 모두 이 이해할 수 없는 이유로 페롤 부인을 존경한다면, 나도 시대의 유행을 따라 재혼해야겠군 그래."

"부인은 절대 재혼하지 않을 걸요, 나버러 부인."

헨리 경이 끼어들었다.

"부인은 아주 행복한 결혼 생활을 했기 때문이죠. 전 남편을 몹시 혐오했을 때 여자는 재혼을 하죠. 하지만 남자는 전 부인을 사랑했을 때 재혼하기 때문이지요. 여자들은 승산이 있을 때 운을 시험하고, 남자들은 승산이 없어도 모험을 합니다."

"나버러는 그렇게 완벽한 남자는 아니었어요."

노부인은 흥미로워하며 말했다.

"그가 완벽한 남자였다면, 부인은 남편을 사랑하지 않았겠죠."

헨리가 대답했다.

"여자들은 남자의 결점 때문에 그 남자를 사랑하지요. 남자에게 결점이 많다면, 여자들은 우리의 모든 것을 용서해 줍니다. 우리의 지성까지도 말이죠. 내가 이렇게 말하고 나면 부인께서는 앞으로 두 번 다시 날 저녁 식사에 초대하지 않겠지만, 지금 내가 하는 말은 사실입니다, 나버러 부인."

"물론이에요, 헨리. 여자들이 남자들의 결점 때문에 남자들을 사랑하지 않았다면, 지금 당신들이 어디 있을까요? 아마 그렇다면 결혼할 수 있는 남자는 한 명도 없이 모두 처량한 총각으로 늙어가겠죠. 그렇다고 해서 당신들이 그것 때문에 바뀔 것이라고 생각하지 않지만, 요즘 유부남들이 총각처럼 살고 있고 총각들은 또 모두 유부남처럼 살고 있는 게 사실이잖아."

"세기말이니까요."

헨리 경이 중얼거렸다.

"지구말이라고 해야 옳을 거예요."

안주인이 답했다.

"정말 지구의 종말이었으면 좋겠습니다."

도리언이 한숨을 내쉬며 말했다.

"인생은 커다란 실망의 연속이에요."

"오, 그럼 안 돼요."

나버러 부인이 손 장갑을 끼면서 말했다.

"인생에 대해 모든 걸 알았다고 말하지 말아요. 남자가 그런 말을 할 때는 인생이 그를 끝까지 소모시켰을 때란 말이지. 헨리 경은 아주 사악한 사람이지만, 그리고 나도 가끔 그처럼 사악해졌으면 하고 바랄 때가 있지만, 도리언, 당신은 선한 운명을 타고난 사람이야. 얼굴도 아주 선한 사람의 얼굴이잖아. 착하고 예쁜 아가씨를 구해 줘야겠어. 헨리 경, 경도 그레이 씨가 결혼해야 한다고 생각하죠?"

"항상 제가 하는 말이죠, 나버러 부인."

헨리 경은 고개를 끄덕이며 말했다.

"음, 그렇다면 우리 함께 그레이 씨에게 적당한 신붓감을 찾아봐야겠군요. 오늘밤에 영국 청서를 꼼꼼히 살펴보고 알맞은 숙녀가 있으면 명단을 적어 봐야겠어."

"나이도 보실 건가요, 나버러 부인?"

도리언이 물었다.

"물론이지요. 아, 물론 조금씩 나이를 줄이긴 했겠지만 나이도 나와 있으니까요. 하지만 너무 서두를 건 없어. 난 그레이 씨의 결혼이 《모닝 포스트》에서 하는 말로 하자면 '어울리는 한 쌍'이었으면 좋겠거든. 그래서 두 사람 모두 행복했으면 좋겠어요."

"어울리는 한 쌍이라서 행복한 결혼은 세상에 없지요!"

헨리 경이 힘주어 말했다.

"그 여자를 사랑하지만 않는다면 어떤 여자와 결혼해도 남자는

행복할 수 있으니까요."

"그건 당신이 아주 철저한 냉소주의자라서 하는 말이야!"

나버러 부인이 럭스턴 부인 쪽으로 고개를 끄덕이면서 말했다.

"조만간에 다시 나와 저녁 식사를 해야겠어요. 당신은 아주 효과 좋은 강장제란 말이야. 앤드루 경이 처방해 주는 것보다 훨씬 더 효과가 좋은 것 같아. 하지만 식탁에서 보고 싶은 사람들이 누구인지는 당신이 말해 줘야 할 거야. 매력적인 사람들과 즐거운 모임이 되어야 할 테니까 말이야."

"전 남자라면 미래가 있는 사람이 좋고, 여자라면 과거가 있는 사람이 좋습니다."

헨리 경이 대답했다.

"아니면 여인 천하 파티를 생각하시는 건가요?"

"그럴까 봐 걱정이군."

그녀는 웃으면서 말하고 자리에서 일어나며 덧붙였다.

"실례가 많군요, 럭스턴 부인. 담배를 피우고 계신지 몰랐어요."

"괜찮아요, 나버러 부인. 그러잖아도 전 담배를 너무 많이 피우니까요. 앞으론 조금 줄일까 생각하고 있어요."

"천만의 말씀을, 럭스턴 부인."

헨리 경이 말했다.

"절제야말로 위험한 것입니다. 조금 넘치는 것이 한 끼 식사 같은 거라고 한다면, 많이 넘치는 건 만찬 같은 것이지요."

럭스턴 부인은 도무지 알 수 없다는 표정으로 그를 보았다.

"그게 무슨 뜻인지 언제 우리 집에 와서 설명을 해 주세요, 헨리 경. 아주 흥미로운 이론 같은데요."

그녀는 이렇게 말하면서 방을 나갔다.

"자, 두 사람이 남아서 정치 이야기, 추문 이야기로 너무 오래 있지는 말아요."

문간에 선 나버러 부인이 주의를 주듯 말했다.

"아니면 우리 두 사람은 2층에서 말다툼을 할지도 모르니까요."

그 말에 두 남자는 웃었다. 채프먼 씨가 자리에서 일어나더니 반대편으로 와 섰다. 도리언 그레이는 헨리 경의 옆자리로 옮겨 앉았다. 채프먼 씨는 큰소리로 영국 하원에서 일어나고 있는 상황에 대해 이야기하기 시작했다. 그는 자신의 정적들을 비웃었다. 영국인의 정신에 큰 공포감을 불러일으키는 '공론가'라는 단어가 그의 말 중간 중간에서 나왔다. 두운법에 맞춘 접두사들이 그의 연설을 장식하는 역할을 했다. 대대손손 물려받은 영국인의 우둔함은 이 사회를 지켜 주는 든든한 보루라는 것이 그의 주장 속에 포함되어 있었다. 그는 그 우둔함을 영국인의 건전한 상식이라 표현했다.

헨리 경의 입가에 미소가 떠었고, 그는 몸을 돌려 도리언을 보았다.

"이봐, 도리언. 이제 좀 기분이 좋아졌나? 저녁 식사 때 보니 평소 같지 않더군."

"괜찮아요, 그저 피곤했을 뿐입니다. 별다른 이유는 없어요."

“지난밤에는 아주 근사했었지. 공작 부인이 자네에게 아주 반했어. 부인이 말하길 이제 셀비에 가 봐야겠다고 하더군.”

“20일에 오겠다고 했어요.”

“먼머스도 오나?”

“아, 그럼요, 해리.”

“너무나도 지루한 사람이야. 나뿐만 아니라 공작 부인도 그렇게 생각한다네. 부인은 여자에게는 흠이 될 정도로 아주 영리한 사람이야. 약함에서 오는 뭐라 표현할 수 없는 그런 매력이 없는 여자야. 금으로 된 아름답고 귀한 조각을 만드는 건 진흙으로 만든 발일거야. 하지만 그녀의 발은 예쁘기는 하지만 진흙으로 만든 발이 아니거든. 흰 도자기로 만든 발이라고 해야 할까. 자신을 만드는 불과 열을 통과한 발 말일세. 불은 진흙을 파괴하는 게 아니라 더욱 단단하게 만들어. 그녀는 경험이 많은 여자란 말일세.”

“결혼한 지 얼마나 되었나요?”

도리언이 물었다.

“영겁의 시간이라고 하더군. 영국 청서에 따르면 10년이라고 하지만, 먼머스와 함께한 10년은 정말로 영겁의 세월처럼 느껴졌을 거야. 이 두 사람 말고 누가 또 오기로 되어 있나?”

“윌러비 형제, 럭비 경 내외, 그리고 우리의 안주인, 조프리 클루스턴, 평소에 모이던 사람들이에요. 그로트리언 경에게도 초청은 보냈지요.”

“그로트리언 경, 내 마음에 드는 사람이야.”

헨리 경이 말했다.

"난 그가 매력적인 사람이라고 생각해. 다른 사람들은 그를 싫어하지만 말이야. 지나치게 옷을 차려입는 실수를 하지만 그걸 지나치게 많이 받은 교육으로 상쇄하는 사람이지. 대단히 현대적인 유형의 인물일세."

"그로트리언 경이 올 수 있을지 어떨지 잘 모르겠어요, 해리. 아버지와 함께 몬테카를로에 갈지도 모른다고 했거든요."

"아, 정말이지 가족들이란 성가신 존재들이야! 다시 한 번 오도록 유혹해 보게. 그런데 말이지, 도리언, 어젯밤에는 일찍 도망치듯 나가더군. 11시가 되기도 전에 자리를 떴어. 그때부터 뭘 했나? 바로 집으로 간 건가?"

도리언은 시선을 돌려 헨리 경을 보고는 얼굴을 찌푸렸다.

"아닙니다, 해리. 거의 3시가 다 될 때까지 집에 가지 않았어요."

"그럼 클럽에 갔었나?"

"네."

그는 입술을 깨물었다.

"사실은 클럽에 가진 않았어요. 그냥 좀 걸었습니다. 뭘 했는지는 잘 생각이 나질……, 그런데 왜 그렇게 꼬치꼬치 캐묻는 거죠, 해리! 당신은 항상 다른 사람이 뭘 하고 있는지 알고 싶어 하죠. 난 내가 뭘 했는지 항상 잊고 싶어요. 2시 반에 집으로 돌아왔어요. 당신이 정확한 시각을 알고 싶다면 말이죠. 빗장 열쇠를 집에 두고 나왔기 때문에 하인을 깨워서 들어갈 수 있었어요. 그게 사실인지 아닌지 증거가 필요하다면 내 하인에게 물어보세요."

헨리 경은 어깨를 으쓱했다.

"이봐, 내가 정말 궁금해서 그러겠나! 난 사실 아무런 관심도 없네. 이제 그만 2층의 거실로 올라가세. 셰리 주는 이제 그만 마셔야겠어요, 채프먼 씨. 도리언, 자네에게 무슨 일이 있었던 것이 분명해. 그게 무슨 일이었는지 말해 보게. 오늘밤 자네는 거의 제정신이 아니야."

"신경 쓰지 말아요, 해리. 지금 난 신경이 예민해서 가만히 내버려 두는 게 좋을 거예요. 내일이나 모레, 당신 집으로 가겠습니다. 나버러 부인에게는 당신이 핑계를 대 주세요. 난 그냥 집으로 가야겠습니다. 더 이상 여기 머물고 싶지 않아요."

"그래, 도리언. 내일 차 마실 시간에 보는 걸로 하자구. 공작 부인도 오실 거야."

"가도록 노력하겠어요, 해리."

그는 방을 나가면서 말했다. 마차를 타고 집으로 돌아오는 동안 그는 목 졸라 죽인 줄 알고 있던 공포감이 다시 찾아왔다는 것을 깨닫고 있었다. 헨리 경이 별 뜻 없이 한 질문이 그의 신경을 극도로 자극했고, 그건 그가 결코 바라지 않던 것이었다. 그는 신경이 어떤 자극에도 반응하지 않기를 바랐다. 위험한 물건들을 서둘러 없애야 했다. 그는 순간 움찔했다. 그 물건들에 손을 대야 한다는 생각만으로도 몸서리가 쳐졌다.

하지만 그건 해야 할 일이었다. 미루어서는 안 된다. 서재의 문

을 잠근 뒤, 그는 바질 홀워드의 코트와 가방을 넣어 두었던 비밀
공간의 누름쇠를 눌렀다. 난로에서는 불길이 거세게 타올랐다.
그는 그 불길 속으로 장작 하나를 던져 넣었다. 옷이 그슬리고 가
죽이 불에 타는 냄새는 몹시 고약했다. 물건들이 불에 타서 모두
재로 변하는데 45분이 걸렸다. 일이 끝난 뒤에는 현기증과 구토증
마저 느껴졌다. 구멍 뚫은 청동 향로에 알제리산 향을 꽂고 불붙
인 뒤 차가운 사향 향수로 이마와 손을 씻었다.

　갑자기 그는 움찔하고 놀랐다. 두 눈은 기이한 빛으로 빛났고,
그는 아랫입술을 신경질적으로 깨물었다. 유리창과 유리창 사이
에 커다란 플로렌스산 옷장이 있었는데 그것은 흑단목으로 만들
고 상아와 파란 유리로 장식을 넣은 것이었다. 그는 마치 그것이
사람을 홀리기도 하고 겁에 질리게도 하는 물건인 것처럼, 마치
거기에 그가 간절히 원하면서도 다른 한 편으로 혐오하다시피 하
는 뭔가가 들어 있는 것처럼, 그것을 보았다. 그의 호흡이 빨라졌
다. 미친 듯한 갈망이 그를 휘감았다. 그는 담배에 불을 붙였지만
연기를 빨아들이지 않고 집어던졌다. 긴 속눈썹이 뺨에 닿을 정
도로 눈꺼풀이 축 늘어졌다. 하지만 그는 계속해서 옷장을 바라
보고 있었다. 그는 누워 있던 소파에서 일어나 옷장 앞으로 다가
가서 잠겨 있던 문을 연 뒤 숨겨져 있던 용수철을 건드려 보았다.
삼각 모양의 서랍이 서서히 앞으로 나왔다. 그는 천천히 서랍 안
으로 손을 넣어 뭔가를 잡았다. 그것은 검은색과 금박 옻칠한 조
그마한 중국제 상자였다. 정교하게 조각하고 옆면에는 파도 문양

317

이 있으며 둥근 수정 구슬을 꿰어 엮은 철사로 술을 만든 것이었다. 그는 상자를 열었다. 그 안에는 초록색의 풀이 있었다. 은은한 빛을 내면서 왁스처럼 보이는 풀, 무겁고 쉽사리 없어지지 않는 냄새가 나는 풀이었다.

그는 변화 없는 미소를 띠고 잠시 망설였다. 그리고 몸을 떨고는 방 안의 공기가 숨쉬기 힘들 정도로 뜨거웠음에도 몸을 바로 세우면서 시계를 쳐다보았다. 밤 11시 40분이었다. 그는 다시 상자를 집어넣은 뒤 옷장의 문을 닫고 침실로 갔다.

어둑한 공기 속으로 청동 종이 울리며 자정을 알렸을 때, 도리언 그레이는 평민 옷차림을 하고 목도리를 휘감고 집에서 살며시 빠져나왔다. 본드 가에서 그는 튼튼해 보이는 말이 끄는 2인용 마차를 발견하고는 손짓으로 마차를 불러 낮은 목소리로 마부에게 주소를 불러주었다.

마부는 고개를 저으며 말했다.

"여기서 가기엔 너무 먼 곳입니다."

"1파운드 금화를 주겠소."

도리언이 말했다.

"빨리 도착하면 하나 더 주겠소."

"좋습니다, 타세요. 1시간 내로 도착할 겁니다."

마부는 금화를 받아 넣고는 말머리를 돌려 강을 향해 빠르게 말을 몰았다.

16

차가운 빗방울이 떨어지기 시작했고, 빗방울로 인하여 생긴 안개 속에 희미한 빛을 내며 서 있는 가로등은 무서웠다. 술집들은 이제 문을 닫으려 하고 있었고, 술 취한 남녀들이 술집 앞에 모여 있었다. 어떤 술집에서는 시끌벅적한 웃음소리가 들렸고, 또 다른 술집에서는 주정뱅이들이 큰소리치며 싸우는 소리가 들렸다.

도리언 그레이는 마차 좌석에 반쯤 드러누운 자세로 모자를 깊이 내려 쓰고 얼굴을 가린 채, 런던이라는 거대한 도시가 감추고 있는 추잡한 수치의 구역을 백 풀린 눈으로 보았다. 두 사람이 처음 만났던 날 헨리 경이 가끔 했던 말을 되뇌었다.

"관능으로 영혼을 치유하고 영혼으로 관능을 치유할 수 있지."

그렇다, 그것이 비결이었다. 그는 종종 이 비결을 시험해 보았고, 이제 또 시험해 볼 생각이었다. 이곳에는 돈만 주면 망각을 살 수 있는 아편굴이 있었다. 그것은 오래된 죄악의 기억을 새롭게 퍼지는 죄악의 광기로 파괴할 수 있는 무서운 집들이었다.

하늘에는 노란 해골 같은 달이 낮게 내려와 있었다. 가끔 커다랗고 일그러진 구름이 긴 팔을 뻗어 달을 가리기도 했다. 가로등은 점점 그 수가 줄어들었고, 길은 더 좁아지면서 풍경은 더 음울해졌다. 마부는 한 번 길을 잃었고 오던 길을 1km나 되짚어 다시 가야 했다. 웅덩이를 지나갈 때 말발굽이 차올리는 물이 물보라를 일으켰다. 마차 창문에는 회색 플란넬 같은 김이 뿌옇게 서려

있었다.

"관능으로 영혼을 치유하고 영혼으로 관능을 치유할 수 있지!"

그 말이 그의 귀에 계속 들렸다. 그의 영혼이 병들어 죽어 가고 있는 것이 분명했다. 관능이 영혼을 치유할 수 있다는 것은 정말일까? 죄 없는 사람이 피를 흘리며 죽어야 했다. 무엇이 그 죽음을 보상할 수 있단 말인가? 아! 보상은 불가능했다. 그러나 속죄는 불가능하더라도 망각은 가능했고, 그리고 그는 잊어버릴 생각이었다. 발목을 문 살무사의 머리를 발로 짓이기듯 그 기억을 발로 짓밟아 몰아낼 생각이었다. 바질이 그런 말을 도리언에게 할 권리가 있는가? 누가 그에게 다른 사람을 판단하는 판관이 되도록 했단 말인가? 그는 도저히 용납할 수 없는 끔찍하고 무서운 말을 했다.

말은 힘겹게 마차를 끌었고, 도리언 그레이에게 마차는 말이 걸음을 내디딜수록 더디게 가는 것처럼 느껴졌다. 그는 마부석과 연결된 창문을 열고 마부에게 빨리 말을 몰도록 재촉했다. 아편을 향한 참을 수 없는 갈망이 내장을 쥐어뜯는 듯했다. 목구멍이 불처럼 뜨겁게 느껴졌고 섬세한 두 손은 한데 모아져 불안하고 초조하게 움찔거렸다. 그는 지팡이로 미친 듯이 말을 내리쳤다. 마부는 큰소리로 웃더니 거세게 채찍질을 했다. 마부의 웃음에 대한 대답으로 도리언도 웃었고, 마부는 아무 말 하지 않았다.

길은 끝없이 이어지는 듯했고, 거리는 거미가 짜 내는 검은 거미줄처럼 보였다. 단조로운 마차의 움직임을 더 이상 참을 수 없을 것 같았고, 안개가 더욱 짙어지면서 도리언 그레이는 공포를 느꼈다.

그러다 그들은 외진 곳에 있는 벽돌 공장을 지나쳤다. 안개가 조금은 옅어졌고, 도리언 그레이는 혀를 날름거리는 부채 같은 주황색 불꽃이 타오르는 이상하게 생긴 병 모양의 가마를 보았다. 마차가 지나가자 개 한 마리가 짖어댔고, 멀리 어둠 속에서 이리저리 날고 있던 바다갈매기가 비명 같은 울음소리를 냈다. 말은 움푹 들어간 고랑에 발굽이 채어 비틀거리더니, 고랑을 피해 옆걸음질쳤고 다시 달리기 시작했다.

얼마간의 시간이 지난 뒤에 마차는 흙길을 벗어나 다시 울퉁불퉁한 길을 천천히 걷기 시작했다. 창문은 대부분 불이 꺼져 어두웠지만, 간혹 등불이 켜진 실내의 햇빛 가리개에 그림자가 보이기도 했다. 도리언 그레이는 신기한 듯 그림자들을 바라보았다. 그림자들은 줄에 매달린 마리오네뜨 인형처럼 기괴하게 움직였고, 살아 있는 생명체 같은 몸짓을 했다. 그는 그게 혐오스러웠다. 무거운 분노가 그의 심장을 내리눌렀다. 어느 골목을 돌았을 때 한 여자가 문을 열고 나와 그들에게 뭐라고 소리를 질렀고, 두 남자가 100m 정도까지 마차를 쫓아 달려왔다. 마부는 채찍질을 거세게 하면서 그들을 따돌렸다.

정열은 사람으로 하여금 같은 생각을 반복하게 만든다고 한다. 도리언 그레이의 붉게 짓이겨진 입술은 영혼과 관능에 대한 미묘한 말들을 되풀이했으며, 그 끔찍한 반복 끝에 그 말들 속에서 그의 기분에 대한 완벽한 표현을 찾아냈고, 지성의 승인으로 열정들을 정당화했다. 정당화가 없었다면 열정들이 그의 기질을 여전히 지배했을 것이다. 그의 두뇌 세포에는 오직 한 가지 생각이 벌레처럼 기어 다니고 있었다. 그리고 인간의 욕망 중에서도 가장 강하고 끔찍한 욕망이라는 살아야겠다는 욕망이 떨리는 온몸에 힘을 되살려 주었다. 사물을 실제적으로 만들기엔 한때 혐오스러웠던 추악함이 이제는 그 이유 때문에 소중한 것이 되었다. 추악함이 단 하나의 현실이었다. 주정뱅이들의 무식한 싸움과 술찌끼가 들러붙은 어두컴컴한 술집, 하루 벌어 하루 사는 삶의 야만적인 폭력과 도둑과 부랑자의 타락이 그 어떤 고상한 예술 작품보다, 음악이 깃든 어떤 몽환적 그림자보다 더 현실적인 생생한 힘으로 도리언 그레이에게 또렷하고 강렬한 인상을 남겼다. 이런 것들이 망각을 위해 그에게 필요했다. 사흘 안에 그는 자유로워질 것이다.

컴컴한 골목 끝에서 말이 앞발을 들어 올리더니 마차가 멈추었다. 골목 안에 있는 집들의 낮은 지붕과 들쭉날쭉한 굴뚝 너머로 정박한 배들의 검은 돛대들이 솟아 있었다. 둥근 꽃다발 같은 흰 안개가 유령선의 돛처럼 음산하게 골목 공터에 걸려 있었다.

"이 근처 아닙니까, 나리?"

마부가 신호기를 들고 쉰 목소리로 물었다.

도리언은 움찔 놀라 주변을 둘러보았다.

"여기서 내려주면 되겠군."

그는 대담하고 서둘러 마차에서 내렸다. 마부에게 약속했던 대로 1파운드 금화를 더 주고 나서 선창 쪽으로 빨리 걸어가기 시작했다. 곳곳에 정박한 커다란 상선의 고물에 걸린 등불이 희미하게 빛나고 있었다. 불빛은 일렁이는 물길 위에서 흔들리고 부서졌다. 석탄을 채워 넣고 있는 외항 증기선에서는 붉게 불붙은 석탄이 핏발 선 괴물의 눈처럼 그를 노려보는 것 같았다. 미끄러운 보도는 빗물이 흘러내리는 우비 같았다.

그는 따라오는 사람은 없는지 이따금 뒤를 돌아보면서 왼쪽으로 서둘러 걸어갔다. 그는 7, 8분 정도 걸어 황폐한 두 공장 건물 사이에 억지로 끼워 넣은 것처럼 서 있는 작고 허름한 집 앞에 도착했다. 2층 창문 중 하나에 불이 켜져 있었다. 그는 그 집 앞에서 걸음을 멈추고 문을 두드렸다.

조금 뒤 문 쪽으로 걸어오는 발걸음 소리 그리고 문고리가 벗겨지는 소리가 들렸다. 조용히 문이 열렸고, 도리언 그레이는 그를 따라 안으로 들어갔고 그림자로 변한 앉은뱅이에게 한마디도 하지 않은 채 실내로 들어섰다. 그가 문을 열며 들어오면서 거리에서 들어온 거센 바람에 홀 끝에 걸린 낡은 초록색 커튼이 펄럭였다. 그는 커튼을 옆으로 젖히고 한때 삼류 무도회장이었을 것 같은 길고 천장이 낮은 방으로 들어갔다. 그 앞에 놓인, 파리가 죽어 눌어붙은 거울 때문에 날카롭게 일렁이는 가스버너의 불꽃이 일그러져 보였다. 가스버너는 벽을 따라 줄지어 있었다. 골함석 반사경이 버너 밑에 깔려 있었고, 그 위에서 불꽃 그림자가 전율

하는 둥근 모양으로 춤을 추었다. 바닥에는 황토색 톱밥이 깔려 있었고, 군데군데 찐득한 진흙처럼 짓밟혀 있거나 술이 쏟아져 생긴 검은 반점으로 더럽혀져 있었다. 몇 명의 말레이 사람이 조그만 숯불 화로 옆에 모여 앉아 뼈로 된 산가지들을 가지고 노름하고 있었는데, 입을 열 때마다 새하얀 이빨이 드러났다. 한쪽 구석에 두 팔로 얼굴을 가린 채 뱃사람 한 명이 탁자 위에 엎어져 있었고, 한쪽 벽면에 늘어선 조잡하게 색칠한 목로 옆에 초췌한 두 여자가 서서, 구역질난다는 듯 외투 소매를 손으로 쓸어내고 있는 노인을 놀리고 있었다.

"거기 붉은 개미가 들러붙은 줄 아나 봐."

도리언 그레이가 지나갈 때 한 여자가 이렇게 말하고는 큰소리로 웃었다. 늙은 남자는 겁먹은 표정으로 그녀를 보더니 훌쩍이는 소리를 내면서 중얼거렸다.

방 끝에 작은 계단이 있었는데 이 계단을 올라가면 어두컴컴한 다른 방으로 들어갈 수 있었다. 도리언 그레이가 빠른 걸음으로 삐걱대는 세 계단을 올라서자 무겁게 깔린 아편 냄새가 났다. 그는 깊이 숨을 들이마셨고, 그러자 콧구멍이 쾌락으로 전율했다. 방 안에 들어가자 등불 위로 몸을 숙이며 길고 가느다란 파이프에 불을 붙이던 금발 젊은이가 고개를 들어 그를 보았다. 그는 망설이듯 그를 향해 고개를 끄덕이며 인사했다.

"에이드리언, 여기 있었군?"

도리언이 낮게 말했다.

"이곳 말고 내가 잘 데가 어디 있겠나?"

젊은이는 힘없는 목소리로 말했다.

"모두들 내게 말을 걸지 않고 피하기만 하는데."

"난 자네가 영국을 떠난 줄 알았어."

"달링턴은 아무런 도움도 안 주더군. 비용은 내 형이 다 냈네. 조지 역시 내게 말도 걸지 않았고……, 그렇다 해도 난 신경 쓰지 않네. 이제 아무 상관없어."

그는 한숨을 쉬며 말했다.

"이것만 있으면 친구는 없어도 돼. 친구는 필요하지도 않아. 난 친구가 너무 많았던 게 잘못이었어."

도리언은 몸을 움찔하고는 낡고 지저분한 침대요 위에 이상한 자세로 누워 있는 사람들을 둘러보았다. 꼬인 팔다리, 크게 벌린 입들, 멍하니 쳐다보는 눈들이 그를 사로잡았다. 그는 이들이 어떤 낯선 천국에서 고통을 겪고 있는지, 어떤 어두침침한 지옥에서 새로운 기쁨의 비밀을 배우고 있는지 알 수 있었다. 여기 있는 이들은 그보다 나은 상황에 있었다. 그는 자기 생각에 갇힌 죄수였다. 끔찍한 질병처럼 기억이 그의 영혼을 갉아먹고 있었다. 가끔 자기를 바라보는 바질 홀워드의 두 눈이 보이는 것만 같았다. 그는 이곳에 더 이상 있을 수 없었다. 에이드리언 싱글턴이 여기 있다는 사실이 그를 괴롭혔다. 그는 그가 누구인지 아무도 모르는 곳으로 가고 싶었다. 자기 자신으로부터 도망치고 싶었다.

"난 다른 집으로 가야겠네."

“부둣가에 있는 집말인가?”

“그렇다네.”

“그 미친 갈보가 그 집에 있을 걸세. 이 집도 더 이상 그 여자를 받아 주지 않아.”

도리언은 어깨를 으쓱했다.

“한 남자를 사랑하는 여자는 지겨워. 한 남자를 미워하는 여자가 훨씬 더 흥미롭지. 그와 상관없이, 내가 그곳에 가려는 건 거기 물건이 더 좋기 때문일세.”

“그렇지도 않아.”

“나한테는 거기 것이 더 맞아. 같이 한잔하세. 한잔하러 가는 길이니까.”

“필요 없네.”

젊은이는 중얼거렸다.

“알았네.”

에이드리언 싱글턴은 자리에서 일어나더니 도리언 그레이를 따라 목로 쪽으로 왔다. 낡은 터번을 쓰고 다 떨어진 얼스터코트를 입은 영국과 인도 혼혈인 남자가 더러운 웃음으로 맞이하며 두 사람 앞에 브랜디 한 병과 2개의 잔을 내려놓았다. 여자들이 옆걸음질로 한자리에 모여 수다를 떨기 시작했다. 도리언은 여자들에게 등을 돌리고 낮은 목소리로 에이드리언과 얘기했다.

말레이 사람의 주름처럼 일그러진 미소를 띤 여자가 말했다.

“저희 집을 찾아 주셔서 영광입니다.”

그녀는 비웃는 듯한 웃음소리를 내며 말했다.

"제길, 제발 나한테 말 걸지 마."

도리언은 발을 들어 바닥을 쾅 구르면서 신경질적으로 말했다.

"원하는 게 뭐야? 돈? 자, 여기 있어. 이제 꺼져버려."

여자의 퀭한 눈에 스치듯 붉은 빛이 반짝이더니 사라졌고, 다시 그녀의 눈은 탁하게 번들거렸다. 그녀는 고개를 한쪽으로 갸웃하더니 계산대 위에 놓인 동전을 탐욕스러운 손으로 쓸어 담았다. 다른 여자는 질투 나는 눈빛으로 돈을 모아 쓸어 담는 그녀를 바라보았다.

"소용없어."

에이드리언 싱글턴은 한숨을 쉬었다.

"돌아갈 생각 없네. 왜 그래야 하지? 난 여기서 아주 행복해."

"필요한 게 있으면 나한테 편지를 하게. 약속할 수 있겠나?"

"글쎄……."

"이제 이만 가야겠군."

"잘 가게."

젊은이는 계단을 올라가면서 연기에 그을린 입을 손수건으로 닦으며 대답했다.

도리언은 고통스러운 얼굴을 하고 문 쪽으로 걸었다. 커튼을 당기자 그가 준 돈을 받아 챙겼던 여자의 붉게 칠한 입술에서 끔찍한 웃음이 터져 나왔다.

"악마에게 영혼을 판 자가 저리로 가는구나!"

그러더니 그녀는 거칠게 쉰 목소리로 딸꾹질을 했다.

"지옥에나 떨어져라!"

도리언이 대답했다.

"다시 한 번 그따위 소릴 하면 가만두지 않을 테다."

그녀는 소리가 나도록 손가락을 튕겼다.

"매력적인 왕자님이라고 불러 달라는 거냐, 그렇지?"

술집을 나가는 그의 뒤에 대고 소리쳤다.

그녀가 이 말을 했을 때, 졸고 있던 뱃사람이 자리에서 벌떡 일어나더니 주위를 두리번거렸다. 술집 문이 닫히는 소리가 그의 귀에 박혔다. 그는 방금 문 열고 나간 사람을 뒤쫓아 갈 것처럼 황급히 나갔다.

도리언 그레이는 부둣가를 따라 작은 물방울처럼 떨어지는 빗속을 잔걸음으로 걸었다. 에이드리언 싱글턴과 만난 것이 이상하게 그의 마음에 동요를 일으켰고, 바질 홀워드가 모욕적인 말들로 비난했던 것처럼 정말로 자기 때문에 싱클턴의 인생이 청춘에 몰락하게 된 것인지 생각해 보았다. 그는 입술을 깨물었고 한순간 눈에 슬픔이 어렸다. 아니다. 결국, 싱글턴의 인생이 그와 무슨 상관이란 말인가? 다른 사람의 실수와 착오까지 대신 짊어지기엔 인생은 너무나 짧다. 인간에게는 저마다의 인생이 있고, 인생을 위해 그에 필요한 대가 또한 각자 치러야 한다. 한 번의 잘못 때문에 여러 번 대가를 치러야 한다는 것이 가여울 뿐이다. 우리는 대가를 치르고 또 치른다. 인간과 거래하면서 운명의 여신은 결코 장부를 덮지 않는다.

심리학자들은 세상이 죄악이라 하는 것에 대한 열정이 인간의 본성을 장악해서 육체의 모든 신경 세포와 뇌의 모든 세포가 끔찍한 충동에 지배될 때가 있다고 한다. 이때 인간은 의지의 자유를 잃는다. 인간은 기계처럼 스스로 무서운 종말을 향해 간다. 선택의 자유는 박탈당하고 양심은 살해된다. 만약 살아 있다면 반항에 매혹을, 불복종에 황홀한 매력을 주려고 살아 있을 뿐이다. 신학자들이 항상 우리에게 일깨워 주듯이 모든 죄악은 불복종의 죄악이다. 복종하지 않는 도도한 정신, 악의 아침 별이 하늘에서 떨어졌을 때, 그것은 반항을 위한 추락이었다.

감각은 무디어지고 온통 악에 대한 생각으로 더럽혀진 정신으로, 반항을 대한 갈망으로 배고픈 영혼의 도리언 그레이는 목적지를 향해 재빨리 걸어갔다. 하지만 그가 지금 가려 하는 곳은 악명 높은 곳으로 이어지는 지름길이다. 그가 자주 이용했던 어두컴컴한 아치 길에 들어섰을 때 갑자기 뒤에서 움켜잡는 손길을 느꼈다. 저항할 새도 없이 그 손아귀가 그를 벽에 밀쳤고 우악스러운 손이 그의 목을 쥐고 눌렀다.

그는 살기 위해 몸부림쳤고 있는 힘을 다해 간신히 목을 누르던 손을 떼어 놓을 수 있었다. 그 순간 딸깍 하는 권총 소리가 들렸고, 그의 이마에 정면으로 겨누어진 잘 닦인 총의 반짝이는 빛과 그를 마주하고 서 있는 키가 작고 다부진 몸집의 윤곽이 보였다.

“원하는 게 뭐요?”

도리언 그레이는 숨을 몰아쉬며 물었다.

"입 닥쳐. 움직이면 쏘겠어."

사내는 말했다.

"이봐요, 우린 아무런 상관도 없는 사이요. 내가 뭘 잘못했다고 이러는 건가?"

"당신은 시빌 베인을 죽였어. 시빌 베인은 내 누나야. 누나는 자살했지. 그건 당신 때문이었어. 그 보복으로 당신을 죽이겠어. 몇 년 동안이나 당신을 찾아다녔지. 아무런 단서도 없었고, 당신의 흔적 하나 남아 있지 않았어. 당신을 기억하는 두 사람은 모두 죽었더군. 난 당신에 대해 알고 있는 게 없었지만, 내 누나가 당신을 부르던 애칭은 기억하고 있었지. 그런데 오늘밤 우연히 그 이름을 들은 거야. 신에게 평화를 기도해. 잠시 뒤엔 죽은 목숨이 될 테니까."

도리언 그레이는 두려움에 몸이 얼어붙고 숨이 막힐 것 같았다.

"시빌 베인이라니 처음 들어보는 이름이오."

그는 더듬거리며 말했다.

"들어 본 적도 알지도 못하는 사람이오. 사람을 잘못 보았소."

"죄를 있는 대로 고백하는 게 좋을 거야. 내 이름이 제임스 베인이라는 것만큼이나 확실하게 말이야. 내가 오늘 당신 목숨을 끝장낼 테니까."

끔찍한 순간이었다. 도리언은 무슨 말을 해야 할지, 어떤 행동을 해야 할지 몰랐다.

“무릎 꿇어!”

사내는 윽박질렀다.

“마지막 기도를 하는 데 1분의 시간을 주겠어. 더 이상의 시간은 줄 수 없어. 난 오늘밤 인도로 떠나는 배를 타야 해. 하지만 내가 해야 할 가장 중요한 일은 이거야. 1분을 주겠다. 더는 줄 수 없어.”

도리언의 팔은 축 늘어졌다. 공포로 몸이 움직이지 않고 무엇을 어찌해야 할지 몰랐다. 문득 어떤 희망이 번쩍하며 머릿속에 떠올랐다.

“잠깐만!”

그는 소리쳤다.

“당신 누이가 죽은 게 언제였소? 어서 말해 보시오!”

“18년 전이다. 그런 건 왜 묻지? 세월은 아무런 상관없어.”

“18년 전이라고!”

도리언 그레이는 승리감에 웃으며 말했다.

“18년이라고! 나를 등불 밑으로 데려가 내 얼굴을 비춰 보시오!”

제임스 베인은 도리언의 말을 이해할 수 없다는 듯이 잠시 망설이고 서 있었다. 그러다 도리언 그레이의 몸을 잡고 아치 길에서 끌고 나왔다.

바람이 불어 가스등 불빛은 어두컴컴했지만 그가 어떤 치명적인 실수(그게 실수가 맞다면)를 저질렀는지 선명하게 보여 주었다. 그가 죽이려 했던 남자의 얼굴은 꽃피는 소년의 얼굴로 때 묻

지 않은 청춘의 순수함이 간직된 얼굴이었기 때문이다. 도리언의
얼굴은 스무 해나 살았을까 싶을 정도의 젊은이의 얼굴이었다.
제임스 베인과 시빌 베인이 마지막 인사를 나누었던 오랜 세월
전의 누이보다 더 나이 들어 보이지 않는 얼굴이었다. 시빌의 인
생을 망가뜨린 사람이 이 사람이 아니라는 것은 분명해 보였다.

그는 도리언을 잡고 있던 손을 놓고 뒤로 물러났다.

"신이시여! 신이시여!"

그는 소리쳤다.

"잘못하면 당신을 죽일 뻔했군요!"

도리언 그레이는 긴 숨을 내쉬었다.

"당신은 지금 무서운 범죄를 저지를 뻔했어요."

그는 흔들림 없는 눈으로 제임스 베인을 보면서 말했다.

"이번 일로 앞으로 절대 사적인 복수를 하지 않겠다고 하는 교
훈이 되게 하시오."

"용서하십시오."

제임스 베인은 낮게 말했다.

"제가 속았습니다. 그 망할 놈의 술집에서 우연히 들었던 말 한
마디로 큰 죄를 저지를 뻔했습니다."

"이제 집으로 돌아가시오. 권총은 멀리 던져 버리시오. 권총을
갖고 있다간 큰일 저지를 사람 같으니."

도리언은 발길을 돌려 천천히 거리를 걸어 내려갔다.

제임스 베인은 두려움을 느끼며 보도 위에 서 있었다. 그는 머

리끝부터 발끝까지 온몸을 떨었다. 얼마 후, 빗물이 떨어지는 벽을 따라 천천히 걷고 있던 검은 그림자가 빛 속으로 나오더니 살금살금 그를 향해 걸어왔다. 제임스 베인은 팔에 닿는 손길을 느끼고 깜짝 놀라며 몸을 돌렸다. 술집에서 술을 마시고 있던 여자들 가운데 한 사람이었다.

"왜 그를 죽이지 않았어?"

그녀는 핼쑥한 얼굴을 그에게 들이대면서 따지듯 물었다.

"데일리스 술집에서 당신이 뛰쳐나갔을 때 저자를 쫓아가는 줄 알았지. 이런 바보 같으니! 그자를 죽였어야지. 돈도 많은데다가 뼛속까지 타락한 자라고, 그자는."

"내가 찾던 사람이 아니었소."

제임스 베인은 대답했다.

"그리고 내가 원하는 건 돈이 아니라 목숨이오. 내가 죽이려는 자는 지금 나이가 마흔 가까이 된 사람이오. 아까 그 사람은 얼굴에 솜털도 가시지 않은 젊은이였소. 하느님께 감사해야지. 죄 없는 사람의 피를 내 손에 묻히지 않게 되었으니."

여자는 쓸쓸한 웃음을 토해 냈다.

"하하하! 얼굴에 솜털도 가시지 않았다고!"

그녀는 조롱의 웃음을 지었다.

"이봐, 저 매력적인 왕자라는 자가 날 지금의 나로 만든 게 거의 18년 전의 일이라네."

"거짓말 하지 마!"

제임스 베인이 소리쳤다.

그녀는 손을 들어 하늘을 가리켰다.

"하느님께 맹세하지."

"하느님께 맹세한다고?"

"그게 사실이 아니라면 날 죽도록 패도 좋아. 그자는 이 구역에 드나드는 인간 말종들 중에서도 최악이야. 사람들이 말하길 그자가 아름다운 얼굴을 갖는 대가로 악마에게 영혼을 팔았다고 하지. 내가 저자를 처음 만난 것도 18년 가까이 된다네. 그동안 저자는 조금도 변하지 않았어. 하지만 난 완전히 딴 사람이 되어 버렸지."

그녀는 기괴한 웃음을 지으며 말했다.

"맹세할 수 있소?"

"맹세하고말고."

그녀의 얇은 입술에서 대답이 흘러나왔다.

"하지만 그자에게 내 얘기는 하지 마."

그녀는 힘겹게 말했다.

"난 그자가 두려워. 그런 그렇고 나도 오늘밤 어디 몸 누일 방값은 있어야지."

제임스 베인은 여자에게 욕설을 하고 그녀에게서 발길을 돌려 도리언 그레이가 걸어갔던 골목으로 달려가 보았지만, 이미 그는 사라진 후였다. 뒤를 돌아보니 여자 역시 사라지고 없었다.

17

일주일 뒤, 도리언 그레이는 셀비 로열의 온실에서 초대한 먼머스 공작 부인과 이야기를 나누고 있었다. 남편인 먼머스 공작은 나이가 60대였고 인생의 쓴맛, 단맛을 다 본 사람 특유의 권태로운 표정을 짓고 있었다. 차를 마실 시간이었고, 공작 부인이 안주인 노릇을 하며 손님들의 자리마다 내놓는 섬세한 자기와 질 좋은 은그릇들을 탁자 위에 놓인 레이스 갓을 씌운 커다란 등의 부드러운 빛이 아름답게 비추어 주었다. 그녀의 하얀 손이 잔 사이를 우아하고 빠르게 오갔고, 그녀의 도톰하고 붉은 입술은 도리언이 그녀에게 속삭인 말을 떠올리며 미소 짓고 있었다. 헨리 경은 실크를 씌운 버드나무 의자에 몸을 펴고 앉아 사람들을 쳐다보고 있었다. 근래 자신의 수집품 목록에 추가되었다는 브라질산 풍뎅이에 대한 공작의 이야기를 나버러 부인이 연분홍빛의 긴 의자에 앉아서 듣는 척하고 있었다. 끽연실용 정장을 입은 3명의 젊은이가 여자 손님들에게 차와 함께 먹을 케이크를 덜어 주고 있었다. 하우스 파티에 초대받은 사람은 12명이었고, 다음날 손님들이 더 도착할 예정이었다.

"무슨 얘길 하고 있지?"

헨리 경이 탁자로 다가와서 자기 잔을 탁자 위에 내려놓으며 말했다.

"세상 모든 것에 새로 이름을 붙이겠다는 내 계획에 대해 도리

언이 이야기한 것이었으면 좋겠군요, 글레이디스. 이름을 새로 붙인다는 건 참 재미있는 생각이었어요."

"그렇 지만 내 이름을 새로 바꾸고 싶진 않아, 해리."

공작 부인은 그 아름다운 눈으로 헨리 경을 올려다보며 대답했다.

"지금 내 이름이 좋거든. 그레이 씨도 자기 이름에 불만이 없을 거라 믿어."

"글레이디스, 내가 누이의 이름이나 도리언의 이름을 새로 바꾸겠다는 건 아니에요. 두 사람의 이름은 모두 완벽하지요. 내가 생각하는 건 꽃이었어요. 그런데 그만 잠시 생각 없던 순간에 정원사에게 꽃 이름이 뭐냐고 물었습니다. 정원사는 로빈소니아나 품종인데 아주 예쁘게 피었다고 하더군요. 그런 끔찍한 이름이라니! 우리가 사물에 아름다운 이름을 붙여 주는 능력을 잃었다는 것이 슬프지만 사실입니다. 제일 중요한 게 이름이에요. 난 행위를 놓고 옳다 그르다 따진 적은 한 번도 없습니다. 내가 따지고 넘어가는 게 있다면, 그건 이름이에요. 내가 문학에서 천박한 사실주의를 혐오하는 이유가 바로 여기에 있어요. 삽은 삽이라 불러야 한다고 말하는 사람은, 삽을 쓰겠다는 충동을 가질 수밖에 없거든요. 그 사람에게 꼭 맞는 일이 그것뿐이니까요."

"그럼 우린 널 어떻게 불러야 하지, 해리?"

공작 부인이 말했다.

"패러독스 왕자라고 불러야지요."

도리언이 말했다.

"그만하시길."

헨리 경은 웃으며 말했다.

"일단 딱지를 붙이고 나면 도피란 불가능하지요! 내게 제목을 붙이는 건 사양하겠어요."

"귀족이 귀족이길 포기하는 일은 없어."

공작 부인의 아름다운 입술에서 나온 경고의 말이었다.

"그렇다면 누이는 내가 내 자리를 수호하길 바란다는 것인가요?"

"그렇지."

"그럼 난 내일의 진실을 말하겠어요."

"난 차라리 오늘의 실수가 더 좋아."

그녀가 대답했다.

"날 무장 해제 시키는 군요, 글레이디스."

헨리 경은 공작 부인의 고집을 알아채고 대꾸했다.

"무장 해제라고 말하지만 넌 방패를 내려놓을 뿐이지 창은 내놓지 않았잖아."

"미녀에게 창을 들이대지는 않아요."

그는 손을 저으며 말했다.

"바로 그게 네 잘못이야, 해리. 넌 아름다움을 너무 과대평가하고 있어."

"어떻게 그런 말씀을? 난 선량한 사람이 되느니 아름다운 사람

이 되는 것이 낫다고 말씀드릴 수 있어요. 하지만 선량한 사람이 되는 것이 못생긴 사람이 되는 편보다 낫다는 걸 나보다 더 인정할 수 있는 사람은 없어요."

"그럼 추악함이 성경의 7가지 대죄 중 하나란 말인가?"

공작 부인이 아주 흥미롭다는 듯이 물었다.

"조금 전 말한 난초와 대죄에 대한 비유는 어떻게 되는 거지?"

"추악함은 7가지 치명적 미덕 중 하나예요, 글레이디스. 누이는 충실한 토리당원이니까 추악함을 과소평가하면 안 돼요. 영국을 지금의 영국으로 만든 건 맥주, 성서, 그리고 7가지 치명적 미덕이에요."

"넌 네가 태어난 나라를 좋아하지 않는 거니?"

그녀가 물었다.

"영국은 제가 살고 있는 나라예요."

"살고 있는 나라는 욕을 해도 괜찮다는 거로구나."

"영국에 대한 유럽의 판결문을 제가 인용해 볼까요?"

"그래."

"'타르튀프[54)]가 영국으로 이민 와서 가게를 열었다'고 하더군요."

"해리, 그건 네가 내린 판결이잖아?"

"누이에게 바치겠습니다."

54) 프랑스의 극작가 몰리에르가 지은 희곡에 나오는 성직자

"안 돼. 너무 진실에 가까워."

"겁내실 거 없어요. 영국인들은 재치 있는 표현에 숨어 있는 속 뜻을 알아차릴 수 없으니까요."

"영국인들은 현실적이야."

"현실적이라기보다는 교활한 거죠. 결산 장부를 적을 때 우둔함을 돈으로, 악덕을 위선으로 보충하는 게 영국인이니까요."

"그래도 우리에겐 훌륭한 업적이 있어."

"훌륭한 업적이 있다면, 그건 우리에게 그저 주어졌을 뿐입니다. 글레이디스."

"우리는 업적을 이루기기 위해 필요한 부담을 유럽 대신 졌어."

"주식 거래소까지만 졌다고 칩시다."

부인은 고개를 저으며 외쳤다.

"영국인은 강요에 의한 생존에 성공한 민족의 상징이라고 해야겠죠."

"영국인은 발전해 왔어."

"타락이 훨씬 근사해 보여요."

"그럼 예술은 뭐지?"

그녀가 물었다.

"그건 질병이에요."

"사랑은?"

"환상이지요."

"종교는?"

"믿음이라는 것을 유행 따라 대신하는 물건이지요."

"넌 회의주의자야."

"천만에. 회의주의야말로 믿음의 시작입니다."

"그럼 넌 어떤 사람이지?"

"정의하는 것은 곧 한계 속에 가두는 것이지요."

"내게 단서를 줘 봐."

"실은 끊어지기 마련이지요. 실을 의지 삼아 가면 미로에서 길을 잃게 되고요."

"날 혼란스럽게 하는군. 다른 사람에 대해 이야기하지."

"우리의 주인공이야말로 재미있을 거예요. 그는 '매혹적인 왕자'라는 별칭을 얻었었죠."

"아! 그 이름 얘기는 그만두세요."

도리언 그레이가 날카롭게 외쳤다.

"우리의 주인공이 오늘 저녁 기분이 별로 좋지 않은 것 같아."

공작 부인이 얼굴을 붉히며 말했다.

"도리언, 먼머스 경이 나와 결혼한 건, 나비를 찾을 때처럼 그가 찾을 수 있는 가장 뛰어난 표본이 바로 나였기 때문이라는 과학적인 원칙에 따른 것이야."

"그렇다면 공작이 부인에게 바늘을 꽂지 않기를 바라야겠군요."

도리언이 웃으며 말했다.

"오! 바늘을 꽂는 건 내 하녀가 이미 하고 있는 일이에요, 그레이 씨. 나에게 짜증이 날 때마다 하는 일이지요."

"하녀가 부인에게 짜증이 날 때는 언제를 말하는 겁니까, 공작 부인?"

"아주 사소한 일들이지요, 그레이 씨. 대수롭지 않은 일들이죠. 가장 흔한 이유는 내가 8시 50분에 그 애를 불러 놓고는 8시 40분까지 옷을 차려입어야 한다고 할 때랍니다."

"아무것도 모르는 처녀로군요! 경고를 해 두는 게 좋겠는데요."

"그럴 필요는 없어요. 그 애가 내 모자를 만들어 주거든요. 힐스턴 부인의 원유회에서 내가 썼던 모자를 기억하나요? 역시 기억을 못 하시는군요. 하지만 기억하는 척해 주시다니 고맙습니다. 그 애가 별다른 재료 없이 그 모자를 만든 거예요. 잘 만든 모자는 본래 별다른 재료 없이 만들어지기 마련이니까요."

"좋은 평판이란 게 그러하듯이 말이에요, 글레이디스."

헨리 경이 끼어들었다.

"사람이 발산하는 효과, 즉 힘이란 건 적을 만드는 법이지요. 범용한 사람만이 좋은 평판을 받을 수 있어요."

"여자라면 그렇지도 않아."

공작 부인이 고개를 저으며 말했다.

"그리고 세상을 지배하는 건 여자야. 여자는 범용한 존재를 견디지 못한다고 난 자신 있게 말할 수 있어. 언젠가 누가 말했듯이 남자들이 눈으로 사랑을 한다면 우리 여자들은 귀로 사랑을 한다고 말이야. 아, 남자들이 사랑을 하기나 한다면 말이지만."

도리언 그레이의 초상

"제가 보기에 남자들은 사랑 말고는 하는 것이 아무것도 없는 것 같습니다만."

도리언이 낮게 말했다.

"그렇다면 당신은 진정으로 사랑하지 않는 거예요, 그레이 씨."

공작 부인이 슬프다는 듯이 말했다.

"글레이디스!"

헨리 경이 외쳤다.

"어떻게 그런 말을 할 수 있지요? 로맨스는 반복에 의해 살고, 반복은 단순한 취향을 예술로 승화시킵니다. 게다가 사랑을 할 때마다 그 사랑은 유일 무일한 사랑, 전에도 없었고 앞으로도 없을 사랑입니다. 사랑이라는 정열의 유일이 대상에 따라 바뀌지는 않아요. 어쩌면 그 유일성이 더욱 극대화될 뿐입니다. 우리는 인생에서 기껏해야 한 번의 위대한 경험을 할 수밖에 없고, 인생의 비밀은 이 경험을 가능한 한 자주 해 보는 데 있습니다."

"그 경험으로 인해 상처를 받았다고 해도 말인가, 해리?"

공작 부인이 잠시 말없이 있다가 되물었다.

"그 경험으로 인해 상처를 받았다면 더욱 그렇습니다."

헨리 경이 대답했다.

공작 부인은 고개를 돌리고 의아하다는 표정으로 도리언 그레이를 바라보았다.

"그레이 씨는 어떻게 생각하세요?"

도리언은 잠깐 망설였다. 그리고는 고개를 뒤로 젖히고 웃었다.

"전 항상 해리의 의견에 동의합니다, 공작 부인."

"설사 그가 틀린 말을 할 때도 말이죠?"

"해리는 절대 틀린 말을 하지 않습니다, 공작 부인."

"그의 철학이 당신을 행복하게 하나요?"

"전 행복을 찾아본 적이 없습니다. 누가 행복을 원한단 말인가요? 난 쾌락을 원해요."

"그러면 그걸 찾았나요, 그레이 씨?"

"자주 찾을 수 있었지요. 너무 잦았던 게 문제였지만요."

공작 부인은 한숨을 쉬었다.

"내가 찾는 건 평화랍니다. 지금 가서 옷을 입지 않으면 오늘 저녁엔 어떤 평화도 없을 거예요."

"난을 갖다 드리죠, 공작 부인."

도리언이 자리에서 일어나 온실 아래쪽으로 걸어갔다.

"노골적으로 도리언에게 추파를 던지는군요."

헨리 경이 사촌 누이에게 말했다.

"조심하는 게 좋을 겁니다. 저 친구는 너무나 매력적이거든요."

"매력적인 사람이 아니라면 밀고 당기는 것도 없겠지."

"그리스 사람이 그리스 사람을 만난 것처럼 강한 적수를 만났다는 건가요?"

"난 트로이 편이야. 트로이 군은 여자 때문에 전쟁까지 했잖아요."

"하지만 패한 것도 트로이였어요."

“포로가 되는 것보다 더 나쁜 일들도 있어.”

그녀가 대답했다.

“고삐 풀린 망아지처럼 질주하고 있어요.”

“속도야말로 인생을 인생답게 하는 것이야.”

부인이 반박했다.

“오늘밤 내 일기에 그 말을 적어야겠어요.”

“무얼 말이야?”

“불에 데어 본 적이 있는 아이는 불을 사랑하게 된다고 말이야.”

“난 연기조차 쏘인 적 없어. 내 날개는 아무것에도 닿지 않은 채 끄떡없다구.”

“그 날개를 나는 데만 쓰지 않을 뿐 만사에 날개를 이용하지요.”

“여자에게 용기를 준 건 남자들이지. 용기는 여자에게 새로운 경험이야.”

“누이에겐 라이벌이 있어요.”

“누군데?”

그는 웃으며 속삭였다.

“나버러 부인도 도리언을 아주 좋아해요.”

“경고와 주의는 그걸로 족해. 고대 신화에 호소하는 건 우리 낭만주의자들에게 치명적인 공격인데.”

“낭만주의자라고! 누이는 과학적인 사고방식의 소유자예요.”

"남자들한테 배웠으니까."

"하지만 남자들은 여자를 설명하지는 못했어요."

"성으로 여자를 한번 정의해 보겠어?"

그녀가 요구했다.

"수수께끼 없는 스핑크스."[55]

그녀는 미소를 지으며 그를 보았다.

"그레이 씨가 왜 이렇게 시간이 오래 걸리지! 내가 가서 도와주어야겠어. 그러고 보니 내가 무슨 색깔의 옷을 입을지 알려주지도 않았네."

"이런! 도리언이 선물할 꽃과 옷의 색깔을 같은 것으로 맞추려는 거로군요."

"항복하기엔 너무 이르죠."

"낭만주의 예술은 그것의 클라이맥스에서 출발하는 법이지."

"후퇴할 기회는 항상 가지고 있어야 해."

"파르티아식으로?"[56]

"파르티아 사람들은 사막에서도 안전한 은신처를 찾았지만 그건 내가 할 수 없는 일이야."

---

55) 19세기 후반 프랑스의 시인 보들레르는 E. A. 포에 대한 에세이에서 대중의 견해를 '수수께끼 없는 스핑크스'라고 했다. 와일드는 〈수수께끼 없는 스핑크스〉란 제목의 단편을 썼다.

56) 파르티아는 기원전 247년 이란계 유목민이 카스피 해 남동쪽에 세운 고대 국가로, 파르티아의 기수들은 재빠른 동작으로 적을 교란시켰고, 활쏘기에도 뛰어나 등 뒤로도 화살을 쏘았다고 한다.

“여자들이 늘 선택할 수 있었던 건 아니에요.”

헨리 경이 대답했다. 그가 말을 채 끝내기도 전에 온실 쪽에서 소리가 들렸다. 그것은 질식한 듯한 신음 소리와 무언가 육중한 것이 쓰러지면서 나는 둔탁한 소리였다. 모두가 깜짝 놀라서 자리에서 일어났다. 공작 부인은 공포에 떨며 꼼짝도 할 수 없었다. 헨리 경이 잎사귀가 부딪는 야자수 사이를 달려가 보았을 때, 도리언 그레이는 온실 타일 바닥에 얼굴을 대고 마치 죽기라도 한 듯이 기절해 있었다.

도리언은 곧바로 푸른색으로 장식한 거실로 실려 들어갔고 거실 소파에 뉘어졌다. 잠시 뒤 정신이 든 그는 멍한 눈으로 주위를 둘러보았다.

“어떻게 된 거죠? 아! 기억나요. 여기는 안전한가요, 해리?”

그가 온몸을 떨며 말했다.

“자네가 잠깐 동안 기절했었네. 그것뿐일세. 너무 피로했던 것 같네. 저녁 식사엔 오지 않는 게 좋겠어. 자네를 대신해 내가 가도록 하지.”

“아니, 제가 가겠어요.”

그가 애써 자리에서 일어나며 말했다.

“혼자 있는 것보다 가는 게 좋겠어요.”

그는 방으로 가서 옷을 입었다. 저녁 식탁에 앉아 있는 동안 그의 행동은 유쾌하고 명랑해 보였지만, 하얀 손수건처럼 온실 창에 들러붙어 그를 보고 있던 제임스 베인의 얼굴을 기억할 때마다 온몸에 공포의 전율이 느껴졌다.

18

　다음날, 그는 어쩌면 죽임을 당할지 모른다는 두려움에 사로잡혀 집 밖으로 나가지 않고 대부분의 시간을 자기 방에 틀어박혀 있었다. 그러면서도 인생 자체에 대해서는 어떤 관심도 애정도 느낄 수 없었다. 그는 자기를 쫓는 자에게 발견되고 말아 그자가 처놓은 올가미에 걸려 죽을 것 같은 생각에 사로잡혔다. 바람에 벽걸이 융단이 살짝 움직이기만 해도 온몸이 덜덜 떨려왔다. 흰색의 창틀에 와 부딪히는 낙엽들이 마치 그가 실천하지 못한 결단과 걷잡을 수 없는 회한처럼 느껴졌다. 눈을 감으면 김이 서려 있는 온실의 유리 너머로 그를 바라보던 뱃사람의 얼굴이 보였고, 그럴 때마다 공포가 그의 심장에 손을 갖다 대는 것만 같았다.

　밤의 어둠 속에서 복수의 손을 보게 되고, 자기를 벌하려는 자의 섬뜩한 모습을 본 건 어쩌면 그의 상상뿐일지도 몰랐다. 실제의 삶이 혼돈이지만 상상의 세계엔 무서운 논리적인 뭔가가 있었다. 개에게 죄악의 발꿈치를 쫓아가 물도록 하는 것이 상상력이었다. 사실로 구성되는 실제의 세계에서 사악한 자는 처벌받지 않았고 선한 자도 보상받지 않았다. 강자가 성공을 하게 되고, 약자가 실패하게 되는 것이 전부였다. 침입자가 집 근처를 돌아다니고 있었다면 하인이나 집사가 보지 못 했을 리 없었다. 화단에서 발자국이 발견되었더라면 정원사가 그 사실을 바로 알렸을 것이다. 그렇다. 그의 공포는 그저 그의 상상력에서 나온 것이다. 그를 죽이기 위해 시빌 베인의 동생이 돌아온 것은 아니었다. 그는 배를 타고 바다로 나간 뒤 배가 난파해 어느 겨울 바다에서 죽었을 것이다. 그는 도리언이 누구인지 모르고 알 수도 없을 터였다. 늙지 않은 청춘의 얼굴이 그를 구해 주지 않았던가.

그렇다 해도, 그게 단지 환상에 불과한 것이었다 해도 양심이라는 것이 그렇게 무시무시한 환영을 불러일으키고, 그것을 눈에 보이게 해서 사람의 눈앞에서 움직이게 할 수 있다는 것만으로도 얼마나 끔찍한 일이가! 그가 지은 죄의 그림자들이 조용한 구석에 숨어 있으면서 밤낮으로 그를 지켜보고, 아무도 없는 곳에서 그를 비웃고, 만찬의 식탁에 앉아 있을 때 그의 귀에 대고 속삭이고, 잠들려는 그를 얼음장 같은 차가운 손으로 깨운다면 그의 삶은 어떻게 되겠는가! 이런 생각들이 머리를 스치자 그는 공포로 얼굴이 창백해졌고 방 안의 공기가 갑자기 싸늘해진 것만 같았다. 아! 그 어떤 광기에 사로잡힌 순간에 친구를 죽였는지! 그 장면을 기억하는 것만으로도 차갑게 피가 식었다. 그는 살인의 장면을 한순간도 놓치지 않고 다시 보았다. 사소한 것들도 빠짐없이 머릿속에 떠올랐고 그를 더욱 두려움에 떨게 만들었다. 시간이라는 동굴의 검게 벌린 구멍에서 그의 죄악이 진홍색 옷을 입고 무서운 모습으로 걸어 나왔다. 6시에 헨리 경이 그의 집에 도착했을 때, 도리언 그레이는 심장이 터질 듯 울부짖고 있었다.

사흘 째 되는 날에서야 그는 집 밖을 나갈 용기를 내었다. 청명하고 솔잎 향기 나는 겨울날 아침 날씨에는, 그로 하여금 다시 인생에 대한 기쁨과 열정을 갖도록 하는 뭔가가 있었다. 하지만 변화를 가져다 준 건 물리적 환경의 조건만이 아니었다. 그의 천성이 완벽한 평온함을 깨뜨리고 더럽히고자 하는 번민에 대항해 반항을 했다. 그러한 것은 미묘하고 섬세한 성질을 타고난 사람에게 늘 일어나는 일이다. 그들의 강렬한 열정은 멍들거나 휘어진다. 그들은 적을 죽이거나 아니면 그들 자신이 죽는다. 슬픔이 얕거나 사랑이 얕을수록 그런 얕은 슬픔과 사랑은 질기게 살아남는다. 위대한 사랑과 위대한 슬픔은 그 자체의 위대함 때문에 죽어간다. 더욱이 자신이 공포가 유발한 상상의 피해자라는 것을 자신에게 확신시킨 뒤였고, 자신의 두려움을 연민과 경멸감으로 바라보았다.

그는 아침 식사를 마치고 나서 공작 부인과 함께 한 시간 정도 정원을 산책한 뒤 마차를 몰아 왕실 수렵장을 가로질러 새 사냥 중인 일행에 합류했다. 풀에 내린 서리의 모양이 마치 굵은 소금을 뿌려 놓은 듯했다. 하늘은 푸른색 강철로 만든 잔을 엎어 놓은 것 같았다. 잡초가 자란 호숫가의 고요한 수면에는 얇은 얼음 막이 끼어 있었다.

그는 소나무 숲의 끝에서 공작 부인의 남동생인 조프리 클루스

349

턴이 다 쓴 탄약총 2개를 총에서 빼내고 있는 걸 보았다. 마차에
서 뛰어내려 마부에게 집으로 말을 데려가라고 한 뒤, 시들어빠
진 고사리와 무성한 덤불을 헤치고 조프리 쪽을 향해 갔다.

"많이 잡았나요, 조프리 경?"

도리언은 물었다.

"오늘은 별로 잡히지 않는군요, 도리언. 새들이 다 날아간 것
같습니다. 점심을 먹은 뒤 장소를 옮겨야겠어요."

도리언은 조프리와 나란히 걸었다. 기분 좋을 만큼의 차가운 공
기, 숲에서 햇빛을 받아 반짝이는 붉고 누런 빛들, 이따금 울려
퍼지듯 들리는 새몰이꾼들의 커다란 함성, 그 뒤를 따라 들려오
는 날카로운 총소리가 그를 매혹시켰다. 그는 달콤한 자유의 감
각으로 채워졌고 자유분방한 행복감과 태평스러운 즐거움이 느껴
졌다.

20m쯤 앞의 풀숲에서 검은 귀를 쫑긋 세우고 긴 뒷다리로 펄쩍
뛰어오르는 한 마리의 산토끼가 보였다. 그 토끼는 오리나무 덤
불 쪽으로 뛰어갔다. 조프리 경은 총을 어깨에 걸었지만, 토끼의
우아한 동작이 이상하게도 도리언 그레이의 마음을 움직였고 그
는 얼른 조프리 경을 제지했다.

"쏘지 말아요, 그냥 살려 두세요."

"무슨 소리!"

조프리 경은 껄껄 웃더니 덤불 속으로 뛰어내리는 토끼에게 총
을 쏘았다. 비명은 두 군데서 들려왔는데, 고통스러워하는 토끼

의 비명보다 더 끔찍한 것은 숨넘어가는 한 남자의 비명 소리
였다.

"오, 맙소사! 몰이꾼이 총에 맞았나 보군!"

조프리 경이 소리쳤다.

"아니, 어쩌자고 총 앞에 나타난 거지! 거기 그만 총을 겨누
시오!"

그가 있는 힘껏 소리 질렀다.

"몰이꾼이 다쳤단 말이오."

손에 막대기를 든 몰이꾼 대장이 달려왔다.

"이디에요? 어니에 있습니까?"

그가 외쳤다. 동시에 근처에 있던 사냥꾼들의 총소리가 일제히
멈추었다.

"이쪽이오."

조프리 경이 덤불 쪽으로 급히 달려가면서 성난 투로 말했다.

"몰이꾼들을 뒤에 두고 잘 챙겼어야지? 오늘 사냥은 망쳤구먼."

도리언 그레이는 그들이 오리나무 덤불 속으로 달려가서 사람
찾는 광경을 물끄러미 바라보았다. 잠시 뒤 이들이 시체를 끌고
덤불에서 나오는 것을 도리언 그레이는 공포에 질려 볼 수가 없
었다. 그가 가는 곳마다 불운이 따라다니는 것만 같았다. 조프리
경이 그 몰이꾼이 정말 죽었는지 묻는 소리와 몰이꾼 대장이 그
렇다고 대답하는 것이 들렸다. 그 순간 숲이 수많은 얼굴로 가득
차 그를 노려보며 말하고 있는 것만 같았다. 수많은 발자국 소리

와 낮게 웅성거리는 소리들이 들려왔고 머리 위로 가슴 털이 구 릿빛인 큰 새가 날아갔다.

얼마간의 시간이 흐른 뒤(정신이 흐트러진 도리언에게 그것은 한 없는 고통의 시간처럼 느껴졌다), 그의 어깨 위에 닿는 손길을 느 꼈다. 그는 깜짝 놀라 뒤를 돌아보았다.

"도리언."

헨리 경이었다.

"오늘 사냥은 그만 끝내는 게 좋겠어. 사람이 죽었는데 사냥을 계속하는 건 보기에 좋지 않거든."

"앞으로 영원히 사냥이란 게 없었으면 좋겠어요, 해리."

그는 쓰라린 어투로 말했다.

"사냥이란 것 자체가 추악하고 잔인한 것이고, 그 남자 는……?"

그는 계속 말을 이을 수가 없었다.

"그런 것 같군."

헨리 경이 대답했다.

"총알이 가슴을 명중시켜 즉사했더군. 자, 그만 집으로 가세."

두 사람은 대로 쪽으로 50m쯤 말없이 나란히 걸었다. 도리언은 무거운 한숨을 쉬면서 말했다.

"불길한 징조예요, 해리. 아주 불길한 징조."

"사고 말인가? 이보게, 이건 우연히 일어난 사고일세. 죽은 사 람의 잘못이야. 총을 든 사람 바로 앞으로 왜 지나가나? 게다가

이건 우리와는 아무런 상관도 없는 일이야. 조프리에겐 좀 당혹스러운 일이겠지만. 아무리 죽은 사람 잘못이라고 해도 몰이꾼을 쐈다는 것 자체가 사람들 입에 오르내릴 수 있지. 제대로 표적도 보지 않고 총을 쏘아대는 경솔한 사람이라고 생각할 테니까. 하지만 조프리는 그런 사람이 아니잖아. 늘 정확히 표적을 조준하고 쏘는 사람이라고. 더 얘기할 것도 없다네."

도리언은 고개를 저었다.

"해리, 불길한 징조예요. 우리 중 누군가에게 무슨 끔찍한 일이 일어날 것만 같은 예감이 들어요. 어쩌면 나에게……."

그는 고통스러운 몸짓으로 손을 들어 눈가를 매만지며 말을 덧붙였다.

헨리 경은 소리 내어 웃었다.

"도리언, 세상에 끔찍한 일이 하나 있다면 그것은 권태일 거야. 권태야말로 도저히 용서할 수 없는 단 하나의 죄야. 하지만 이 사고를 놓고 이 사람들이 저녁 식탁에서 떠들어 대는 일은 없을 테니 우리가 그런 권태로 고통을 받을 것 같지는 않군. 그들에게 이 일을 화제로 삼는 일은 없도록 말해 두어야겠어. 징조라는 것은 이 세상에 없네. 운명은 우리에게 전령을 보내 미리 알려 주지 않거든. 운명의 여신은 너무 현명하거나 너무 잔인하거든. 자네에게 도대체 무슨 일이 일어난다는 건가, 도리언? 인간이 세상에서 원하고 얻을 수 있는 것을 자네는 전부 갖고 있어. 그렇게만 된다면 누구라도 자네와 기꺼이 자리를 바꿀 거니까 말일세."

"해리, 나야말로 그 누구하고라도 자리를 바꿀 수만 있다면 그
러고 싶어요. 웃지 마세요. 난 지금 진실을 말하고 있는 거예요.
농사일을 하다가 사냥몰이에 나온 가엾은 저 몰이꾼이 나보다 더
좋은 처지에 있어요. 난 죽음 자체는 무섭지 않아요. 내가 두려워
하는 것은 다가오는 죽음이에요. 죽음의 무서운 날개가 날 둘러
싸고 있는 납 같은 공기 속을 가르며 날갯짓하고 있는 것 같아요.
아, 어떻게 하면 좋을까요! 당신 눈에는 저기 저 나무 뒤에 숨어
날 보며 기다리고 있는 남자가 보이지 않는단 말인가요?"

헨리 경은 도리언의 손이 가리키는 쪽을 돌아보았다.

"그렇군."

그는 미소를 지으며 말했다.

"저기 자네를 기다리는 정원사가 있군. 오늘 저녁 식탁에 꽂아
놓을 꽃에 대해 물어보려고 자네를 기다리고 있는 것 같네. 도리
언, 왜 이유도 없이 불안에 떨며 신경이 예민해졌지? 런던에 가면
내 주치의를 만나 보는 것이 좋겠군 그래."

도리언은 정원사가 다가오는 걸 보며 안도의 한숨을 내쉬었다.
정원사는 모자를 매만지고는 망설이다 주머니에서 꺼낸 편지를
도리언에게 건네주었다.

"공작 부인께서 답변을 듣고 전해 달라고 하셨습니다."

그가 낮은 목소리로 말했다.

도리언은 편지를 주머니에 넣고 냉정하게 말했다.

"공작 부인께는 가겠다고만 전하면 되네."

정원사는 돌아서서 빠른 걸음으로 저택 쪽으로 걸어갔다.

"여자들은 위험한 일을 아주 좋아한단 말일세!"

헨리 경이 웃으며 말했다.

"내가 여자에게서 가장 경이감을 느끼는 것이 바로 그것일세. 다른 사람이 자기를 보고 있다고 생각하면 세상 그 누구에게도 수작을 걸 수 있는 게 여자이거든."

"당신은 위험한 말을 하는 걸 너무 좋아하는군요, 해리! 지금만 보더라도 당신의 지적은 많이 빗나갔어요. 공작 부인을 좋아하지만 사랑하지는 않아요, 난."

"공작 부인은 자네를 사랑하지만 자네를 좋아하지 않기 때문에 두 사람은 완벽한 한 쌍이 될 수 있을 거야."

"해리, 공작 부인과 나 사이에 소문이 날 만한 일은 아무것도 없어요."

"부도덕에 대한 확신이 없다면 소문은 생기지 않거든."

헨리 경이 담뱃불을 붙이며 말했다.

"해리, 당신은 경구 하나를 말하기 위해 그 누구라도 희생양으로 삼을 겁니다."

"세상은 자신이 원하는 범위 내에서 스스로 제단에 올라갈 뿐이지."

헨리 경이 대답했다.

"내가 사랑하게 된다면 얼마나 좋을까……."

도리언 그레이가 애수에 젖은 목소리로 말했다.

"그렇지만 난 이미 그런 열정을 잃어버렸고, 또 그런 욕망도 잊어버린 것 같아요. 난 내 자신에게 너무 몰두하고 있어요. 나에게는 내 성격, 내 개성이란 것이 오히려 짐이 되었어요. 여기서 멀리 도망쳐 어디론가 가서 나 자신을 잊고 싶어요. 오늘 이곳에 온 것부터가 정말 바보 같은 짓이었어요. 하비에게 전신을 보내서 요트를 준비시켜 놓으라고 해야겠어요. 요트를 타고 있으면 안전할 테니까요."

"무엇으로부터 안전하다는 건가, 도리언? 자네 무슨 문제가 있군 그래. 그게 뭔지 말해 보게나. 알다시피 난 자네를 도와줄 수 있잖나?"

"말할 수 없어요, 해리."

그는 슬픈 듯이 말했다.

"그리고 이게 그저 내 상상일 뿐이라는 것도 알고 있어요. 오늘 오후의 뜻하지 않은 사고가 날 두렵게 했어요. 오늘과 같은 일이 내게도 생길지 모른다는 불길한 예감이 들어요."

"당치 않은 소리!"

"그래요, 나도 이게 말도 안 되는 것이었으면 좋겠어요. 그렇지만 이런 생각을 떨쳐 버릴 수가 없어요. 저기, 공작 부인이 오는군요. 특별히 만든 가운을 입은 아르테미스 같은 공작 부인이. 자, 이렇게 무사히 돌아왔습니다, 공작 부인."

"이야기 다 들었어요, 그레이 씨."

그녀가 대답했다.

"조프리는 가엾게도 지금 무척 속상해하고 있어요. 그런데 그레이 씨, 당신이 토끼를 쏘지 말라고 했다더군요. 이상한 일이에요!"

"그래요, 정말 이상한 일입니다. 그런 말을 왜 했는지 나도 잘 모르겠어요. 일종의 의미 없는 변덕 같은 것이었겠지요. 작은 토끼가 얼마나 귀엽고 생기발랄하던지요. 하지만 죽은 사람에 대해 들으셨다니 유감입니다. 끔찍한 화제니까요."

"끔찍하다니, 그저 귀찮은 이야기일 뿐이지."

헨리 경이 끼어들었다.

"거기엔 어떤 심리학적 가치도 없다구. 만약 조프리가 일부러 이 사고를 냈다면, 그건 흥미롭겠지! 실제로 사람을 죽여 본 사람이 있다면 그것에 대해 알고 싶네."

"어쩜 그리 무서운 말을 할까, 해리!"

공작 부인이 비명을 지르듯 말했다.

"그레이 씨, 안 그래요? 해리, 그레이 씨의 얼굴이 창백해졌어. 곧 쓰러질 것만 같아."

도리언 그레이는 애써 정신을 차리고 미소를 지었다.

"아무렇지 않아요, 공작 부인."

그가 중얼거리듯 말했다.

"신경이 온통 예민해져서 그럴 거예요. 그게 전부예요. 오늘 아침에 너무 많이 걸었던 것 같습니다. 해리가 무슨 말을 했는지 듣지 못했어요. 아주 사악한 말이었나요? 언제 다시 내게 말해 주세

357

요. 지금은 안에 들어가서 좀 누워야겠어요. 그렇게 해도 괜찮겠지요?"

세 사람은 온실에서 테라스로 연결되는 커다란 계단 앞에 도착했다. 도리언의 등 뒤로 유리문이 닫히자 헨리 경은 돌아서서 졸린 듯 멍한 눈으로 공작 부인을 바라보았다.

"도리언과 사랑에 빠졌나요?"

그녀는 잠시 말없이 주위를 바라보며 서 있었다.

"나도 그걸 알고 싶어."

그녀가 이렇게 말했다.

그는 고개를 가로저었다.

"지식은 아무 쓸모없어요. 우리는 불확실성에 매혹되지요. 사물은 안개가 끼었을 때 더욱 아름다워 보이는 것처럼 말이죠."

"그렇더라도 안개 속에서 길을 잃게 될지도 몰라."

"모든 길은 같은 종착지로 뻗어 있게 마련이죠, 글레이디스."

"무슨 말이지?"

"환멸이라고 합시다."

"난 환멸과 함께 인생에 등장했어."

그녀는 한숨을 쉬었다.

"환멸은 누이에게 관(冠) 같은 것이었지요."

"난 딸기 잎이 지겨워."[57]

57) 공작, 후작 등의 귀족들은 머리에 쓰는 관에 딸기 잎 문양을 장식했다.

“누이에겐 딸기 잎이 잘 어울려요.”

“남들이 보기엔 그렇지.”

“딸기 잎이 아쉬워질 때가 올 거예요.”

헨리 경이 말했다.

“잎사귀 하나와도 헤어지지 않겠지.”

“먼머스의 귀에 들어갈지 모르죠.”

“나이가 들면 귀가 어두워지지.”

“먼머스 경이 질투한 적은 없던가요?”

“그러기를 간절히 바랄 뿐이지.”

헨리 경은 뭔가 찾는 듯이 주변을 이리저리 둘러보았다.

“뭘 찾느라고 그래?”

그녀가 물었다.

“조금 전 누이의 꽃잎 장식에서 단추가 떨어지는 걸 보았지요.”

그녀는 웃었다.

“난 여전히 가면을 쓰고 있는데.”

“가면을 쓰고 있으니 눈이 더 아름답습니다.”

그가 대답했다.

그녀는 다시 웃었다. 그녀의 치아는 붉은 과일에 박혀 있는 새하얀 씨앗처럼 보였다.

도리언 그레이는 2층의 자기 방에 올라가 소파에 누워 있는데 공포로 온몸의 신경이 아프게 압박당하는 것 같았다. 문득 인생이 견디기 힘든 짐처럼 느껴졌다. 마치 산짐승처럼 덤불에서 총

에 맞아 죽은 불행한 몰이꾼의 끔찍한 죽음은 도리언 자신의 죽음을 예고하는 것처럼 느껴졌다. 게다가 그는 헨리 경이 우연히 한 냉소적인 농담 때문에 기절할 뻔하지 않았던가.

5시가 되자 그는 하인을 불러 야간 급행을 타고 시내에 나갈 수 있도록 준비해 두라고 지시했다. 그는 셸비 로열에서는 단 하룻밤도 머물지 않을 생각이었다. 셸비 로열은 불행한 곳이었다. 내리쬐는 태양 아래서도 죽음이 어슬렁거리는 곳이며 숲의 풀이 피로 더럽혀진 곳이다.

그는 시내에 나갈 것이며 주치의를 만나 보고 싶으니 자신이 없는 동안 손님들을 대신 맞아 달라는 부탁의 편지를 헨리 경 앞으로 썼다. 그가 편지를 봉투에 넣고 있을 때 노크 소리가 들렸고, 시종이 몰이꾼 대장이 찾아왔노라고 전했다. 그는 얼굴을 찌푸리고는 입술을 깨물었다. 그는 잠시 망설이다 들어오라고 명했다.

몰이꾼 대장이 들어오자 도리언은 서랍에서 수표책을 꺼내 책상 위에 내놓았다.

"오늘 아침에 있었던 불의의 사고로 온 건가, 손튼?"

그가 펜을 집어 들며 물었다.

"그렇습니다."

몰이꾼 대장이 대답했다.

"그 불쌍한 사람은 결혼은 했나? 부양 가족은?"

도리언이 지루하다는 얼굴로 물어보았다.

"졸지에 가장을 잃은 가족이 궁핍하게 살도록 놔둘 수는 없네.

자네가 필요하다는 액수를 주겠네."

"우리는 그가 누구인지 알지 못합니다. 제가 이렇게 실례를 무릅쓰고 찾아온 게 바로 그 때문입니다."

"그가 누구인지 모른다고?"

도리언이 맥 풀린 목소리로 물었다.

"그게 무슨 말인가? 몰이꾼 중 한 사람 아니던가?"

"아닙니다. 본 적도 없는 사람이에요. 선원인 것 같습니다."

도리언의 손에서 펜이 떨어졌고 갑자기 심장의 박동을 멈춘 듯한 느낌이었다.

"신원이라고'?"

그가 외쳤다.

"선원이라고 했나?"

"그렇습니다. 선원처럼 보였어요. 양쪽 팔에 문신이 있고, 뭐 그런 특징이 있더군요."

"발견된 물건은 없었나?"

도리언이 몸을 앞으로 기울이며 놀란 눈을 크게 뜬 채 물었다.

"그의 이름을 알 만한 물건이 하나도 없던가?"

"돈이 조금 있었는데 많지는 않았습니다. 그리고 6연발 권총이 한 자루 있었습니다. 이름이 적힌 물건은 하나도 없었고요. 사람은 좋아 보였지만 사나워 보이는 얼굴이기도 했습니다. 저희들이 보기엔 선원이었던 것 같아요."

도리언은 자리에서 벌떡 일어섰다. 바라서는 안 될 희망에 가슴

이 몹시 두근거렸다. 그는 그 희망에 정신없이 매달렸다.

"시체는 어디 있나? 빨리 대답하게! 당장 가서 내 눈으로 보고 싶네."

"농장의 비어 있는 마구간에 있습니다. 자기 집에 시체를 가져다 놓아도 좋다는 사람이 없어서요. 모두들 시체는 불길하다고 생각하니까요."

"농장이라고! 당장 그리로 가세나. 나도 가겠네. 아무 마부에게나 내 말을 가져다 놓으라고 하게. 아니, 됐네. 내가 직접 말을 찾으러 가겠네. 그래야 시간이 절약되지."

잠시 후 도리언 그레이는 말을 타고 있는 힘을 다해 대로를 달리고 있었다. 길가에 서 있는 나무들이 환영처럼 지나갔다. 그가 타고 있던 암말이 하얀 대문 앞에서 갑자기 방향을 바꾸는 바람에 말에서 떨어질 뻔했다. 그는 회초리로 말의 목을 내리쳤다. 말은 어둠 속을 화살처럼 달려 나갔다. 자갈이 말발굽에 채어 날았다.

그가 농장에 도착했을 때 두 남자가 농장 마당에서 어슬렁거리고 있었다. 도리언은 안장에서 뛰어내려 고삐를 그중 한 남자에게 던져 주었다. 가장 멀리 있는 마구간에서 불빛이 보였다. 시체가 있는 곳이 거기라고 누군가 그에게 말해 주는 것 같았고, 그는 얼른 그쪽으로 달려가 빗장 위에 손을 얹었다.

그 앞에서 잠시 망설였다. 그는 지금 그의 인생을 되살려 놓거나 파괴할 어떤 것을 발견하기 직전인 것을 깨달았다. 그는 문을 거칠게 열고 안으로 들어갔다.

싸구려 셔츠와 푸른색 바지를 입은 죽은 남자의 시체가 안쪽 구석의 자루 더미 위에 있었다. 손수건이 그의 얼굴 위에 덮인 채였다. 촛농으로 울룩불룩해진 병에 꽂힌 초가 그 옆에서 타고 있었다.

도리언 그레이는 몸을 떨었다. 직접 손수건을 걷어 올리지 못할 것 같아 농장 일꾼을 소리쳐 불렀다.

"얼굴을 덮은 손수건을 들어 보게. 얼굴을 보고 싶네."

그는 충격에 대비해 문기둥을 움켜잡고 말했다.

그는 농장 일꾼이 손수건을 치우자 시체 앞으로 가까이 다가갔다. 그의 입에서 기쁨의 탄식이 흘러나왔다. 덤불에서 총에 맞고 죽은 사람은 제임스 베인이었다.

그는 잠시 거기 서서 죽은 남자를 바라보았다. 집으로 돌아오는 그의 눈에는 눈물이 가득 고여 있었다. 이제는 안전하다는 확신에서 비롯된 안도의 눈물이었다.

19

"선량한 일을 하며 살겠다고 내게 말한들 소용없네."

장미수가 담긴 구리 그릇에 하얀 손가락을 넣으며 헨리 경이 말했다.

"제발 부탁이네만 자네는 완벽해. 그러니 변하지 말게나."

도리언 그레이는 고개를 가로저었다.

"아니에요. 난 그동안 너무 많은 악행을 저질렀어요. 이제 그런 삶과 작별하고 싶어요. 난 어제부터 선행을 시작했어요."

"어디에 있었나, 어제?"

"시골에 갔었어요. 조그만 여인숙에 홀로 묵었지요."

"이보게."

헨리 경이 미소 띤 얼굴로 말했다.

"누구든 시골에서는 선한 사람이 될 수 있지. 시골엔 아무 유혹이 없으니까 말이야. 그처럼 문명과 거리가 먼 사람들은 도시 바깥에 있기 때문이지. 문명은 얻기 쉬운 것이 아니야. 인간이 문명을 얻을 수 있는 길은 교양을 쌓거나 타락하는 것 중 하나란 말이지. 시골 사람들이 정체되어 있는 것은 이 둘을 할 수 있는 기회가 없기 때문이라구."

"교양과 타락이라……."

도리언이 말을 이었다.

"그 둘에 대해 난 어느 정도 알고 있었어요. 그렇지만 지금의 나로서는 그 두 가지를 하나로 묶어 생각한다는 것 자체가 끔찍하게 느껴집니다. 지금 나에게는 새로운 이상이 생겼기 때문이에요, 해리. 난 마음을 바꿀 겁니다, 이미 어느 정도는 바꿨어요."

"어제 자네가 한 선행이 뭔지에 대해선 아직 말하지 않았네. 이미 한 번 이상 선행을 베풀기라도 했단 말인가?"

헨리 경은 접시 위에 작은 삼각형 모양의 딸기 위에 조개 모양의 수저로 하얀 설탕을 뿌리며 말했다.

"해리, 당신에게는 말할 수 있어요. 다른 사람에게는 절대 할 수 없는 이야기이지만. 내가 해를 줄 수도 있는 사람을 그냥 두었어요. 당신에겐 공허한 말로 들리겠지만 내가 무슨 말을 하는지 이해할 거예요. 놀랍게도 시빌 베인과 닮은 오만하고 아름다운 여자였어요. 내가 그녀에게 끌린 게 그 때문이었다고 생각합니다. 물론 당신도 시빌을 기억하겠죠? 아, 그게 벌써 얼마나 오래 전의 일이던가요! 헤티는 우리 같은 귀족은 아니었어요. 그저 시골 마을에 사는 아가씨였어요. 그렇지만 난 그녀를 정말 사랑했어요. 추호의 망설임 없이 그녀를 사랑했다는 걸 말할 수 있어요. 유난히 아름다웠던 올 5월 내내, 일주일에 두세 번씩 그녀를 보기 위해 마을로 내려갔었습니다. 어제는 조그마한 과수원에서 만났어요. 그녀의 머리 위로 사과 꽃이 계속해서 떨어졌고 그녀는 웃고 있었어요. 우리는 오늘 새벽에 함께 어디론가 떠날 작정이었어요. 하지만 그녀를 보았을 때 그녀의 지금 모습 그대로, 그 꽃처럼 아름다운 그 모습 그대로 그녀가 살아갈 수 있게 해야 한다는 걸 깨달은 겁니다."

"자네가 느낀 새로운 감정과 그 신기함이 자네에게 진정한 쾌락의 느낌을 주었을 거라 생각하네, 도리언."

헨리 경이 끼어들어 말했다.

"하지만 자네가 말한 이 목가의 결말을 내가 대신 말할 수 있

지. 자넨 그녀에게 좋은 말을 해 주었겠지만 그녀의 가슴은 이미 찢어졌을 거라네. 자네의 변심이 여자의 가슴을 찢는 일로 시작한 거야."

"해리, 그런 말 말아요! 어떻게 그런 끔찍한 말을 할 수 있죠? 헤티의 가슴이 찢어졌다니, 결코 그렇지 않아요. 물론 그녀는 울면서 나에게 사정하기도 했어요. 그녀의 이름을 더럽힐 어떤 일도 결코 일어나지 않았어요. 앞으로 그녀는 박하와 금잔화가 핀 정원에서 페르디타[58]처럼 살 수 있을 거예요."

"그리고 자기를 떠나 버린 플로리젤을 생각하며 울겠지."

헨리 경이 의자 뒤로 깊숙이 몸을 묻으며 웃으면서 말했다.

"도리언, 이렇게 아이처럼 행동하고 생각하는 그 이유를 말해 줄 수 없겠나. 그 아가씨가 이제 자기와 비슷한 수준의 남자에게 만족할 수 있을 거라고 생각하나? 그 아가씨는 무식한 짐꾼이나 숫된 농부와 결혼할 걸세. 자네를 만나 사랑한 기억으로 자기 남편을 깔보게 될 걸세. 그리고 그녀는 비참한 마음으로 살아갈 것이고. 난 도덕적인 면에서 생각할 때 자네의 변심을 칭찬할 수 없네. 그 시작부터가 졸렬하니까. 그리고 이 순간 헤티가 별이 뜬 물레방앗간의 연못에서 예쁜 수련에 둘러싸여 떠다니는 오필리어처럼 있을지 자네가 알 수 없지 않나?"

"그만하세요, 해리! 당신은 모든 일을 비웃고 가장 비참한 비극

---

58) 셰익스피어의 희곡 〈겨울이야기〉에 나오는 여주인공

을 암시하죠. 당신한테 말한 게 잘못이군요. 하지만 당신이 내게 어떤 말을 하든 상관하지 않겠어요. 난 내 행동이 옳았다고 믿으니까요. 가엾은 헤티! 오늘 아침 말을 타고 농장 앞을 지나가면서 그녀의 하얀 얼굴이 창문에 비친 걸 보았어요. 마치 재스민 꽃잎을 뿌린 듯한 얼굴. 더 이상 이 이야기는 꺼내지 말기로 해요. 보잘것없는 것이긴 해도 내가 몇 년 만에 처음 했던 선한 행동이, 내가 지금까지 알지 못했던 자기 희생이 사실은 일종의 죄악이었다고 날 설득하려 하지 말아요. 지금부터는 당신에 관한 이야기를 해요. 시내에선 요즘 무슨 일이 일어나고 있나요? 클럽에 안 간 지가 며칠 되었군요."

"사람들은 그 가엾은 바질의 실종 사건에 대해 이야기 한다네."

"이제는 지겨워할 만한 화제가 되었을 텐데요."

도리언은 앞에 놓인 잔에 포도주를 따르고 얼굴을 찌푸리면서 말했다.

"그 이야기가 화제가 된 것은 불과 6주밖에 안 되었어. 3달에 화제가 하나 이상 되면 그 정신적 부담을 견디지 못하는 것이 영국 사람들 아니던가. 그렇지만 최근 한동안은 아주 운이 좋았다고 할 수 있지. 내 이혼 소송 사건과 앨런 캠벨의 자살 사건이 있었으니 말이야. 이제 한 예술가의 불가사의한 실종 사건이 있어. 영국 경시청은 11월 9일 자정 파리행 밤기차를 탔던 회색 얼스터 코트를 입은 사나이가 바질이었다고 주장하고 있고, 프랑스 경찰은 바질이 파리에 왔었다는 증거가 없다고 주장하고 있네. 2주 정도 뒤면 그를 샌프란시스코에서 본 사람이 있다는 제보가 들어올 거라고 짐작되네. 정말 이상한 일이지만 실종된 사람들은 모두 샌프란시스코에서 목격되잖아. 샌프란시스코가 아름답고 유쾌한 도시인 건 분명해. 이다음 세계가 우리에게 줄 수 있는 모든 매혹을 지닌 도시가 아마 샌프란시스코일 거야."

"바질에게 무슨 일이 일어났을 거라고 생각하세요?"

도리언이 포도주 잔을 들고는 어떻게 이 문제에 대해 차분하게 이야기할 수 있는지 스스로 놀라면서 물었다.

"전혀 짐작이 안가네. 바질이 원해서 잠적한 것이라면, 그거야 내가 상관할 바 아니지. 설사 그가 죽었다면 그에 대해 더 이상 생각하고 싶은 마음이 없네. 난 죽음이 제일 두려울 뿐이야. 죽음을 주제로 이야기하는 것조차 끔찍하다네."

"왜 그렇죠?"

도리언이 낮게 가라앉은 피곤한 목소리로 물었다.

"왜냐하면……."

헨리 경은 열어 둔 향수 통을 콧구멍으로 가져다 대고 그 냄새를 맡으면서 말했다.

"인간은 죽음만 아니라면 그 어떤 것도 참고 살아남을 수 있어. 19세기 우리에게 아무리 요설을 동원해도 그 비밀을 벗겨 보일 수 없는 것이 바로 죽음과 천박성, 이 2가지일 거야. 도리언, 음악실로 자리를 옮겨 커피를 마시지. 자네는 쇼팽을 아름답게 생각하잖아. 가엾은 빅토리아! 난 아내를 사랑했다네. 아내가 없으니 집

안이 적적하다네. 결혼 생활이란 하나의 습관, 그것도 나쁜 습관
일 뿐이야. 하지만 인간이란 자기의 가장 나쁜 습관마저도 끊은
뒤에는 아쉬워하기 마련이거든. 어쩌면 가장 나쁜 습관을 끊었을
때 가장 애석해하고 견디기 힘들어하는지도 모르지. 인간 성격
가운데 핵심적인 요소가 나쁜 습관이니까."

도리언은 말없이 탁자에서 일어나 맞은편 방으로 가서 피아노
앞에 앉은 뒤 희고 검은 상아 건반을 두드렸다. 커피가 음악실로
들어오자 그는 연주를 멈추고 헨리 경에게 물었다.

"해리, 바질이 누군가에게 살해되었을지에 대해 생각해 본 적
은 없나요?"

헨리 경은 하품을 했다.

"바질은 인기가 많은 사람이었어. 그리고 항상 워터베리 시계[59]
를 갖고 다녔어. 그가 살해를 당할 이유가 어디 있겠나? 그는 적
을 만들 만큼 영리한 사람이 아니었거든. 그림에 뛰어난 천재성
이 있었던 건 사실이야. 그렇지만 벨라스케스처럼 그림을 잘 그
린다 해도 사람으로 치면 지루하고 멍청하기가 최악일 수도 있다
네. 바질은 정말 지루하고 멍청한 사람이었어. 그게 벌써 몇 년
전이던가. 그가 내 흥미를 끈 적은 단 한 번이었지. 내게 자네에
대한 미친 듯한 애정을 털어놓았을 때, 그리고 자네가 그의 예술

---

59) 당시 영국에서 흔했던 싸구려 회중시계. 바질의 죽음이 귀중품을 노린
    강도에 의한 것이 아니었음을 의미함.

에서 지배적인 모티프라고 말했을 때였네."

"난 바질을 좋아했어요."

도리언은 슬픈 듯한 목소리로 말했다.

"그가 살해되었을지도 모른다고 말하는 사람은 없나요?"

"몇 개의 신문에서는 그런 추측을 내놓기도 해. 하지만 내가 보기에 전혀 가능성 없는 얘기야. 파리에는 처음부터 발길을 들여놓지 않는 것이 신상에 이로울 만한 곳들이 있긴 하지. 하지만 바질은 그런 곳에 제 발로 찾아갈 사람이 아니야. 호기심이란 게 없는 인물이었으니까. 바로 그게 그의 최대의 단점이었지만 말이야."

"만약에 바질을 죽인 사람이 나였다고 고백한다면 어떻게 하시겠어요?"

도리언은 이 말을 한 뒤 헨리 경을 뚫어질 듯 쳐다보았다.

"도리언, 자네에게 어울리지 않는 역할을 어색하게 연기하고 있다고 말하겠지. 이 세상의 모든 범죄는 천박하다구. 모든 천박함이 범죄인 것처럼 말이야. 도리언, 자네의 천성에는 살인이 어울리지 않아. 이렇게 말해서 자네의 허영심에 상처를 줬다면 미안하지만 그게 사실임을 난 확신하네. 범죄는 전적으로 비속한 사람들의 것이거든. 그렇다고 해서 내가 그들을 조금이라도 비난하려는 것은 아닐세. 우리에게 예술이 하는 역할을 그들에게 범죄가 하고 있지. 정상에서 일탈하는 감정들을 우리에게 제공해주는 방법이라고 해야 할까."

"감정을 제공하는 방법이라고요? 그럼 한 번 살인을 저지른 자가 또다시 살인을 할 수 있다고 생각하나요? 그렇다고 대답하지 마세요."

"어떤 것이든 여러 번 반복하다 보면 그것이 쾌락이 될 수 있지."

헨리 경은 웃으면서 말했다.

"그것이 인생의 가장 중요한 비밀 가운데 하나란 말일세. 그렇지만 난 살인은 항상 실수라고 생각하네. 저녁 식사 뒤에 함께 이야기할 수 있는 것이 아니라면 하지 말아야지. 가엾은 바질에 관한 이야기는 그만하세. 난 자네가 말한 대로 낭만적으로 그가 인생을 끝마쳤기를 사실은 무척 바라지만, 그건 전혀 가능성이 없는 얘기니까. 마차를 타고 가다가 실수나 사고로 센 강에 빠져 죽었는데 그 마차의 마부가 뒷일이 두려워 사고 자체를 없었던 일로 하기 위해서였다면 가능할지도 모르지. 그렇군, 그러고 보니 이게 가능성 있는 가설이야. 그가 저 탁한 녹색 물속에 누워 있고 그 위로 육중한 바지선이 지나가고 여기저기 뻗어 있는 수초들이 머리카락에 뒤엉킨 채 둥둥 떠다니는 모습이 상상이 되는군. 자네도 같은 생각일지 모르겠지만, 바질이 살아 있다 한들 좋은 작품을 남기지는 못했을 거 같군. 지난 10년 동안 바질은 졸작만 그려대지 않았던가."

도리언은 깊은 한숨을 쉬었고, 헨리 경은 방을 가로질러 가서 이상하게 생긴 자바 앵무새의 머리를 쓰다듬기 시작했다. 회색 깃털로 덮인 몸집이 큰 새로, 볏과 꼬리는 분홍색이었는데 대나무 횃대 위에서 균형을 잡고 앉아 있었다. 헨리 경이 머리통을 쓰다듬자, 앵무새는 주름 잡힌 눈꺼풀을 유리알처럼 검은 눈 위로 덮고 앞뒤로 몸을 흔들기 시작했다.

"맞아, 그랬지."

헨리 경은 도리언 쪽으로 몸을 돌리고 주머니에서 손수건을 꺼내며 말했다.

"내가 보기엔 그의 작품들은 현저히 격이 떨어지고 무엇인가가 빠져 있었어. 이상이 빠져 있었다고 해야 할까. 바질이 자네와 더 이상 가깝게 지내지 않게 된 후로 그는 걸작을 그리지 못했네. 그런데 두 사람이 절교했었지? 그가 자네를 하품이 날만큼 지루하게 만들었기 때문이겠지. 만일 그랬다면, 그는 자네를 용서할 수 없었을 거야. 그건 다른 사람을 지겹게 만드는 사람들의 특징이거든. 그런데 바질이 그렸던 아름다운 자네의 초상화는 어디에 있나? 그가 초상화를 다 그리고 난 뒤로는 그 작품을 보지 못했던 것 같은데. 아, 그래! 언젠가 자네가 그걸 셀비로 내려 보냈는데 가던 길에 잃어버렸다던가, 도둑맞았다고 했던 게 생각나는군. 다시 찾지는 못했나? 그렇다면 큰 손해 아닌가! 그건 정말 걸작이었어. 내가 초상화를 사들이려고 했었던 걸 기억해. 만일 내가 지금 그걸 소장하고 있다면 얼마나 좋을까 싶네. 그 초상화야말로 바질의 최전성기 시절 작품이야. 그 후로 그의 작품은 형편없는 화법과 좋은 의도의 기묘한 결합, 영국 회화의 대표 작가라는 호칭만을 붙여 주게 하는 작품들뿐이었지. 초상을 찾는다는 광고를 낸 적이 있나? 그렇게 해서라도 꼭 찾아야 하는 작품이지."

"기억나지 않아요. 그랬던 것 같기도 해요. 그렇지만 난 그 초상화를 진심으로 좋아한 적은 한 번도 없었어요. 초상화 모델이된 걸 후회할 정도였어요. 초상화에 대한 기억 자체가 진저리날만큼 싫습니다. 왜 그 이야길 꺼내시죠? 초상화는 내게 어떤 희곡…… 아, 〈햄릿〉이었던 것 같아요. 거기에 나오는 이상한 구절을 연상시키곤 했어요. '슬픔이 그림처럼, 심장 없는 자의 얼굴'맞아, 초상화는 내게 그런 거였어요."

헨리 경은 웃었다.

"인생은 예술적으로 접근하기 시작하면 두뇌가 곧 심장이 되지."

그는 안락의자에 깊이 몸을 묻으며 말했다.

도리언 그레이는 고개를 가로저었고 부드러운 음악 몇 소절을연주했다. 그리고 했던 말을 되풀이했다. '슬픔이 그림처럼, 심장없는 자의 얼굴.'

헨리 경은 등을 더 뒤로 젖히고 반쯤 뜬 눈으로 도리언을 보았다.

"그런데 도리언……."

그는 잠시 말없이 있다가 말했다.

"'온 세상을 얻는다 한들……' 음, 그 다음이 뭐였지? '자기 영혼을 잃어버린다면 인간에게 무슨 소용이 있겠나?'"[60]

건반을 두드리던 도리언 그레이의 손에 맥이 쭉 빠지면서 피아

노에서 이상한 소리가 났고, 도리언은 놀란 눈으로 헨리 경을 빤히 쳐다보았다.

"그런 질문을 왜 하는 거죠, 해리?"

"이보게."

헨리 경은 도리언 그레이의 반응에 놀랐다는 듯 눈썹을 치켜세우며 말했다.

"자네가 내게 어떤 답을 해줄 수 있을지 모른다고 생각했기 때문에 물어본 거라네. 그거 말고 다른 이유가 있겠나. 지난 일요일 하이드파크를 가로질러 가는데 마블 아치 근처였다네. 초라한 옷차림의 사람들이 여기저기 모여 거리의 설교자가 하는 연설에 귀를 기울이고 있더군. 지나가면서 그 거짓 예언자가 사람들을 향해 소리 지르듯 저 질문을 하는 걸 듣게 되었지. 내겐 아주 흥미롭게 들렸네. 런던에서는 그런 이상한 일들이 자주 일어나거든. 비가 내려 아직 축축한 일요일에 비옷을 입은 촌스러운 기독교도가, 비가 새는 우산을 든 초췌한 얼굴의 사람들을 모아놓고, 흥분해서 찢어지는 목소리로 그럴듯한 말을 한단 말이야. 나름대로 좋은 질문이었어. 상당히 자극적이지. 난 그 예언자에게 예술에는 영혼이 있지만 사람에게는 영혼이 없다고 말해주고 싶었네. 하지만 그가 내 말을 이해하지 못할 것 같아 그만두었다네."

60) "사람이 온 세상을 얻고도 제 목숨을 잃으면 무슨 소용이 있느냐?" 〈마르코 복음서〉 8장 36절에서 인용

"해리, 당신의 생각은 틀렸어요. 영혼에는 아주 뚜렷한 실체가 있지요. 우리는 영혼을 사고팔고 다른 것과 바꿀 수도 있어요. 영혼은 독에 물들어 파괴될 수도 있고, 완벽하게 아름다운 것이 될 수도 있어요. 우리 모두에게 영혼이 있어요. 난 그렇게 확신해요."

"정말 확신하나, 도리언?"

"그래요."

"그렇다면 그건 환상일 뿐이야. 사람이 옳다고 확신하는 것 중에 정말로 옳은 것은 아무것도 없다네. 그것이 믿음이란 것의 숙명이고 우리에게 로맨스가 남긴 교훈이지. 자넨 지금 너무 심각하게 생각하고 있어! 그렇게 심각할 필요 없네. 자네나 나나 우리 시대의 미신에 자신을 옭아맬 이유가 없네. 자네와 난 영혼에 대한 믿음을 포기하지 않으면 안 돼. 음악을 연주해 주게. 야상곡이 좋겠군, 도리언. 그리고 연주를 하면서 자네가 젊음을 지킬 수 있었던 비결을 나지막한 목소리로 말해 주게. 자네만이 아는 비결이 반드시 있을 거야. 난 자네보다 나이가 10살 더 많을 뿐인데도 주름지고 머리가 하얗게 세고 얼굴빛은 변했어. 하지만 도리언, 자네는 여전히 아름답네. 그 어느 때보다 오늘밤 더 아름다운 것 같군. 내가 자네를 처음 만났을 때가 생각나는군. 조금은 건방지지만 수줍음을 타고 놀랄 만큼 아름다웠지. 물론 자네도 변했어. 그렇지만 자네의 외모만큼은 조금도 변한 게 없네. 그 비결을 말해 줄 수 없나? 내 젊음을 되찾을 수만 있다면 그 무엇인들 못하겠나. 운동을 해야 하고 아침 일찍 일어나야 하고 품위 있게 살아

야 한다는 주문만 아니라면 말일세. 청춘! 청춘 같은 것은 다시없네. 요즘 젊은이들이 철이 없다는 둥 하는 것은 당치도 않은 소리야. 난 나보다 훨씬 젊은 사람들의 의견을 귀 기울여 듣지. 그들이 나보다 더 앞서가는 것 같아. 인생이 그들에게 인생이 가진 최근의 신비를 보여 주는 거라 생각해. 난 나이 든 사람들의 의견은 어김없이 반박한다네. 그게 내 원칙이야. 어제 일에 대해 그들의 의견을 물으면, 그들은 엄숙한 목소리로 1820년대 당시의 의견을 늘어놓지. 사람들이 옷깃을 세우고 아무거나 믿으면서 정작 알고 있는 것은 아무것도 없던 시절 말이야. 아, 지금 자네가 연주하는 곡은 정말 아름답군! 쇼팽이 마주르카에서 작곡한 곡인가? 집 앞의 바다에서 파도 소리가 들리고 소금기 가득한 바람이 유리창에 부딪히던 그곳에서 말인가? 정말 놀랄 만큼 낭만적인 음악이야. 모방을 본질로 삼지 않는 예술이 하나라도 남아 있다는 게 얼마나 큰 축복이란 말인가! 멈추지 말게. 오늘밤엔 음악을 듣고 싶네. 자네는 젊은 아폴로, 난 자네 음악에 귀 기울이는 마르시아스[61] 같군. 도리언, 나에게도 자네조차 전혀 알지 못하는 슬픔이 있다네. 늙었다는 것에 늙은 사람의 비극은 있는 것이 아니라 늙었음에도 여전히 젊다는 데에 있지. 가끔 난 나의 솔직함에 스스로 놀랄 때가 있다네. 아, 자네는 얼마나 행복한가! 자네가 살아온 인

61) 그리스 신화의 악신(樂神) 아폴론과 하프 솜씨를 겨룬 인물. 9대 1로 아폴론이 승리하였고, 아폴론은 감히 자신과 겨루어 보겠다고 나선 마르시아스를 산 채로 살 껍질을 벗겼다.

생은 정말 아름다웠어! 자네는 인생이 주는 그 모든 것을 깊이 들이마셨어. 포도알들이 달콤한 즙을 내며 자네의 입 안에서 으깨어졌지. 자네에겐 그 모든 쾌락이 음악 소리 같았어. 자네에게는 어떤 세월의 더께도 남아 있지 않아. 자네는 몇 십 년 전이나 지금이나 한결같아."

"그렇지 않아요, 해리."

"아니, 한결같아. 난 자네의 여생이 어떨지 궁금할 때가 있다네. 마음을 바꾼다고 하면서 여생을 망치는 일이 없길 바라네. 현재의 자네는 완벽해. 완벽한 자신을 불완전한 것으로 만들지 말게나. 지금 자네에겐 아무런 흠도 없어. 고개 가로저을 필요 없어. 자네 자신도 흠이 없다는 걸 알고 있으니까 말이야. 게다가 도리언, 자신을 속이지 말게나. 의지나 의도로 인생이 지배되는 게 아니야. 인생은 신경, 섬유, 그리고 천천히 생겼다가 천천히 사라지는 세포, 그 속에 생각이 제 모습을 감추기도 하고 열정이 그 꿈을 놓아 주기도 하는 세포, 그런 것들에 의해 지배되지. 자네는 자신이 안전하고 강인하다고 생각할지도 모르지. 하지만 어떤 방에서 우연히 보게 된 색조, 아침 하늘에서 보게 된 어떤 색채, 한동안 자네가 사랑했고 그 냄새를 맡노라면 은밀하고 묘한 추억들이 떠오르는 향수, 다시 마주친 잊고 있던 시의 한 구절, 자네가 더 이상 연주하지 않는 어떤 음악의 한 소절……, 도리언, 내가 말해 줄까. 우리는 인생은 바로 이런 것들에 기대고 있어. 브라우닝도 어딘가에서 유사한 이야기를 한 적이 있지. 하지만

브라우닝까지 들먹일 것도 없이 우리를 위해 감각들이 그러한 것들을 상상 속에서 보여 준다네. 하얀 라일락의 향기가 코끝을 스쳐 지나갈 때, 바로 그 냄새 때문에 내 인생에서 가장 기이했던 한 시절이 되살아날 때가 있다네. 도리언, 내가 자네였으면 좋겠네. 세상이 우리를 향해 비난을 할 때도 있었지만, 자네는 우리 모두가 찾아내려고 애쓰는 유형이고 자네를 경배할 거야. 그리고 찾아냈다는 사실에 우리 시대가 두려워하는 그런 유형의 인간이니까. 난 자네가 자신이 되는 것 말고 평생 다른 아무것도 하지 않았다는 사실, 조각을 한 적도 없고 그림을 그린 적도 없다는 사실이 얼마나 기쁜지 몰라! 자네의 인생 자체가 예술이었어. 자네의 움직임이 곧 음악이었지. 자네가 살았던 날들이 소네트였다네."

도리언은 피아노에서 벌떡 일어나 손으로 머리카락을 쓸었다.

"그래요, 인생이 내게 특별했던 건 사실이에요."

그는 중얼거렸다.

"하지만 앞으로는 내가 지금까지 살았던 삶을 살지 않겠어요, 해리. 그리고 내게 그런 오만한 말은 하지 마세요. 당신이 내 전부에 대해 아는 건 아니까요. 내 모든 것에 대해 알게 된다면 당신도 내게 등을 돌린다는 걸 알아요. 웃는군요. 그렇게 웃지 말아요."

"왜 피아노를 치지 않지, 도리언? 피아노 앞에 앉아서 다시 한 번 야상곡을 들려주게. 저 어두운 하늘에 떠 있는 노란 빛깔의 달을 보게. 달은 자네가 매혹시켜 주길 기다리고 있다네. 자네가 피

아노를 연주하면 달은 지상으로 좀 더 가까이 다가올 거야. 연주
하지 않을 건가? 그렇다면 같이 클럽으로 가자구. 오늘 저녁은 매
혹적이었으니 그 끝도 매혹적인 것이 되도록 해야지. 화이트 클
럽에 자네에 대해 간절히 알고 싶어 하는 사람이 있다네. 풀이라
는 귀족 젊은이지. 본무스의 장남이지. 자네의 것과 똑같은 넥타
이를 매고 있어. 자네를 좀 소개시켜 달라고 날 졸랐네. 굉장히
매력적인 친구이고, 자네와 닮은 데가 있어서 자네를 연상케 하
는 젊은이지."

"아뇨."

노리언은 슬픈 눈으로 말했다.

"해리, 오늘밤은 피곤해서 클럽엔 못 갈 것 같아요. 이미 11시
가 다 되었고 오늘은 일찍 잠자리에 들어야겠어요."

"그렇다면 집에 있게. 오늘밤 자네 연주는 최고였네. 오늘 자네
의 연주 기법은 정말 근사했어. 전에 들었던 어떤 연주보다 표현
이 풍부했어."

"내가 마음을 바꿀 결심을 했기 때문이죠."

도리언은 미소를 지으며 대답했다.

"전 이미 조금 변했어요."

"도리언, 나에게 자네는 항상 변함없을 거야."

헨리 경이 말했다.

"자네와 난 앞으로도 영원히 친구일 테니까."

"당신은 언젠가 내 정신에 독이 될 뿐인 책을 한 권 선물한 적

이 있지요. 그 일을 용서할 수 없어요. 해리, 앞으로 그 누구에게
도 그 책을 빌려 주지 않겠다고 약속하세요. 그 책은 정말 해로운
책이에요."

　"이봐, 도리언. 자네 정말 이제 설교를 하려 드는군. 조만간에
개종한 열정적인 사람처럼 신앙 부흥을 외치며 돌아다니겠군. 자
네에겐 이젠 지겨워진 죄악을 다른 사람들에게는 짓지 말라고 경
고하면서 말이야. 그런 짓을 하기에 자네는 너무 매력적인 사람
이야. 그래 봤자 아무런 소용도 없어. 현재의 우리는 현재의 우리
일 수밖에 없고, 미래의 우리 또한 미래의 우리일 수밖에 없다네.
정신에 독이 되는 책이라. 이 세상에 그런 책은 없네. 예술은 인
간의 행동에 어떤 영향도 미치지 않아. 예술은 행동하고자 하는
욕망을 파괴할 뿐이지. 예술의 특징은 아름다운 불모성이야. 온
세상이 부도덕한 책이라고 비난하는 책이 있다면, 그 책은 세상
을 향해 세상의 치욕을 드러내 보여 주는 책일 걸세. 그뿐이지.
하지만 문학은…… 그만 이야기하도록 하지. 내일 우리 집으로
오게나. 11시에 말을 타러 갈 생각이네. 같이 가서 말을 타고 브
랭크섬 부인 댁에서 점심 식사를 하자고. 브랭크섬 부인은 아주
매력적인 사람이야. 마음에 들어 하는 벽걸이 융단이 있는데 자
네 조언을 듣고 싶어 해. 자네가 온다면 말이야. 아니면 공작부인
집에서 점심을 먹을까? 요즘 자네를 통 보지 못했다고 하더군. 혹
시 글레이디스에게 싫증이 난 건가? 그럴 거라고 생각했어. 나도
내 사촌 누이의 날카로운 재담이 신경에 거슬린다는 건 알고 있

네. 음, 어쨌든 11시에 오도록 하게.”

“안 가면 안 되나요, 해리?”

“물론이지. 요즘 하이드파크가 얼마나 좋은지 모르네. 내가 자네를 처음 만났던 그해 이후로 라일락이 가장 아름답게 핀 것 같더군.”

“11시까지 가겠습니다. 그럼 안녕히…….”

문을 향해 가면서 도리언은 뭔가 할 말이 남은 듯 잠시 머뭇거렸다. 그러나 그는 한숨을 쉬고는 문을 열고 나갔다.

20

아름다운 밤이었다. 밤공기가 따뜻해서 도리언은 한쪽 팔에 외투를 벗어 걸쳤고 실크 스카프도 목에 두르지 않았다. 담배를 피우며 집 쪽으로 천천히 걸어오는데 야회복을 입은 2명의 젊은이가 그의 곁을 지나갔다. 그는 한 젊은이가 다른 젊은이에게 속삭이는 소리를 들었다.

“저 사람이 도리언 그레이라네.”

그는 한때 자신을 알아보는 사람이 있으면 기뻐했던 것이 기억났다. 하지만 이제 누가 자기 이름을 들먹이는 것이 싫었다. 그가 요즘 자주 가 있곤 하는 조그만 시골 마을의 매력의 절반 정도는 그곳에서는 아무도 그에 대해 아는 사람이 없다는 데 있었다. 그는 자기가 먼저 유혹해서 사랑하게 만들었던 아가씨에게 자신이 가난하다고 말했고, 그녀는 그런 그의 말을 믿었다. 그녀에게 자신이 사악한 사람이라고 말했을 때 그녀는 깔깔 웃으며 사악한 사람들은 늙고 못생긴 사람들뿐이라고 대답했다. 그녀의 웃음소리는 정말 아름다웠고 개똥지빠귀가 노래하는 듯했다. 면으로 된 옷을 입고 커다란 모자를 썼을 때 그녀는 정말 아름다웠다. 그녀는 아는 것은 없었지만 그녀에게는 그가 잃어버린 모든 것이 있었다.

그가 집에 도착했을 때 하인은 도리언을 기다리느라 아직 깨어 있었다. 그는 하인에게 이제 그만 들어가 자라고 말한 뒤 서재에 있는 소파에 앉아 헨리 경이 한 말을 곰곰이 생각해 보았다.

그가 말한 것처럼 사람은 절대로 변하지 않을까? 소년 시절 간직했던 때 묻지 않은 순수성에 대한 강한 욕망을 느꼈다. 헨리 경의 표현대로라면 흰 장미처럼 깨끗했던 소년 시절, 자신이 스스로를 더럽혔고, 자신의 마음을 타락시켰으며 상상 속의 끔찍한 것을 실현시켰다는 사실을 깨달았다. 그리고 또 다른 사람들에게 사악한 영향을 주면서 느껴선 안 될 기쁨을 느꼈다는 것도 깨달았다. 그리고 그가 수치와 불명예를 안겨 주었던 이름의 주인공들이 젊은이들이었다는 것도 깨달았다. 그들은 그와 우연히 만나 얽혔던 인생의 주인공들이며 가장 아름답고 장래가 촉망되는 청년들이었다. 그렇다 하더라도 이 모두가 되돌릴 수 없는 것일까? 그에게 더 이상의 희망은 남아 있지 않은 것일까?

아! 어쩌다 알 수 없는 오만한 열정의 순간에, 초상화가 대신 세월의 짐을 지고 그는 영원한 청춘의 영광을 간직하게 해 달라고 기도했던 것일까! 그의 비극은 모두 거기서 비롯됐다. 그가 살면서 지은 죄악에 대한 벌이 그때마다 확실하고 신속하게 내려졌더라면 더 좋았을 터이다. 처벌은 정화를 가능하게 했다. 공명정대하신 신에게 바치는 우리의 기도는 '저희 죄를 용서하시고'가 아니라 '저희 죄인을 벌하시고'가 되어야 마땅하다.

헨리 경이 오래전에 그에게 선물했던 기이하게 생긴 거울이 탁자 위에 있었고 거울 테두리에는 팔다리가 새하얀 큐피드가 웃고 있었다. 그가 처음으로 초상화가 변한 것을 보았을 때의 공포로 가득했던 그날 밤처럼 거울을 집어 들었고, 눈물이 고여 뿌옇게 보이는 눈으로 반질반질하게 닦인 큐피드의 방패를 들여다보았다. 언젠가 그를 열정적으로 사랑했던 사람이 그에 대한 사랑을 고백하는 격정적인 편지에 이렇게 썼었다.

"상아와 금으로 빚어진 당신이 존재하기에 제게 있어 세상은 더 이상 예전의 세상이 될 수 없습니다. 당신의 아름다운 입술 선이 새로이 역사를 쓰고 있습니다."

이 구절이 그의 기억에 다시 생각났고, 이 구절을 혼자서 되풀이하다가 자신의 외모에 혐오감이 느껴졌다. 들고 있던 거울을 바닥에 내던지고는 산산조각이 나도록 발꿈치로 짓이겼다. 그를 파멸시킨 것은 그가 기도로 얻어낸 아름다움과 영원한 청춘이었다. 그의 인생은 이 2가지로 더럽혀진 것이다. 그의 아름다움은

가면에 불과했고 그의 청춘은 비웃음 같은 것이었다. 젊음이란 무엇이란 말인가? 파르스름하니 설익은 시간과 같은, 얕은 감정과 병적인 생각의 시간이다. 그는 왜 청춘의 제복을 입으려 했던 것일까? 청춘은 그를 망가뜨렸을 뿐이다.

과거는 생각하지 않는 것이 좋았다. 무엇으로도 지나간 일들을 바꾸어 놓을 수는 없었다. 그는 자신과 자신의 미래를 생각해야 했다. 제임스 베인은 셸비에 있는 교회 묘지의 이름도 없는 무덤 속에 묻혀 있었다. 앨런 캠벨은 그의 실험실에서 총으로 자살했다. 그는 어쩔 수 없이 알아야 했던 비밀을 아무에게도 말하지 않고 죽었다. 바질 홀워드의 실종을 둘러싼 관심은 곧 사라질 것이었다. 이미 그 관심은 시들해지고 있었으니까. 그 문제에 있어서 그가 안전하지 못한 것은 전혀 없었다. 바질 홀워드의 죽음이 그의 마음을 가장 무겁게 짓누르고 있던 문제도 아니었다. 가장 그를 괴롭힌 건 산 채로 죽어 가는 그의 영혼에 관한 것이었다. 바질은 그의 인생을 일그러뜨린 초상화를 그렸다. 도리언은 그것을 용서할 수 없었다. 모든 문제가 그 초상화에서 비롯됐다. 바질은 그에게 참을 수 없는 말을 했지만 그는 인내하며 그 말들을 받아들였다. 살인은 한순간의 광기에서 비롯된 행동이었다. 앨런 캠벨을 보더라도 그의 자살은 스스로 한 짓이었다. 그것은 그가 선택한 것이었다. 도리언과 그의 자살은 아무런 상관이 없었다.

새로운 인생이야말로 그가 원하는 것이었으며 또 기다리는 것이었다. 어쩌면 그는 이미 새로운 인생을 시작했을지 모른다. 그

는 순수한 한 여자가 타락하는 것을 막아 주지 않았던가. 그리고
두 번 다시는 순수한 사람을 유혹하지 않을 것이다. 선량한 사람
이 될 것이다.

헤티 머튼에 대해 생각하는 동안, 그는 잠긴 방 안의 초상화가
변하지나 않았을까 궁금해졌다. 마지막으로 보았을 때처럼 끔찍
한 모습은 아닐지 모른다는 생각이 들었다. 그의 인생이 순결해
지면서 초상화의 얼굴에서 사악한 열정의 모든 징후를 쫓아낼 수
있을지도 몰랐다. 어쩌면 그 얼굴에서 이미 악의 징후가 사라진
뒤일지도 몰랐다. 그는 올라가서 초상화를 보기로 마음먹었다.

그는 탁자 위에 놓인 등불을 들고 발소리를 죽이며 2층으로 올
라갔다. 그가 문의 빗장을 벗길 때, 그의 젊은 얼굴 위에 기쁨의
미소가 잠시 입가에 스치듯 지나갔다. 그렇다, 그는 선량한 사람
이 될 것이고 그동안 그가 숨겨 놓았던 추악한 물건은 더 이상 공
포의 대상이 아닐 것이다. 그는 가슴을 짓누르던 무게가 이미 내
려진 것처럼 느껴졌다.

그는 가만히 안으로 들어가 평소에 하던 대로 안에서 문을 잠근
뒤에 초상화를 가리고 있던 자주색 휘장을 걷었다. 그의 입에서
고통과 분노의 비명이 터져 나왔다. 기대했던 변화가 아무것도
없었다. 아니, 초상화는 변해 있었다. 두 눈은 음흉하게 빛났고
입가에는 위선자의 주름이 흉측스럽게 잡혀 있었다. 초상화는 어
쩌면 전보다 더 추악하고 혐오스러워졌다. 손 위에 떨어져 있던
자주색 방울은 더 선명하고 방금 막 떨어진 핏방울인 것처럼 보

이기까지 했다. 도리언은 그걸 보고 온몸을 떨었다. 그가 선행을 한 동기가 그저 허영심 때문이었던가? 아니면 헨리 경이 비웃으며 말했던 것처럼 새로운 감각을 느껴 보겠다는 욕망 때문이었던 걸까? 그도 아니면 우리가 갖고 있는 실제의 인품보다 더 훌륭한 일을 하도록 만드는, 일종의 연기를 하려는 열정 때문이었던 것일까? 그것도 아니면 이 모두 때문이었던 것일까? 붉은 핏자국은 전보다 더 커져 있을까? 마치 무서운 병에 걸려 핏자국이 주름잡힌 손가락과 손가락 사이로 번져 나간 것처럼 보였다. 초상화 속의 발에도 위에서 떨어진 것처럼 피가 번지고 있었다. 그가 칼을 지지 않은 손에도 피가 묻어 있었다. 자백하라는 뜻일까? 그 피가 그에게 자백하라고 요구하는 것일까? 자신의 죄를 자백하고 죽음으로 그 죗값을 치르라는 것일까? 그는 웃었다. 그런 생각은 당치도 않다고 생각했다. 고백한들 그 사실을 믿을 사람이 있겠는가? 죽은 남자가 남긴 흔적은 아무데도 없었다. 그에게 속한 모든 물건은 하나도 남김없이 파괴되었다. 아래층에 있던 그의 가방과 옷을 태운 것은 자신이었다. 그가 자백한다고 한들 세상 사람들은 그를 보고 미쳤다고 할 것이다. 그가 그것이 사실이라고 계속 우긴다면 세상 사람들은 그를 정신 병원에 집어넣을지도 모른다……. 하지만 자백하고 공개적으로 속죄하는 것이 그가 해야 할 일이었다. 즉 공개적으로 자신의 잘못을 인정하고 치욕을 겪어야 하는 것이었다. 하늘과 마찬가지로 땅을 향해서도 죄를 고하라고 인간에게 명령하는 신이 있었다. 그가 자기 죄에 대해 전부다 말해야만 그가 할 수 있는 그 어떤 일도 그를 깨끗이 씻어 줄 것이다. 그의 죄악? 그는 어깨를 으쓱했다. 바질 홀워드의 죽음은 전혀 중요하게 생각되지 않았다. 그는 헤티 머튼을 생각했다. 왜냐하면 그가 지금 들여다보고 있는, 그의 영혼을 비춰 주는 거울이 비정하게 보였기 때문이다. 허영심이라고? 호기심이라고? 위선이라고? 마음을 바꾸겠다는 그의 결심 말고는 아무것도 없었나? 다른 것도 있었다. 적어도 자신은 그렇게 생각했다. 하지만 그걸 누가 알겠는가? 아니다, 저 3가지 말고 다른 것은 아무것도 없었다. 그는 허영심 때문에 그녀를 타락의 길로 끌고 들어오지 않은 것이다. 그는 위선을 위해 선행의 가면을 썼다. 그저 호기심으로 자기 부정을 시험해 본 것이다. 그는 이제 그렇다는 걸 알게 되었다.

그렇지만 살인의 죄는 평생 동안 그의 발꿈치를 물고 따라다닐 것인가? 과거의 무게에 짓눌리는 것이 그의 운명이란 말인가? 그는 정말로 자백해야 할까? 아니다. 그의 살인 혐의를 증명하는 증거는 오직 하나뿐이었다. 초상화가 그 증거였다. 그는 초상화를 없애 버릴 것이다. 초상화를 왜 그렇게 오래 간직했던가? 그는 초상화가 바뀌고 늙어 가는 것을 보며 일종의 즐거움을 느낄 때가 있었다. 근래에는 더 이상 그런 즐거움을 느끼지 못했다. 초상화는 그로 하여금 밤에 잠들 수 없게 했다. 집을 떠나 있을 때는 그 말고 다른 사람이 초상화를 볼지 모른다는 두려움에 떨었다. 초상화 때문에 그의 열정은 우울한 색채를 띠곤 했다. 초상화에 대한 기억만으로도 수없이 많은 즐거운 기억들이 망가지곤 했다. 그에게 있어 초상화는 양심 같은 것이었다. 그렇다, 그것은 그의 양심이었다. 그는 이제 그 양심을 파괴하기로 마음먹었다.

그는 주위를 둘러보고 바질 홀워드를 찌른 칼을 찾아냈다. 그는 여러 번 그 칼을 씻었고 거기엔 이제 아무런 흔적도 남아 있지 않았다. 칼은 선명하게 차가운 빛을 발했다. 그것으로 화가를 죽였듯이, 이제 화가가 남긴 작품과 그 작품이 지닌 모든 의미를 죽일 것이다. 그것은 과거를 죽일 것이고, 과거가 죽으면 그는 자유로워질 것이다. 그것은 이 무서운 살아 있는 영혼을 죽일 것이다. 초상화가 그에게 전달하는 무서운 경고가 없어지면 그는 평화를 되찾을 수 있을 것이다. 그는 칼을 집어 들어 초상을 찔렀다.

비명이 들리고 쿵 하는 소리가 났다. 고통 속의 비명이 얼마나 끔찍했던지 잠에서 깨어나 겁에 질린 하인들이 방문을 열고 나왔다. 바깥 광장을 지나가던 두 명의 신사가 발길을 멈추고 저택 쪽을 쳐다보았다. 그들은 다시 걷기 시작했고 가던 길에 경찰을 만나자 그를 데리고 저택으로 왔다.

경찰이 저택의 초인종을 여러 번 울렸지만 문을 열어 주는 사람은 아무도 없었다. 집 전체에 불이 꺼져 있었고 2층 창 하나에만 불이 켜져 있었다. 잠시 뒤 경찰은 저택 근처의 주랑 현관에 서서 저택을 지켜보았다.

"누구의 집인가요, 경관님?"

두 신사 중 나이 들어 보이는 신사가 물었다.

"도리언 그레이 씨의 집이오."

경찰이 대답했다.

두 신사는 가던 길을 다시 가면서 마주보고 낄낄거리며 웃었다. 그중 한 명은 헨리 애슈턴 경의 숙부였다.

집 안에서는 하인들이 머무르는 방 쪽에서, 옷을 반쯤 걸친 하인들이 낮은 목소리로 서로에게 속삭이고 있었다. 리프 부인이 손가락을 쥐어뜯으며 울고 있었고, 프랜시스는 얼굴이 하얗게 질려 있었다.

잠시 후 프랜시스는 마부와 하인 두 사람을 데리고 살금살금 2층으로 올라갔다. 이들은 잠긴 방문을 두드렸지만 안에서는 아무런 대답도 없었다. 그들은 주인의 이름을 불러보았으나 고요했다. 결국 힘으로 문을 열어 보려고 애쓰다 실패하자 이들은 지붕으로 올라가 잠긴 방의 발코니로 내려가 보기로 했다. 힘껏 밀치자 유리창은 쉽게 열렸다. 창문의 걸쇠는 오래되어 잔뜩 녹이 슬어 있었다.

그들이 방 안으로 들어가 본 것은, 마지막으로 보았던 주인의 모습을 그대로 간직한 채 벽에 걸려 있는 아름다운 초상화였다. 그의 경이로운 젊음과 아름다운 외모, 그 신비로움이 초상화에 완벽하게 표현되어 있었다. 초상화 앞의 바닥에는 야회복을 입고 가슴에 칼이 꽂힌 채 한 남자의 시체가 누워 있었다. 그는 시들고 쭈글쭈글 주름이 잡힌, 흉측스러운 얼굴을 한 노인이었다. 그들은 그의 손가락에 끼어 있는 반지를 돌려 본 뒤에야 비로소 그 남자가 누구인지 알 수 있었다.

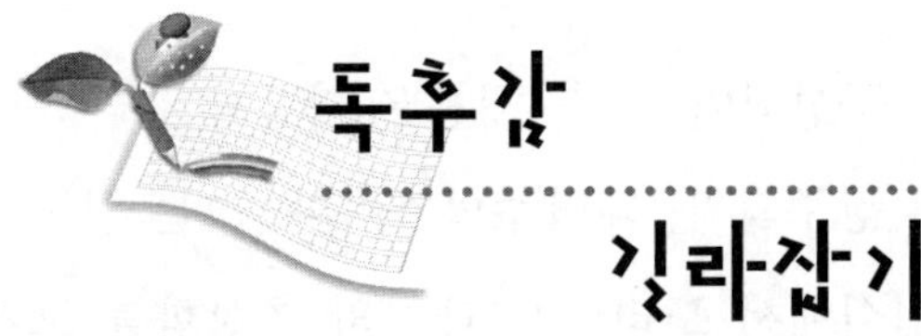

독후감

깃라잡기

도리언 그레이의 초상

이 소설은 전 20장으로 구성되어 있다. 내용은 다음과 같다.

헨리 워튼 경은 예술 지상주의자, 쾌락주의자이다. 그는 친구인 화가 바질 홀워드의 작업실에서 도리언 그레이의 초상화를 보게 되고, 그 소년이 가지고 있는 기막힌 아름다움에 강렬한 호기심을 느낀다. 그는 홀워드에게 초상화의 모델이 된 그레이를 만나게 해 달라고 부탁한다.

그레이를 만나는 첫 순간부터 자신의 전부가 그의 내부 속으로 빨려 들어가는 듯한 충격을 받았던 홀워드는, 어린이와 같은 그레이의 영혼에 쾌락을 추구하는 헨리가 끼칠 폐해를 염려하여 만나게 해 줄 수 없다고 말한다. 그러나 이때 그레이가 와서 작업은 계속된다.

홀워드가 초상화의 마무리 작업을 하는 틈을 빌어 그레이에게 접근한 헨리는 현재 그레이가 가지고 있는 청춘의 신비한 아름다움에 대해 말하기 시작한다. 그레이를 통하여 자신의 향락주의를 실천하려는 의도에서 인간의 영혼을 치료하는 유일한 방법은 감각밖에 없다는 식의 말을 한다.

혼란 중에 완성된 자신의 초상화 앞에 선 그레이는 처음으로 자신의 육체가 가지고 있는 아름다움과 청춘에 눈을 뜬다. 동시에 '사고'라는 것을 시작하여 천진하고 깨끗한 세계에서 벗어난 그는 삼류 극장에서 셰익스피어 극의 여주인공 역을 맡고 있는 시빌 베인을 만난다.

한 여자라기보다는 천재적인 예술가로서 베인을 사랑한 그레이
는 자신만이 그녀의 천재성을 키울 수 있다는 믿음으로 그녀에게
결혼 신청을 한다. 그러나 그레이에 대한 사랑으로 허구로 가득
찬 연극에 흥미를 잃어버린 베인은, 객석의 그레이를 바라보느라
연극을 망쳐 버린다.

천재적인 예술가에서 단 한순간에 삼류 극장의 여배우로 전락
해 버린 베인에게 그레이는 '내가 사랑한 것은 네가 아닌 너의 예
술이었다.'고 하면서 결혼 취소를 통고한다. 그 충격으로 베인이
자살했다는 소식을 들은 그레이는 방 한가운데에 걸려 있는 자신
의 초상화 앞에 선다. 그리고 그레이는 자신의 초상화의 입가에
나타나 있는 잔혹한 미소를 본다.

완성된 초상화 앞에서 "현재의 아름다움과 청춘을 이후로도 계
속 간직할 수만 있다면 영혼을 악마에게 팔아도 좋다."고 하는 자
신이 한 신에 대한 맹세를 떠올리며, 그레이는 두려움으로 초상
화를 오래전부터 폐쇄되어 있었던 다락방에 숨긴다.

그리고 복도에 걸려 있는 어머니의 초상화를 보면서 귀족인 어
머니와 무명의 사병 사이에서 태어나 부모 모두를 죽게 했던, 사
랑과 죽음의 씨앗인 자신에 대해 생각한다. 이러한 그레이 앞에
헨리가 나타나 어떤 책을 선물한다. 선물로 받은 책으로부터 철
저히 영향을 받기 시작한 그레이는 본격적인 남성과 여성을 오가
는 향락의 길로 들어선다.

초상화가 완성된 17살에서 멈춰 있는 그레이를 둘러싼 온갖 소문을 듣고 있던 홀워드는 프랑스로 떠나는 도중 그레이를 찾아가 예전에 자신에게 왔을 당시의 그레이로 돌아가라고 충고한다. 변화해 가고 있는 초상화를 통하여 타락해 가는 자신의 영혼을 낱낱이 들여다보고 있던 그레이는 홀워드에게 초상화 앞에서 자신이 했었던 맹세를 회상하며, 그를 그림 앞으로 인도한다.

숨겨져 있던 그림 앞에 선 화가는 놀란다. 그레이가 17년 전의 아름다움을 고스란히 간직하고 있는 동안 초상화 속의 그레이는 시간과 그레이의 영혼의 부패에 따라 늙고 추악하게 변모해 있었다. 신에게 용서를 빌자며 기도하고 있는 홀워드에게 억제할 수 없는 증오를 느낀 그레이는 칼을 들어 기도하고 있는 화가의 등을 찌른다.

방을 빠져나와 다시 문을 두드리는 것으로 완전 범죄를 획책한 그레이는 대학 동창으로 한때 자신과 특별한 관계에 있었던 화학자 캠벨에게 홀워드의 시체를 재로 만들어 줄 것을 요구한다. 자신을 뒤쫓던 시빌 베인의 남동생과 캠벨의 자살로 현실적인 위험에서 벗어난 그레이는 자신 앞을 가로막고 있는 권태를 본다. 누군가를 사랑하고 싶다는 열망과 함께 영혼과 맞바꾼 자신의 아름다움과 청춘을 저주하기 시작한다.

새로운 인생을 살아 보리라 결심한 그레이는 자신의 부패한 영혼의 산 증거인 그림을 없애 버리려 다락방으로 올라간다. 홀워드를 찔렀던 칼을 들어 영혼의 생명을 없애 버리면 평온할 것이라는 믿음으로 초상화를 찌른다. 비명 소리에 놀라 다락방으로 올라간 하인들은 다락방으로 올라가기 직전의 주인을 그대로 옮겨 놓은 듯한 초상화 아래 흉측한 모습으로 죽어 있는 어떤 사람을 본다. 그리고 손가락에 끼워져 있는 반지로 하인들은 그가 누구인지를 알아낸다.

 작품 분석하기

이 소설은 전 20장으로 구성되어 있다.

▌작품의 주제 ▌

아름다움의 탈을 쓴 영국 귀족 사회의 위선에 대한 비판과 인생의 외적인 면만 추구하고 그것에만 탐닉하게 되면 결국 타락의 길로 떨어진다는 교훈을 담고 있다.

▌작품의 시점 ▌

작가의 전지적 시점으로 제3인칭 소설이다.

▌시대적 배경 ▌

19세기 후반

▌공간적 배경 ▌

영국의 어느 도시

데카당스, 유미주의

🔳 등장 인물 알기

　　도리언 그레이　　　미소년으로서 천진무구했으나, 헨리의 꾀임에 빠져 타락하게 되고 급기야 죽음에 이르게 된다.

　　헨리 워튼 경　　　신향락주의자로서 도리언 그레이를 유혹하고, 타락의 길로 빠지게 만드는 장본인이다.

　　바질 홀워드　　　화가로서 도리언 그레이의 초상화를 그렸고, 도리언 그레이에게 특별한 애정을 갖고 있었다.

　　시빌 베인　　　삼류 극장에서 셰익스피어 연극의 배우로 활약하다가, 도리언 그레이의 유혹에 빠졌으나 결혼을 거절당하고 자살한다.

　　앨런 캠벨　　　도리언 그레이와 특별한 관계에 있었던 화학자이며, 홀워드의 시체를 재로 만들어 줄 것을 요구 받는다.

오스카 와일드(1854~1900)는 영국의 소설가로서 1854년 더블린(아일랜드의 수도)에서 잉글랜드-아일랜드 인의 인의 피가 섞인, 사회적으로 유명한 집안에서 태어났다. 그의 아버지는 외과 의사로, 후에 윌리엄 와일드 경이라는 칭호를 얻게 되며, 어머니는 작가였다.

4년의 대학 시절 그는 점잖은 재사(才士)이자 고전 학자일 뿐만 아니라, 장시(長詩) 〈라벤나(Ravenna)〉로 1878년 선망의 뉴디기트 상을 수상한 시인으로도 이름을 날렸다. 그는 인생에서 예술의 핵심적 중요성을 지적한 존 러스킨, 월터 페이터의 가르침에 깊은 영향을 받았다. 그중에서 특히 심미적 열정으로 인생을 살아야 한다고 강조한 페이터의 주장에 많은 감명을 받았다.

1880년대 초 유미주의가 런던의 문단에 크게 유행하여 일반인에게는 증오의 대상이었지만, 와일드는 사회적 · 예술적 서클에서 기지와 화려함으로 점차 주목을 받게 되었다. 곧 잡지 〈펀치(Punch)〉는 예술에 대한 남성답지 못한 집념을 지닌 유미주의자에 대해 반감을 갖고, 와일드를 풍자의 대상으로 삼았다.

와일드는 유미주의파의 입장을 확고히 하기 위해 〈시집(Poems)〉(1881)을 자비로 발간했는데 그것은 와일드가 앨저논 스윈번, 단테 가브리엘 로제티, 존 키츠의 충실한 제자임을 보여 주는 것이었다. 1882년 그는 더 많은 인기와 갈채를 얻기 위해 미국과 캐나

다에서 강연을 하기도 했다. 그는 12개월 동안 미국인들에게 미와 예술을 사랑하라고 권했으며, 다시 영국으로 돌아와 미국의 인상을 강연했다.

1884년 아일랜드의 유명한 변호사의 딸 콘스턴스 로이드와 결혼했고, 1885, 1886년에는 시릴과 비비안이 태어났다. 그동안 와일드는 〈팔 말 가제트(Pall Mall Gazette)〉의 평론가로 일했고 그 후 〈여성세계(Womans' World)〉(1887~1889)의 편집장이 되기도 했다. 작가가 되기 위한 견습기에 《행복한 왕자》(1888)를 발표했으며, 이 작품은 동화 형식의 낭만적인 알레고리를 다루는 그의 재능을 보여 주고 있다. 그는 생애의 마지막 10년 동안 모든 주요 작품을 완성, 출판했다.

유일한 장편 소설 《도리언 그레이의 초상(The Picture of Dorian Gray)》은 1890년 〈리핀코츠 매거진(Lippincott's Magazine)〉에 연재되었고, 1891년 개정해 6장을 첨가한 후 출판했다. 그리고 이전에 발표한 글들을 모은 평론집 《의향(Intentions)》(1891)에서는 프랑스의 시인 테오필 고티에, 샤를 보들레르, 미국의 화가 제임스 맥네일 휘슬러 등의 사상을 차용해 예술에 대한 그의 유미주의적 태도를 재천명했다. 같은 해 단편과 동화 등으로 구성된 2권의 책 《아서 새빌 경의 범죄 외(外) (Lord Arthur Savile's Crime, and Other Stories)》, 《석류나무의 집(A House of Pomegranates)》 등을 발표하였다.

와일드가 가장 큰 성공을 거둔 장르는 풍속 희극이었다. 사회적 음모와 인위적 장치로 갈등을 해결하려 한 프랑스의 '잘 짜여진

극'을 고수하면서, 그는 19세기 영국 연극에 새로운 유형의 희극을 만들기 위해 역설적이고 신랄한 기지를 사용했다. 최초의 성공작 《윈더미어 부인의 부채》는 이와 같은 기지가 프랑스 연극의 낡은 구조에 새로운 생기를 불어넣을 수 있음을 보여 준 작품이다.

같은 해 섬뜩한 공포감을 주는 연극 〈살로메(Salomé)〉는 그의 말에 의하면, 변태적인 정열의 묘사로써 관중을 전율시키기 위해 프랑스 어로 썼고 프랑스의 연극 양식대로 구성된 극이었으나, 그 속에 성서의 인물이 들어 있다는 이유로 리허설 중 검열관에 의해 상연 금지되고 말았다. 이 희곡은 1893년 출판되었고, 오브리 비어즐리의 유명한 삽화와 함께 1894년 영어판이 발간되었다.

두 번째 풍속 희극 〈하찮은 여인(A Woman of No Importance)〉(1893)을 발표하였고, 1895년 초에 와일드의 마지막 두 작품 〈이상적인 남편(An Ideal Husband)과 〈진지함의 중요성〉이 잇달아 공연되었다. 최고의 업적인 후자에서 소극(笑劇)의 전통적 요소가 풍자적 경구로 변형되었다. 이 극은 시시해 보이나 빅토리아 여왕 시대의 위선을 가차없이 폭로한 작품이다. 하지만 그는 빅토리아 여왕 시대의 엄격한 사회 분위기 탓에 순식간에 추락하고 말았다. 1895년, 퀸스베리 후작은 그의 아들 알프레드 더글러스와 오스카 와일드의 비밀스러운 관계를 밝혀 그를 망가뜨리는 일에 앞장섰다. 그는 오스카 와일드가 동성연애자라고 공공연히 말했으며, 이에 오스카는 그를 고소했지만 재판에 지고 말았다. 그 결과

당시 잉글랜드의 엄격한 형법 아래 체포된 그는 리딩 앤 펜튼빌 교도소에서 2년간 중노동을 해야 하는 벌을 받았다. 그의 부인도 그와 법적으로 갈라섰고 친구들도 대부분 그를 버렸다.

1897년에 감옥에서 나온 그는 잉글랜드를 영원히 등지고 프랑스에서 가명을 쓰며 지냈다. 프랑스에서 《레딩 감옥의 노래》를 완성한 그는 알프레드 더글러스와 함께 이탈리아를 여행했고 1900년 11월 파리에서 갑작스레 사망했다.

〈연보〉

1854년 10월 16일 아일랜드의 수도 더블린의 웨스트랜드 로우 21번지에서 태어남.

1864년 어머니 엘기이의 시집 발간. 이해부터 1871년까지 에니스킬린의 포오토라 황실 학교에 다니면서 독서에 몰두.

1871년 더블린 대학의 트리니티 칼리지에 입학.

1873년 월터 페이터의 《르네상스》가 출간되어 이를 읽음.

1874년 10월 장학생으로서 연금 95파운드를 받고, 옥스퍼드 대학 모들린 칼리지에 입학. 러스킨, 페이터를 존경하게 됨.

1875년 6월 J.P. 마하피와 함께 이탈리아 여행.

1876년 4월 아버지 사망. 7월 더블린 대학에서 발행하는 잡지에 시를 발표.

1877년 마하피와 함께 그리스 여행. 각종 잡지에 에세이 발표.

1878년 시 〈라벤나〉로 뉴디기트 상 수상. 11월 학사 칭호 받음.

1879년 〈역사비평의 발흥〉 발표. 〈타임〉, 〈세계〉 등의 잡지에
시 발표.

1881년 길버트를 씀. 6월 시집 발간.

1882년 1월 미국 방문. 강연을 하고, 롱펠로 등과 사귐.

1883년 1월 뉴욕에서 귀국. 8월 〈파두아 공작 부인〉 출판. 11월
콘스턴스와 약혼.

1884년 5월 콘스턴스 로이드와 결혼. 파리와 디에프로 신혼여행.

1885년 5월 에세이 〈셰익스피어와 무대의상〉 발표. 장남 출생.

1886년 에세이 〈채터린론〉, 〈벤 존슨론〉, 〈발자크론〉 발표. 차
남 출생.

1887년 잡지 〈여성세계〉 편집장. 3월 단편 《캔터빌의 유령》,
5월 중편 《아서 새빌 경의 범죄》, 단편 《아롤로이 부
인》, 6월 단편 《모범적인 백만장자》 발표.

1888년 5월 동화집 《행복한 왕자》 출판.

1889년 1월 〈문필, 화필, 그리고 독약〉, 〈허언의 쇠퇴〉를 발표.
7월 중편 〈W. H. 씨의 초상〉 발표. 〈여성세계〉 편집장
사임.

1890년 6월 장편 《도리언 그레이의 초상》을 〈리핀코츠 매거진〉
지에 발표. 5월 에세이 〈비평의 참다운 기능과 가치〉를
발표. 1월 동화 〈어부와 그 혼〉을 집필.

1891년 1월 〈파두아 공작 부인〉이 뉴욕에서 상연. 2월 논문 〈사

회주의 밑에서의 인간의 혼〉을 발표. 3월 《도리언 그레이의 초상》의 〈서언〉을 발표. 4월 증보, 개정판인 《도리언 그레이의 초상》을 출판. 5월 비평집 《의향집》 출판. 7월 중, 단편집 〈아서 새빌 경의 범죄와 그밖의 이야기〉를 출판. 11월 동화집 《석류나무의 집》을 출판.

1892년 2월 희곡 〈윈더미어 부인의 부채〉 상연. 5월 한정판 〈시집〉 출판.

1893년 2월 산문시 〈재단의 집〉을 발표. 프랑스 어판 〈살로메〉를 파리에서 출판. 4월 〈대수롭지 않은 여인〉 상연. 11월 《윈더미어 부인의 부채》 출판.

1894년 2월 영어판 〈살로메〉 출판. 7월 〈산문시집〉 출판. 12월 잠언 〈청년이 쓸 수 있는 경구와 철학〉을 잡지에 발표.

1895년 1월 〈이상적인 남편〉 상연. 〈성실의 중요성〉 상연. 5월 동성애 문제로 재판, 유죄로 인정되어 2년의 금고형을 받음.

1896년 2월 어머니 사망. 〈살로메〉가 파리에서 상연.

1897년 5월 감옥에서 석방됨. 《레딩 감옥의 노래》 집필. 파리로 감.

1898년 1월 나폴리 여행. 《레딩 감옥의 노래》 출판.

1899년 7월 〈이상적인 남편〉 출판.

1900년 11월 사망.

5 시대와 연관 짓기

1894년 영국의 명문 옥스퍼드 대학에서는 예술가만이 아름다운 사물을 창조할 수 있다는 취지 아래 예술을 위한 예술, 예술 지상주의 이념을 내세운 유미주의(唯美主義) 운동이 시작되었다. 옥스퍼드 대학의 교수인 존 러스킨과 월터 페이터, 시인 스윈버언, 화가 휘슬러 등이 그 운동의 선두 주자들이었다. 당시 이 대학 학생이었던 오스카 와일드도 곧 이 대열에 참여했다. 플라톤에서 헤겔, 보들레르에까지 통달해 있던 더블린 출생의 귀족이었던 와일드는 이때부터 자신을 미(美)의 순교자, 실천자로 자처하면서 이 그룹을 대표하는 인물이 되어 갔다. 철저한 유미주의자 와일드에 의해 쓰여져 유미주의 문학의 총 결산서와 같은 작품이 된 것이 바로 《도리언 그레이의 초상》이다.

유미주의란 예술이라는 그 자체로서 스스로 만족스러운 것이며, 어떠한 이면적 목적이 그 속에 내포되어서는 안 되고, 윤리적이라든가 정치적, 또는 다른 비심미적(非審美的) 기준에 의하여 평가되어서는 안 된다는 지론에서 나온 문예 사조라 할 수 있다. 이를 '탐미주의(耽美主義)'라고도 하며, 영어의 'aesthetic(또는 esthetic)'이라고도 하나, 이 말은 그 의미가 다소 모호하다. 그러나 대체로 '미적 경험 (aesthetic experience)'과 같은 단어에서 보듯이 '미(美)' 그 자체를 의미하거나, 미학 또는 미나 예술의 철학적 연구를 의미한다. 그런 점에서 유미주의란 말은 미에 대한 철학적 연구가 아니라, 예술이나 미가 예술과 인생에 있어서 어떻게 표현되고, 어떠한 중요성을 가지느냐에 대한 신념을 나타내며, 이 경우에도 특정 시대의 사조와는 관계없는 일반 특징으로서의 유미주의와, 특정 시대 사조, 즉 19세기 유럽의 부르주아 문화의 난숙기에 발생한 유미주의 사조를 의미한다. 이 사조의 대표자들은 보들레르(Baudelaire, C.)·고티에(Gautier, T.)·와일드(Wilde, O.) 등으로서 흔히, 세기말이라고 일컫는 20세기의 마지막, 약 20년간에 절정을 이루었다.

유미주의는 예술관·인생관, 그리고 문학예술의 실제적 경향이라는 3가지 국면에서 고찰될 수 있다. 첫째, 예술관은 '예술을 위한 예술'로서, 예술을 인생과 분리시켜 예술에서 교훈성(공리성)을 없애 버리고, 예술의 형식을 더욱 중시하여 작가 측에서나 독자 측에서 교화적 요소보다는 미적 쾌락을 중시하는 것이다. 그러므로 순수예술·순수시 쪽으로 나아가게 된다. 이러한 예술관은 예술 또는 미가 무엇이냐에 따라 많은 문제를 내포한다. 둘째, 인생관으로서의 유미주의는 도덕적 금제(禁制)에서 벗어나고, 특히 영국에서는 16, 17세기의 청교도의 엄정주의(嚴正主義) 도덕을 반대하면서 인생을 미적으로 관조하고 즐기려고 하는 '향락주의(epicureanism)'의 태도를 취하였는데, 이를 '관조적 유미주의(contemplative aesteticism)'라고도 한다. 이러한 태도는 현실에서의 초탈, 인생으로부터의 은둔, 영국 빅토리아 시대에 특히 현저하였던 자기 교양(self-culture) 등으로 나아가게 된다. 셋째, 문학예술의 실제적 경향은 한마디로 규정하기 어려우나, 교훈주의나 인생 철학에서 이탈이라는 소극적 경향을 의미한다. 즉 생활과는 먼 목가적 환상, 감각적 이미지의 묘사, 주제의 모호한 표현 등으로 나아가게 된다. 칸트의 〈판단력 비판〉은 유미주의 이론 발전의 근원이 된다고 볼 수 있다.

6 작품 토론하기

1 이 소설의 주인공인 '도리언 그레이'는 자신의 아름다움과 변하지 않는 청춘의 열기로 살다가 어느 날 자신의 초상화에 나타난 타락하고 추잡해진 자신을 발견하고 죄를 거듭하다 죽음에 이르게 된다. 그렇다면 그가 그 초상화를 보지 않았더라면, 영원히 그런 아름다움과 젊음을 간직할 수 있지 않았겠는가 하는 의문이 들 수 있다. 이에 대하여 자신의 의견을 말해 보자.

➡ 인간이 생물로서 탄생하고 성장하고 죽는 것은 영원한 진리이자 숙명이다. 누구든지 이 과정을 거부하고, 극복하려 해서 성공한 사람은 없다. 그런 점에서 '도리언 그레이'가 남의 유혹에 빠져 자신의 미모와 청순함을 지나치게 확신하여 자기도 모르게 타락해 가는 것은 오히려 당연한 결과다. 그러므로 실제로는 타락하고 추해진 자신의 모습을 초상화에서 발견하는 순간 자신을

알게 되고, 그에 대한 모멸감과 실망감 때문에 죽게 된 것은 그러한 인간의 본성을 거부했기 때문에 겪는 죄과라 할 수 있다.

➡ 요즘 우리 주위에는 정말 외모만이 인간 삶의 본질이고, 내면의 아름다움이나 예절이나 도의 같은 것은 전혀 중요하다고 생각하지 않는 풍조가 만연해 있다. 남녀노소 불문하고 성형 수술이 유행하고, 머리를 물들이며, 귀를 뚫는 행위 등을 아무렇지 않게 생각한다. 그러나 인간이 인간답다는 것은 외면에 있는 것이 아니라, 내면에 있는 것이다. 즉 남을 배려하고 이해하며, 돕고 사랑하는 일들이 인간 본성의 행위이다. 우리들이 이런 식으로 외모 중심으로 나아가다 보면 언젠가 '도리언 그레이'처럼 우리의 참모습이 흉측해지고, 퇴폐에 물든 것을 알게 되어 파멸에 이

르게 될지도 모른다.

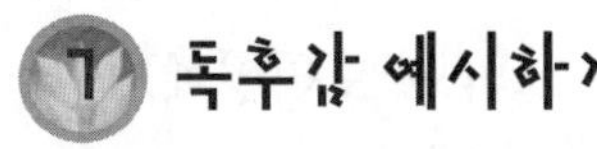 독후감 예시하기

▌독후감 1 ▌ 영원한 아름다움은 없다

아일랜드 작가 오스카 와일드가 쓴 소설 《도리언 그레이의 초상》을 읽었다. 오스카 와일드는 1854년 영국에서 태어났고 기상천외한 언행으로 이미 유명했다고 한다. 그는 남의 이목에서가 아니라 자신의 내부에서 진정하려는 일을 해야 한다고 말했고 그렇게 살았다. 34살 되던 1888년에 《행복한 왕자》, 1891년에 《석류나무의 집》을 출판했고, 1889년에 유일한 장편 소설 《도리아 그레이의 초상》을 출판했다. 26살에 결혼했고 비비언과 세실 두 아이를 두었다. '미성년자와의 동성애 혐의'로 유죄 판결을 받고, 2년 동안 레딩 감옥에서 중노동을 한 뒤 1900년 46세의 나이로 프랑스에서 죽었다. 이 소설의 주인공은 '도리언 그레이'로서 그는 '남자이기에는 너무 아름다운' 남자로서 주변의 여자들뿐만 아니라, 같은 남자들까지도 그의 미색을 보고 한눈에 반해 버리는 외모를 가진 사람이다. 거기에다가 그의 절친한 친구인 '바질'이 그려준 초상화가 그를 대신해 나이를 먹는 신비한 현상까지 일어난다. 이와 같이 세월을 초탈한 이 미모의 귀족을 사교계에서 가만히 두지도 않았을 뿐만 아니라, 그 역시 스스로도 달콤한 방탕과 향락에 빠져 그 생활을 그만두기에는 이미 늦어 버린 지경에까지 이르게 된다. 그러다가 허름한 극장에서 연극을 하던 여배우의 순진한 모습에 반해 구애를 펼치게 되고, 그녀도 도리언에게 빠져들게 되어 결혼 약속을 하게 된다. 하지만 도리언 그레이가 사랑이라 믿었던 그녀가 단지 그전까지 접해 보지 않았던 것에 대한 호기심 차원임을 깨달은 도리언은 그녀를 가차없이 버리게 되고 그녀는 그 충격을 못 이겨 목숨을 끊게 된다. 도리언은 스스로의 아름다움에 빠져 다른 사람들과 사물에는 가치를 두지 않게 되는 '괴물'이 되어 가며, 그를 대신해 늙어 가는 초상화만 추악한 노인으로 변해 간다. 몇십 년 동안 전혀 늙지 않고 미소년 그대로인 도리언을 보고 사람들은 수근거리게 되고, 초상화가 대신 나이를 먹는다는 사실을 숨기기 위해 그는 칼을 들고 초상화 앞에 서게 되며, 그 초상화를 찢고 자신도 죽음에 이르게 된다. 그제야 그는 자신의 참모습을 찾게 된다.

나는 이 소설을 읽고, 영원한 아름다움이란 존재하지 않으며, 오히려 겉은 추해도 속으로의 선함과 진실을 갖추는 것이 더 중요하다고 생각하였다. 요즘 우리들의 주변에는 겉으로의 아름다움을 위하여 온갖 노력을 기울이는 사람들이 있다. 엄청난 돈을 투자하여 성형 수술을 하고, 화려한 몸치장을 서슴지 않는다. 그러나 그만큼 그들이 안으로 지성이나 교양을 갖추기 위하여 노력을 하는지는 알 수 없다. 나는 도리언 그레이처럼 겉으로의 모습에 속지 말고 참다운 삶을 살아야겠다고 다짐해 본다.

▎독후감 2 ▎《행복한 왕자》와《도리언 그레이의 초상》을 읽고

《도리언 그레이 초상》의 작가 오스카 와일드는 동화집《행복한 왕자》의 저자로 알려져 있다. 이《행복한 왕자》는 세계의 많은 어린이들이 즐겨 있는 동화로 그 내용은 다음과 같다.

'행복한 왕자'는 금과 보석으로 겉을 입힌 동상이다. 이 동상은 사실 미음을 지니고 있어서 높은 곳에서 도시를 굽어보면서 가난 때문에 힘겹게 살고 있는 사람들 때문에 마음 아파하고 있었다. 그런데 마침 동상 밑에서 쉬어 가던 제비에게 자신의 몸에 붙어 있는 보석류를 하나씩 가난한 사람에게 전달해 달라고 부탁을 한다. 제비는 차례차례 동상의 금과 보석을 떼어다가 가난한 사람들에게 나누어 준다. 그런 과정을 거쳐 가며 왕자는 매우 초라해지게 되었다.

마침내 가난한 사람들의 문제는 해결되었지만, 왕자의 부탁을 들어준 제비는 제때에 따뜻한 곳으로 가지 못하여 얼어 죽었고, 왕자도 제비의 죽음에 심장이 쪼개어지는 큰 아픔을 느끼고 세상을 등지게 된다.

어느 날 왕자의 금박이 다 벗겨지고 볼품없는 상태가 된 것을 발견한 사람들이 동상을 헐어서 용광로에 넣어서 녹여 버리지만, 왕자의 쪼개어진 심장은 결코 녹지 않았다고 한다.

이런 슬프고 아름다운 동화를 쓴 와일드가 이번에는 아주 기괴하고 난해한 장편 소설 《도리언 그레이의 초상》을 쓴 것이다. 이 소설에서 주인공은 젊은이로서 뛰어난 외모를 갖추고 있다. 그는 친구가 그려준 초상화가 대신 늙게 해 달라는 기도를 하였고, 그는 겉으로는 늙지 않고, 아름다움을 그대로 갖고 있다. 그러나 헨리라는 이상한 사람의 유혹에 빠져 타락의 길로 접어들고, 형편없는 삶을 살게 된다. 마침내 자신의 초상화에서 참된 자신의 모습을 발견하고, 그 초상화를 단도로 찢고 자신도 죽음에 이르게 된다.

나는 이 두 작품을 읽고 아주 다른 점을 발견했다. 동화에서는 '행복한 왕자'가 자신을 희생하여 가난한 사람들을 도와줌으로써, 인도주의를 실천했는데, '도리언 그레이'는 미모만을 믿고, 향락을 일삼다가 죽음에 이르게 되었으니, 다른 사람에 대한 배려는 없는 셈이다.

그리고 《행복한 왕자》에서는 움직일 수 없는 왕자를 제비가 도와주고, 마침내 그 제비는 죽게 되는데, 《도리언 그레이의 초상》에서는 화려한 언사로 남을 유혹한다든지, 자신의 쾌락을 위하여 남을 유혹하는 등 나쁜 짓만 한다.

이런 점은 어린이를 대상으로 한 동화와 어른을 대상으로 한 소설의 특성에서 나온 것이라고 생각이 되기도 하고, 작가의 인생관에서 기인한 것이 아닌가 하는 생각이 든다. 즉 그는 귀족이면서 신사이고, 지성인으로서 모든 사람들이 행복해야 한다는 사상을 가지고 있었다고 볼 수 있고, 한편으로는 그 당시로서는 인정 받지 못했던 동성애자로서 처벌도 받은 사람이므로, 인간의 참모 습에 대하여 의구심과 회의를 지니고 있었지 않았나 하는 생각이 든다.

그러나 이 두 작품이 많은 사람들에게 즐거움과 교훈을 준다는 점에서 읽을 만하다고 본다.

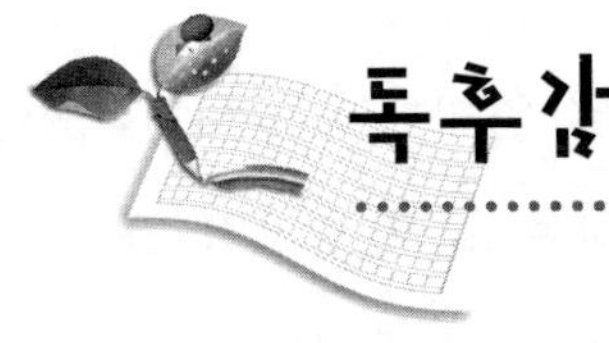

독후감

제대로 쓰기

도리언 그레이의 초상

 # 책을 읽기 전에

　우리는 책을 통해서 지식을 쌓고 학문을 연마하게 됩니다. 또한 교양을 얻고 수양을 쌓게 되지요. 그리하여 즐겁고 보람 있는 생활을 할 수 있는 것입니다. 이러한 습관이 지속된다면 이것이 곧 나의 생활 자체가 되고, 책을 읽는 시간이 얼마나 가치 있고 즐거운 시간인지 깨닫게 될 것입니다.

　독후감을 쓰기 위해서는 책을 읽어야 함은 말할 것도 없습니다. 그러나 아무 책이나 읽는다고 다 좋은 것은 아닙니다. 특히 중학생은 아직 양서를 구별할 만한 충분한 지식을 갖추지 못했기 때문에 선생님 혹은 부모님, 그리고 선배들이 권하는 책이나, 이미 국내적으로나 세계적으로 잘 알려진 명작이나 명저를 찾아 읽는 것이 바른 방법이라고 볼 수 있습니다. 예컨대 사회적으로 존경받을 만한 사람들의 일대기를 그린 위인전이나 자서전 같은 것은 읽을 가치가 있으며, 명시 모음집이나 명작 소설, 특정한 분야의 관찰기, 평론집 같은 것도 좋은 읽을거리가 될 수 있습니다.

　그럼 효율적인 독서를 위해서 유의해야 할 점을 알아볼까요?

　첫째, 본문을 읽기 전에 책의 앞부분에 있는 머리말이나 해설하는 글을 먼저 정독합니다. 그러면 책을 쓰게 된 동기나 평가 등에 대하여 잘 알 수 있게 되죠.

　둘째, 목차를 잘 살펴봅니다. 목차에서 그 책의 내용이 어떻게 전개될 것인가에 대해 미리 파악할 수 있기 때문입니다.

셋째, 본문을 읽기 시작하면, 그 중에 잘 모르는 단어나 문구가 나오기 마련입니다. 그런 것은 곧 사전을 찾아 뜻을 알아두어야 합니다. 그런 것을 무시했다가는 자칫 전체를 이해하지 못하는 오류를 범할 수 있거든요.

넷째, 각 문단별로 소주제가 무엇인지를 파악하고, 그 줄거리를 요약하는 습관을 길러야 합니다. 특히 필자가 표현하려는 것과 그 뒷받침되는 내용이 무엇인지 알아내는 것이 필수겠지요.

다섯째, 글의 배경은 무엇인지, 앞뒤 매락이 어떻게 이어지고 있는지를 잘 생각하면서 읽어야 합니다. 그리고 소설일 경우에는 주인공과 등장인물들의 성격이나 특성을 파악해야 하지요.

여섯째, 다 읽은 다음에는 줄거리를 만들어 보고, 전체적인 주제가 무엇인지 정리하는 작업도 필요합니다.

2 책을 감상하는 방법

책을 읽을 때는 내용을 진지하게 파고들어 가며 읽어야 합니다. 즉, 자기의 현재 생활과 비교해 가며 생각의 폭과 사고를 넓히는 것이 중요하답니다. 그리고 작품의 문체 · 제목 · 주제 · 논제 등도 염두에 두고 읽으면 독후감을 쓰기가 좀더 수월해집니다.

그리고 저자가 강조하고 있는 내용과 사건들이 현재 우리 사회에 어떤 의미를 가지고 있으며 어떻게 발전시켜 나가야 할 것인가를 생각하며 읽습니다. 더불어 저자가 작품에서 강조하려고 하는 것이 무엇인가를 파악하며 읽을 필요가 있습니다. 그렇다고 굉장한 부담을 느끼면서 책을 읽을 필요는 없습니다. 책 읽는 것 자체를 즐긴다면 그리 깊게 생각하지 않아도 작가가 말하려는 바를 깨닫게 될 테니까요.

그렇다면 각 문학 장르에 따라 어떤 점에 유념하여 책을 읽어야 하는지 알아볼까요?

▌소설▐ 작품의 주제를 파악하고 작중 인물의 성격과 배경을 생각하며 주인공이 어떻게 변화되어 가고 있는가를 염두에 두고 읽습니다. 자신의 생각이나 현실과 결부시켜 보는 것도 재미를 배가시켜 줄 거예요.

▌시▐ 선입견 없이 그대로 느낌을 받아들이며 읽습니다.

▌희곡▐ 무대 상연을 전제로 하여 쓰여진 것이기 때문에 시간적·공간적 제약을 받는다는 것을 염두에 두어야 합니다.

▌역사 소설▐ 인물·사건 등을 작가가 상상력에 의존하여 구성한 글로서, 항상 계몽사상이나 민족의식 고취 등 어떤 목적이 들어 있는지를 파악하며 읽어야 합니다.

▌역사▐ 역사는 역사 소설과는 구분지어야 합니다. 이것은 정

확한 기록으로 글쓴이의 주관적 해석이 들어 있을 수 없으며, 시간의 흐름에 따라 사건을 나열한 것임을 생각해야 합니다.

▌수필▐ 지은이의 인생관이 들어 있습니다. 심리적 부담감이 적으므로 편안한 마음으로 읽을 수 있습니다.

▌전기문▐ 인물의 정신, 자취, 시대적 배경과 사회적 환경을 먼저 파악해야 합니다.

▌과학 도서▐ 미지의 세계에 대한 탐구심, 합리적 사고력 배양, 지식과 정보의 입수, 창의력을 기르는 데 도움이 되므로 평소 이에 대한 흥미를 갖는 것이 중요합니다.

 ## 독후감이란 무엇인가?

독후감은 말 그대로 어떤 글이나 책을 읽고, 그에 대한 느낌이나 생각을 쓰는 것입니다. 좋은 책을 읽고 그것을 정리해 두지 않는다면 곧 그 내용을 잊어버려, 독서를 한 만큼의 가치를 얻지 못할 수도 있으니까요. 그러므로 한 권의 책을 읽으면 곧 그 책의 내용을 정리하고, 느낌이나 생각을 적어 두는 것이 좋습니다.

독후감은 느낌이나 생각을 거짓 없이 써야 하나, 그렇다고 아무렇게나 써도 되는 것은 아닙니다. 즉, 독후감도 글이므로 수필의 형식으로 쓰든, 논술의 형식으로 쓰든, 정확하게 읽고 주제와 내

용에 맞게 써야 함은 물론이죠. 아무리 좋은 글이나 책이라도, 잘 못 읽어 실제와 맞지 않는 생각이나 느낌을 쓰게 된다면 좋은 독후감이라고 할 수 없거든요. 그러므로 좋은 독후감을 쓰려면 독서를 잘해야 한다는 것이 전제됩니다. 독서를 잘하는 방법은 따로 있는 게 아니라, 그저 많이 읽다 보면 요령이 생기고, 이해도 쉽게 되며, 능률도 오르게 되는 것입니다.

 독후감은 왜 쓰는가?

독후감을 쓰는 목적은 독후감을 작성함으로써 독서하는 능력이 향상되고 글 쓰는 훈련을 할 수 있기 때문입니다. 그러므로 독후감을 쓰기 위해 책을 읽으면 보다 깊은 생각을 하면서 책을 읽게 됩니다. 또한 책을 통해 생활을 반성하며, 책에서 얻은 지식과 감명을 음미하여 자기 생활에 적용시킬 수 있습니다. 문장력과 논리적 사고가 향상되는 것은 물론이고요! 그럼 독후감을 왜 쓰는지 다음과 같이 정리해 볼까요?

1 읽은 책의 내용을 되살려 다시 음미해 볼 수 있습니다.

2 감동을 간직하고 책 읽는 보람을 얻을 수 있습니다.

3 책을 통해 지식을 심화시킬 수 있습니다.

4 책을 통해 자신의 문제를 연관지어 볼 수 있습니다.

⑤ 글을 써 봄으로 해서 생각을 깊이 있게 할 수 있습니다.

⑥ 독서 목표를 확실히 할 수 있습니다.

⑦ 작품에 대한 비판력과 변별력을 기를 수 있습니다.

⑧ 생각을 조리 있게 쓸 수 있는 작문력을 향상시켜 줍니다.

⑨ 사고력과 논리력, 추리력을 기를 수 있습니다.

⑩ 바르게 책을 읽는 습관을 형성할 수 있습니다.

⑤ 독후감을 쓰기 전에 생각하기

독후감은 수필의 형식이든 논술의 형식으로든 쓸 수 있다고 했는데, 사실 이 둘의 차이는 모호합니다. 다만, 수필이 자유롭게 붓 가는 대로 쓰는 것이라면 논술은 논리 정연하게 쓴다는 점이 다르다고 할 수 있습니다.

붓 가는 대로 자유롭게 수필의 형식으로 쓰는 독후감이라도 글의 앞뒤가 맞지 않는다든지, 주제가 통일되지 않으면 좋은 평가를 받을 수 없습니다. 논리 정연하게 쓰는 독후감이라면, 서론·본론·결론으로 나누어 서술해야 함은 물론이구요.

서론에 해당되는 부분에서는 그 책에 대한 소개나 쓴 사람의 생애, 또는 특기할 만한 일화 같은 것을 적는 것이 일반적입니다.

본론에 해당하는 부분에서는 그 책을 읽고 특별히 다루려는 내용을 체계적이고 구체적으로 써야 합니다.

결론에서는 본론에서 다룬 내용을 요약하거나, 자신이 읽은 후의 감상, 그 책의 좋은 점, 나쁜 점 등을 들어서 마무리를 해야 합니다.

독후감은 짧게 쓰는 것이 상례이므로, 작품 전체를 거론하기보다는 특정한 주제를 잡아서 쓰는 것이 좋습니다. 보편적으로 다룰 수 있는 몇 가지 주제를 제시해 보면 다음과 같습니다.

첫째, 작가의 의식이나 주인공의 언행, 성격과 연관지어 주제를 구현시키는 방법입니다.

문학 작품이라면 주제가 애정이나 애국, 의리나 배반일 수 있으므로 이러한 점에 초점을 두고 써야겠지요. 또한 과학이나 업적에 관계된 것이라면, 그 발명의 의의나 연구자의 노력과 관련시켜 서술해야 하겠지요.

둘째, 저자의 이념이나 생애, 업적에 관심을 두고 쓰는 방법입니다.

그 작품을 통하여 알 수 있는 저자의 철학이나 사상 또는 저자가 그 작품을 남기기까지의 역경이나 작품을 쓰게 된 동기, 작품의 가치나 다른 작품에 미친 영향 등 작품과 연관시켜 쓰는 것이지요.

셋째, 작품의 내용을 중심으로 기술합니다

예컨대, 작품 속 주인공의 성격을 분석하거나 다른 사람과 비교해 볼 수도 있고, 그 작품의 사건이나 시대적 배경을 논의하거나, 작품의 구성 같은 것에 초점을 두고 이야기할 수도 있습니다.

이와 같이 작품을 읽기 전에 먼저 어떤 점에 중점을 두고 독후감을 쓸 것인가를 염두에 둔다면, 그렇지 않은 경우보다 훨씬 이해가 쉽고, 나중에 독후감을 쓰는 데도 도움이 될 것입니다.

⑥ 독후감의 여러 가지 유형

1. 처음에 결론부터 쓴 다음 왜 그러한 결론이 도출되었는지 감상을 자세하게 쓰거나, 감상을 먼저 쓰고 결론을 씁니다.

2. 책을 읽게 된 동기부터 설명하고 글 중간에 자기의 감상을 씁니다.

3. 저자나 친구에 대한 편지 형식으로 감상을 쓰거나 주인공에게 대화 형식으로 씁니다.

4. 시(詩)의 형태로 감상문을 씁니다.

5. 대화문(對話文) 형식으로 씁니다.

6. 줄거리부터 요약한 다음 자기의 느낌이나 생각을 씁니다.

 **독후감을 구체적으로 쓰는 방법**

어렵게 쓰겠다는 생각은 하지 말고 쉽게 써야겠다는 마음가짐을 가져야 좋은 글이 나올 수 있습니다. 그리고 무엇보다 감상문을 쓰기 전에 무엇을 어떻게 쓸까 조목별로 골자를 먼저 쓰고, 이 골자에 살을 붙이는 방법으로 쓰려고 노력해야 합니다. 이때 의도적으로 아름답게 잘 쓰려고 하지 않는 것이 좋습니다. 자, 그럼 더 자세하게 알아볼까요?

1. 먼저 제목을 붙입니다.

2. 처음 부분(머리글)을 씁니다.

  ⫸ 책을 읽게 된 이유나 책을 대했을 때의 느낌을 씁니다.

  ⫸ 자신의 생활 경험과 관련지어 써 봅니다.

  ⫸ 제일 감동받은 부분을 씁니다.

  ⫸ 지은이나 주인공을 소개하는 글을 씁니다.

3. 가운데 부분을 씁니다.

  ⫸ 자기의 생활과 견주어 씁니다.

  ⫸ 주인공과 나의 경우를 비교해서 씁니다.

  ⫸ 시시비비를 분명히 가려야 합니다.

  ⫸ 가장 극적이었던 부분을 소개합니다.

4. 끝부분을 씁니다.

  ⫸ 자신의 느낌을 정리합니다.

·≫ 자신의 각오를 씁니다.

독후감을 쓴 다음에는 다음과 같은 추고의 과정이 필요합니다.

첫째, 쓴 글을 다시 한 번 읽으면서 맞춤법이나 표준어 규정에 어긋나는 것은 없는지 살펴봐야 합니다.

둘째, 문장이 잘 구성되어 있는지, 또 문단이 잘 짜여져 있는지 알아보아야 합니다. 한 문단에는 소주제문과 보조문들이 있어야 하는데, 그런 점이 잘 지켜져 있는지 유의해야 합니다.

셋째, 글 전체의 구성이 잘 이루어졌는지 살펴봅니다. 예를 들어 서론에 해당하는 부분이 지나치게 길다든지, 결론에 해당하는 부분이 너무 짧다든지, 전체적인 구성이 균형을 잃고 있다면 다시 고쳐 써야 하겠지요.

우리가 시간을 들여 열심히 책을 읽고 난 후 독후감을 잘 쓰기 위해서는 책을 읽고 있는 동안의 느낌을 잊지 않고 글로써 표현할 줄 알아야 하며, 책을 읽고 가장 감명받은 부분을 기억하고 있어야 합니다. 또한 다른 사람들은 어떻게 독후감을 썼는지 남의 것을 읽어 보고, 자신의 것과 비교해 보며 자주 글을 써 보는 것이 중요합니다. 그렇게 하다 보면 자신만의 개성 있는 필치로 독특한 감상문을 쓸 수 있게 되지요. 학교에서 아무리 독후감 숙제를 내주어도 부담없이 즐거운 기분으로 끝낼 수 있을 겁니다!

🎱 그 밖에 알아두면 유익한 것들

▌독후감 쓰기 10대 원칙 ▌

1. 자신의 수준에 맞는 책을 선택합시다.

2. 독후감 쓰는 형식이 있기는 하지만 너무 거기에 구애받을 필요는 없습니다.

3. 자신이 작가라면 어떻게 글을 이끌어갈지를 생각하며 읽어 봅시다.

4. 평소 음악 평론이나 영화 평론을 많이 읽어 봅시다.

5. 읽으면서 마음에 와닿는 것이 있다면 따로 적어 둡시다.

6. 현대 사회의 문제점과 비교하면서 읽어 봅시다.

7. 모르는 것이 있으면 적어 두는 습관을 기릅시다.

8. 신문 사설이나 칼럼을 스크랩해서 필요할 때 사용합시다.

9. 요약하는 데에만 집착하지 말고 제대로 책을 읽읍시다.

10. 읽은 후에는 꼭 독후감을 직접 써 봅시다.

▌책을 읽는 10가지 방법 ▌

1. 아주 어릴 때부터 책과 친하게 지내는 습관을 기릅시다.

2. 너무 속독하려 하지 말고 담겨진 내용을 충실히 읽는 습관을 기릅시다.

3. 항상 작품이 나와 어떠한 상관 관계가 있는지 체크를 해 가

며 읽읍시다.

4. 무조건 책장을 넘길 것이 아니라 시시비비를 가려 가면서 읽읍시다.

5. 매일매일 조금씩이라도 책을 읽는 습관을 들입시다.

6. 책 속에 담긴 뜻을 음미하고 되새기면서 읽읍시다.

7. 너무 자신의 취향에 맞는 책만 읽지 말고 다양한 장르의 책을 골고루 읽도록 합시다.

8. 책 속에 담겨진 교훈을 깊이 생각하고 생활에 적용시킵시다.

9. 책에 따라 읽는 방법을 달리하는 습관을 들입시다. 모든 책이 만화책은 아니기 때문이죠.

10. 바른 자세로 앉아 눈과의 거리를 30cm 두고 밝은 곳에서 읽읍시다.

 9 원고지 제대로 사용하기

▌제목 및 첫 장 쓰기 ▌

1. 제목은 석 줄을 잡아 둘째 줄 가운데에 씁니다.

2. 1행 2칸부터 글의 종별을 표시합니다. 가령 수필이면 '수필'이라고 씁니다. 간혹 글의 종별을 비워 두는 경우가 많은데 이는 적는 것을 잊었거나, 원고지 사용법에 무관심하기 때문입니다.

3. 제목을 쓸 때에는 마침표를 찍지 않고, 물음표와 느낌표는 붙이지 않는 것이 좋습니다.

4. 제목에 줄임표는 사용하지 않는 것이 상례입니다.

5. 이름은 넷째 줄 끝에 두 칸 정도를 남기고 씁니다. 특별한 경우에는 서너 칸을 남겨도 됩니다.

6. 성과 이름은 붙여 씁니다. 다만, 성과 이름을 분명히 구별할 필요가 있을 경우에는 띄어 쓸 수 있습니다. 예) 임채후(○), 남궁석(○), 남궁 석(○)

7. 본문은 여섯째 줄부터 쓰는 것이 좋습니다. 단, 특수한 작문인 경우는 넷째 줄부터 본문을 시작해도 상관없습니다.

8. 학교 이름이나 주소가 길 경우에는 세 줄로 쓸 수 있습니다.

9. 주소는 보통 표제지에 기재하고 원고지 첫 장에는 제목과 성명만 간단하게 적는 것이 상례입니다.

10. 성명의 각 글자는 시각적 효과를 위해 널찍하게 한두 칸씩 비워 써도 무방합니다.

11. 학교 앞에 지명을 기입할 때는 학교명을 모두 붙여 써서 지명과 학교명의 구분을 명확히 해 주는 것이 좋습니다.

▌첫 칸 비우기 ▌

1. 각 문단이 시작될 때는 첫 칸을 비우고 씁니다.

2. 대화체의 경우는 첫 칸을 비우고 씁니다.

3. 인용문이 길 때는 행을 따로 잡아 쓰되, 인용 부분 전체를 한 칸 들여서 씁니다.

4. 첫째, 둘째, 셋째 등으로 이야기를 전개해야 할 때는 시작할 때마다 첫 칸을 비울 수 있습니다. 단, 그 길이가 길거나 제시된 내용을 선명하게 하고자 할 때 비워 둡니다.

5. 시는 처음 두 칸 정도 줄마다 비우고 씁니다.

▌줄 바꾸기 ▌

1. 문단이 바뀔 때는 줄을 비꾸어 씁니다.

2. 대화는 줄을 새로 잡아 씁니다.

3. 인용문을 시작할 때는 줄을 바꾸어 씁니다. 단, 그 길이가 길 때 한해서입니다.

4. 대화나 인용문 뒤에 이어지는 지문은 글이 다시 시작되는 것이므로 한 칸을 들여 씁니다. 단, 이어 받는 말로 시작되는 지문은 첫 칸부터 씁니다.

▌문장 부호 및 아라비아 숫자, 영문자 ▌

1. 문장 부호는 한 칸에 하나씩 넣는 것이 원칙입니다.

2. 아라비아 숫자는 한 칸에 두 자씩 넣습니다.

3. 한자(漢字)로 쓸 때는 떼어 쓰지 않습니다. 그러나 한자와 한글이 함께 쓰이면 떼어 쓰기를 합니다.

4. 마침표(.)와 쉼표(,) 다음에는 통례상 한 칸을 비우지 않으며, 느낌표(!), 물음표(?) 다음에는 통례상 한 칸을 비웁니다.

5. 행의 첫 칸에는 문장 부호를 쓰지 않습니다. 첫 칸에 문장 부호를 써야 할 경우는 그 바로 윗줄의 마지막 칸에 글자와 함께 씁니다.

6. 영문자의 경우, 대문자는 한 칸에 한 글자, 소문자는 한 칸에 두 글자씩 넣습니다.

⑩ 문장 부호 바로 알고 쓰기

1. 마침표 : 문장을 끝마치고 찍는 문장 부호로 온점(.), 물음표(?), 느낌표(!)를 이르는 말입니다.

2. 쉼표 : 문장 중간에 찍는 반점(,) 가운뎃점(·) 쌍점(:) 빗금(/)을 이르는 말입니다.

3. 따옴표 : 대화, 인용, 특별어구를 나타낼 때 쓰는 문장 부호로 큰따옴표(" ")와 작은따옴표(' ')를 씁니다.

4. 그 밖의 문장 부호 : 물결표(~)는 '내지(얼마에서 얼마까지)'라는 뜻에 씁니다. 줄임표(……)는 할말을 줄였을 때와 말이 없음을 나타낼 때 씁니다.

 마치며

초등학교나 중학교에서는 독후감이라는 말을 사용하지만 고등학교에 가게 되면 독후감이라는 말보다는 아마 논술이라는 말을 더 많이 쓰고 더 많이 듣게 될 것입니다. 논술이란 말 그대로 어떠한 논제를 가지고 논리적으로 서술하는 것을 말하는데, 이는 하루아침에 이루어지지 않습니다. 다양한 분야의 많은 것을 폭넓고 깊이 있게 알고, 주관을 뚜렷이 할 때만이 논술을 잘 쓰게 되는 것이지요. 그러기 위해서는 중학교 시절부터 많은 책을 읽어 보고 스스로 글을 써 보는 훈련을 하는 것이 중요합니다.

실제로 고등학교에 가면 교과목 공부에도 시간이 모자라 제대로 책을 읽을 시간이 없거든요. 무엇을 알아야 글을 쓸 것이고, 자신의 주장을 피력할 것 아니겠어요? 그러니 중학생 시절부터 좋은 책을 많이 읽어 보고, 생각해 보며, 글을 써 보는 노력을 하는 것이 여러분의 미래를 더욱 밝게 해 줄 것입니다. 아마 그렇게 한 사람은 그렇지 않은 사람보다 10리쯤 앞서 나가지 않을까 생각되는데 여러분 생각은 어떠세요?

┃성 낙 수┃
한국교원대 교수, 연세대학교 졸업, 동 대학원에서 석사·박사 학위 받음.

┃임 현 옥┃
부여여자고등학교 교사, 공주대학교 졸업, 현재 한국교원대학교 대학원에 재학중.

┃이 승 후┃
경주 감포중학교 교사, 영남대학교 졸업, 현재 한국교원대학교 대학원에 재학중.

판	권
본	사
소	유

중학생이 보는
도리언 그레이의 초상

초판 1쇄 발행 2007년 7월 25일
초판 2쇄 발행 2009년 7월 30일

지 은 이 오스카 와일드
옮 긴 이 이정일
엮 은 이 성낙수·임현옥·이승후
펴 낸 이 신원영
펴 낸 곳 (주)신원문화사
책임편집 박미애

주   소 서울시 강서구 등촌 1동 636-25
전   화 3664—2131~4
팩   스 3664—2129~30

출판등록 1976년 9월 16일 제5-68호

＊잘못된 책은 바꾸어 드립니다.

ISBN 978-89-359-1408-1 43840